정현정 대본집 **2**

로맨스는 별책부록

정 현 정 대 본 집

로맨스는 별책부록

2

RHK
알에이치코리아

〈로맨스는 별책부록〉 대본집을 출간하며

평범한 사람들의 작고 소소한 이야기를 쓰고 싶었다.
맹물에 밥을 말아 김치 한 조각 얹어먹는 소박한 밥상 같은 그런 드라마를.
'사건'이 궁금한 드라마가 아니라 '사람'이 보고 싶어
다음 회를 기다리는 그런 드라마를.
책을 만드는 사람들이면 어떨까, 생각했고 취재를 시작했다.
세상에 이렇게 맑고 순한 사람들이 단지 책을 만들겠다는 생각으로
살고 있다는 것에 위로를 받았지만 드라마로 만들기는 어렵겠다는 생각도 들었다.
화려한 다른 드라마들이 많은데 이렇게 심심한 드라마를 봐줄까? 걱정이 됐다.
그만둘까도 생각해봤지만 이제 막 머릿속에서 몽글몽글 움직이기 시작한
등장인물들이 내 마음에서 나가주지 않았다.

대본을 쓰면서 많이 배웠다.
단이에게는 열정과 도전을,
은호에게는 사람을 대하는 진실된 마음을,
재민에게는 사람냄새 나는 따뜻함을,
유선에게는 일과 사람을 동시에 생각하는 균형감각을,
지홍에게는 시를 사랑하는 순수함을,
영아에게는 솔직함을.
해린과 서준에게 정 들었고, 훈과 지율의 성장을 응원했다.

예쁘게 웃던 송이와 잘 섞이던 광수와 승진에게도 자꾸 눈길이 갔다.
드라마가 끝난 지금도 '도서출판 겨루'라는 이상한 회사에 모인
그 이상한 사람들이 보고 싶다.

어떤 사람들에게는 이상한 드라마였을 것이다.
싸울 만한 일에 크게 싸우지 않았고, 화낼 만한 일에 그다지 화내지 않았고,
멋있을 수 있는 순간에도 그저 그랬을 것이다. 나쁜 사람들도 없었지만
완벽하게 좋은 사람들도 없었고 조금쯤은 이상한 사람들만 잔뜩 나오는
그런 드라마였을 것이다.
그럼에도 그런 인물들에 공감해주고, 은호와 단이의 로맨스를 응원해주고,
책 만드는 일에 대해 관심을 가져준 분들이 있어서
대본을 쓰는 내내 많은 힘이 되었다.
이렇게 작고 소박한 드라마가 사랑받을 수 있어서 기뻤다.

다정한 우리 배우들과 열심을 다해 만들어준 스탭들에게 고맙다.
그리고 좁은 작업실에서 함께 대본을 썼던 보조작가 다연과 정인, 한결에게
사랑한다고 전하고 싶다.

—정현정

용어 정리

S   Scene. 장면이라는 의미로, 동일 시간 동일 장소에서 이뤄지는 행동, 대사가 하나의 씬으로 구성된다.

E   Effect. 효과음. 주로 화면 밖에서의 소리를 장면에 넣을 때 사용한다.

F.I.   Fade In. 페이드인. 어두웠던 화면이 서서히 밝아지는 기법.

F.O.   Fade Out. 페이드아웃. 화면이 서서히 어두워지는 기법.

OL   Overlap. 오버랩. 현재 화면이 흐릿하게 사라지면서 다음 화면이 서서히 등장해 겹치게 하는 기법. 소리나 장면이 맞물린다.

인서트   Insert. 화면 삽입. 무언가에 집중시키거나 자세히 설명하기 위한 장면을 삽입하는 것으로 특정 부분을 확대하는 클로즈업을 통해 이뤄지는 경우가 많다.

플래시백 Flash Back. 과거에 나왔던 씬을 불러오는 것. 주로 회상하는 장면이나 인과를 설명하기 위해 넣는다.

프레임아웃 Frame Out. 피사체가 카메라 화각 바깥으로 벗어나는 것.

화이트아웃 White Out. 장면이 사라지면서 흰색 화면으로 전환하는 장면 전환 방법.

몽타주   각기 다른 시간과 장소의 컷들을 이어붙인 장면.

많은 사람을 만났다

많은 책을 읽었다

한 사람

너

제대로 읽고 싶은 책

시간

산책

차tea

우정

소통

사랑

다시 너라는 책을 펼친다

로맨스는 별책부록

— 새아버지는 나를 싫어하지 않았다. 나와 엄마에게 잘하려고 애썼다. 말하자면 문제는 나한테 있었다. 한번 아버지가 없었던 사람은 죽을 때까지 아버지를 가질 수 없다. 나는 그에게 한번도 아버지라 부르지 않았다. 축구가 끝나면 나는 갈 곳이 없었고, 혼자 어둑한 운동장에 남아 있곤 했다. 혼자 앉아 있기에는 운동장이 지나치게 넓었고, 해가 져버린 겨울밤은 추웠다. 그런 내게 갈 곳이 생겼다. 날마다 새로운 책을 들고 강단이에게 갔다.

— 바람에 날리는 강단이의 면사포를 잡은 걸 후회했다. 그냥 날리게 두어야 했다. 어딘가로 사라져버려서 손을 쓸 수 없게. 그랬다면 뭐가 달라졌을까. 그녀의 아픈 시간들이 줄고, 행복한 시간들이 늘어났을까. 내가 그때 그녀를 원했는지 아닌지는 알 수가 없다. 다만 그녀를 잃었다고 생각했고, 괴로웠던 것 같다. 그렇지만 내 인생에 반항심을 느낀 것은 아니었다. 어차피 내가 무언가를 소유하고 있는 동안에는 한번도 마음이 편치 않았기 때문에. 내게는 이미 떠난 것을 그리워하는 것이 자연스러운 일이었다.

별것도 아닌 그날이 이따금씩 떠오른다. 함께 나란히 앉아 있던 벤치와 벤치로 불어온 신선한 바람, 나눠 끼고 있던 이어폰, 그 이어폰을 통해 흘러나오던 니나 시몬의 목소리, 그 소리를 따라 흐르던 너의 낮은 허밍까지... 누군가가 내게 다시 한 번 되돌아가고 싶은 날이 있냐고 물으면 나는 별 것도 아닌 그날을 선택할 것 같다. 그리고는 얌전히 무릎 위에 놓여 있던 너의 손을 잡지 않을까.

강단이가 첫 월급 선물로 사준 패딩은 내 손등을 덮을 정도로 큰 사이즈였다. 아직 한창 자랄 나이라는 어처구니없는 이유가 덧붙었다. 여전히 나를 어린아이로 보는 것 같아 잔뜩 부어서 이미 평균은 한참 전에 넘은 키인데 얼마나 더 크길 바라냐고 툴툴거렸지만, 나는 금방 그 패딩을 좋아하게 됐다. 겨울 내내 그 패딩을 입고 다녔다. 따뜻해서, 강단이를 닮아서, 우리가 함께 좋아하는 까만색이어서.

— 우리는 함께 엘리베이터에 갇혔다. 불이 꺼졌고 캄캄해졌다. 그렇게 완벽한 어둠은 처음이라서 나는 두려워 숨도 못 쉴 지경이었다. 그때 은호가 내 이름을 불렀다. 어둠 속에서 내 손을 잡았다.

"여길 나가면 바다에 가자!"

잡은 손을 놓지 않고 밖으로 나왔더니 초승달이 예쁘게 떠 있었다. 은호는 말했다. 우리가 혼자 갇히지 않고 함께여서 다행이었다고. 서로를 찾아 헤매지 않아도 되었으니까. 방학이 되자 우리는 함께 바다로 갔다. 한동안 은호와 엘리베이터를 탈 때 마다 다시 한 번 엘리베이터가 멈추고 둘만 남게 되는 상상을 하곤 했다. 어둠 속에서 은호의 손을 잡는 것이 좋았기 때문에.

열심히 쓰다가 갑자기 모든 문장을 지워버리고, 다시 천천히 쓰다가 조급해진다. 어떤 날은 희망을 가졌다가 어떤 날은 이 글은 쓰레기가 될 거라는 절망에 빠진다. 책상 앞에서 일어나고, 넘어지는 일을 계속 반복한다. 이렇게 하다 보면 더 잘 쓸 수 있을까. 헤매는 시간이 점점 길어진다.

엉망이 된 작업실에 강단이가 왔다. 오래전에 물이 말라버린 가습기를 꺼내놓고, 냉장고를 채우고, 엉망인 주방을 치우며 잔소리를 늘어놓는다. 나는 조용히 오디오의 볼륨을 줄이고 그 잔소리를 음악처럼 들으며 눈을 감았다. 한 달 만에 듣는 사람의 목소리였다.

집으로 돌아오는 버스 안에서 잠이 든 강단이의 손을 잡았다. 그리고 손바닥을 펼쳐 입을 맞췄다.

— 만만하게 싸울 사람이 내겐 은호뿐이었다. 은호와는 싸워도 헤어지지 않으니까.

— 그들은 내 순수함이나 진심을 믿지 않을 것이고 나는 그 약속을 지키지 못할지도 모른다.

— 이것이 내가 그녀를 사랑해야 하는 방식이다. 두려움 없이, 계산 없이, 내일 따위는 생각지도 않고. 그리고 시간이 흐른 후에도 후회 없이.

— 무언가 푹, 하고 마음을 찔렀다. 그것이 무엇인지 몰랐다. 돌이켜 보니 사랑이었다.

— 내가 너와 연인이 된다면 어느 오후에 함께 서울의 오래된 동네로 나갈 것이다. 그동안 함께 모은 저금통을 털어 서로에게 줄 선물을 살 것이다. 나는 너를 위해 따뜻한 머플러를 사고, 너는 나를 위해 은으로 된 작은 귀고리를 살 것이다. 어쩌면 우리가 함께 있으니 다른 선물은

필요하지 않다고 말하며 서로를 향해 웃을 것이다. 그렇게 도시를 산책하다 큰 서점으로 갈지도 모른다. 각자가 좋아하는 책을 고르기 위해 잠깐 헤어져 책의 숲을 거닐다가 다시 만나면 그리운 눈으로 서로를 바라볼 것이다. 길 밖이 보이는 창을 가진 카페에서 마주 앉아 책을 읽고 네가 화장실을 간 사이 너의 밑줄을 눈으로 훑어볼 것이다. 그리고 우리가 함께 사는 집으로 돌아오면 눈이 내리는 창밖을 보며 우리가 처음 만난 날을 떠올릴 것이다. 그 먼 길을 돌아 내게로 온 네가 기적이라고 말할 것이다. 그리고 잠이 든 너의 이마, 너의 콧날, 너의 볼을 조심스럽게 만져볼 것이다. 그렇게 날마다 우리는.

일러두기

- 이 책은 정현정 작가의 대본 집필 형식을 최대한 살려 편집했습니다.

- 대사는 어감을 살리는 데 비중을 두어, 한글 맞춤법 규정과 맞지 않는 부분
  이라도 유지하였습니다.

- 대사의 강약과 호흡을 표현하기 위한 줄 바꿈은 작가의 집필 형식 그대로
  슬래시 한 개, 혹은 두 개로 표시되어 있습니다.

- 대사 중간의 말줄임표는 대사 사이 호흡의 길이를 표현하기 위한 것으로,
  온점 두개, 세 개, 네 개 등으로 다양하게 표시되어 있습니다.

- 씬 넘버 뒤의 M은 아침, D는 낮, N은 밤을 의미합니다.

- 이 책에는 무삭제 대본을 담았습니다. 따라서 방송되지 않은 부분이 포함
  되어 있거나 방송과 다를 수 있습니다.

9부

그 오래된 책이 마치
처음 읽는 책처럼…

S#1. 어느 카페 (D)

– 창밖의 눈을 말없이 보고 있는 서준과 해린. 8부 55씬 이어서...

해 린   눈 정말 예쁘게 내린다...

서 준   그러게요...

– 서준과 해린, 문득 생각난 듯 각자 핸드폰을 꺼내 문자를 찍는다.
둘 다 눈 때문에 살짝 설렌 얼굴이고.

서준(E)   단이 씨. 많이 바빠요? 잠깐 만날 수 있어요? (전송버튼 누르고)

해린(E)   선배, 눈 온다. 보고 있어? (전송버튼 못 누르고 머뭇)

– 그러다 서로 시선이 딱 마주치는 서준과 해린. 무언가 들킨 듯 어색
하게 웃고..

서 준   눈이 와서.. / 생각나는 사람이 있어서..

해 린   (끄덕인다. 나도..)

서 준   (슬쩍 핸드폰을 본다)

해 린   (전송버튼 못 누른 그대로 다시 화면을 보다가.. 전송버튼을 눌러버
린다!)

S#2. 은호의 집, 서재 (D)

– 어디쯤 올려진 단이의 핸드폰. 잠금 화면인 채.. 서준이 보낸 메시지가 떠 있다. 서준의 메시지 내용이 보이고. 또 어디쯤 올려진 은호의 핸드폰. 문자메시지 알림이 울린다. 해린의 메시지 내용이 보이는데.

S#3. 은호의 집, 마당 (D)

– 단이와 은호가 마당의 처마나 테라스에서 커피가 든 머그잔을 들고 서 있다. 눈이 내리는 걸 함께 본다.

S#4. 어느 카페 (D)

– 직원, 아포가토를 가져와 해린과 서준 앞에 내려놓는다.
– 아포가토 먹는 서준과 해린. 힐끔 각자 핸드폰 보고...

서준(E)　　많이 바쁜가...?
해린(E)　　또 답이 없네.. 차은호..

– 그러다 또 서로 눈이 마주치는 둘. 멋쩍게 웃고. 아포가토를 먹기 시작하는.

S#5. 은호의 집, 마당 (D)

– 눈 내리는 걸 보는 은호와 단이. 그 옆으로, 은호의 트위터. 5부, 1씬. 은호의 트위터.

은호(E)	'사랑합니다'라는 말을 '달이 참 아름답네요'라고 말했던 나쓰메 소세키가 생각나는 밤이었습니다.
단 이	그거, 내가 가르쳐준 거잖아. 기억나?
은 호	(웃는)
단 이	기억하는구나?
은 호	(환하게 웃으며, 늘 단이는 자기 마음 몰랐으므로, 언제나처럼 가볍게) 그래서 내가 누나한테 말했잖아. 달이 아름답다고.
단 이	(어떤 느낌에... 은호를 천천히 보는)
은 호	지금도 말하잖아. 눈 내리는 거, 아름답다구. / 아름답다, 그치?
단 이	(쿵!!!!!)

- 은호, 단이를 보며 활짝 웃어 보인다. 단이.. 그런 은호를 보는 단이.. 단이 얼어붙어 있는데.. 은호, 환한 얼굴로 단이의 머리 위에 눈송이 떨어지는 걸 본다. 손 가져가 털어주려는데, 긴장해서 그 손 피해서 뒤로 물러나는 단이.

은 호	(그런 단이 재미있게 보며 놀리듯 다가가) 뭐야. 갑자기 내가 남자로 보여? (툭, 눈 털어주고. 웃으며 다시 눈 내리는 마당으로 시선 주며 커피 마시는데)

- 그런 은호를 보는 단이..
- 다시 플래시백, 7부 20씬.

단 이	니가 막 어떤 여자한테 호감을 느꼈는데, 걔가 너보다 여덟 살이나 많구, 이혼녀에 애도 있어. 그럼 정이 딱 떨어지지 않겠어?
은 호	...난 안 떨어지던데.
단 이	(쓱 노려보는)
은 호	난.. 상관없더라구. (해놓고, 얼굴 빨개진다)
단 이	너, 이혼녀도 만나고 다녔니?
은 호	...

단 이	정신 차려.
은 호	계속 좋아하면 어쩔 건데?
단 이	(말이 끝나기도 전에 등짝 후려갈기고) 정신 차리랬지?!
은 호	방금 딱 정신이 들었어!!!! 그 여잔 내 맘도 몰라! 어차피 바보라서!

- 단이, 믿을 수가 없다.. 설마.. 싶다. 아니라는 말을 듣고 안심하고 싶다..

단 이	..너, 혹시.. / 너.. 혹시.. 나 좋아하니?

- 은호, 천천히 고개 돌려 단이 보는 데서, 8부 엔딩! 그대로 연결해서,
- 단이 은호의 대답을 긴장한 채 기다리며 보는데.. 은호, 별다른 표정 없이 마당을 보며 커피를 마시다가 단이 쪽 돌아보지도 않고 안으로 들어가버린다!! 단이, 닫히는 문을 본다. 충격이다! 아니라고 말할 줄 알았는데!

S#6. 은호의 집, 현관 (D)

- 은호, 막 들어선 참이다. 커피잔 그대로 든 채.. 사실은 숨도 못 쉬었다.. 하! 이제야 허물어지듯이 터져 나오는 숨소리와 함께 다리에 힘이 탁 풀린다. 단이의 느닷없는 질문에 너무 놀랐던 은호다.

S#7. 은호의 집, 마당 (D)

- 단이도 예상 못한 은호의 반응에, 몹시 황당하다.

단 이	아니라고 해야지.. 아니라는 말을.. 해야.. 맞는 거잖아..

S#8. 은호의 집, 현관 (D)

은 호   (얼굴 빨개져서) ......강제고백 당하고.. 그 자리에서 차일 뻔했어..
                    (휴우, 안도)

S#9. 은호의 집, 마당 (D)

단 이   뭐야 이게.. (눈만 끔벅끔벅)

S#10. 어느 카페 앞 (D)

- 함께 카페에서 나오는 서준과 해린.

해 린   그럼 계약서 만들어서 다시 연락할게요.
서 준   네.. (등 돌려 가고)

- 가는 서준 보다가 답이 없는 핸드폰을 다시 보는 해린. 역시 걸어가며 답 없는 핸드폰 확인하는 서준이고.. 서서 예쁘게 눈 내리는 하늘 올려다보며 폭 한숨 쉬는 해린. 가려고 돌아서던 해린, 카페 문 옆에 붙은 미술관 전시 포스터를 문득 발견하고 본다.

S#11. 은호의 집, 주방 (D)

- 은호, 아무 일도 일어나지 않은 것처럼 침착한 얼굴로 머그잔을 씻어놓고, 단이가 과일을 깎느라 어질러 놓은 식탁을 치우는데. 단이 황당한 얼굴로 들어온다.

단 이	차은호. 나 좀 봐. (은호, 단이 쪽 안 보는데 말 이어가는) 너, 왜 대답을 안 해?
은 호	(침착하게 하던 일 하며) .....그게 그렇게 대놓고 물어볼 말이야?
단 이	아니라구 해! 아니지, 그치? 내가 착각하는 거지?
은 호	(멈추고 보는)
단 이	...그럼 너도 편하고 나도 편하잖아.
은 호	그렇게 생각하는 게 맘 편하면 그렇게 생각하든가.
단 이	너 지금 나 놀리니?
은 호	(놓고 서재로 가며) 얼른 들어와. 오늘 안으로 저거 끝내야 돼.

– 은호가 서재 앞에서 돌아보면 단이가 그대로 의문이 풀리지 않는 얼굴로 서 있다.

은 호	(아무래도 안 되겠다) 아니야. 됐어?
단 이	(휴우.. 마음 놓으며 서재로 들어가는 은호의 뒷모습을)

S#12. 은호의 집, 서재 (D)

– 은호, 먼저 자리 잡고 앉아서 작업할 준비하는데.. 단이 들어와 옆에 앉고.

은 호	(전혀 흐트러짐 없이 자연스럽게 육필원고를 읽어나간다)
단 이	(은호 말 안 듣고 딴 생각을 한다)

– 플래시백, 8부 49씬. 단이의 얼굴 더듬던 은호. 입술 만지던 은호의 손..

단이(E)	그럼 그건 뭐였지...? (쓰윽 은호를 본다. 은호의 손에 있는 만년필) 저거였나?

- 인서트, 단이 상상. 은호, 만년필로 단이의 얼굴을 꾹 꾹 누른다.
- 은호, 원고 읽어내다가 단이의 기척이 없어서 보면, 단이 눈을 감고 펜으로 자기 얼굴 꾹꾹 누르고 있고. 어이없어서 웃고 마는 은호. 단이 눈 뜨면, 웃고 있는 은호 보이고. 단이 민망해서, 얼른 시치미 떼면서 자세 바로잡는데.

은 호 　자꾸 딴짓 할래? (하고 만년필로 머리 통 때리고) 아니라고 했다 아?

단 이 　아. (아프다고, 하고 흘기고) 이게 누나를.

은 호 　(챗) 그놈의 누나 누나 누나-.

단 이 　이상해. 너. 분명히 내가 아까 잠깐 너한테 기댔을 때, 이상한 느낌이.. (보는 은호와 눈 딱 마주치며 말 흐리고) 있었단.. 말야..

- 은호, 그런 단이가 귀엽다. 시치미 뚝 떼고 놀린다.

은 호 　이상한 느낌, 뭐?!

단 이 　손으로.. 내 얼굴을 막.. (차마 말 못하겠고)

은 호 　(귀엽다. 얼굴 단이 가까이로 가져가며 놀리듯) 코까지 골면서 자 놓고 응큼한 상상까지 하셨어요, 누님?

단 이 　코는 누가 골았다구. 나는 여태 살면서 코를 골아본 적이 없어.

은 호 　그러시겠지. 우리 누님은 태어나면서부터 한글을 읽으셨을 거야.

단 이 　(밉다. 노트북 당기고 자세 고쳐 앉으며) 다시 읽어.

은 호 　(쓱 끼어들어 노트북 보며, 어디까지 옮겼나 보고)

단 이 　(얼른 몸 뒤로 빼며)

은 호 　(아무렇지도 않게 자리로 돌아와 원고 다시 읽고)

단 이 　(얼른 받아 타이프 치는데)

은 호 　(문득, 그대로 원고만 보며, 단이 안 보고) 근데.. 내가 좋아한다면 어쩔 건데. (자연스럽게 슬쩍 떠본다)

단 이 　말이 되냐, 그게?

은 호 　말이 안 될 건 뭔데? 남자가 여자 좋아하는 게, 뭐?

단 이   읽기나 해. 우리 낼부터 출근해야 돼.

  – 은호, 다시 읽고. 단이 타이프 친다.

은 호   (읽다가) 근데 누나.. 내가 누나 좋아한다면 신나야 되는 거, 아냐?
           (단이가 죽일 듯 보면 슬슬 웃으며 피하면서) 솔직히 나 같은 남자
           를 어디서 구해? 나 괜찮잖아. / 잘 생겼지, 똑똑하지, 썼다 하면 베
           스트셀러지, 사람들이 막 천재라고 하는데도 겸손하기까지 하지,
           (기어이 등짝 한 대 얻어맞고, 또 때리려는 단이의 손 막으며 능청
           능청) 아냐. 잘 생각해봐. 누나가 받아만 주면 내가 잘해줄게.

  – 단이 두 손목을 은호한테 잡혔다. 때리려고 해도 더 때릴 수가 없
    다. 단이 그래도 버둥댄다.

은 호   (단단히 잡고, 놀린다. 얼굴 가까이 다가가며) 좋아할까? 그냥, 확
           좋아해버려? 내가 좋아하면 못 이기는 척 넘어올래?
단 이   (잡힌 채 노려본다) 까불어라.
은 호   (가까이 들여다보며 능글능글) 이러구 보니까 되게 귀엽다, 강단이.
           이쁘기도 하고. (진심이다. 지긋이 보며) 사랑해. 강단이.
단 이   (순간 철렁)
은 호   (그대로 따뜻하게 웃으며 보고)
단 이   (긴장.. 어색하다. 아무래도 안 되겠다) 이게 진짜.

  – 단이, 은호한테 박치기해버린다. 키 차이로 어려우면 턱이라도.

단 이   까불고 있어. 누나한테.
은 호   (아프다..)
단 이   (더 이상해진다.. 고민 많아지는)

S#13. 어느 미술관 (D)

– 그림을 보고 있는 해린. 한쪽으로 걸어가면... 그 뒤로 서준도 그림을 보며 지나간다. 서로 한 공간에 함께 있는 줄 모르고 스쳐지나가는 둘.
– 천천히 걸어와 어느 한 그림 앞에 서는 해린. 홀린 듯 그림 보는데... 반대편에서 천천히 걸어와 마찬가지로 그 그림 앞에 서는 서준. 서준도 홀린 듯 그림을 본다. 그러다 동시에 걸음을 떼며 가던 방향 쪽으로 보는데... 딱 마주친 둘.

해 린 (놀라서 보다가, 작게) 어, 약속 있는 줄 알았는데.
서 준 (마찬가지로) 나도 송 대리님이 문자를 보내길래..
해 린 답이.. 안 왔구나? (하고 풋 웃는다)
서 준 (들켜버렸네, 하지만 너도..) 이런 날 이런 델 혼자 옵니까?
해 린 누가 누구한테 할 소리를..

– 또 동시에 웃어버리는 서준과 해린이고.

S#14. 거루 출판사 로비 + 엘리베이터 (D) – 다른 날

– 우편함 앞으로 총총 걸어가는 출근 차림의 단이. 우편물 챙겨 한 뭉치 정도 들고 엘리베이터 앞으로 가서 하나씩 살펴보고 넘기면서.

단 이 이건 대표님 꺼, 이건 이사님 꺼. 이건 우리 은호, (고개 살짝 흔들고) 아니 편집장님 꺼. 그리고 이건.. 어, 강 선생님 앞으로 왔네. 팬레터구나.

– 하고, 우편물 앞면에 적힌 '존경하는 강병준 작가님께'라고 쓰인 글씨를 보고 있는데.. 뒤에서 누군가 단이의 어깨를 탁 친다.

영 아	(반갑게 웃는) 친구! 오랜만이야!
단 이	(역시 반갑고) 잘 지내셨어요, 팀장님?
영 아	(장난 섞인 실망으로) 뭐야.. 이러기야? (버튼 누르면서) 우리 친구 먹기로 했잖아.

- 엘리베이터 도착하면 올라타는 영아와 단이.

영 아	바빴지? 유 작가님 육필원고 정리는 다 끝난 거야, 친구?
단 이	(픽 웃고) 응, 친구.
영 아	우리 또 클럽 가자! 나 강남표범한테 안 밀리려고 춤 연습 좀 했다?
단 이	정말?
영 아	봐봐. (살짝 어색한 그루브 보여주고)
단 이	(웃으면서 따라 해본다)
영 아	어쭈, 좀 되는데? (하며 그대로 이어서 춤춘다)
단 이	친구! 내가 특별히 파워댄스를 보여주겠어! (춘다)
영 아	으우, 그 춤 맘에 들어. (따라 해본다)

- 둘이 춤추고 있는데, 그때 엘리베이터 문이 딱 열린다.

S#15. 엘리베이터 앞 복도 (D)

- 그 앞으로 지나가던 유선이 영아와 단이의 어정쩡한 춤사위에 문득 돌아본다. 표정 없이 그런 둘을 잠시 보는 유선. 영아와 단이, 얼른 내리고. 단이, 유선 향해 반갑게 인사한다.

단 이	안녕, 친구!
유 선	(도도하고 차갑게 보는)
단 이	(부드럽게 바로 정정하고) 이사님, 안녕하세요! 잘 지내셨죠? 저는 편집장님과 유 작가님 육필원고 작업을 잘 끝내고, 오늘부터 회사

로 출근, (했어요)

– 뒷말 채 듣지 않고 가는 유선. 단이 말 끝 흐리며 뒷모습 흘겨보는
데. 뒤돌아보는 유선. 얼른 웃는 얼굴로 바꾸는 영아와 단이.

유 선   강단이 씨, 오성훈 작가 둘째 돌이야. 백화점 가서 선물 좀 사와.
단 이   어떤 게 좋을까요?
유 선   알아서 사와 봐. 좀 고급지고 창의적인 걸로. 일일이 물어보지 말고!
단 이   네, 오후에 다녀오겠습니다.
유 선   어휴... 저 재수탱탱이.

S#16. 콘텐츠 개발부 (D)

– 광수가 박스 들고 와서 책상에 탁 내려놓는다. 해린이 자리에서 벌
떡 일어나 먼저 박스 앞으로 간다.

해 린   (들뜬) 신간이죠? 〈당신의 우주〉요.
광 수   맞아요. 송 대리 뿌듯하겠어요. 책 예쁘게 잘 나왔더라고요.
해 린   (얼른 박스 뜯어 책 보는)
광 수   강 교수님껜 물류창고에서 바로 퀵으로 보냈어요.
해 린   어, 고마워요. 계속 기다리셨는데. (책 보며 기분 좋은) 걱정했는데,
시안대로 잘 나왔네요.

– 직원들 모여서 책 펼치며 본다..

S#17. 대표실 (D)

– 노크하고 들어오는 단이. 재민 책상에 책 한 권 놓는다.

단 이	신간 〈당신의 우주〉 나왔습니다.
재 민	(두 손으로 조심스럽게 책 들고 냄새 맡는) 난다, 나. 잉크향이 묵직한 게 대박의 향기가 나!
단 이	(재민 보다가, 따라 손에 든 책 냄새 맡는) 나요, 나! 종이향이 깊은 게 대박의 향기가 나요!
재 민	(단이와 눈 맞추고, 씩 웃는) 강단이 씨, 내기 할까요? 얼마나 팔릴 거 같아요? 난 초판 오천 부 다 팔릴 거 같은데!!!
단 이	그럼 오늘부터 2쇄 들어갈까요?
재 민	(말만으로도 기분 좋고) 에이, 아직 서점에 깔지도 않았는데.

S#18. 이사실 (D)

― 단이, 유선 책상에 책 한 권 놓는다.

단 이	(들뜬) 〈당신의 우주〉 나왔습니다!
유 선	(시크, 표정 변화 없이 책 훑어보는)
단 이	(머쓱) 나가보겠습니다..

― 단이가 돌아서 나가는데,

유 선	(저자소개 부분을 보다가, 다급) 잠깐만 강단이 씨!!!
단 이	(돌아보는)

S#19. 대표실 (D)

― 재민 역시 사색이 돼서 벌떡 일어난다.

재 민	송 대리!!! 송해린!!!!

S#20. 콘텐츠 개발부 (D)

　　　　　　　— 해린, 자리에 앉아 〈당신의 우주〉 저자와 통화 중이다.

해 린　　　　네, 교수님. 책 받으셨죠? 생각했던 대로 너무 잘 나왔어요. 교수님
　　　　　　글이야 뭐 너무 완벽하고요. 표지도 하드커버로 고집하길 잘한 것
　　　　　　같아요. 세련되고 고급스러워서 손이 가게끔 만들, (하다가 굳는)
　　　　　　네? / 잠..시만요...

　　　　　　　— 수화기 어깨 사이에 끼우고 급하게 〈당신의 우주〉 책을 펼쳐보는
　　　　　　　　해린. 책날개 확인하고 하얗게 질린다.
　　　　　　　— 그때 단이가 사무실로 급하게 달려 들어온다.

단 이　　　　송 대리님! 〈당신의 우주〉에... (하다가 책 펼쳐본 해린 발견하고, 어
　　　　　　떡하지 싶고)
해 린　　　　(일단 정신 차리고 수화기 고쳐 잡는) 네, 방금 확인했습니다. / 네.
　　　　　　교수님. / 네... 알겠습니다.

　　　　　　　— 수화기 내려놓는 해린. 일동, 무슨 일인가 싶어 단이와 해린을 보는
　　　　　　　　데... 재민과 유선이 온다.

재 민　　　　송 대리! 강 교수님한테 책 보냈어? 아직 안 보냈지?
광 수　　　　그거 제가 물류창고에서 바로 퀵으로..
유 선　　　　(해린에게 버럭!!!) 책임편집자가 돼서 저자이력도 제대로 확인 안
　　　　　　하고 인쇄를 보내, 송해린?!!!

　　　　　　　— 일동, 헉 놀라고... 다들 급히 각자 책을 펼쳐 확인한다.
　　　　　　　— 해린, 서늘하게 고개 돌려 지율을 본다.
　　　　　　　— 플래시백. 8부 12씬.
해 린　　　　이번에 출판할 〈당신의 우주〉 저자이력인데, 다시 제대로 알아보고

추가해서 정리해줘요.

지 율   네...

지 율   (어리둥절해서 책을 보다가 천연덕스럽게) 왜요? 전 원래 써주신 이력에다가 추가한 것도 다 인터넷에서 확인하고 올렸는데...

해 린   (그대로 보고 섰는데)

은 호   (발견했다) 중요한 단어가 빠졌습니다, 오지율 씨.

지 율   (그제야 책 들고 보는) 어디요?

은 호   (저자 소개 보며*) 미국 국립표준연구소를 역임했다,라고 돼 있잖아요... 연구소를 무슨 수로 역임합니까?

송 이   아니 어떻게 물리학자 책에서 물리학자라는 단어를 빼먹어요?

지 율   (어머나!)

훈   (걱정으로 지율을)

광 수   죄송합니다. 인쇄소로 넘기기 전에 원고를 제가 한 번 더 확인했어야 했는데...

해 린   (고개 숙이며) 전부 제 잘못입니다. 죄송합니다 대표님, 이사님...

유 선   (차갑게) 당연히 편집자 잘못이지! / 삼 년차 되고 대리 달고 나니까 기본적인 일은 아주 우습지? 시간 낭비나 하는 것 같고, 그지? / 배울 만큼 다 배워서 회사 일이 취미처럼 느껴져? 이제 그만할래?!!!

해 린   (고개 푹 숙이고) 아닙니다, 죄송합니다...

은 호   (나서며 해린에게 엄하게) 저자이력 실수는 절대 가벼운 일 아닌 거 알죠. / 경위서 써 내세요. 송대리.

•   강경주 / 서울에서 태어나 1987년 서울대 물리학과를 졸업하고 1989년 동 대학원에서 석사학위를 받았다. 1998년 미국 하버드대학에서 물리학 박사 학위를 취득했다. 1998년에서 2006년까지 미국 국립표준연구소를 (잘못된 내용-표준연구소에서 물리학자로) 역임했다. 2007년에서 2011년까지 컬럼비아대학 물리학과 부교수로 지내다가 2011년부터 현재까지 컬럼비아대학 물리학과 교수로 재직 중이다. 미국 국립표준연구소 젊은 과학자상과 호암상 과학상을 수상했다. 국제적인 과학잡지 〈네이처〉 자매지에 실린 논문을 포함, 현재까지 약 120여 편의 SCI 논문을 출판했다.

해 린	네... / (더 푹 고개 숙이며) 정말 죄송합니다. 제가 정리하겠습니다.
유 선	(차갑게 휙 돌아서서 가고)
재 민	(골치 아프게 보다가) 실수 안 하는 송 대리가 어쩌다가... (쯧쯧 혀 차며 가고)

- 재민과 유선이 가고 나자 다들 동시에 푹 한숨 쉬고... 지율은 눈치 만 본다. 해린, 정말 화가 난다. 단이는 그런 해린을 걱정으로 살펴 본다.

지 홍	그냥 스티커 작업 하자.
은 호	다시 찍어야 합니다. 저자이력은 특히나 교수들이 제일 민감하게 생각하는 부분이에요.
승 진	거기다 강 교수님 보통 까칠해야 말이죠. 이 년 전에 저자 강연회 준비하다가 나 스트레스 받아서 원형탈모 생겼잖아요.
은 호	(어쩌지..? 그대로 저자이력 보는데)
송 이	그럼 결국 재인쇄 해야겠네요?
훈	(놀라서) 오천 부를 전부요?
광 수	(걱정으로) 표지가 하드커버라서 표지갈이를 하면 티가 너무 많이 날 텐데..
은 호	....
영 아	아깝다.. 다 폐기하기에는. 그래도 표지갈이 하는 게 나을 것 같은데.

- 직원들 그런 의견들을 나누는 사이에... 해린, 폭발할 것 같은 감정 꾹꾹 누르고 있는 표정으로 서 있다가... 발로 책상 맨 아래 서랍을 연다. 단이 그곳에 뭐가 들어 있는 줄 안다. 드러난 팩소주에 깜짝 놀란다. 얼른 날아가듯 가서 서랍을 밀어 닫는 단이! 단이, 해린을 올려다보며 안 된다고 고개 젓는다.
- 플래시백, 5부 57씬.

| 해 린 | (서랍에서 팩소주 두 개를 꺼내고) 짜잔!!!! |

- 해린, 단이 손을 밀어내고 서랍 열려고 한다. 그런 해린을 필사적으

로 막는 단이. 하지만 결국 단이를 밀어내고 확 서랍을 연 해린, 소주팩 하나를 꺼낸다! 주저 없이 뜯어 소주를 마시는 해린!! 헉!!!! 단이가 해린을 말려보려고 하지만... 그런 해린을 발견한 지율과 훈도 놀라 굳어서 보는데...

은 호   (앞쪽 대사 이어서) 아무래도 스티커 작업이 제일 손실도 적고 비용도 적게 들긴 하죠. 그래도 역시 보기 좋진 않으니까... 일단, (하다가)

　　　－문득 팩소주를 원샷하고 있는 해린을 발견한 은호. 놀라 말 멈추고... 그 바람에 다른 직원들도 해린을 발견하고 놀란다! 단이, 그런 해린을 가리려 애쓰지만 다 보이고...
　　　－해린, 다 마신 팩소주를 탁! 책상 위에 내려놓는다. 마지막 한 방울까지 다 털린 팩소주는 해린의 손에서 구겨질 대로 구겨져 처참한 꼴이고... 해린, 확 고개를 돌려 지율을 본다. 찔끔 놀라는 지율.

해 린   (서늘하게) 오지율 씨... 회의실로 잠깐 오세요. (가고)
지 율   (하얗게 질려 안절부절 못하다가, 울상으로 따라가는)
훈   (그런 지율 뒤에다 대고 조용히) 힘내, 오 사원... (하다 눈치 보고)
은 호   (골치 아프다...)
지 홍   아니 저 소주가 어디서 나온 거야....

S#21. 겨루 출판사, 복도 (D)

　　　－앞서가는 해린의 뒤에 한참 떨어져 따라가는 지율. 얼굴이 하얗게 질렸다. 또각또각 울려 퍼지는 해린의 구두 소리 공포스럽고... 기도하는 마음으로 두 손 꼭 모은 채 주춤주춤 따라가는 지율.

S#22. 콘텐츠 개발부 (D)

— 은호, 해린의 자리로 와서 빈 팩소주를 보다가... 단이를 본다. 은호, 맨 아래 서랍을 열려 하고 단이 막아보려 하지만.. 분위기에 어쩔 수 없다. 서랍 안에 소주가 가득한 게 보인다... 은호, 다시 단이를 보고... 단이, 괜히 자기가 잘못한 기분이 드는데...

은 호   강단이 씨. 이거 다 갖다 버리세요.
단 이   네...
은 호   (둘러보며) 다들 오늘 아무것도 못 본 겁니다.
지 홍   특히 대표님이랑 이사님! (다들 입조심 하라고 입술에 손가락 갖다 대고)
송 이   이제 오지율은 죽었다. 송 대리님한테. (훈에게) 송 대리님, 화나면 완전히 눈 돌아가거든요.
훈   (헉)

S#23. 회의실 (D)

— 회의실로 들어서는 해린. 뒤이어 들어온 지율... 최대한 조용히 문을 닫고 서서 해린을 본다. 해린, 조용히 입고 있던 재킷의 단추를 푼다. 그리고 벗는다...! 지율, 영문을 모르고 보는데... 해린, 벗은 재킷으로 테이블을 미친 듯이 패대기를 친다!!!! 놀란 지율...!! 벽에 딱 달라붙어서 재킷이 테이블을 때릴 때마다 눈 질끈 감고... 확 재킷을 테이블 위로 내팽개친 해린. 양손으로 테이블 짚고 숨 몰아쉬며 입 여는.

해 린   길게 얘기 안 할게, 오지율 씨. / 내가 아무리 설명해봐야 오지율 씨는 내 말 못 알아먹을 거고. 나는 오지율 씨가 제-발 사표 쓰고 우리 회사에서 나가쳤음 좋겠는데!! 그건 오지율 씨 인생이니까 오지

율 씨가 알아서 해. 근데! (차게 지율 보며) 난 내 피 같은 저 책, 오
천 권!! (휙 고개 돌려 지율을 보며) 절대 파쇄 못 시켜!!! / 오지율
씨가 오천 권 전부 스티커 작업 하세요. 내일 아침까지.

지 율   (겁먹어서 눈치 보다가) 스티커 작업은 어떻게... (하다가 찬바람 도
는 해린을 보고 말 멈추고) 제가 잘 알아보고... 할게요.

    – 해린, 지율 말 끝까지 듣지 않고 옷 챙겨 나간다.
    – 지율이 그대로 선 채 훌쩍훌쩍 서럽게 울기 시작한다.

S#24. 콘텐츠 개발부 (D)

    – 해린 걸어온다. 모두 해린 눈치 보는데.. 자리로 와서 일어선 채 통
화하는 해린.

해 린   도서출판 겨루 송해린 대립니다. 스티커 주문하려고요.
은 호   송 대리.. (안 된다고. 낮지만 단호하게)
해 린   (신경 안 쓰고, 앞 대사 이어서) 사이즈랑 문구는 지금 메일로 보낼
게요. (끊고)
은 호   너 정말 스티커 작업 할 거야?
해 린   제가 안 하고 오지율 씨에게 직접 하라고 시킬 겁니다.
지 홍   (안타깝게 보는데)
해 린   일 년 동안 만든 책이... 겨우 단어 하나 빠진 것 때문에 종이가루가
되는 꼴 (하고, 울 것 같다.. 눈가 붉어져서) 못 봅니다. 그걸 내가 어
떻게.. 봐요..

    – 지율이 오다가 해린을 본다. 은호도 해린을 보는.

해 린   (은호에게) 책에 스티커 붙여서 나가는 거.. 저도 당연히 싫어요. 근
데.. 한두 권도 아니고 오천 권을 어떻게 파쇄해요.. (눈물 툭툭 흘리

	다가 앉는다)
지 홍	으이구.. 그냥 이천 권 정도만 찍을걸..
광 수	하드커버는 왜 해가지고...
단 이	(조용히 우는 해린에게 티슈곽 건넨다)
은 호	.... (해린 보다가, 시선 지율에게 옮겨서) 오지율 씨. 물류창고로 가서 스티커 작업 하세요. / 송 대리. 스티커는 물류창고로 바로 보낼 거죠?
해 린	네.
지 율	.....

S#25. 호스피스 병동 (D)

- 걸어오는 서준. 눈으로 엄마를 찾는. 저만치서 자원봉사자 가운을 입은 서준모가 막 목욕을 마친 할머니를 휠체어에 옮겨 앉힌다. 그런 엄마를 애틋하게 보는 서준..

서준모	(모포 둘러주며) 할머니, 목욕하니까 이렇게 이쁘잖아.. 왜 그렇게 목욕을 싫어해. 나 물 흠뻑 뒤집어쓰게 만들구.

- 하다가, 서준을 발견. 웃어 보이는 둘.

S#26. 호스피스 병원 일각 (D)

- 적당히 음료 마시는 서준모와 서준.

서 준	그 할머니 요즘도 목욕할 때마다 엄마 힘들게 해?
서준모	아니, 조금.
서 준	이제 그만해. 엄마. 나 신경 쓰여. 엄마도 몸 생각해야지..

서준모	전에 선생님 말씀 못 들었어? 괜찮다잖어..
서 준	암은 완치가 없대. 엄마..
서준모	집에만 앉아 있으면 더 안 좋아져.
서 준	....
서준모	봉사하러 오는 게 아니라 나 기분 좋으라고 오는 거야. 여기 올 때 마다 얼마나 감사한데. / 나는 우리 아들 때문에 살았잖아.. 니가 학 교까지 휴학하고 엄마 돌봐줘서.
서 준	그럼 일주일에 한 번만 해..
서준모	(웃는다) 어제 눈 왔는데 그 키 큰 여자랑 데이트 했어?
서 준	뭘 물어봐.. (쑥스럽다)
서준모	(손 내밀며) 사진. / 전에 약속했잖아. 보여준다구.
서 준	다음 데이트 때 찍어올게. 대신에 (호주머니에서 포장된 엽서 꺼내 건넨다) 선물.
서준모	(열어보고, 좋아하는) 주미현 화가 그림*이네.
서 준	그림 직접 보니까 더 좋더라. 전시 끝나기 전에 같이 가요.

─ 그리고 가방에서 책 두 권 꺼내며.

서 준	이건 이번에 디자인한 책. (다른 책) 이건 엄마가 좋아할 것 같아 서..

─ 서준이 책 설명하면, 미소 짓는 서준모. 따뜻한 두 사람에서.

S#27. 물류창고 (D)

─ 거대한 규모의 물류창고 풍경. 컨베이어 벨트로 이동하는 수백 권

* 앞 씬 미술관에서 서준이 해린과 같이 본 그림. / 작가는 임시 설정.

의 책, 책을 트럭에 싣는 기사들의 분주한 모습, 물류창고 떠나는
트럭 보이고.. 그 앞에 택시가 선다.

S#28. 택시 안 (D)

- 지율이 택시 안에서 착잡하게 창밖 물류창고 풍경을 보고 있다.

기 사   (갸웃, 카드 도로 지율에게 주며) 정지된 카드라는데요?

지 율   네? 그럴 리가 없는데.. (카드 받고, 별일 아니란 생각으로 지갑에서
다른 카드 꺼내 주는) 이걸로 해주세요.

기 사   (슬슬 짜증) 이것도 정지됐습니다.

지 율   네?!

- 지율이 다급하게 지갑에서 카드 다 꺼내지만.. 전부 사용불가 '삐'
소리 들리고.. 기사 아저씨 표정 점점 험악해진다.

지 율   (얼마 없는 지폐와 동전 탈탈 털어 돈 세다가 난감하게 기사 보는)
아저씨... 삼백 원이 모자라는데요..

기 사   (짜증)

S#29. 물류창고 앞 (D)

- 택시에서 내린 지율. 문 닫자마자 출발하는 택시.
- 플래시백, 앞 씬. 회의실에서 미친 여자처럼 재킷으로 테이블 때리
던 해린.
- 해린을 떠올리기만 해도 등골이 오싹한 지율. 빠르게 물류창고 들
어간다.

S#30. 물류창고 안 (D)

- 어색하게 물류창고 둘러보는 지율. 분주히 움직이는 직원들 보이고.

지 율   (머뭇대다 지나가는 직원에게) 저.. 도서출판 겨루에서 왔는데요.

직 원   아, 스티커! 저기요 (손으로 가리키는)

- 지율이 직원이 가리킨 쪽 보면, 서너 팔레트에 쌓인 책*, 옆 테이블
  에 쌓인 스티커 보인다. 한숨이 절로 나오는 지율. 일단 코트 벗어
  서 옷걸이 찾는데 없고..

지 율   (지나가는 직원에게) 저기.. 옷은 어디다 걸어요?

직 원   그거요? 주세요. (하고 받아서 쌓인 책 위에 탁 놓고, 어이없는 얼굴
  로 지율 보고 가버리는)

지 율   .... (가방을 조심스레 옷 위에 올리며) 애기야, 잠깐만 여기 있어. 다
  치지 말구..

- 지율, 전화벨 울려서 보면 엄마다. 얼른 받는 지율.

지 율   (울먹) 엄마... 엄마, 나 회사 그만두면 안 돼? 월급도 코딱지만한데
  그냥 지금 집으로 갈까? / 사표 처리 엄마가 해주면 되잖아.

S#31. 어느 거리 (D)

- 청담동 정도의 거리. 화려한 차림의 지율모가 차를 향해 걸으며 통
  화 중이다. 비서가 차 문을 열어주는데.

• 인쇄된 책은 출고시 밴딩 상태로 팔레트에 실립니다. 보통 삼천 권이 두 팔레트 정도입니다.

| 지율모 | 안 돼!! 석 달은 다녀야 돼! / 너 선봐서 결혼하려면 최소한 석 달은 다녀야지. 요즘 남자들 직장 없는 여자 안 좋아한대. 결혼할 때 직장동료들 세우고 사진도 좀 찍고. 시댁에도 어디 다닌다고 말이라도 할 수 있어야지. 식 올리고 그만둬. |

    – 인서트, 물류창고의 지율.

| 지 율 | .... (애교) 그럼, 엄마아.. 카드는 풀어주라아. 응? 나 오늘 집 들어갈 차비도 없어요! (끊긴 전화에) 엄마!! 엄마!!! (핸드폰 노려보고) 이 씨.. |

    – 심통 난 지율. 괜히 스티커더미 쳤다가, 쓰러지자 후다닥 도로 줍는다. 울고 싶다.

S#32. 콘텐츠 개발부 (D)

    – 단이 벽에 걸린 일정판에 '백화점 선물 구입' 적는다. 돌아서는데, 은호가 전화를 끊다가 단이를 보며 싱긋 웃어 보인다. 단이, 뭐지? 싶은데.

은 호	여러분!!! 중쇄를 찍는 책이 무려 두 권입니다!!!
일 동	와우! (박수치고)
단 이	(보며 웃는데)
은 호	하나는 (앞에 놓인 〈내 마음 다치지 않게〉* 들어 보이며),
지 홍	나야 나! 내 책이야! 내가 편집한 책!!! 5쇄 넘어 6쇄 간다!

    – 유선과 재민이 외출 차림으로 나온다. 박수치는 분위기를 흐뭇하게

•   설레다, 〈내 마음 다치지 않게〉, RHK

웃으면서 본다. 단이도 열심히 박수치는데.

지 홍	뭐랬어? 내가 된댔지, 이 책!!
영 아	무슨 소리예요. 마케팅이 좋았는데.
은 호	네. 다들 고생하셨구요.. 그리고 다음 책은.. (단이를 보며 따뜻하게 웃는)
단 이	(왜 나를?)
은 호	(〈거울 속 외딴 성〉*) 이 책입니다.
송 이	어머!!! 내 책이에요.. 대박. 내 책이 2쇄를 들어가다니!

－ 재민, 유선 나가려는데..

은 호	네. 근데 주인공은... 채송이 씨가 아니구요..
일 동	(응?)

－ 재민, 유선 돌아본다. 은호, 단이를 따뜻하게 본다. 단이, 영문 모른 채 보는데..

은 호	박수를 받으실 분은... 업무지원팀 강단이 씨!!
영 아	와우!! (폭풍박수!)
송 이	?
단 이	(영문 모르겠고)
재민,유선	(뭐지?)
은 호	이 책은.. 강단이 씨가 작성한 카드뉴스가 포털 일 면에 오르면서 오늘 주문이 급증했어요.
송 이	대박... (하며 단이 보고)
일 동	(모두 박수치는데)

• 츠지무라 미즈키, 〈거울 속 외딴 성〉, RHK

| 영 아 | 최고! (엄지 척!) |
| 재 민 | 우리 업무지원팀 막강하다니까. 강단 있어, 강단이 씨! |

- 재민도 박수를 치고.. 유선, '인정할 수밖에' 하는 느낌으로. 단이, 처음으로 인정받은 느낌이다..

S#33. 거루 출판사 일각 (D)

- 상기된 얼굴로 어느 모퉁이를 도는 단이, 아무도 없는 걸 확인하고 핸드폰으로 포털 사이트 띄워 본다. 정말 단이가 쓴 블로그 카드뉴스 포스팅이 포털 사이트 메인에 걸려 있다. 눌러서 댓글 확인하는 단이. '헐 개소름! 뒷얘기 완전 궁금' '보자마자 장바구니에 넣었다...' '이렇게 보니까 영화 같다... 존잼스멜!!!' '이런 심리스릴러 완전 취저ㅜㅜㅜㅜ' 등 긍정적인 내용의 댓글들이 수두룩하다.
- 플래시백. 박수쳐주던 직원들. 송이, 대박! 엄지를 치켜세워주던 영아. 그리고 웃어주던 은호..

| 단 이 | 드디어 회사에 도움이 됐어!! 으앗싸!!! 파워댄스!!! (하며 좋아서 춤을 춘다) 자신 있게, 파워댄스~~!! |

- 앗. 은호가 입구에 서서 보고 있다!!! 헉, 하는 단이. 뻘쭘해지고...

| 은 호 | (웃으며 귀엽게 보고) 백화점 안 가? 선물 산다면서. (웃고 간다) |
| 단 이 | (가는 은호를) |

S#34. 백화점 일각 (D)

- 유아용품 매장. 앙증맞은 아기 옷과 신발들이 쪼르륵 진열되어 있

고. 직원이 적당한 크기의 상자 두 개 포장을 마치고 쇼핑백에 각각 담는다. 단이에게 건네는 직원.

단 이   (받아들고) 감사합니다.

– 매장을 빠져나오는 단이.

S#35. 백화점 일각 (D)

– 단이, 에스컬레이터 타고 내려가다가.. 문득 아래층쯤 보는데 단정한 남자 셔츠들이 예쁘게 걸려 있는 모습이 눈에 들어오고. 앞에 서서 옷깃 매만져본다.

S#36. 백화점 일각 (D)

– 고급스러운 주얼리 매장. 은호, 진열대 위에 올려져 있는 서너 개의 반지를 본다. 어떤 것 하나 빠지지 않고 눈부시게 반짝거린다.

직원1   (고심하는 은호 보다가) 고객님. 프로포즈 하실 건가요?
은 호   (고개 들고) 아니요. 아직 그건 아닌데..
직원1   (정면으로 은호 보고 놀란) 어머. 차은호 작가님 아니세요?
은 호   (살짝 당황한)
직원1   (반색) 저, 작가님 책 너무 잘 읽고 있어요. 예전부터 팬이었어요. 특히 최근작인 피플 시리즈가 완전 제 취향이더라구요. / (뭔가 생각하고) 잠시만요. (하고 후다닥 안으로 뛰어가고)
은 호   (난감한)
직원2   (다가오며) 제가 도와드리겠습니다.
은 호   (아무래도 반지는 무리인가 싶고) 목걸이로 좀 보여주세요.

직원2	네, 고객님. (하고 몇 개 골라서 꺼내는)

S#37. 백화점 일각 (D)

– 남성복 매장. 계산대 앞에서 결제 중인 단이. 직원이 단이가 고른 셔츠를 상자에 넣어 포장하고 있으면,

단 이	어, 포장 안 하셔도 돼요. 그냥 주세요. 동생 입힐 거라서.
직 원	네, 그러겠습니다. (잘 개어 쇼핑백에 넣으려는)
단 이	쇼핑백도 그냥 놔두세요. 괜히 쓰레기만 쌓여요. (손 내밀면)
직 원	(건네주고)
단 이	(들고 있는 쇼핑백에 같이 넣으며) 여기 같이 넣으면 되거든요.

– 하고 직원에게 웃어 보이고 매장 나서는데 핸드폰 울린다. 보면, 발신자 이름이 '동생'으로 뜨고. 바로 받는 단이.

단 이	어, 은호야. (사이) 나, 백화점. (두리번거리며) 너도 왔어?? / 왜, 어딘데?

S#38. 백화점 일각 (D)

– 은호가 말한 주얼리 매장 앞으로 다가가는 단이. 고급스러운 매장 안 분위기를 한번 슥 살펴본다. 손님은 은호 밖에 없다.

단 이	(혼잣말) 뭐지? 여긴 왜 오라고 한 거지? (괜히 복잡해지고)

– 단이의 시선으로 보이는 매장 안의 은호. 직원1, 자리로 돌아와서 가지고 온 은호의 책을 내민다. 은호, 여러 번 있는 상황이었던 듯

앞장 펼쳐서 사인해주고. 직원1, 사인 보며 흐뭇해하면, 은호, 시계
보다가 문득 매장 앞에 서 있는 단이를 본다. '안 들어오고 뭐해?'
하는 표정으로 웃으며 단이에게 들어오라고 눈짓하는 은호.
- 쭈뼛거리면서 안으로 들어가는 단이.
- 매장 안. 단이, 은호에게 다가가서 서고. 은호, 단이에게 자신 앞쪽
으로 일렬로 늘어선 목걸이 세 개쯤 가리킨다.

은 호 　　(목걸이 들여다보는 단이에게) 이 중에 어떤 게 괜찮아?
단 이 　　(목걸이만 보면서) ...누구.. 줄려고?
은 호 　　(무심하게) 알아서 뭐하게?
단 이 　　(목걸이 보며.. 떠보듯) 어떤 여잔지 알아야 추천을 할 거 아냐.
은 호 　　(예쁘게 단이 본다)
단 이 　　여자들이라고 취향이 다 똑같은 것도 아닌데.
은 호 　　좋은 거 알아보는 눈은 다들 같을 거 아냐.
단 이 　　..... (세 개의 목걸이를 본다)
은 호 　　음.. 어떤 여자냐면... / 얼굴은 좀 작은데, 그 안에 이목구비가 예쁘
게, 또렷하게, 꽉 차 있어. 마치 딱 부러지는 성격처럼.

- 직원1과 2, 둘이 눈빛 주고받으며 단이 힐긋 본다. '저 여자 말하는
거구나!' 하는 표정으로 팔꿈치로 서로의 옆구리 찌르며.. 은호와
단이를 번갈아 본다.

단 이 　　(나 같은데.. 내색은 못하겠고. 차마 고개 돌려 은호도 못 보고. 목걸
이만 보는)
은 호 　　목은 길고, 눈은 크고. 그래선지 호기심도 엄청나고. 눈물도 많아.
또, 좋아하는 거 앞에서는 앞뒤 안 재고 세상에 덤비는 매력도 있고.
단 이 　　(모르겠다, 나는 아니겠지, 아닐 거야) 그니까. 예쁘고 착하다?
은 호 　　그렇게 두 단어로 정리되나?
단 이 　　남자들은 원래 그 두 가지만 보잖아.
은 호 　　(아래위 훑으며) 몸매도 보거든?!

단 이	이게 어딜.. (봐)
은 호	그래서 어떤 게 제일 좋아 보이는데?
단 이	(목걸이 하나 가리키며) 이게 제일 나은 거 같은데. (은호 보고) 넌 어때?
은 호	(직원에게) 이거 잠깐 걸어봐도 되죠?
직 원	네. (케이스에서 꺼내 주고)

– 은호, 받아들고 단이에게.

은 호	잠깐 머리 좀 넘겨봐.
단 이	나?

– 은호, 끄덕이면, 얼떨결에 머리 한쪽으로 넘기고 은호 앞에 서는 단이. 은호, 단이에게 목걸이 걸어주는데.. 그 순간이 몹시 어색하고 묘한 단이. 단이의 기분 모르는 척, 자신의 설레는 감정 누르며 차분히 목걸이 걸어주는 은호.

은 호	봐봐. (하고 목걸이 건 단이를 본다)
단 이	(어색해서 죽겠다)
은 호	(담담하게) 예쁘다. 잘 어울리네?

– 은호, 목걸이 빼려고 다시 단이 목쯤에 손 뻗는데.. 깜짝 놀라는 단이. 그제야 긴장한 단이가 눈에 들어오는 은호. 단이를 귀엽게 보며 픽 웃는다. 은호, 목걸이 빼서 직원에게 건네주며.

은 호	회사로 들어갈 거지?
단 이	어.. 그래야지.
은 호	(지갑 꺼내며) 난 강의 있어서 학교 가.
단 이	(그렇구나)
은 호	(보며, 웃는) 안 가?

단 이	어.. 가야지.. 이따 봐.. (하고 간다)

- 은호, 가는 단이 귀엽게 보다가 고개 돌리면 직원 둘이 딱 보고 있다. 흠, 표정 정리하는 은호.

S#39. 겨루 출판사 복도 (D)

- 걸어오는 단이.. 돌아보며, 혼잣말.

단 이	아.. 차은호. 왜 저러지, 나한테.. (슬슬 화가 난다) 아니라고 했으면서, 나 놀리는 건가?

- 복잡하지만 떨치고 걸어간다.

S#40. 콘텐츠 개발부 (D)

- 자신의 자리에 앉아 가지고 온 쇼핑백을 여는 단이. 같이 넣어놨던 은호의 셔츠를 꺼내 책상 위에 올려놓고, 아이들 선물만 든 쇼핑백을 들고 일어난다.
- 프린트기 앞. 프린트 되어 나온 문서를 모은 해린, 주위 두리번거리며 스테이플러 찾는데 안 보인다. 그러다 문득 이사실로 가는 단이를 보고.

해 린	단이 씨. 스테이플러 좀 쓸게요.
단 이	네. 제 책상 위에 있어요. (가고)

- 단이의 자리로 가 책상에서 스테이플러 집는 해린인데, 책상 한쪽에 놓인 은호 선물로 산 셔츠를 발견한다. 무심히 보고는 스테이플

러로 문서 찍는 해린. 서준의 계약서다. 스테이플러를 제자리에 놓고 자리로 가는 해린.

S#41. 서점 (D)

– 서준, 서서 책을 읽다가 해린의 문자를 받고 확인하는.

해린(E)   오늘 계약서 도장 찍죠. 지 작가님. 제가 동네로 갈게요.

S#42. 탕비실 (D)

– 해린, 들어서는데 커피 마시고 있던 단이와 마주친다.

단 이   (누가 안 들어오나 탕비실 입구 흘깃 봤다가, 목소리 낮춰서) 대리
       님...
해 린   (커피 타다가, 응? 보면)
단 이   대리님 팩 소주, 제가 여기다 버렸어요.

– 단이, 탕비실 서랍 열어 컵라면 박스 뒤쪽에 숨겨놓은 해린의 팩소
  주들을 보여준다. 윙크 찡긋 하는 단이와 그런 단이가 재밌는 해린,
  마주 윙크 찡긋 해주고... 그렇게 둘이 킥킥대며 웃는데... 해린의 핸
  드폰이 울린다. 꺼내 보면 은호의 문자고.

은호(E)   송해린. 다음부터 사무실에서 술 안 돼. 그것도 경위서에 포함이다.
해 린   (핸드폰 내밀어 문자 보여주고) 어휴.. 차은호. 그냥 넘어가는 게
       없지.
단 이   (보고 웃는)
해 린   (문득 생각난) 참. 유 작가님 육필원고 작업할 때... 어땠어요? 편집

장님 집?

단 이	(갑자기 집은 왜 물어?) 편집장님 집이 왜요?
해 린	(애써 태연하게, 흘리는 말투로) 거기 혹시... / 다른 사람 없었어요?
단 이	(살짝 긴장해서) 아뇨. 없었는데...
해 린	그 집에 강단이 씨랑 편집장님 둘만 있었어요?
단 이	네...
해 린	(씨익 웃고) 차은호, 내가 그럴 줄 알았다니까...
단 이	?

S#43. 물류창고 (N)

- 테이블 앞에 앉아 스티커 붙이고 있는 지율. 나름 심혈을 기울여 붙이지만 살짝 삐뚜름하게 붙는다. 힝, 우는 소리 내며 떼어내고 새 스티커 뜯어 바들바들 떨며 붙이는 지율이고... 겨우 작업한 책을 옆에 둔 팔레트에 내려놓는 지율. 그래도 벌써 오백 권 정도 했다. 꽤 쌓인 책들 뿌듯하게 보는 지율인데, 고개 옆으로 돌리면 다른 팔레트에 한참 쌓인 사천오백 권 정도의 책들이 보인다. 막막하게 산더미처럼 남은 책들을 보는데... 배에서 나는 꼬르륵 소리.

|지 율|아, 배고파...|

S#44. 엘리베이터 + 일층, 엘리베이터 앞 (N)

- 엘리베이터 앞에 서 있는 단이. 문 열리면 올라타고. 문 닫히는데 "스타압-!!" 하는 목소리 들리고, 급히 열림버튼 누르는 단이. 다시 문 열리면 훈이 올라탄다.

|훈|(주접) 오, 강단이 씨! 역시 우리 최강능력자 입사동기님... 재빠른|

반사신경까지, 매력 터진다 진짜.

단 이   (웃고) 이제 퇴근해요?

훈   아뇨. 야근하러 가야죠. 최강 사고뭉치 입사동기님도 한 분 계시잖
         아요...

단 이   어, 나도 지율 씨한테 가려고 했는데.

훈   역시 동기끼리는 통하는 게 있다니까요! (손 들어 보이면)

단 이   (웃으며 하이파이브 하고)

훈   근데 난 강단이 씨는 안 갔으면 좋겠는데.

단 이   네? 왜요?

훈   내가 갈 거라서요.

단 이   셋이 하면 더 좋잖아요.

훈   아하... 우리 최강능력자 입사동기님께선 눈치가 쪼끔 없으시구나...
         / 지금 우리 오 사원이 혼자 있잖아요. 거기에 저도 혼자 가는 거예
         요. 그럼 어떻게 되겠어요? 혼자인 나와 혼자인 오 사원이 만나 함
         께 둘이 되는 그런 매직!

단 이   네? / 둘이 하면 새벽에나 끝날 텐데.

    – 하는데 1층에 도착한 엘리베이터 문이 열린다.

훈   잠시만요. 그대로 있어요. 입사동기님. (재빨리 지하 4층 버튼 누르
         고, 닫힘버튼까지 누른다.)

단 이   ?

훈   (문 닫히기 직전 후다닥 밖으로 뛰쳐나오고)

단 이   (앗!)

훈   (닫히는 문 사이로 해맑게 손 흔들며) 내일 봐요, 동기님!!!

    – 단이, 어떻게 할 새도 없이 문 닫힌다. 지하로 내려가는 층수 화면
      어이없게 웃으며 보는 단이에서...

S#45. 물류창고 안 (N)

– 지율이 스티커 붙인 책 담은 박스를 한쪽으로 끙끙대며 옮긴다. 그 바람에 코트와 가방이 툭 떨어지고. 서둘러 박스 놓고 가방과 옷 줍는 지율.

지 율   (가방 보고) 으, 상처 났어. 아프지.. 미안해에.. (속상해서 가방 보다가, 옷 터는데.. 스티커가 붙어 있다. 떼며 짜증) 송해린.. 못된 마녀! 지가 확인했으면 됐지..

훈(E)   오 사원!!

– 지율이 고개 돌려 창고 입구 보면, 훈이 손에 종이백 들고 터벅터벅 걸어온다. 환하게 웃으며, 멋있게 지율 앞에 서는 훈.

지 율   (눈물 그렁그렁) 박훈...
훈   감동할 거 없다.
지 율   (훈 얼굴 빤히 보다가.. 종이백 달라고 손 뻗는, 음식이 감동인 것) 얼른 밥! 밥이지?!
훈   (허탈)
지 율   (훈이 안주자, 종이백 낚아채며) 나, 진짜 배고팠어. 헐 이거 내가 좋아하는 집 도시락!! 맛있겠다!
훈   (서운) 나는 안 보이냐?
지 율   (눈 맞추고 활짝 웃는) 보여. 완전 보여. 박훈 너는 진-짜! 내 인생의 구원자야!!

– 지율, 훈을 덥석 안고. 훈, 사르르 녹는다.

S#46. 어느 카페 (N)

    – 해린이 앉아 테이블에 올려둔 파일 열어본다. 서준 계약서 보이고, 살짝 긴장한 느낌의 해린. 그때 서준이 손에 책* 들고 카페 들어온다. 서준, 걸어오며 해린과 눈 마주치고 가볍게 인사한다.

서 준	(책 테이블에 올리고, 겉옷 벗으며 앉는)
해 린	(서준 책보고) 제가 편집한 책, 또 읽고 계시네요.
서 준	(장난 섞인 진심) 책을 보면 담당편집자가 어떤 사람인지 어렴풋이 보이잖아요. 파트너 연구죠.
해 린	(웃고) 제가 어떤 것 같은데요?
서 준	완고하면서 유연하고, 어렵지 않게 핵심을 잘 얘기하네요. (책 두드리며) 이 책이. 아마 송 대리님도 그렇겠죠?
해 린	사람 잘 보시네요. (파일에서 계약서 꺼내 펜과 같이 서준 앞으로) 이전 미팅 내용대로 유명숙 작가님 원고 포함 세 작품 계약이에요. 작품 선택권은 지 작가님께 있고요.
서 준	(계약서 보지만 손대지 않고) 추가할 조건이 있어요.
해 린	얘기하세요. (수첩에 메모할 준비)
서 준	전 다른 사람들이랑 일하는 거 불편해요. 겨루 디자인팀과는 별개로 일하고 싶습니다.
해 린	(적는) 네, 알겠습니다.
서 준	이런 스타일의 디자인 원한다면서 다른 책 가지고 오는 경우 제일 싫어합니다. 편집팀이나 마케팅팀에서 그런 예시를 가져오는 건 결국 비슷하게 만들어 달라는 거나 마찬가지니까요.
해 린	(적는) 네, 그것도 알겠습니다.
서 준	… 제 말 제대로 듣고 있는 거죠? 쉽게 대답하시는 거 같아서요.
해 린	쉽게 대답하는 게 아니라, 수긍하는 거예요. 안이한 것보단 까다로

• 8부 48씬에서 서준이 보던 책. /흔글, 〈내가 소홀했던 것들〉, RHK

	위도 정확한 게 좋아요. / 다른 것도 아니고 책 만드는 일이잖아요.
서 준	(신뢰가 가고)
해 린	(서준 반응 살피고 이 타이밍이다 싶어서, 파일에서 준비한 다른 계약서 꺼낸다) 계약서가 한 장 더 있어요.
서 준	무슨 차이죠?
해 린	이쪽은 (먼저 꺼낸 계약서) 세 작품, 이건 (새로 꺼낸 계약서) 다섯 작품 계약이에요. 다섯 권으로 계약하시면 안 될까요? 책, 제가 정말 잘 만들게요. (간절함과 자신감으로 보는)
서 준	(진심으로 열심인 여자구나.. 깊게 본다)
해 린	(왜?)
서 준	....책 만드는 일.... 좋아요?
해 린	(같은 느낌으로 깊게. 그래서 봤구나..) 네. 좋아요.
서 준	(웃는다) 나도 책 만드는 거 좋아요. / 줘요, 그 계약서. (손 내밀고)
해 린	(놀라서) 정말 다섯 권으로 하게요?
서 준	네. 편집자랑 마음이 맞아서요.
해 린	(계약서 감추며 얼른) 열 권으로 하면 안 돼요?
서 준	(픽 웃으며) 안 됩니다-!
해 린	열 권으로 해요, 네?
서 준	안 된다니까요.

S#47. 버스 안 (N)

	- 퇴근하는 단이. 버스 안에서 복잡한 얼굴이다.
	- 플래시백, 4부 51씬
은 호	(달 올려다보는 단이를 보다가) 나도 누나 하나면 돼..
은 호	이 세상에 나 제대로 아는 사람.
	- 플래시백, 8부 8씬.
은 호	(무슨 말인지 몰라? 화나서 단이 손 밀어서 확 눕히고)
단 이	어어.. (하며 눕혀지는데, 그 위로 바짝 다가온 은호.. 긴장해서 본다)

은 호	....
단 이	(코앞의 은호를.. 숨도 못 쉬겠고)
은 호	그래. 나 남자야. 제대로 보면 진짜 괜찮은 남자-.

- 플래시백, 6부 14씬.

은 호	(OL, 오버) 갈 데가 왜 없어. 내가 여기 있는데!!!!
은 호	전에부터 계속 그런 말 하는데, 그런 말 좀 하지 마! / 내가 있는 데 가 누나 집이야. 언제든지 나한테 오면 되잖아!!!!

- 플래시백, 7부 6씬. 엘리베이터에서 머플러 둘러주던 은호.
- 단이, 점점 확신으로 굳어진다. 마침 핸드폰이 울린다. 보면 은호고. 어떡하지, 싶은 단이.. 받는다.

단 이	어.. 은호야..

S#48. 은호의 집, 거실 + 버스 안 (N)

- 꽃다발 들고 들어오는 은호. 목걸이 든 쇼핑백이랑 식탁에 놓으며..

은 호	집에 언제 와?
단 이	어.. 왜?
은 호	그냥 궁금해서.
단 이	(어떡하지..) 아직 회사야..
은 호	그래. 알았어. (하고 끊고. 꽃다발과 목걸이 케이스 보는데)
단 이	(이미 끊긴 핸드폰 보며) 또 뭐지..?

S#49. 어느 카페 앞 (N)

- 함께 나오는 서준과 해린.

서 준	이 시간에 회사로 다시 가는 거예요?
해 린	아뇨. 편집장님 댁에 갈려구요. 마침 이 동네라서.
서 준	아... 그럼 같이 가요. 방향이 같아요. (가고)
해 린	어, 우리 편집장님 댁 아세요?
서 준	네.. 우연히요.

S#50. 은호의 집 앞 (N)

- 단이 걸어온다.
- 플래시백, 앞 씬. 백화점에서 목걸이 걸어주던 은호. 아무래도 그게 나인가 싶은 단이..

단 이	어떡하지? (싶은데)

- 저만치서 해린과 서준이 걸어온다. 앗, 싶은 단이.. 얼른 은호의 차 뒤편에 숨고.
- 해린과 서준은 집 쪽으로.

S#51. 은호의 집, 단이의 방 (N)

- 화병에 꽃을 꽂아 가져오는 은호. 쇼핑백과 함께 단이의 화장대에 올려놓고.. 웃는데. 현관 벨 울린다. 응? 하고 돌아보는 은호.

S#52. 은호의 집, 거실 (N)

- 은호, 걸어와 현관으로. 인터폰 화면을 보면, 해린이다.

S#53. 은호의 집 앞 (N)

    – 인터폰에 대고 "선배, 나!" 하는 해린. 서준, 문득 차 옆에 쪼그리고
      앉은 단이를 보고. 단이는 쉿-! 하는.

S#54. 은호의 집, 거실 (N)

    – 인터폰 확인하고 문 여는 버튼 누르고 굳은 얼굴로 나가는 은호.

S#55. 은호의 집, 마당 (N)

    – 은호, 다가오는 해린을 본다. 차갑다.

은 호	내가 너 술 마시고 오지 말랬잖아. 같은 이야기, 두 번 세 번 반복해야 돼?
해 린	아무도 없잖아. 같이 사는 사람 있단 거 거짓말이잖아. 그리고 나 오늘 술 안 마셨어.
은 호	(보다가 문 연다)
해 린	(치.. 흘겨보고 안으로)

S#56. 은호의 집 앞 (N)

    – 단이 숨어 있던 곳에서 나온다.

서 준	회사에서 두 사람 같이 사는 거 아직 몰라요?
단 이	네.. (하고 은호의 집을)
서 준	나, 오늘 계약했는데. 겨루랑. / 단이 씨가 하라고 해서.

단 이	아.. 그럼 이제 자주 보겠네요.
서 준	네.. (집 돌아보며) 이제 우리도 밥 먹으러 가요. 저녁 안 했죠?
단 이	네..
서 준	근데, 내 메시지 못 받았어요?
단 이	아.. 바빠서.. 답을 보낸다는 게..
서 준	(믿지 않게 흘기고) 핸드폰을 몇 번이나 봤는지 몰라요. 답이 없어서.

S#57. 은호의 집, 거실 (N)

- 은호, 들어와 해린을 보는데.

해 린	(계약서) 짜잔! 이게 뭐게? 지서준 계약서야. 이번엔 진짜 인정해줘야 돼. 나 지서준 계약 다섯 권 했어!!!
은 호	그래. 잘 했네..
해 린	(표정 보며) 왜 그래..? 나 온 거 싫어서?
은 호	....
해 린	지서준 이 동네 산다며.. 그래서 계약서 쓰러 온 김에,
은 호	(OL) 해린아.
해 린	(멈추고 보는, 좀 긴장)
은 호	너 책 안 갖고 갔더라. / 너 우리집에 책 놓고 갔어. 파스칼 키냐르.
해 린	파스칼 키냐르?
은 호	(서재, 턱짓으로 가리키며) 온 김에 가져가..
해 린	(갸웃) 언제 놓고 갔지? (하며 서재로)
은 호	(가는 해린을 보며) 책장 두 번째 칸, 다산 정약용 목민심서 전집 옆에.

S#58. 은호의 집, 서재 (N)

  - 해린, 서서 책장을 아련하게 본다.

해 린   바보... 여태 내 마음이 여기에 있는 줄도 모르고...

  - 플래시백, 6부 4씬. 13번째 편지를 숨기고, 다른 편지들을 확인해보
    던 해린의 모습.
  - 해린, 13번째 편지를 숨긴 곳을 확인하는데... 편지가 그대로 있다..
    안 읽었구나, 실망하는 해린.. 다시 원래 위치에 두는데.. 문득 눈에
    들어온 다산의 목민심서 전집, 그 옆에 파스칼 키냐르의 책... "여깄
    다.." 하고 책 꺼내면 툭, 편지 하나가 바닥으로 떨어진다. 편지 겉면
    엔 '해린에게'라고 쓰여 있다. 놀라서.. 그 편지를 내려다보는 해린
    이고...

S#59. 은호의 집, 거실 (N)

  - 찻주전자에 물을 붓던 은호의 손, 멈칫한다. 깊은 눈으로 찻주전자
    내려다보다가 다시 조심스레 물을 붓고...

S#60. 은호의 집, 서재 (N)

  - 조심스럽게 편지 주워든 해린. 어떤 예감으로 벌써부터 눈가 붉어
    졌고... 편지 펼쳐서 보는 해린.
은호(E)   해린아. 그동안 네가 남긴 편지들.. 잘 읽었어..

  - 툭, 떨어지는 해린의 눈물...

해 린	내 마음 알고 있었어.. 근데도 모른 척했어..

– 인서트. 서재 책상에 앉아 편지를 쓰고 있는 은호. 그 옆에는 그동안 해린이 남겼던 편지들이 놓여 있고... 아프게 그 편지들을 보던 은호, 차분히 편지를 써내려간다.

은호(E)	많은 생각들이 들었어. 차갑게 선을 그어야 하나, 서서히 거리를 띄워야 하나... 정말 그게 너를 위한 유일한 방법일까... / 난 아무리 생각해도 그게 답 같지는 않았어.
은호(E)	(다시 편지 쓰는 은호 위로 연결) 날 생각하는 네 마음이 예쁘고 소중해서... 그렇게 함부로 대하고 싶지는 않았어.

– 꾹꾹 울음 참던 해린, 후두둑 눈물 떨어뜨리며 흐느낀다.

은호(E)	삼 년 동안 지켜본 너는 뜨겁고, 성실하고, 예쁜 사람이야. 그래서 나보다 좋은 사람을 찾을 수 있을 거야. 너를 알아보는 사람, 너를 반짝이게 하는 사람, 너를 행복하게 만드는 사람. 적어도 네 마음을 알면서 모르는 척하지 않는 사람.

– 인서트, 찻물을 따르는 은호. 그 위로,

은호(E)	나는.. 흔하고 흔한 남자친구보다 좋은 선배가 될게..

– 은호, 서재의 문가에 기대어 울고 있는 해린을 따뜻하게 본다.. 그런 은호를 눈물 가득한 얼굴로 보는 해린.

은호(E)	그리고 기다려줄게. 니가 좋은 남자친구를 만날 때까지. 너의 옆에서, 좋은 선배로. // 그동안 고마웠다, 송해린. 날 좋아해줘서.

해 린	(눈가 완전히 젖어서 밉지 않게 흘겨본다) 나, 입사한 후로 남자친구 한번도 없었어.. 그래서 차인 적도 없어..
은 호	(알고 있었다)
해 린	거짓말이야. 남친하고 싸웠다, 차였다, 그러니까 밥 사달라, 술 사달라.. 드라이브 가자.. 그렇게 말해야 선배가 날 봐주니까...

은 호	...
해 린	근데 이번엔.. 진짜.. 남자한테 차였어... (편지 들어 보이며, 애써 웃어 보이는)
은 호	(안됐게 보며.. 그러나 웃는) 그러니까 남자 보는 눈을 좀 키워..
해 린	(편지) 뭐야.. 이렇게 따뜻하게 거절하고.. 더 잔인하잖아..
은 호	...차는... 못 마시겠지..?
해 린	(손으로 눈물 닦으며, 여전히 울음기 젖은 목소리로, 편지 들어 보이며) 약속 지켜. 나 남자친구 생길 때까지 기다려주겠다는 말... 나 선배한테 준 마음, 정리되려면 한참 멀었어..

– 은호, 그런 해린에게 미소 지으며 고개 끄덕이는데.. 울리는 은호의 핸드폰 소리. 식탁 위에 있는 핸드폰을 돌아보는 은호.

S#61. 은호의 집, 거실 (N)

– 은호 다가와 핸드폰을 보면 '가평'이라고 떠 있고.. 심각하게 보는 은호..

S#62. 동네 우동집 (N)

– 우동과 사케 정도 앞에 두고 마주 앉은 서준과 단이. 우동을 먹는 서준과 달리 단이는 생각에 잠겨 깨작대고 있다.

서 준	고민 있어요? 오늘 좀 다른데, 단이 씨.
단 이	그건 아니구. 그냥 입맛이 좀...
서 준	무슨 고민 있구나. (경청의 자세 잡고) 말해봐요. 나 고민 들어주는 거 되게 잘 해요.
단 이	(웃고)

서 준	어, 진짠데. 말 안 하면 후회할 텐데. 차라리 말하고 가벼워지는 게 어때요? / 회사 문제에요?
단 이	그건 아니고...
서 준	(따뜻하게 본다)
단 이	(어떻게 말해야 하나 고민하다가) 내가.. 책을 한 권 가지고 있었거든요.. 아주 오래된 책..
서 준	(끄덕이며 듣는) 책 제목이 뭔데요?
단이(E)	(창밖으로 고개 돌려 거리를 좀 보다가) 차은호라는 책..

S#63. 어느 도로를 달리는 은호의 차 안 (N)

    – 은호, 운전해 가는데.. 저만치 '가평' 이정표가 보이고.. 다시 전화가 온다. 이번에도 '가평'이다.

은 호	네. 지금 가고 있는 중입니다.

S#64. 동네 우동집 (N)

단 이	참 좋은 책이라서... 힘들 때, 기분 좋을 때, 쓸쓸할 때... 언제든 꺼내 보게 되는 책이었어요. 하도 여러 번 읽어서 문장을 다 외다시피 하는 그런 책이요.. / 그런데 요즘... 그 책이 좀.. 이상해요.
서 준	갑자기요?
단 이	네. 갑자기. / 예전에 그어둔 밑줄을 봐도, 내가 대체 왜 여기에 밑줄을 그어 놨는지 모르겠고... 분명 내가 아는 그 익숙한 책이 맞는데... 자꾸 자꾸 새로운 문장들이 보이는 거예요...

    – 플래시백. 앞 씬.

은 호	(가까이 들여다보며 능글능글) 이러구 보니까 되게 귀엽다, 강단이.

이쁘기도 하고. (진심이다. 지긋이 보며) 사랑해. 강단이.

단 이	내가 놓친 문장들이 얼마나 많은지.. 완전히 새로 읽는 것 같아요..
서 준	책을 읽는 사람인 단이 씨의 마음이 변해서 그런 거 아닐까요?
단 이	내 마음이요?
서 준	좋은 책은 그렇잖아요. 열 살에 읽은 책을 스무 살에 읽어보면 완전히 다르잖아요. 우리가 달라졌으니까.
단 이	(혼란스럽다)
서 준	단이 씨가 가지고 있는 그 책은 달라지지 않았어요. 단이 씨가 달라졌을 거예요.. 아마도.
단 이	!!!!
서 준	그 책을 읽는 단이 씨의 마음이.

S#65. 가평 별장 앞 (N)

– 인적 드문 숲 속에 자리한 스산한 별장 앞. 은호의 차가 와 서고. 급하게 내린 은호, 곧장 뛰어 들어가고.

S#66. 가평 별장 안, 복도 + 강병준의 방 (N)

– 조도가 낮은 불이 켜진 집 안. 작지만 아늑하게 꾸며진 거실로 은호가 들어서면, 안쪽에서 남자(호스피스)가 나온다.

은 호	(급히) 선생님은요?
남 자	방금 잠들었어요.. 근데... 넘어져 다친 상처가 꽤 커서,
은 호	(다 듣지도 않고 바로 안쪽으로)

– 제일 안쪽 방문 앞으로 가 서는 은호. 조금 불안하게 닫힌 문을 보

다 조심스럽게 문고리 잡아 연다.

– 불이 꺼져 어두운 방. 거실 불빛이 들어와 침대와 작은 책상과 책장 정도가 놓여 있는 방의 모습이 드러난다. 침대 위에 축 늘어져 누워 있는 누군가... 오른쪽 팔은 침대헤드에 달린 끈에 묶여 있는 기괴한 모습이고... 그 모습에 떨리기 시작하는 은호의 손... 애써 오르는 감 정 참아보려 주먹 꽉 쥐지만 눈가도 금세 붉어지고... 그때 옆으로 돌리고 있던 얼굴이 뒤채며 앞쪽으로 돌아오면... 강병준이다.. 얼굴 한쪽이 넘어져 생긴 큰 상처로 엉망이고,. 은호, 남자의 얼굴 상처를 쓸어본다.. 그리고 묶인 손목을 본다.. 손목에 묶은 끈을 풀어내다 가.. 더 참지 못하고 후두둑 눈물을 흘리며 무너져 우는 은호에서, 9 부 엔딩!

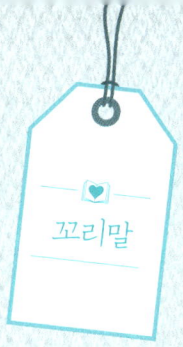

꼬리말

단이 방에 꽃다발과 목걸이를 가져다두던 은호 (51씬)

오래된 마음을 전하는 일은 고문서를 해독하는 일만큼이나 힘든 일이다.

시간의 흐름에 따라 품은 뜻이 달라지곤 하는 언어로

차곡차곡 쌓여온 외로운 사랑의 역사를 어찌 다 전할 수 있을까.

그래서 자꾸 주고 싶은 것이 늘어 가는지도 모른다.

당신의 향기를 닮은 꽃 몇 송이. 차가운 손을 덥혀줄 수 있는 손난로.

거침없이 앞으로 나아가는 당신의 등을 지켜봐주는 일...

그렇게 외로운 사랑의 역사는 더 깊어져간다.

은호의 손길을 떠올리는 단이 옆의 은호 (12씬)

로맨스만화와 소년만화. 향긋한 허브티와 쌉싸름한 커피.

루이제 린저와 로버트 하인라인. 달콤한 초콜릿과 담백한 비스킷.

뜨거운 여름과 차가운 겨울. 강아지와 고양이.

좋아하는 것과 싫어하는 것이 너무나도 달랐던 우리.

하지만 이제는 모두 사랑해 마지않는 것들.

그렇게 내 세상은 사랑하는 너로 인해 더 풍성해진다.

미술관에서 만난 서준과 해린 (13씬)

어떤 한순간을 누군가와 공유한다는 건 놀라운 일이다.

그 순간이 그저 우연일 뿐이라 하더라도

그 우연의 순간을 받아들이는 이들의 마음이 열려 있다면,

순간은 또 다른 가능성으로 길을 뻗는다.

중쇄 소식에 기뻐하던 겨루 사람들 (32씬)

모두가 좋다고 하는 책이라도 나에겐 어떠한 감흥도

주지 못하는 책일 수 있다. 우리는 저마다의 가슴을 뛰게 만드는,

벅차게 하는, 몰두하게 하는 책을 찾아야 한다.

그 속에서 저마다의 길을 찾아 평생을 헤매야 한다.

당신이 고른 책 속에는 분명 당신만이 발견할 수 있는

놀라운 모험이 가득할 테니까.

카드뉴스로 첫 성과를 낸 걸 확인하고 좋아하는 단이 (33씬)

어떤 일도 그냥 일어나지는 않는다.

시작을 해야 끝을 알 수 있고, 뛰어들어야 깊이를 알 수 있다.

모두 알고는 있지만 어려운 그 명제를,

강단이는 매순간 이렇게 눈부시게 증명해낸다.

사랑하지 않을 수 없는 것이다.

첫 성과 내고 좋아하는 단이를 지켜보던 은호 (33씬)

읽는 걸 좋아하게 되자 쓰는 걸 좋아하게 되는 것도 금방이었다.

내 첫 소설을 본 선생님은 누구도 쓰지 않을 문제가 많은 글이라고 했다.

쓰는 것을 체념할 쯤 강단이가 밀쳐둔 내 글을 보곤 호탕하게 웃었다.

"누구도 쓰지 않을 글이면 더 좋은 거 아냐? 차은호 너만이 쓸 수 있는 글이란 거잖아!"

그 빛나던 눈동자. 강단이라는 햇살이 지금의 나를 자라나게 만들었다.

단이의 얼굴을 몰래 만져보던 은호 (12씬)

혼자 있을 때면 늘 강단이에 대해 생각했다.

강단이가 나와 같은 시선으로 나를 보는 것.

강단이가 나와 같은 온도의 손길로 내 손을 잡아주는 것.

강단이가 내 마음의 걸음에 보폭을 맞춰주는 것...

강단이와 함께 살게 되면서 혼자만 담아뒀던 생각들이

자꾸만 멋대로 넘쳐흐른다.

10부

가끔 오늘 같은
날이 있어…

S#1. 은호의 집 앞 (N)

- 걸어오는 서준. 몇 발짝 앞서 걸어가는 단이를 재밌게 본다. 생각에
  잠겨 집 앞으로 걸어오는 단이.

단이(E)   내 마음이... 달라졌다...

- 플래시백, 9부 64씬.

서 준   책을 읽는 사람인 단이 씨의 마음이 변해서 그런 거 아닐까요?

서 준   단이 씨가 가지고 있는 그 책은 달라지지 않았어요. 단이 씨가 달라
       졌을 거예요.. 아마도.

서 준   그 책을 읽는 단이 씨의 마음이.

단이(E)   (여태 서준의 말에 마음 쓰였던) 어떻게 달라졌을까...? (한숨)

- 멈춰서 어깨 축 처지는 단이를 보는 서준. 대문 근처에 다다른 단
  이, 집 안을 살펴보는데.. 불이 꺼져 있다.

단 이   (혼잣말) 송 대리는 갔나?

서준(E)   갔나보네요.

단 이   (놀라서 보며) 어머. (서준이 한 발짝 뒤에 서 있고) 미안해요. 딴
       생각에 빠져서.

서 준	(좀 서운해서) 나 계속 투명인간이었던 거죠? 식당에서 여기까지. (은호) 차가 없는 걸 보니, 두 사람은 집에 없는 것 같네요. 같이 나 갔는지 따로 나갔는지는 모르겠지만.
단 이	바래다줘서 고마워요.
서 준	우리 따로 걸어왔는데-. (가볍게 괜찮다는 투로 어깨 으쓱하는) 좋 았어요. 단이 씨 뒤에서 보는 거. / 아까 오래된 책 이야기도 재밌었 고. 나, 겨루랑 계약도 했으니까 이제 자주 보겠다. 그런 의미에서 하이파이브 한번 하고 헤어지죠? (하고 손 짝 펼치는데)
단 이	(웃으며 하이파이브 하는데)
서 준	(얼른 꽉 손가락 껴서 잡고)
단 이	(앗)
서 준	드디어 잡았다. 손. (후- 어색해하며 놓고) 내일 아침에 봐요. 정류 장에서.

S#2. 은호의 집 거실 (N)

- 단이, 들어와 불을 탁 켜고 조심스럽게 주위를 둘러보는데, 아무도 없다. 인기척 없이 조용한 집. 조심스럽게 은호 방 앞으로 간다.

S#3. 은호의 방 (N)

- 방문 앞에 서서 노크하는 단이. 대답 없자 문 열어보는데, 빈방이다. 단이, 안으로 들어간다. 가방 열어 백화점에서 산 셔츠를 꺼내고, 잠 깐 고민하다가 어디쯤에 반듯하게 올려놓는다. 잠시 셔츠를 바라보 는데..

- 플래시백, 5부 31씬.

은 호	누나.. 첫 월급 타서 나 패딩 사준 거 기억나?

은 호	왜 그랬어, 그때?
은 호	겨울이었으니까 다른 사람도 추웠을 텐데. 왜 내 패딩이었냐고.

단 이	(고개 저으며) 안 되겠다. 이거 주면 또 그렇게 물을 거 아냐. 왜 내 셔츠냐고. (셔츠 집어 도로 가방에 넣는)

S#4. 해린 부모 식당 (N)

- 해린부모와 해린이 앉아 있다. 해린부모, 만두를 먹는데.. 해린, 완전히 부은 얼굴로 만두를 뚫어져라 본다.

해린부	왜 안 먹어?
해린모	또 터진 만두라고 안 먹는 거지..
해 린	(눈가 붉어진다. 미친년처럼 갑자기 화를 낸다) 왜! 왜!!
해린부모	(만두 입에 넣으려다가 놀라 내려놓고, 해린 보는)
해 린	왜 터진 만두야! 왜 맨날 터진 만두냐고!! 하루 이틀도 아니고 매번!

- 은호한테 차이고 온 해린이 엉엉엉 소리 내며 운다. 해린부모, 서로 눈빛으로 무슨 일이냐고 묻고, 서로 모른다고 답하는.

해 린	자식이라고는 나 하나밖에 없는데.. 왜 맨날 팔다 남은 터진 만두만 주냐구, 왜!! / 이러니까 내가 남자한테 차이고 다니잖아! 엄마하고 아빠가 맨날 이런 터진 만두만 먹이니까!!!
해린부모	(헉, 놀라 마주 보고)
해린부	너 (설마) 편집장한테 차였냐?
해린모	너 싫대? 어디가 싫대? 왜 싫대?
해 린	…. (소리 내 엉엉 우는) 엉엉, 터진 만두 너무 싫어..
해린모	(손바닥으로 테이블 내리치며 화난다) 아니 지는 뭐가 잘난 게 있

	어서!!
해린부	(화난다) 키 큰 거밖에 더 있어?
해린모	(아버지에게 화를 낸다) 우리 해린이는 안 커?!!
해린부	얼굴 그거 잘 생기면 뭐할 거야.
해린모	아, 우리 해린이는 안 이뻐?!! (생각하니 정말 화난다.) 내가 이 새 끼를 그냥-! (윗옷을 벗는다)
해린부	어, 어, 어.. 여보.. (말린다) 왜 이래, 날도 추운데.
해 린	(놀라서 울음 멈추고 눈이 땡글해진다)
해린모	뇨 봐!!! 지가 우리집에서 갖다 먹은 김치가 얼만데!!! 감히 내 딸을 차??!!!

- 해린모, 옷을 벗어 테이블을 미친 듯이 내려친다. 해린은 엄마를 닮 았나보다..
- 해린부와 해린, 엄마가 테이블 내리칠 때 마다 찔끔찔끔 하다가..

해린모	송해린!!!
해 린	(눈가 젖은 채 본다)
해린모	울지 마. 엄마가 그놈한테 꼭 복수해줄게. 당신도 협조해.
해린부	(응! 비장하게 고개 끄덕이고) 죽여버리자.
해린모	그리고 앞으로 애한테 터진 만두, 절대 먹이지 마! 제일 이쁜 거 먹여!!
해 린	..... (눈물이 쏙 들어갔다)

S#5. 단이의 방 (N)

- 단이, 방으로 들어와 가방에서 은호 주려던 셔츠 꺼내 옷장 안에 걸 어두고. 외투 벗다가 문득 화장대쪽으로 돌아보는데.. 화장대 위에 꽃다발과 목걸이 케이스가 놓여 있다! 눈에 익은 목걸이 케이스를 보고 설마 싶은 단이. 천천히 열어보는데.. 백화점에서 은호가 단이

목에 걸어줬던 그 목걸이다.
- 플래시백, 9부 38씬. 단이에게 목걸이 걸어주던 은호.
- 단이, 정말 내 것이었구나..

단 이   차은호... 너 진짜 뭐냐. (목걸이 케이스 닫고 그대로 있던 자리에 올려놓는) 어떡할려고... 이래.. (마음 무겁다)

S#6. 가평 별장, 강병준의 방 (N)

- 잠들어 있는 강병준, 가는 호흡을 이어간다. 담담한 표정의 은호, 물 담긴 대야에 수건에 물 적셔서 강병준의 야위고 상처 난 발을 조심스럽고 세심한 손길로 닦는다. 이어서 상처에 약을 바르는 은호.. 스승의 모습에 마음이 아픈지, 다시 툭 떨어지는 눈물. 참아가며 약 바르는 은호.. 그 옆으로 단이의 메시지°가 보인다.

단이(E)   너, 뭐야. 핸드폰을 왜 꺼놨어.
단이(E)   새벽 두시가 넘었는데 왜 안 들어와?
단이(E)   목걸이는 뭐고 꽃은 또 뭐야. 자꾸 나 어지럽게 할래?
단이(E)   빨리 와서 이거 해명해. 그대로 뒀으니까. 니가 둔 그대로.

S#7. 단이의 방 (N)

- 단이, 침대에 앉아 핸드폰을 본다. 답이 없다.. 협탁 어디쯤 놓고, 화장대의 목걸이 케이스와 꽃병을 본다..

• 은호 핸드폰에 여기서부터 '누나'가 아니라 '단이'로 바꿔주세요.

S#8. 물류창고 인근 도로, 버스 정류장 (새벽)

– 버스 정류장에 도착해 벤치에 나란히 앉은 훈과 지율. 차디찬 바람
이 차 한 대 다니지 않는 휑한 도로를 가른다.

지율   (목도리쯤 다시 동여매며) 그냥 택시 부르자니까.
훈   (어림없는) 너 돈도 없다며.
지율   난 없지만.. 넌 있을 거잖아. 돈!
훈   있지. 지갑 안에 딱 있지. 근데 돈 있다고 다 쓸 수는 없는 거잖아?!
          월급날도 한참 멀었는데. (시계 보고) 딱 십 분만 있으면 첫차 올 거
          야. 첫차 타는 기분이 또 얼마나 경건한지 모르는구나?
지율   (핸드폰 만지작거리며) 그냥 엄마한테 전화할까? 나 선보겠다고?
훈   안 돼! 오 사원! 지면 안 돼! 우리 회사 모토가 뭐야? 겨루. 지지 말
          고 겨룬다.
지율   너무 추워... (하는데 저만치 버스 오고) 어, 버스다. 버스!

– 앞장서서 버스 타는 지율. 그런 지율을 귀엽게 보면서 따라 올라타
는 훈.

S#9. 달리는 버스 안 (새벽)

– 어디쯤 빈자리에 앉는 지율과 훈. 둘 앉으면, 더 이상 버스 안에 빈
자리는 없다.

지율   아. 따뜻해. (하고 버스 안 둘러보는) 근데.. (훈에게) 새벽에 원래
          이렇게 사람들이 많아?
훈   먹고 사는 게 쉬운 줄 아냐?

– 첫차 타고 각자의 일터로 출근하는 피곤한 사람들의 모습. 졸고 있

거나 비몽사몽 깨어 있거나. 등도 펴지 못하고 앞으로 고개 숙인 채 자리에 앉아 있거나 서 있거나. 지율 그런 사람들을 둘러본다.

S#10. 콘텐츠 개발부 (M)

- 출근 차림으로 들어와 자리에 가방 내려놓은 단이, 손에 든 우편물 들을 엮으며 지홍, 승진 등 직원들 자리에 둔다. 은호 앞으로 온 우 편물을 은호의 빈자리에 내려놓는 단이. 말끔한 은호의 책상 한 번 훑어보며 걱정.

단이(E)   어젯밤, 은호는 집에 들어오지 않았다.

S#11. 가평 별장, 강병준의 방 (M)

- 침대 위에 고요히 잠들어 있는 강병준의 옆엔 비슷한 연배의 남자 의사*가 앉아 진찰을 하고 있다. 강병준 얼굴의 상처를 확인하고 손 등에 링거 바늘을 꽂는. 그 모습들을 옆에 서서 담담한 얼굴로 지켜 보고 있는 은호.

의 사   타박상은 별로 심각한 거 아냐. 뼈를 다치지 않아서 다행이고.
은 호   (여전히 무겁게 강병준 보는 채로) 네...
의 사   (안됐게 보며) 처음 있는 일도 아니잖나... (애정으로 강병준 보며) 내 친구가 제자 하나는 잘 뒀지.. 자식보다 나아.
은 호   ...

•   강병준의 친구.

- 의사, 그런 은호를 안됐게 보다가 위로하듯 어깨 한번 쓸어주고.
- 그런 은호의 옆으로 뜨는 단이의 문자 내용.

단이(T)   너 회사도 안 나올 거야?

S#12. 콘텐츠 개발부 (M)

- '강병준 선생님께'라고 적혀 있는 편지를 보던 단이. 자신의 자리 첫 번째 서랍을 열면 강병준의 팬레터가 꽤 쌓여 있다. 그때 들어오며 반갑게 인사하는 지홍.

단 이   강 선생님 팬레터는 따로 두는 데 없을까요? 개인적으로 보관하고 있었는데 꽤 많아져서요.

지 홍   아, 그거 안 알려줬나? 아래층 비품실 가면 강 선생님 팬레터 전용 박스 있어.

단 이   네, 알겠습니다.

S#13. 겨루 출판사 일각 (M)

- 비품실 문 열고 들어가는 단이.

S#14. 비품실 (M)

- 각종 사무용품 등등 정리되어 있고. 선반에 놓인 박스 여러 개. 얼핏 봐도 강병준 작가 팬레터가 가득이다. 단이, 박스 안에 들고 온 팬레터 여러 장 넣으며.

단 이   강 선생님 다음 작품 기다리는 독자들이 이렇게 많구나.

S#15. 콘텐츠 개발부 (M)

- 돌아온 단이. 문득 벽에 걸린 일정표를 보는데 은호의 일정에 '개인 일정'이라고 적혀 있다.

지 홍   (커피 들고 지나가다가) 뭐야. 오늘 차 편집장 안 나와? / 못 오면 안 되는데. 오후에 나랑 출판산업 컨퍼런스 가기로 했는데?

단 이   (조심스럽게) 못 온다는 연락 없었어요? (개인일정) 이건 누가 써 놓은 거예요?

승 진   아침에 대표님이요. 이것만 써놓고 바로 나가셨어요. 대표님도.

단 이   (일정표 보면 대표도 '개인일정'이라고 쓰여 있고)

S#16. 가평 별장, 강병준의 방 (M)

- 강병준의 위로 이불을 덮어주는 은호, 그 옆의 재민... 은호, 강병준의 오른쪽 팔목에 남은 묶인 흔적 아프게 보는데...

재 민   (강병준 보며) 집사람.. 간병했을 때.. 집사람이 어느 날 문득 자다 깨서 나한테 그런 말을 했어.. 당신이 있어서 안심하고 잘 수 있다고.. / 선생님도 지금 그렇게 느끼실 거야.. 차 편집장 옆에 있어서 안심하고 잘 수 있다고.

은 호   (말없이 끄덕이는)

- 그런 은호 옆으로 뜨는 단이의 문자.

단이(E)   회사까지 안 나오고 대체 무슨 일이야.

내가 모르는 차은호 개인일정이 어딨어?

S#17. 콘텐츠 개발부 (M)

– 일정표 있는 곳에서 자기 자리로 다들 오면서.

광 수   대표님 편집장님만 너무 봐주신다니까.

승 진   우리 인세 수입 중 상당 부분을 편집장님 책이 책임지고 있잖아. 그
         래서 대표님도 꼼짝을 못하는 거지. 일주일에 두 번 학교에서 강의
         한다고 하는데.. 사실 한 번은 뻥이야.

광 수   진짜요?

승 진   나는 진작부터 느낌이 왔어. 뭘 하든 일주일에 한 번은 학교를 안
         가고 다른 볼 일을 본다는 거지.

단 이   (걱정과 의문으로 은호의 빈자리를)

영 아   (소리 지르는) 회의 시간 오 분 전이에요.

승 진   박훈 아직 안 왔는데요. (훈의 빈자리)

송 이   우리 팀 신입도 안 왔어요. (지율의 빈자리)

해 린   (빈 책상 노려보며) 차라리 사표를 써라. 사표를.

승 진   어제 박훈 씨가 스티커 작업 도우러 갔는데.

지 홍   뻔하네. 내가 경험이 많아서 잘 알아. 스티커 작업 끝내고 새벽에
         첫차타고 나와서는..

영 아   (자연스럽게 이어받는) 회사 근처 찜질방엘 간 거지. 쪽잠 자고 출
         근하려고요.

지 홍   (역시 자연스레 이어받는) 그러다 못 일어났을 거고.

영 아   우리도 옛날에, (하다가 문득.. 지홍을..)

– 이미 깊은 눈으로 영아를 보고 있는 지홍, 서로 잠깐 마주 본다. 예
  전에 둘이 그런 적이 있었다는 듯. 애틋하게 지홍이 영아를 본다.
  그립다는 듯이 얽히는 둘의 시선..

송 이	(분위기 깬다) 두 분도 예전에 그러셨나 봐요?

　　　　　— 영아, 고개 흥, 하고 돌리고. 지홍 아쉬운.

송 이	(해린에게) 전화를 해볼까요?
해 린	(무심하게) 조금 더 재우세요. (일어나며) 회의 늦겠어요. 이사님 모시고 갈게요. (가고)
단 이	(얼른 노트 챙기는)

S#18. 회의실 앞 복도 (D)

　　　　— 해린이 유선과 함께 걸어오는데 회의실 앞에 직원들 모여 유리창에 딱 달라붙어 안을 구경하고 있다. 시선 돌리다가 앗, 하는 단이. 뭔 일이지? 하고 마주 보고 가는 유선과 해린. 해린, 안을 보고 입 딱 벌리는. 어이가 없다..

　　　　— 회의실 안. 책상 위에 올라가서 큰대자로 뻗고 누워 자는 지율과 훈. 코트를 덮고서.

지 홍	야.. 찜질방보다 더 획기적이다.
영 아	어쨌든 출근은 했다고 알리는 거니까.
송 이	저런 건 지각으로 안 치는 거죠?
단 이	어떡할까요? 아래층 회의실 쓸까요?
유 선	그럴 거 있어? (문 열고 들어간다)

S#19. 회의실 (D)

　　　　— 지율과 훈이 자거나 말거나.. 그들을 그대로 테이블 위에 올려둔 채 둘러앉아 회의를 하는..

유 선	송 대리 편집장한테 유 작가님 원고 넘겨받았지? 크로스교 보기로 한 거.
해 린	네, 이사님. 받았습니다. (하고) 근데. 편집장님은... 진짜 소름끼치는 사람이에요.
단 이	(보는)
해 린	(가방에서 원고 꺼내 책상 위에 놓으며) 제가 이걸 두 번이나 봤어요. 그리고 어제도 밤을 새워가며 다시 한 번 더 봤거든요?
유 선	근데.
해 린	(질린다는 듯) 눈을 씻고 찾아봐도 오탈자가 없어요.
지 홍	그렇다면 이제 편집무림의 고수, 내가 나설 차례인가... 줘봐요. 내가 한번 볼게. (요.)
유 선	아뇨. 차 편집장하고 송 대리가 크로스교 봤으면 그걸로 됐어요.
지 홍	아니 그래도 내가 선밴데...
영 아	(무시) 괜히 눈만 아파요!!! 괜히 출간일정만 늦어지고!
지 홍	(씨이)
유 선	송해린 대리. 지서준은 어떻게 됐어?
해 린	어제 계약서 받았습니다! 그것도 (손바닥 펴 보이며) 다섯 권이나!
일 동	(감탄하고 / 박수치고 / 적당히 환호하고)

　

– 박수치는 소리에 돌아눕는 지율과 훈. 그대로 쿨쿨 자고.

　

지 홍	(노트로 박훈 얼굴 앞, 탁자를 쾅 내리치며) 좋다. 지서준 디자이너에 유 작가님 책!!!!
영 아	(지율 앞을 노트로 탁 내려치며) 그렇다면 이제부터 낭독회를 준비해야지!!!
지 홍	얘들 봐라. 이래도 안 일어나?
단 이	(픽 웃고)
유 선	(영아에게) 유 작가님 출간 기념 행사는 그럼 낭독회로 생각하는 건가요?
영 아	네. 일단 마케팅팀에서는 50명 정도의 규모로 해볼까 싶은데.

유 선	(끄덕이며) 그럼 서점이나 북카페처럼 재미없는 곳 말고.. 적당한 데 없나?
해 린	카페 같은 덴 어때요? 요즘 유니크한 카페 많잖아요..
유 선	(끄덕이고) 그래요. 그럼 그렇게 진행하는 걸로 하죠.. / 회의 끝.

- 유선, 일어나며 훈과 지율 보며 한숨. 나간다. 다들 챙기는데.

광 수	(훈이에게 귓속말) 이사님 나가셨어. 일어나.
송 이	(지율에게 귓속말) 아까 일어난 거 다 알아요. 오지율 씨.
훈	(얼른 눈 뜬다) 후....
지 율	(후다닥 일어나는) 죄송합니다. 선배님들.
훈	(그대로 앉아서) 으우, 심장 떨려서 죽는 줄 알았어요.
지 홍	(노트로 머리 장난스럽게 탁 치며) 으휴..
단 이	(책상 뒷정리하며 훈과 지율보고 웃는)

S#20. 겨루 출판사 일각 (D)

- 유선, 걸어간다. 영아가 그 뒤를 걸어가는데.. 단이가 영아를 보며 뛰어온다.

단 이	팀장님. 팀장님.
영 아	(돌아보는)
단 이	낭독회를 카페에서 할 거면 어쿠스틱 기타리스트를 부르는 건 어때요?
유 선	(멈추고 돌아보는)
단 이	전에 저도 다른 작가님 낭독회 가본 적 있는데 음악을 깔더라구요. 책에 어울리는 걸로. 그렇게 기존 음악을 써도 좋겠지만 실제 아티스트를 불러 현장감을 살리면 더 좋을 거 같아서.
영 아	괜찮다... 작은 북콘서트 같이. 그지? 작가님 작품에 어울리는 아티

스트가 있어?

   – 단이 또 일 욕심내는 게 못 마땅한 유선. 첫, 하고 간다.

단 이	내가 예전에 아르바이트할 때 우연히 알게 된 아티스트가 있는데..
영 아	잘됐다. 연락 한번 해봐.
단 이	네. 제대로 한번 알아보겠습니다, 친구!!!
영 아	오케이, 친구.

   – 하고 둘이 웃는다. 그러거나 말거나 유선, 꼿꼿하게 걸어간다.

S#21. 이사실 (D)

   – 들어오는 유선, 핸드폰 충전하며,

유 선	친구, 참 쉬워... 하룻밤에. 흥!
시리(E)	(핸드폰 충전하면서 뭘 잘못 눌렀는지?) 친구가 없으십니까?
유 선	(핸드폰을 보다가, 도도하게) 그래.. 없어. 친구도 없고 가족도 없고 애인도 없어. (그래서 뭐?)
시리(E)	이산가족정보센터를 알려드릴까요.
유 선	아니!! 그것도 필요 없어! (해놓고, 문득) 저기..
시리(E)	네. 듣고 있습니다.
유 선	나, 점심 뭐 먹을까?
시리(E)	혼자 먹을 식당을 찾으십니까?
유 선	(문득 쓸쓸하다) ....그래! 혼자!

S#22. 가평 별장, 강병준의 방 (N)

- 여전히 죽은 듯 잠에 든 강병준의 곁에서 시집*을 읽어주는 은호.
  화면에 은호가 읽는 시가 보이는..

은 호   하지만 어디선가 또다시 바람이 인다 / 높은 가지 나무에 모래바람
         소리가 간다 / 가슴이 따라서 두근거려진다 / 그렇다면 누군가 두
         고 온 한 사람이 보고 싶은 거다 / 또다시 누군가를 다시 사랑하고
         싶어 / 마음이 안달해서 그러는 것이다 // 꿈꾸라 그리워하라 깊이,
         오래 사랑하라 / 우리가 잠들고 쉬고 잠시 즐거운 것도 / 다시금 고
         통을 당하기 위해서이고 / 고통의 바다 세상 속으로 돌아가기 위함
         이다 / 그리하여 또다시 새롭게 꿈꾸고 그리워하고 / 깊이, 오래 사
         랑하기 위함이다.

- 은호, 시집 넘겨서 다른 시를 읽는다. 잠이 든 강병준과 은호.. 평화
  롭다..
- 그런 은호 옆으로 뜨는 단이의 문자.**

단이(E)   오늘도 안 와?
단이(E)   전화는 왜 안 받아. 사람 걱정 되게.
단이(E)   별일 없는 거지...?

S#23. 어느 카페 창가 (N) - 다른 날

- 창으로 난 책상에 나란히 앉아 창밖을 보며 앉은 서준과 단이. 서준

* 나태주, 〈마음이 살짝 기운다〉 중 「명사산 추억」의 일부, RHK
** 이 씬에서는 단이의 음성은 없어도 좋을 듯합니다.

이 유명숙 작가의 가제본을 읽고 있다. 그 옆에 단이는 다른 책을 펴놓고 턱 괴고 창밖만 보는.

단 이	차은호가 지금 삼 일째 안 와요.. (창밖 보며 지친)
서 준	(가제본 넘기며 읽는 데만 집중)
단 이	아는 경찰 없어요? 실종 신고 같은 거라도 해서 일단 잡아야 할 거 같은 (하다가 서준을 보고 눈 동그래진다)
서 준	(눈물이 툭 떨어졌다. 손으로 눈가 닦아내고)
단 이	.....울었어. 방금.
서 준	(픽 웃으며, 눈가 닦으며) 안 울었어요..
단 이	(가제본 뺏으며) 어디서 울었어요. 봐봐.
서 준	(뺏으려는) 안 울었다니까.
단 이	(뺏고. 눈물자국) 이거 봐. 젖었어. 울었잖아.
서 준	(웃는)
단 이	그래. 나도 이 부분 슬펐어요. (다시 서준을 놀리는) 와.. 그런다고 우냐. 남자가.
서 준	뭐. 남자는 울면 안 되냐..
단 이	좀 있으면 펑펑 운다. 뒤에는 더 슬퍼요.
서 준	(원고 뺏고) 그 정도까진 안 울거든요?

S#24. 가평 별장, 강병준의 방 (D) – 다른 날

- 잠든 강병준 손톱을 깎고 있는 은호.
- 옆으로 뜨는 단이의 문자.

단이(E)	너 진짜 이럴래? 씹는 것도 정도가 있지! 연락 한 통 해주는 게 그렇게 힘드냐?!
단이(E)	오기만 해봐. 죽었어!!
단이(E)	야. 차은호.

단이(E)	은호야.
단이(E)	은호야..

S#25. 버스 안 (N)

– 퇴근하는 단이. 은호에게 톡을 보낸다.

단이(E)	은호야. 살아 있으면 느낌표 하나만 찍어서 보내줘. 제발 부탁이야..

– 보내놓고, 창밖을 보는 단이인데.. 핸드폰 진동이 온다. 보면. '!' 딸 랑 느낌표 하나만 찍어 보낸 은호. 단이, 앗! 하는데.. 뒤이어 오는 메시지들.

은호(E)	살아 있어.
은호(E)	강단이 나 엄청 보고 싶었구나?
은호(E)	보고 싶었다고 하면 집에 가줄게.
단 이	(울컥해서 자신도 모르게 육성으로) 이노무 쫘식이...!!

S#26. 버스 정류장 앞 (N)

– 단이, 버스에서 뛰어내린다. 달려간다. 그 옆으로 은호의 메시지.

은호(E)	집에 왔어. 한 시간 전에.

S#27. 동네 공원 (N)

– 달리는 단이.

은호(E)	나 보고 싶다고 뛰어오지 말고 천천히 와.

S#28. 은호의 집 앞 (N)

- 단이, 숨이 턱에 찰 때 까지 뛰어온다. 집 앞에 은호의 차가 서 있다.
정말 왔구나! 단이 왠지 울 것 같다.. 화도 나고..

단 이	너, 내 손에 죽어봐라, 오늘! (하고 은호의 차바퀴를 뻥 걷어찬다.)

S#29. 은호의 집, 거실 (N)

- 불 켜진 거실. 급하게 들어오는 단이. 은호의 신발이 놓여 있고.

단 이	야, 차은호!! (거실에 가방 패대기치며) 니가 내 주먹맛을 다 잊었지?

- 코트도 벗어 던지고 은호의 방으로 향하는 단이.

S#30. 은호의 방 (N)

- 벌컥 방문 열고 들어오는 단이. 은호, 침대에 누워 있다.

단 이	내가 얼마나 걱정을 했는....데.. (하고 들어서다가 잠들어 있는 은호를 보는) 자네..? 너 자냐? 지금 잠이 와?! 사람 애간장은 있는 대로 다 태워놓고 태평하게... (흘겨보고 돌아서면)

- 은호의 외출복이 어디쯤 막 걸쳐져 있고.. 양말도 벗겨진 그대로. 단이, 잠든 은호 한번 돌아보고, 은호의 옷을 장롱 안에 넣어주는데..

단 이	(혼잣말) 저녁은 먹고 자는 거야...

> － 끙 앓는 소리 내며 돌아눕는 은호. 이상해서 다가가 보면.. 은호, 땀이 가득이고.

단 이	(놀라서 이마를 짚어보는) 어머, 얘 좀 봐.. 불덩이잖아.. (제 이마와 번갈아 짚어보는)
은 호	(기척에 눈 뜨고 보는, 이마 짚는 단이 손잡고) 누나..
단 이	(멈칫, 눈 뜬 은호를)
은 호	나.. 괜찮아... (그대로 손잡은 채 다시 까무룩)
단 이	안 괜찮아.. 열이 펄펄 끓는데, 너는.. (왜 괜찮다고 하는 거야..) 어떡해.. 거실에 약통이 어딨지? (하며 허둥지둥 나가고)
은 호	(단이 걱정하는 목소리에 슬핏 웃는다)

S#31. 은호의 집, 거실 (N)

> － 단이, 여기저기 서랍을 열어본다. 약통을 찾아본다.

단 이	전에 여기서 본 거 같은데...

S#32. 은호의 방 (N)

> － 은호의 방. 은호, 단이 걱정하는 소리가 좋다.. 편한 곳으로 돌아온 느낌이다..

단이(E)	어딨는 거야.. (사이) 어, 여깄다. (뒤적이는 소리) 해열제.. 이게 해열제 맞나? 감기약이구나.. 어떡해.. / 왜 저러는 거야.. 아프면 아프다고 전화를 하든지.. (사이) 어, 여깄다..!

– 단이가 해열제를 찾은 것 같다. 은호, 끙- 하고 일어나 앉는다. 잠시 후, 단이가 약과 물을 쟁반에 받쳐 들어온다. 은호, 단이에게 웃어 보인다. 단이 그런 은호를 흘기며 침대 한쪽에 앉아 체온을 잰다.

단 이	말도 안 돼. 39도야. 병원을 갔었어야지. 언제부터 이랬어?
은 호	(모른다고)
단 이	(비난이 아닌 걱정) 이 몸으로 어디 있다 온 거야.. 이 정도로 열이 났는데 운전을 하구 와? (약 챙겨 먹이려고)
은 호	(순하게 받아먹고)
단 이	어디 갔었어. 어디서 잤어? 왜 안 왔어?
은 호	(예쁘게 보다가) ....나... 보고 싶었어?
단 이	(흘기는)
은 호	(애써 웃어 보이고, 눕는다)
단 이	문자라도 해주지. 걱정했잖아. 핸드폰도 꺼놓구.
은 호	(하는데 단이 손을 잡는다)
단 이	(멈칫, 손 떨치려고)
은 호	(꽉 잡고) 나 기다렸지? (보는)
단 이	....같이 사는 사람이 안 들어오니까.
은 호	(웃으며 보다가) 나한테 할 말 없어...?
단 이	많아.. 근데 나중에 할 거야. 너 아프니까..
은 호	다행이다. 나 아파서. / 목걸이 봤으면 난리칠 거라서 겁먹었는데.
단 이	갑자기 왜 아픈 건데?
은 호	(강병준 때문이지만, 모르겠다고)
단 이	스프라도 좀 끓일게.. (하고 일어서려는데)
은 호	(잡은 손 힘주고, 눈 감으며) 잠깐만.
단 이	(보는)
은 호	조금만. 나 다시 잠들 때까지만...

– 단이, 은호의 손을 떨치지 못한다.. 은호, 곤히 잠이 든다.. 그렇게 시간이 흐른다.

S#33. 은호의 집, 주방 (N)

– 단이가 주방에서 단호박 스프를 만들고 있다..

S#34. 은호의 방 (N)

– 은호의 머리 위에 얼음주머니가 올려져 있다. 은호가 잠을 깬다. 주방에서 인기척이 난다. 나가보는 은호..

S#35. 은호의 집, 주방 (N)

– 은호가 나와 본다. 단이가 단호박 스프를 식탁에 차리고 있는 걸 본다. 단이가 수저를 놓다가 은호를 본다.

단 이   손 씻고 와. 먹고 해열제 한 번 더 먹자..

– 시간 경과. 은호와 단이 스프를 먹는다. 단이, 목걸이 일도 있고.. 은호가 신경 쓰인다. 은호는 시선을 단이에게 안 주고 말없이 먹다가..

은 호   목걸이는 다시 걸어봤어?

– 단이, 그 말에 은호를 본다.
– 플래시백, 8부 엔딩. "너 나 좋아하니?" 물어보던 단이.
– 다시 플래시백, 9부 11씬.
은 호   (아무래도 안 되겠다) 아니야. 됐어?

단 이   (마음 아프게 은호를 본다) ..아니라고 했잖아..
은 호   (단이 안 보고, 스프 먹는) 그렇게 알고 있는 게 편할 거 같아서.

단 이	(마음 아프다...) 언제부턴데..
은 호	글쎄.. 언제부터일까.. (웃어 보이는)
단 이	(혼자 그랬으면 힘들었을 텐데.. 맘 아프고, 울 거 같다..)
은 호	(단이 편하고 따뜻하게 본다) 언제부터인지.. 나도 몰라..
단 이	.... (울고 싶다.. 마음 아프고 속상하고 은호가 짠해서)
은 호	봄에서 여름, 여름에서 가을.. 가을에서 겨울.. 누나는 계절이 언제 바뀌는 지 알아? 겨울에서 봄이 되는 그 순간이 정확히 언젠지...
단 이	(모른다고. 눈가 젖어서..)
은 호	언제부터 누나를 좋아하게 됐는지.. 몰라.
단 이	은호야..
은 호	봐. 이러니까 내가 말, 안 하려고 한 거잖아.
단 이	그럼 차라리 계속 들키지 말지 그랬어...
은 호	(조금 가볍게) 그렇게 대놓고 물어보는데.. 어떻게 계속.. 피해? 남자를 뭘로 아는 거야... 막다른 골목까지 왔는데, 비겁하게 계속 마음을 속여? /// 근데..
단 이	(보는)
은 호	(따뜻하게 보며) 근데.. 아무것도 안 할 거야. 목걸이 사주는 정도만 할게. 그건 예전부터 쭉 그래왔던 거고. 좋은 거 있으면 늘 누나 주고 싶었고, 그래서 줬고.. 그건 계속 그래왔잖아. 누나, 아무 생각 없이 잘 받았잖아. 목걸이도 그렇게 받으면 돼.
단 이	그땐 니 마음을, 몰랐, (잖아)
은 호	(OL) 잠깐만. 누나. (웃으며) 나, 오늘 아파. 조금 전에 확인했잖아. 나 열 있는 거. / 그러니까.. 오늘은 내 말, 듣기만 해.. / 좋아해. 맞아. / 근데 억지로 몰아붙일 생각 없으니까 누나는 지금까지 했던 대로- 하고 싶은 대로.. 지서준 만나고 싶으면 만나고, 지금처럼.. 그러면 돼.
단 이	그러는 동안.. 너는.. 너는 어떡할 건데.
은 호	나 힘들고 외로울까 봐 걱정하는 거야?
단 이	... (사실은 혼자 은호가 그래왔다는 게 너무 마음 아프다)
은 호	(픽 웃는) 누나 좋아하는 동안.. 힘들거나 그러지 않았어. / 책도 쓰

고, 일도 하고, 강의도 하고.. 바빴어. 알겠지만, 연애도 가끔 했고. 나, 그렇게 애타게 사랑한 거 아냐. 쉬엄쉬엄 했어. 사랑이 뭐라구 인생을 걸어. / 그니까, 너무 무겁게 생각하지 말라구. / 힘들다.. 나, 자야 돼.. (일어서며, 찻잔) 누나가 치워.. (방으로)

단 이   (가는 은호 안됐게 보며, 혼잣말) 바보.. 여자가 없어서 나를 좋아하냐..

S#36. 은호의 방 (N)

– 은호, 들어온다. 해열제 하나 챙겨 먹고.. 창문을 열어본다. 찬바람이 들어온다.. 은호, 조금은 쓸쓸하고 외롭다.. 창으로 들어오는 바람을 느끼며 서 있는데.. 울리는 전화벨. 보면 해린이다.
– 잠깐 보다가 받는 은호.

은 호   어, 송해린.

S#37. 동네 우동집 (N)

– 해린이 사케를 혼자 마신다.

해 린   (전화기 들고) 어이없어.. (기막혀서 화가 난다) 전화를 받아???!!!! 차은호가 내 전화를 받아??!! 야, 이 미친놈아.......!!!! 이제 나 찼으니까........ 난 그냥 회사후배니까....! 이제 전화 받아도 된다는 거야??!!! 어어어엉.. (운다) 와.. 진짜 나쁜 새끼...

S#38. 동네 우동집 앞 (N)

        – 금비를 끌고 걸어오는 서준. 해린이 창가에 앉아 울고 있다.

서 준   (앗) 잠깐만 금비야. (본다)

S#39. 동네 우동집 (N)

해 린   그렇게 전화를 해도 안 받구–, 그렇게 메시지를 보내도 퇴근 후에
                는 답도 없더니.. 엉엉엉.. ....이 나쁜 새끼가.... 이제 전화를 받는구
                나? 으허허허. 와, 진짜 어이없어..

S#40. 은호의 방 + 동네 우동집 (N)

은 호   (통화 중. 웃는다) 그러게. 나 진짜 나쁜 놈이다, 그치.. / 어디야?

해 린   절대 안 가르쳐줄 거야. 여기 와서 나 위로하고 그러면 내가 너 죽
                여버리고 그냥 감옥 갈 거야..

은 호   (웃기다) 술 마셨니?

해 린   (옆에 놓인 사케 보며, 콧물 훌쩍이며) ....

은 호   (걱정) 옆에.. 누가 있어? 누군가 있었으면 좋겠는데..

해 린   있었지.. / 옛날에는. // 내가 남자한테 차일 때마다 위로해주던 사람.

은 호   (따뜻하게 웃으며) 다른 사람 알아봐. 이제.

해 린   (듣는데, 문득 창밖에 서준이...!)

은 호   니 마음 싫다고 거절한 사람한테 계속 위로 받을 수는 없잖아. 걱정
                은 되는데, 송해린 내가 회사에 안 가는 며칠 동안 잘 지냈을 거고,
                씩씩하게 일도 딱 부러지게 했을 거야. 내일은 또 아무렇지도 않은
                얼굴로 회사에 올 거고.

해 린   (창밖의 서준과 눈 마주치며, 끄덕끄덕) 그래. 회사에서는 내가 남

자한테 차인 줄 아무도 몰라. 완전 씩씩하게 내 할 일 잘 했거든! 편집장님 없는 빈틈도 내가 다 메꾸고. 내가 그렇게 멋있는 여자야. 선배는 평생 후회할 거야. 끊어!!!

─ 해린, 전화를 끊고.. 창밖의 서준을 본다. 어디부터 어디까지 봤나, 싶은데.

S#41. 동네 우동집 앞 (N)

─ 이번엔 서준이 전화를 건다. 안에서 해린이 받는다.

서 준   나 보이죠?

해 린   그럼 안 보일까 봐서요. (바로 보이는데)

서 준   내가 지금 보시다시피 개랑 같이 있어서 거길 못 들어가는데.

해 린   ...

서 준   친구가 필요합니까? // 만약 그렇다면 개를 집에 두고 다시 나올 수도 있는데.

해 린   됐고요. 내일 미팅 있는 거 아시죠, 나랑?

서 준   네. / 근데... 왜 우리 동넵니까?

해 린   ....

서 준   왜 우리 동네까지 와서 울죠?

해 린   이 동네가 뭐.. 다른 동네 사람이 와서 울면.. 안 되는 동네예요? 이 동네가 다 지서준 씨 꺼예요?

서 준   그건 아닌데...

해 린   끊어요. 내일 미팅 때 봐요. (하고 끊고)

서 준   (끊고 본다)

해 린   (쳇.. 들켜버렸다. 시선 피하고 우동 국물이나 먹어보는데)

서 준   (핸드폰 들어 문자를 보낸다)

해 린   (확인하는)

서준(E)	그만 울어요. 무슨 일인지 모르겠지만.
서준(E)	친구 필요하면 늦게라도 전화하구요.

- 해린, 창밖을 본다. 서준이 웃으며 보다가 손가락으로 전화기 만들어 보이고 웃으며 간다. 해린, 고개를 쭉 빼고 가는 서준을 본다. 기분이 좀 괜찮아졌다.

S#42. 단이의 방 (N)

- 단이 목걸이 케이스를 열어본다. 보다가 다시 닫아서 서랍에 넣는다.

S#43. 은호의 방 앞 + 은호의 방 (N)

- 조심스럽게 문을 열어 은호를 보는 단이. 은호, 잠이 들었다. 들어가 이불을 여며주고, 물컵 등등 치우고, 협탁 등을 끄는 단이에서, F.O.

S#44. 대표실 (D)

- 단이가 재민의 책상 위에 〈당신의 우주〉 한 권 놓는다.

단 이	스티커 작업 끝났습니다. 〈당신의 우주〉요.
재 민	(책 집으며) 어, 고마워요. 오늘 서점에 깔리죠?
단 이	네. 어제 최종 확인 마치고, 물류창고에서 서점으로 이송했어요.

- 재민이 알았다고 끄덕이면, 나가는 단이. 재민, 책 펼쳐서 저자이력에 붙은 스티커 보고 한숨 쉰다.

S#45. 이사실 (D)

　　　　– 재민이 보는 스티커 연결해서, 〈당신의 우주〉 저자이력에 붙은 스
　　　　　티커 보는 유선.

유 선　　　기어코 스티커 붙였네, 송해린. 속 꽤나 상했을 텐데. (고개 저으면
　　　　　서도, 해린 근성 마음에 들고)

S#46. 콘텐츠 개발부 (D)

　　　　– 은호, 스티커 보고, 역시 신경 쓰인다. 해린 쪽을 보면,
　　　　– 해린이 속상하게 〈당신의 우주〉 보며 스티커 붙은 곳을 손으로 만
　　　　　져본다. 다른 직원들 해린 눈치 보고.. 승진과 훈 자리는 비어 있다.
　　　　　가시방석인 지율, 해린을 보는데.. 해린 책 탁 덮는다. 그 소리에 놀
　　　　　라서 허리 바짝 피는 지율.

해 린　　　오지율 씨. 따라와요. (책 챙겨서 가는)
지 율　　　(겁먹고) 네.. (따라가다가, 오는 단이에게 속닥) 강단이 씨, 약 없어
　　　　　요? 가슴 진정되는 거. 청심환 같은 거요.
단 이　　　(저만치 가는 해린을 보며) 설마.. 죽이진 않을 거예요..
지 율　　　(찡찡대기보단 진심으로 힘든)
지 홍　　　(원고 넘겨보며) 난 송해린보다 빨리 입사하길 정말 잘했어.. (하는
　　　　　데, 종이에 손이 베인다) 아!! (하고 얼른 손을 든다. 호들갑) 약, 약.
　　　　　밴드!
은 호　　　(보는)
영 아　　　으휴.. 칼도 아니고 종이에 스친 걸 엄살은.
지 홍　　　피나. 피나. 피가 난다고!!!
영 아　　　입에 넣고 한 번 쪽 빨면 없어질 거.
지 홍　　　(이씨..)

은 호	(웃으며 서랍 뒤적이고) 밴드가..
단 이	저한테 있어요. (가방 꺼내서 가방에서 밴드통 꺼내, 하나를 내밀며) 여기요.
지 홍	(받고 조심조심 붙이며) 어으, 따거.. 단이 씨, 고마워.
단 이	(밴드 몇 개 더 붙어 있는 지홍 손 보고) 손 자주 베이시나 봐요.
지 홍	종이 만지는 일이니까. (원고 가볍게 두드리고) 일상이지 뭐.
단 이	(밴드통 들어 보이며) 저한테 달라고 하세요. 항상 가방에 넣구 다녀요. 구두 때문에 발꿈치가 자주 엉망이 돼서.

– 그런 대화들 들으며 은호는 지율과 해린이 간 곳을 돌아보는.

S#47. 겨루 출판사 일각 (D)

– 지율이 조심조심 뒤따라 걸어가는데.. 멈춰서는 해린. 잠깐 호흡 고르다가 돌아본다. 해린이 재킷 단추 하나를 툭 푼다. 지율, '또 시작이구나!' 싶어서 눈 질끈 감는데.. 아무 소리도 들리지 않는다. 지율이 살짝 눈 뜨면, 해린이 허리에 손을 탁 얹고 지율을 노려본다.

해 린	(화 삭이며) 오지율 씨. 잘 들어. 난 만두집 딸이야.
지 율	네? (갑자기 만두집은 왜?)
해 린	우리 부모님 만두 장사해. 이십 년째 하는데 아직도 만두를 찌면 터진 만두가 나와. 근데, 그 터진 만두, 손님들한텐 안 줘. 나를 먹이지!!! 왜? 최선을 다해 만들고, 온전한 것만 손님에게 전달한다! / 그게 장사의 기본이거든! / 근데 나는!!!!
지 율	(움찔해서 보는)
해 린	(책으로 삿대질하듯 지율을 구석으로 몰며) 일 년간 발로 뛰고, 주말까지 야근해서 만든 책. 엉망으로 독자한테 내놓게 생겼어. 스티커 덕지덕지 붙여서.
지 율	(벽으로 완전히 몰려서 눈감고 당하는)

은호(E)	송해린 대리.

    – 해린, 보면 은호 서류 한 장 들고 차분한 얼굴로 걸어온다.

은 호	가서 지서준 디자이너 미팅 준비하세요.
해 린	(후.. 하고 간다)
은 호	(가는 해린, 한번 돌아보고, 적당히 의자 빼주며) 앉아요. 오지율 씨.
지 율	(앉는다) 죄송합니다. 편집장님..
은 호	오지율 씨.. 억울하죠..?
지 율	..조금요.. 실수는 누구나 할 수 있는 건데..
은 호	네. 맞아요. 모든 편집자가 오자를 냅니다. 세상에 오탈자가 없이 완벽한 책은 없어요.
지 율	....
은 호	근데 모든 편집자들은 그 실수를 부끄러워합니다. 오지율 씨처럼 억울해하는 게 아니라!
지 율	!
은 호	(서류 주며) 목록에 있는 책, 읽고 정리해요. 일주일 안으로.
지 율	네?

    – 지율이 파일 열면.. A4용지 한 장 가득 채운 책 목록* 보인다. 일주일 안에 도저히 끝낼 수 없는 양이고..

은 호	출판사 근무환경 힘든 거 겪어봐서 알죠? / 그런데도 매년 수십 명이 여길 지원해요. 책이 좋아서, 책을 만들고 싶다는 이유, 그거 하나 때문에요.
지 율	...

* 편집자, 출판사 관련 책들. (ex. 김학원, 〈편집자란 무엇인가〉, 휴머니스트 | 정은숙, 〈편집자 분투기〉, 바다출판사 | 정은숙, 〈출판편집자가 말하는 편집자〉, 부키)

| 은 호 | 오지율 씬 누군가 간절히 원했던 그 자리에 있어요. 책에 관심이 없 |
| | 으면 공부라도 해야죠. |

S#48. 콘텐츠 개발부 (D)

　　　　- 지율, 책상에 앉아서 책을 펼쳐본다. 맨 뒷장을 본다..
　　　　- 인서트, 앞 씬. 은호.

은 호	어떤 책이든 맨 뒷장에 판권면이 있어요. 거기 여러 사람들의 이름
	이 있을 겁니다. 책을 만든 사람들이에요. 일 년, 혹은 이 년, 어떨
	땐 그보다 훨씬 오래 시간을 들여서.

　　　　- 지율, 손으로 판권면을 쭉 훑어본다. 저자, 대표, 편집자, 마케팅, 제
　　　　　작... 그 위로,

| 은호(E) | 거기 이름이 안 적힌 사람들이 훨씬 많아요. 그 많은 사람들이 책 |
| | 한 권 내겠다고 최선을 다합니다. |

　　　　- 지율, 스스로가 너무 한심하다. 스티커 붙은 면을 다시 본다.

| 은호(E) | 근데 독자들은 그 책에 실망할 겁니다. 펼치자마자. |
| 은호(E) | 저자소개가 틀린 허술한 출판사 책이니까요. |

　　　　- 다시 인서트, 앞 씬.

| 은 호 | 다시 한 번 생각해봐요. 왜 이 일을 하는지. 무슨 마음으로 여기 있 |
| | 는지. |

　　　　- 지율, 사무실 사람들을 돌아본다.
　　　　- 자리에 앉아 원고 보며 교정교열 하는 지홍. 종이 뚫어져라 보다가..
　　　　　'아차!' 하며 오자 하나 집어낸다.

| 지 홍 | 또 오자!! / 다섯 번을 보는데.. 또 나오면 어떡하냐..! (한숨) |
| 영 아 | 봉 팀장님! 마감 일주일 남았어요! |

| 지 홍 | 알어! 재촉 좀 하지 마! / 한 번만 더 볼게.. |

- 지율, 시선 돌리면 광수가 책상에 종이 샘플 펼쳐놓고 만지며 고뇌
  한다. 지나가는 송이 붙잡는 광수.

광 수	송이 씨. 유명숙 작가님 책 표지로 (종이 하나 가리키며) 이 종이랑
	(다른 종이) 이 종이 중에 뭐가 나을 거 같아요?
송 이	(열심히 종이 만져보지만..) 무슨 차이인지 잘.. (모르겠다고)
광 수	(종이 하나씩 설명) 이게 스노우화이트지고, 이게 아트지. / 평소
	유 작가님 작품 이미지엔 스노우지가 어울려요. 담백하니까. 근데
	젊은 층을 잡기엔 색감이 탁 틔는 아트지도 괜찮거든요. (다른 종
	이) 아니면.. 몽블랑을 사용해서 고급스럽게...

- 지율, 시선 돌리면. 단이가 노트북을 들고 영아 옆에 가 있다.

단 이	제가 카드뉴스 때문에 블로그를 하다보니까 눈에 띄는 이웃들이 좀
	있어서요.
영 아	(단이 보여주는 블로그 화면들을 보고) 재밌다. 한번 만나볼까?

- 지율, 다른 쪽으로 시선을 돌려본다. 유선과 재민, 은호가 대표실 앞
  에서 이야기를 나누고 있다.

재 민	(《당신의 우주》 책 들고) 이거 어떡해, 송해린 사고친 거.
은 호	온라인 서점 굿즈 기획이라도 해서 빨리 팔고 2쇄 찍어야죠.
재 민	굿즈 만들면 배보다 배꼽이 더 큰데... 갈 길이 멀다, 멀어..
유 선	그래도 어떡해요. 송 대리가 기획부터 시작해서 국회도서관을 몇 번
	이나 갔어요? 직접 자료 조사하고 원고 보고, 또 보고...
은 호	흠 없이 매끈한 2쇄 찍어서 송 대리 주고 교수님한테도 드리고요.
재 민	(심란하지만 끄덕끄덕) 그래. 그럼 온라인 서점하고 의논 한번 해봐.

S#49. 서점 (D)

- 매대 체크하는 승진과 훈. 훈이 매대 보는데 〈당신의 우주〉가 흉당[•]에 진열돼 있다. 훈이 주변 눈치 보다가 슬쩍 〈당신의 우주〉를 명당으로 끌어오는데.. 승진이 훈 손 탁 막는다. 담당직원이 온 것.

승 진	(직원에게, 오버하며 친한 척) 에이, 박 대리님! 저희 신간 너무 안쪽에 놔주셨다. 겨루에서 팍팍 밀고 있는 책인데, 가능하면 요쪽으루 자리 좀 옮겨주세요!
직 원	(흘기며) 이 과장님은 맨날 미는 책이래.
승 진	(너스레) 다 제 자식들이죠. 근데 요건 특히 아픈 손가락! 맴이 딱! 가는 책이에요. 신경 좀 잘 써주세요, 대리니임~
직 원	(못 이기는 척) 알았어요. (자리 바꿔주고 가는)
승 진	(가는 직원 뒤로 구십 도 인사) 감사합니다!! 사랑합니다, 대리님!!
훈	(상황 보다가.. 따라서 꾸벅 인사) 감사합니다!! 잘 부탁드립니다!!

- 훈이 고개 들고, 앞자리로 옮겨진 〈당신의 우주〉 보며 뿌듯하게 웃는다.

S#50. 콘텐츠 개발부 (D)

- 지율, 은호가 준 책 리스트를 본다. 제대로 읽어봐야겠단 생각이 든다. 결심한 듯 컴퓨터에 책 검색해보는 지율인데...

• 도서 분야 매대의 '각 변과 모서리'가 명당, 소설 신간 풋말 바로 아래 놓여 '그림자에 가려 눈에 잘 띄지 않는 곳'이 흉당입니다.

S#51. 거루 출판사 일각 (D)

    - 서준이 커피를 양손에 사들고 콘텐츠 개발부로 걸어간다. 눈으로
      처음 오는 회사를 둘러보며. 단이가 핸드폰을 들고 다른 쪽에서 어
      딘가로 이동한다. "네, 오셨어요. 잠시만요." 하고.
    - 엇갈려서 서로를 못 보는 둘이고. 서준, 직원 하나를 잡고 "송해린
      대리 만나러 왔는데요." 묻고. 가리키는 방향 따라서 이동하는.

S#52. 콘텐츠 개발부 (D)

    - 양손 가득 커피가 든 종이백을 들고 사무실로 조심스레 들어오는
      서준. 지나가던 송이가 먼저 발견하고.

송 이   어떻게 오셨어요?
서 준   아, 저는... (하는데)
해 린   (서준 발견하고 일어나며) 어. 지 작가님!!!

    - 해린의 말에 일동 서준을 쳐다보고. 은호도 서준을 본다. 서준, 직원
      들에게 꾸벅 인사하며 사람 좋게 웃는.

서 준   안녕하세요. 이번에 유명숙 작가님 책 디자인을 맡게 된 지서준이
          라고 합니다. 함께 일하는 동안 잘 부탁드리겠습니다.

    - 와.. 사람들 박수치거나.. 반갑다고 인사하는.

서 준   (커피 들어 보이며) 이건 첫인사 겸 뇌물입니다.

    - 직원들, 서준과 커피 나누며 인사하는 와중에.. 은호, 빈 단이의 자
      리를 본다. 서준도 저기가 단이 씨 자린가, 싶고..

서 준	강단이 씨 자리가..
해 린	어, 강단이 씨 알아요?
서 준	네. 지금 없네요..
송 이	(단이 자리) 여기요. 여기.
서 준	그럼 이건 단이 씨 꺼. (하고 커피 하나 올려둔다)
직원들	(둘이 뭐지? 뭐가 있나본데?)
은 호	(쳇)

S#53. 북카페 (D)

– 기타리스트와 이야기 나누는 단이.

기 타	일 그만두셨단 얘기 듣고 놀랐어요. 그때 굉장히 열정적이셔서 계속하실 줄 알았거든요.
단 이	지금 하는 일도 재밌어요. 실은 이번에 나오는 신간이 있는데 작은 북콘서트 형식의 낭독회를 마케팅 행사로 준비하는 중이거든요. 혹시 그 행사에 참여해 주실 수 있나 해서요.
기 타	북콘서트는 한번도 안 해봤는데. 일단 책 내용 좀 들어볼까요?

S#54. 회의실 (D)

– 테이블에 둘러앉은 해린, 은호, 서준. 셋 앞에는 유명숙의 산문집 〈타인들에게〉 원고와 편집계획안이 놓여 있다. 해린의 설명을 들으며 편집계획안 보는 서준.

은 호	유 작가님 이번 소설의 장점은 고전미가 있음에도 서사가 흡입력 있고 세련된 점이라고 생각해요. 젊은 층도 충분히 공략 가능하다고 판단해서 타깃 층을 넓혔고요.

해 린	디자인에서도 그런 지점을 충분히 살리는 방향으로 감각적인 느낌
	의, (가져온 파일에서 자료 더 꺼내려는데)
서 준	(OL, 보던 편집계획안 탁 내려놓으며) 별론데요.
은호,해린	(멈추고 보는)
해 린	(당황해서) 저 아직 말 다 안 끝났는데요....??
서 준	(차분히) 다 안 들어도 편집계획안만 봐두 뻔해서요. 감각적인 느
	낌의, 친근함을 불러일으킬 수 있는 일러스트 표지를 썼으면 좋겠
	다... 맞죠?
해 린	(맞다... 일러스트 샘플 꺼내면)
서 준	(성의 없이 넘겨보는.. 싱긋 웃으며) 봐요, 별로잖아요. 재미도 없고.
은호,해린	(이 자식 봐라...?)

S#55. 콘텐츠 개발부 (D)

– 사무실로 돌아온 단이. 자리에 놓여 있는 커피 발견하고 갸웃하는
데 옆자리 훈이 알은체하는. 훈, 견과류를 먹고 있다.

훈	지서준 디자이너가 사왔어요.
단 이	(어딨지? 둘러보면)
훈	지금 미팅 들어갔어요. 송 대리님이랑 차 편집장님이랑.
영 아	원래 아는 사이야? 완전 훈남이던데.
훈	강단이 씨 커피만 따로 챙겨 와서 딱– 놨어요. 그 자리에.
단 이	(커피 보며, 웃고. 그랬구나..)

– 훈, 무슨 사이냐는 듯 의자 밀어 슥 다가와 게슴츠레한 눈으로 보
면... 단이, 태연한 얼굴로 장난 받아주듯 훈이 견과류만 쏙 뺏어먹
는다. "맛있네." 하는데...

| 송 이 | 잘생겼던데. |

광 수	이것 봐. 여자들은 항상 얼굴에 속는다니까. 지서준.. 또라이래.
단 이	(보는) 누가요?
광 수	월명 제작팀에 친구 있는데. 지서준 하고 회의하기 오 분 전에 다들 명상타임 가졌대요... 회의만 했다하면 지서준 디자이너가 디자인팀 이고 편집팀이고 싹 다 열통 터지게 만들어서. / 월명에서 별명이 뭔 줄 알아요? 지 잘난 서준. 그래서 지서준.
송 이	아, 지 잘난 서준 씨... (끄덕이고)
단 이	(혼잣말) 아닌데...

S#56. 회의실 (D)

해 린	아니, 지 작가님... 우리가 지금 재미로 책 만드는 게 아니거든요.
서 준	일이니까 더 재밌게 해야죠. / 서점 나가보셨어요? 나가서 보면 국 내 소설 열에 여덟이 이런 표지들이에요. 식상하지 않아요?
은 호	그럼 지 작가님은 어떤 재밌는 디자인을 생각하시는데요?
서 준	동양화를 사용하면 어떨까 싶은데요.
은호,해린	(황당) 동양화요?
해 린	(흥분) 지 작가님. 제가 쓴 편집계획안 제대로 읽으신 거 맞아요?
은 호	....
서 준	(공격이 아닌 평온한 투로) 송 대리님은 동양화를 세련되지 않은데 다 젊은 층엔 공략이 불가능한 장르라고 생각하시나 봐요?
해 린	(살짝 흥분해서) 일반적인 대중의 시각이 그렇다는 거죠!
서 준	그런가요? 그럼 대중을 신경 써서 그런 건 피해가야 되나보죠, 겨루 에서는?
은 호	(OL, 중재하는) 잠시만요. / 두 분 다 지금 이 자리가 첫 디자인회 의라는 건 아시죠? 서로 의견을 나누면서 워밍업하는 자리라구요. 논쟁이 아닌 논의가 필요한 자리. (둘 번갈아 보면)

- 오르는 열 삭히는 해린과 해린의 편집계획안을 다시 한 번 보는 서

준. 해린, 은호에게 '애 또라이야.' 하는 듯 손가락 머리에 빙글빙글. 표정으로 '하지 마.' 하는 은호.

- 그때 서준이 보던 편집계획안을 도로 탁 내려놓는다.

서 준   저는 송 대리님 편집계획안을 읽어도 왜 동양화는 안 되는지 잘 모르겠네요. 제목만 다를 뿐 개성도 없이 비슷한 표지들 보단 훨씬 낫다고 생각하는데요. / 표지는 책의 얼굴입니다. 이번 유 작가님 작품은 친근함보단 고급스러운 느낌의 개성을 택하는 게 훨씬 유리하구요.

해 린   작품의 개성! 당연히 중요하죠. 근데 왜 하필 동양화냐구요. 안 그래도 연배가 있는 선생님 작품인데 표지까지 올드하면,

서 준   (OL) 왜 동양화는 올드하다는 걸 전제로 놓고 말씀하시는지, 전 그걸 모르겠는데요. / 서양화였다면 이야기가 달랐을까요?

해 린   (어처구니없고) 뭐라구요?

서 준   송 대리님 마음은 충분히 알겠지만, 흔한 디자인으로 안전하게 갈 생각이었으면 유 작가님 저 안 부르셨을 거예요. 겨루도 절 계약해선 안 됐고요. / 모르셨나 봐요? 저 꽤 유명한데. 안전빵 싫어하는 걸로.

해 린   안전빵... 아, 나는 안전빵이구나.. (어이없다. 자료를 신경질적으로 챙겨 벌떡 일어나는)

은 호   (낮게) 송 대리.

해 린   (그대로 서준 보며) 지서준 디자이너님 의견 잘 알겠구요. 첫 회의는 여기까지 하죠. 지금으로선 더 해봤자 시간낭비만 될 거 같으니까. 제가 동양화에 대해서 자알 생각해보고, 고급스런 개성-, 어쩌고저쩌고도 잘 한번 찾아보고. 다시 연락드리겠습니다!

- 휙 돌아서서 가는 해린. 은호, 가는 해린을 보며 고개를 절레절레 흔들고 있는 서준을 본다.. 그때, 가다가 휙 매섭게 돌아보더니 다시 돌아와 은호 앞에 딱 서는 해린.

해 린	(서준 쪽은 보지도 않고) 편집장님.
은 호	(보는)
해 린	유 작가님 작품 디자인, 시간 좀 (서준 노려보며 들으라는 투로) 많이- 걸릴 것 같습니다-!
서 준	(그런 해린을 보며, 픽 웃고)
해 린	(은호에게) 새로 일 맞추는 디자이너가 완전 또라이거든요. 말을 얼마나 싸가지 없게 하는지, 나 첫 회의 들어가서 완전 빡--쳤잖아.
은 호	(아이고...) 네. 그렇게 알고 있겠습니다, 송해린 대리.
서 준	(골때리게 보고)
해 린	(서준 휙 보고 다시 가는)
서 준	(어이없이 보다가, 팔짱 딱 끼며) 이 회사에 송해린 편집자 말고 다른 편집자는 없습니까?
해 린	(가다가 멈춘다)
은 호	(이 상황 재밌어서 느긋하게 웃는) 있죠. 많습니다.
해 린	(저것들이.. 돌아보는)
서 준	저랑 같이 일하는 편집자가 성격이 불같아서요. 이래 가지고 어디 같이 손발 맞춰 책 내겠습니까? / 이쪽에선 아직 제대로 보여준 것도 없는데.

– 서준, 가지고온 파일에서 그림 샘플* 꺼내 책상 위에 놓는다. 은호 쪽으로 쭉 밀어주는 서준. 가져와 보는 은호.

은 호	(조금 놀라서) 이게 동양합니까?

– 해린, 다가와 은호 손에 들린 샘플 낚아채 가 보는. 어이없게 보는 서준과 은호인데.

• 참고 작가 : 신선미, 육심원 등

S#57. 콘텐츠 개발부 (D)

광 수   좀 있어봐요. 송 대리 얼굴 완전 진흙빛 돼서 나올 거예요.

단 이   지서준.. 그런 사람 아닌데.. (사람들 믿게 혼자 흘겨보고)

S#58. 회의실 (D)

해 린   (샘플 보며) 이게 동양화라구요?

서 준   현대동양화에요. 현재 활발하게 작품 활동 중인 한국 작가님들이
          구요.

해 린   (화내던 건 흔적도 없고, 순수하게 감탄) 좋다... / 너무 좋은데요?

은 호   (그런 해린도 웃기고) 뭐가 이렇게 입장 전환이 빨라?

해 린   좋으니까 그렇죠. 좋은데 안 좋은 척할 이유는 또 뭐야. / (서준 보
          며 당당하게) 물론 지금도 난 내 제안이 틀렸다고 생각하진 않아요.
          내 제안보다 이게 좋으니까 좋다고 하는 거지. / 왜 빨리 이거 안 보
          여줬어요? 그랬으면 수긍도 빨랐을 거 아녜요. 다른 샘플은 더 없어
          요?

          - 서준, 파일에서 샘플 더 꺼내서 주고... 보느라 정신없는 해린을 재
            밌게 보는 서준. 그런 둘을 보며 웃는 은호.

S#59. 콘텐츠 개발부 (N)

          - 회의실에서 나오는 서준, 자리에 있는 단이 보고 반가워 설핏 웃으
            며 다가간다. 인기척에 고개 들어 서준 보는 단이. 서준, 잠깐 사무
            실 밖으로 나오라고 손짓하고, 고개 살짝 끄덕이고 일어나 따라 나
            가는 단이. 역시 회의실에서 나오던 은호, 문 열고 나가는 서준과
            그 뒤의 단이 뒷모습 보고..

서 준	(단이와 가며) 퇴근 시간 다 됐죠? / 같이 저녁 안 먹을래요?
은 호	(둘이 밥 먹는 거 싫어) 잠깐만요, 지 작가님.
서 준	(돌아보고)
단 이	(역시)
해 린	(뒤이어 나오다가)
은 호	첫 회원데 회식 겸 밥 한 끼 먹죠? 송해린 대리랑.
해 린	(은호 보고) 회식이요? 갑자기?
은 호	(단이 보며) 아니. 원래부터 할 생각이었어. 회식.
서 준	아깐 다음 회의 때 보자고 하지 않았나요?
은 호	그래서 지금 얘기하잖아요.
서 준	(난감, 단이 보며) 근데 저는..
단 이	괜찮아요. 난.
서 준	(안 되는데..)
해 린	강단이 씨랑 같이 먹어요. 그럼. 넷이서.
서 준	(단이를 돌아보는)
단 이	(끄덕인다)
은 호	………

S#60. 식당* 안 (N)

- 은호와 해린. 안으로 들어서고 단이도 자리 잡고 앉는다. 서준 외투
  벗고 요리대 쪽으로.

해 린	단이 씨도 이 동네 사는 줄은 몰랐네요. (둘러보고) 근데 여기 원테 이블 식당이에요?
서 준	네.

- 8부 7씬의 원테이블 식당입니다.

은 호	사장님은 어디 계시죠? 주문해야 되는데. (역시 둘러보고) 메뉴판 도 안 보이고.
서 준	오늘은 제가 요리할려구요.

– 서준, 요리대 한쪽에 곱게 접혀 있는 앞치마를 들어 탁 펴서 두른다. 요리 테이블 위로는 음식 재료*가 소담하고 가지런하게 준비돼 있다.

서 준	사장님한테 하루 빌렸어요. 그때 말했죠? 여기서 요리 배웠었다고.
단 이	(끄덕이는)
서 준	복습도 할 겸. 동네친구한테 따뜻한 한 끼 대접도 할 겸. 겸사겸사. 단이씨 국물 있는 따뜻한 음식 좋아하잖아요. 그래서 우동도 잘 먹고.
단 이	(재료 쭉 훑어보고)
서 준	(육수 담긴 냄비 가스 불 위에 올리며) 자, 오늘의 요리는,
단 이	(OL, 맑게 웃으며) 나베죠? 나, 엄청 좋아하는데.
서 준	그럴 줄 알았어. (주먹 쥐고 좋아하고)
은 호	.... (싫다)
서 준	(테이블 쪽으로 사케 놓아주는)
해 린	우리, 사케도 마셔요?
서 준	네. 단이 씨가 좋아해서 준비해놨어요. (적당히 간단한 안주) 이건 기본안주로 미리 준비한 거고.
단 이	(웃으며 끄덕이고)
은 호	(서준과 단이 슬쩍 번갈아 보고) 여기 맥주는 없습니까?
서 준	(음료냉장고 가리키며) 가져다 드세요.

– 은호, 서준 노려보다가 냉장고 앞으로 가서 맥주 꺼내고. 단이, 그런

• 밀푀유나베(일식 퓨전 음식으로 쇠고기와 배추 등을 주재료로 하는 전골 요리) 재료로 소고기, 청경채, 배추, 깻잎, 버섯류 등입니다.

은호가 괜히 신경 쓰인다. 해린, 이 상황을 재밌게 보다가..

해 린	뭐죠..? (서준과 단이 가리키며) 두 사람.. 혹시 사귀는 거예요?
은 호	아니라니까.
서 준	(동시에, 웃으며) 아니에요. 아직은 아닙니다.
해 린	(흥미롭고) 아직은요?
서 준	제가 혼자 좋아하는 거예요. 단이 씨를.
단 이	(앗)
은 호	(뭔가 젓가락 같은 걸로 탁 탁자를 치든가..)
해 린	(놀라고, 뭔가 떠올리는) 설마 지난번에.. 눈 오는 날 문자 보낸 사람이.. (단이 보고) 강단이 씨구나!
서 준	(도마 위에 재료를 겹겹이 쌓아 올리며) 네, 맞아요. 그때 바빴잖아요, 단이 씨. 유 작가님 원고 작업하느라.
은 호	(맥주잔 테이블에 탁 놓고, 맥주 따라서 벌컥벌컥 마시는)
서 준	(단이에게) 눈 내리는 날 같이 있었거든요. 송 대리님이랑. 같이 메시지를 보냈는데, 단이 씨도 답이 없고-, 송 대리님이 보낸.. (해린을 보며) 참, 그날 메시지 보낸 사람하곤 어떻게 됐어요?
해 린	(은호 들으라는 투로) 싫대요. 내가. (쭉 사케를 들이킨다)
단 이	(은호였을 거 같은데)
은 호	(말없이..)
서 준	어쩐지 아까 회의할 때..
해 린	뭐요? 뭐?
서 준	성격이 나빠서 차인 거예요, 아니면 차여서 성격이 나빠진 거예요?
해 린	(컵 탁 놓고, 노려보는)
서 준	농담인데.. (헤헤)
은 호	….
단 이	(은호를 보는- 싫다고 했구나)

　

- 플래시백. 앞 씬.

은 호	(찻잔 놓고, 단이 편하고 따뜻하게 본다) 언제부터인지.. 나도 몰라..

은 호	봄에서 여름, 여름에서 가을.. 가을에서 겨울.. 누나는 계절이 언제 바뀌는 지 알아? 겨울에서 봄이 되는 그 순간이 정확히 언젠지...
은 호	언제부터 누나를 좋아하게 됐는지.. 몰라.
	- 단이 그런 은호 떠올리며 마음 복잡한데..

서 준	(쌓은 재료를 칼로 썰며) 어떻게 하면 송 대리님이 싫을 수 있죠? 난 불같은 성격도 마음에 드는데.
해 린	그니까, 내 말이요. 그게 내 매력 포인트라니까.
은호,단이	(조용히 술 마시거나 기본안주 정도 먹어보거나.. 딴청인데.)
서 준	잊어버려요. 그런 남자.
해 린	이미 버렸어요. 이 동네 쓰레기통에.
은호,단이	......
서 준	아니 왜 하필 우리 동네 쓰레기통에, (하다가 앗!)

- 서준, 칼질을 삐끗해서 손을 살짝 베인다. 모두 서준을 보는데. 해린이 얼른 티슈 빼서 서준을 주는.

단 이	괜찮아요?
서 준	괜찮아요. 많이 안 다쳤어요.. 살짝 스쳤어요.
은호,단이	(뭐라고 말할 새도 없이)
해 린	약국 어딨어요? 밴드라도 사와야 할 거 같은데.
은 호	(단이를)
서 준	아뇨. 아뇨. 괜찮아요. 크게 안 다쳤어요. (티슈 빼고 손가락 보는) 정말 살짝 스친 거라서 멀쩡해요..

- 단이, 가만히 보고만 있다.. 은호, 그런 단이를 본다.
- 플래시백, 앞 씬.

| 단 이 | (밴드통 들어 보이며) 저한테 달라고 하세요. 항상 가방에 넣구 다녀요. 구두 때문에 발꿈치가 자주 엉망이 돼서. |
| | - 은호, 떠올리고.. 약간 믿기지 않는 듯이 단이를 보는... |

은호(E)	강단이가 가방 안에 있는 밴드를 꺼내지 않았다.

- 은호, 단이를 본다!!! 왠지 좋은데.. (단이는 은호 안 보고)

S#61. 식당 앞 (N)

- 문 열고 나오는 은호와 해린. 단이와 서준도 이어 바깥으로 나오고.

해 린	잘 먹었습니다.
단 이	저두요.
은 호	그럼 다음 회의 때 뵙죠.
서 준	단이 씨는 제가 바래다줄게요.
은 호	....
해 린	(은호 보며) 선배는 이 후배가 모셔다 드릴까요?
은 호	됐다. 너 타는 데까지 내가 데려다줄게.

- 두 커플로 갈라져 헤어진다. 단이, 가는 해린과 은호를 돌아본다. 신
  경 쓰인다. 은호도 가다가 서준과 단이를 돌아본다.

S#62. 동네 공원 (N)

- 나란히 걷고 있는 단이와 서준.

서 준	그냥 말하는 게 낫지 않아요?
단 이	(?, 보면)
서 준	차은호 편집장이랑 같이 살고 있는 거요. 저번에 송 대리님이 불쑥 찾아갔을 때도 그렇고, 힘들잖아요. 숨기는 거.
단 이	그렇긴 한데... 같이 사는 걸 말하면 누나 동생 사이라는 것도 말해야 하고 그러면 괜히 더 불편해지니까요. 회사에선 은호가 상사니까.

서 준	(끄덕끄덕) 그것도 그렇긴 하네요.

– 단이, 문득 멈춰 서서 가방을 뒤적인다. 서준도 따라 멈춰 서서 의아하게 보는. 단이, 가방에서 밴드를 꺼내 준다.

서 준	어...
단 이	가방에 있었는데... 아깐 깜빡 잊어버렸어요.
단이(E)	사실은... 은호가 신경 쓰였다.
서 준	살짝 스치기만 한 거라서.. 괜찮은데.

S#63. 은호의 집, 마당 (N)

– 단이 마당 안으로 걸어오는데.. 은호가 테라스 벤치에 앉아 있다. 잠깐 멈춰서 보는 단이.

은 호	(일어나 단이 곁으로, 약간 비꼬는 느낌) 재밌었어, 데이트?
단 이	비꼬는 걸로 들린다? 식당 나와 몇 분이나 걸었다구.
은 호	변명하는 걸로 들린다? 나 신경 쓰이나 봐?
단 이	지서준 만나라며? 니 마음 신경 쓰지 말라며. 하고 싶은 대로 하라며?
은 호	(픽 웃는) 그 말이 서운했어?
단 이	.....누가 서운했대?
은 호	신경 쓰이면, 신경 쓰든가.
단 이	(흘겨보는)
은 호	나 볼 때마다 잊지 말고 생각해! / 차은호가 나를 좋아한다-!
단 이	까불래..
은 호	(불쑥-!) 아까 밴드 왜 안 줬어?
단 이	(보는)
은 호	지서준 다쳤을 때 가방 안에 밴드 있었잖아.

단 이	.....잊어버렸어. 가방에 밴드 있는 거.
은 호	(픽 웃고) 그랬을리가.
단 이	진짜 잊어버렸어. 깜박.
은 호	(그런 단이 보며 웃는다. 밴드 안 준 게 너무 좋다)
단 이	왜 웃어...
은 호	강단이.. 그런 날, 알아?
단 이	(보는)
은 호	가끔... 오늘 같은 날이 있어.. / 참기가 어려운 날.
단 이	뭘 못 참는데..
은 호	(웃는다) 참아야지.. 참아야지.. 그렇게 생각하게 되는 날..
단 이	글쎄 그게 뭐냐구. 뭘 그렇게 참냐구.

– 단이 말 끝나기 전에 쪽 입 맞추는 은호. 헉, 놀란 단이.

| 은 호 | 이거. |

– 놀라 눈 동그래진 단이와 그런 단이를 미소로 보는 은호에서...
  10부 엔딩!!

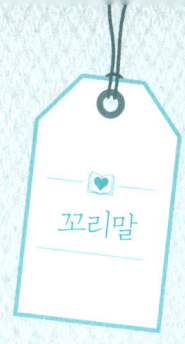

잠든 강병준 옆에 앉은 은호 (11씬)

'약속'이란 단어에 대해 생각해본다. 그 의미에 대해서.

다음 생이 있어서 우리가 다른 모습으로 만나게 된다면,

선생님은 내게 웃어줄까, 고맙다는 말을 해줄까,

아니면 눈을 흘길까, 원망할까. 너는 그 약속을 허물고

세상의 방식대로 결정했어야 했다고 말씀하시면 나는 어떡하지?

나는 그 '원망'까지도 내 약속의 일부라고 생각해본다.

그것까지 각오한 약속이었다고.

회사에서 만난 은호, 단이, 해린, 서준 (59씬)

모든 책은 누군가를 향해 먼저 건네어지는 말들로 완성된다.

사람도 그렇다. 사람은 누군가에게 사랑받아서가 아니라,

누군가를 먼저 사랑함으로서 완성된다. 그렇기에 아름답다.

단이의 손을 깍지 껴잡는 서준 (1씬)

손이 잡히는 순간, 어째선지 은호 생각이 났다.

차가운 손을 덥혀주던 익숙한 그 온기가. 내 마음은 어디쯤 가 있는 걸까.

버스에서 은호 문자 받고 미소 짓는 단이 (25씬)

아버지가 돌아가시고 얼마 되지 않은 어느 날.

낡은 헌책방 구석에 하루 종일 숨어있던 나를 은호는 기어이 찾아냈다.

어떻게 찾았냐는 물음에도 은호는 대답 없이 벅찬 숨을 고르며 눈물로 젖은

내 얼굴을 닦아주었다. 나는 땀방울이 맺힌 은호의 이마를 닦아주었다.

"다음에 네가 사라지고 싶을 땐, 내가 꼭 찾아낼게."

내 말에 은호는 단호히 고개를 저었다.

"난 사라지지 않을 거야. 잠시 떠나더라도, 항상 누나 곁으로 돌아올 거야."

아픈 은호를 보고 놀라는 단이 (30씬)

은호는 여행을 떠나면 꼭 엽서 한 통을 보내곤 했다.

바람이 좋아서, 해당화가 예뻐서, 비가 내려서,

파도가 눈부시게 부서져서... '누나 생각이 났어. 그래서 보내.'

짧은 엽서는 항상 그렇게 끝을 맺었다.

살기 바빴던 내게 너의 그 말들은 둘도 없는 위로였는데...

내게 그 짧은 고백들을 써서 보낼 때, 그때의 넌 어땠을까.

외롭진 않았을까.

혼자 술 마시다 서준과 마주친 해린 (41씬)

세상은 쉴 새 없이 변하고 있다.

그 세상에 속한 우리의 인생도 마찬가지다.

어디로 흘러갈지, 어떻게 변화할지 모르기에

우리의 인생은 매 순간 놀라움으로 가득하다.

단이에게 입 맞추는 은호 (63씬)

갑자기 바람 소리가 들리지 않는 것,

저기 있는 나무의 흔들림이 멈추는 것,

온 세상이 캄캄해졌다가 다시 환해지는 것,

찰나가 영원처럼 느껴지는 것,

함께 해온 시간들이 그 영원 안에 담겨지는 것.

입맞춤이란 그런 거였다.

11부

같이 있을 생각을 해야지, 왜 헤어질 생각을 해?

S#1. 겨루 출판사 화장실 (M)

    – 단이가 아무렇지도 않은 듯이 손을 씻는다. 티슈로 닦아내고 거울을 본다. 이리저리 얼굴 각도를 바꾸며 만만치 않은 표정을 지어 보이는 단이.

단 이   강단이. 서른일곱. 이때까지 키스해본 횟수–, 셀 수 없이 많아.. 그깟... 입맞춤... 흥!!!! (별거 아니다!!)

    – 플래시백, 10부 엔딩.

은 호   가끔... 오늘 같은 날이 있어.. / 참기가 어려운 날.

단 이   뭘 못 참는데..

은 호   (웃는다) 참아야지.. 참아야지.. 그렇게 생각하게 되는 날..

단 이   글쎄 그게 뭐냐구. 뭘 그렇게 참냐구.

    – 단이 말 끝나기 전에 쪽 입 맞추는 은호. 헉, 놀란 단이.

은 호   이거.

    – 그 기억 떠올리며..

단 이   그건 입술 박치기에 불과해! 그깟 박치기에 신경 쓰고, 부끄러워하고, 그럴 나이 아냐!! 그러니까 의연하게! 그까이꺼– 머리 박은 거나 입술 박은 거나, 그게 그거야!!! (끄덕이며) 그럼!! / 누나로서 의연하게!

- 그때, 안에서 들려오는 물소리.. 등줄기가 쭈뼛 서는 듯하는 단이.. 서서히 고개 돌리면, 영아가 나온다. 헉! 내 얘기, 들은 거 아냐? 싶은 단이인데..
- 영아, 유유히 세면대로 와서 손 씻고 단이를 본다.

영 아   어젯밤 사건 사고가 좀 있었나봐, 친구?
단 이   (들었다!!!) 어.. 그게...
영 아   부럽다. 남자랑 키스도 하고.
단 이   아니야, 키스 아냐. 그냥 살짝 입만 댔어. 입만.
영 아   (갑자기 팔 쑥 뻗어서 휘 저으며) 난 남자가 이 안으로 들어온 적이 없어. 무려 한 달 동안. 들어오기만 해봐. 딱 잡고 안 놓지, 내가.
단 이   ....
영 아   남자가 연하야? / 누나로서 의연하게 어쩌구 했잖아.
단 이   아니, 그냥 아는 동생.
영 아   동생이란 말이나 연하남이란 말이나!! 좋겠다. 그냥 아는 연하남이 입도 맞춰주고.

- 하는데. 이번에도 물소리. 헉, 하고 마주 보는 영아와 단이. 서서히 고개 돌려 보면 안에서 나오는 유선. 유선, 조용히 손을 씻는다. 영아와 단이 놀라서 인사도 못하고 어정쩡 서 있는데.

유 선   굿모닝. (하고 단이를 보다가 시선 거두고 도도하게 나간다)
단 이   ..못 들었겠지?
영 아   내 친구, 희망 한번 야무지다... / 들었어!!!
단 이   (어떡해.. 어깨 축 처지고)

- 단이와 영아, 나간다.. 빈 화장실. 잠시 후 또 물소리, 안에서 나오는 송이.

송 이   대박!!!

S#2. 거루 출판사 일각 (M)

- 엘리베이터에서 나오는 훈과 은호. 함께 걸어오는데... 화장실에서
  나오는 송이.

송 이   안녕하세요. 편집장님. (훈) 안녕, 박훈 씨.

- 은호, 고갯짓으로 인사하고 가려는데. 송이가 훈을 홱 낚아채서 뒤
  로 뺀다.

송 이   빅뉴스. 업무지원팀 강단이 씨 어젯밤 남자랑 키스했대요.
은 호   (헉, 다리 꼬여서 휘청) !!!
송 이   그것도 그냥 아는 동생이랑.
훈   어떻게 알았어요?
송 이   화장실에서. 혼자 막 결심을 하던데요? 아무렇지도 않아! 의연해야
    돼! 막 그러면서.

- 은호, 피식.. 웃으며 걸어간다.

S#3. 거루 출판사 일각 (M)

- 단이, 책장 찾아서 책 제자리에 꽂아놓는다. 옆 칸으로 이동하는데,
  은호가 걸어온다. 헉, 놀라서 서가 뒤로 숨는 단이. 벽에 딱 붙어서,
  고개 푹 숙인다.
- 은호, 아무렇지도 않게 단이 옆에서 책을 하나 꺼내어 몇 장 넘겨
  본다.
- 단이, 은호가 그렇게 와 있는 줄도 모르고.. 지나갔겠지? 하고 고개
  를 돌리면 바로 옆에 딱 와 있는 은호고. 헉, 기절할 만큼 놀라는
  단이.

은 호	(단이 안 보고, 책만 보며 평온하게) 아침도 안 먹고 출근하냐?
단 이	(주변 의식하며, 소리 낮춰) 남이사 먹든 말든!
은 호	(고개 돌려 단이 보며 능청) 좋아하는 사람이 굶고 다니면 마음이 아프지, 내가.
단 이	까불어라. 어젠 내가 정신이 없어서 그냥 지나쳤는데,
은 호	(OL) 정신이 왜 없었는데? // 너무 좋아서?
단 이	(낮게) 죽구 싶어?
은 호	(톤 높여서) 강단이 씨!!!!
단 이	(살짝 놀라서 주변 보는)
은 호	(주변 들으란 듯) 강단이 씨?? 왜 대답을 안 하죠?
단 이	(흘기다가) 네.. 편집장님..
은 호	(씨익) 난... 어젯밤... // 좋았습니다. (하고 간다)

- 은호, 가면서 씨익 웃고. 혼자 남은 단이, 난감하다.

단 이	미치겠네... (애꿎은 책 툭, 건들이거나)

S#4. 대표실 (M)

- 노크 소리 들리고, 재민이 들어오라고 하면, 손에 서류 든 유선 들어온다.

유 선	대표님, 조르지오 베르토시 작가 계약 진행 상황 궁금하실 거 같아서요. 에이전시 통해서 미팅 시도했는데 속이 터질 정도로 답이 느려요.
재 민	그 에이전시 삼 년 전에도 우리 물 먹였던 데잖아요..
유 선	그래서 제가 개인적인 루트를 통해 알아봤는데 이번 주에 한국을 방문한대요. 일주일 체류 예정으로.

	– 재민, 듣다가 문득 유선 소매에 달랑거리는 단추가 눈에 들어온다. 유선이 팔 움직일 때마다 재민 시선도 따라가고..
유 선	그래서 바로 작가 개인 SNS를 통해 연락 넣었더니 놀라더라고요. 어떻게 알았냐면서. 내 능력에 나도 가끔 놀라긴 합니다만, 어쨌든. 바로 미팅 약속 잡았습니다. (뿌듯하게 보는데 재민 반응이 없어서 보며) 대표님?
재 민	아... 잘 됐네요. 이번엔 꼭 우리가 계약했으면 했는데. / 근데...
유 선	?
재 민	단추, 다시 달아야 할 것 같은데요.
유 선	(응? 하고 옷 여기저기)
재 민	소매 단추요.
유 선	(보고, 대수롭지 않게) 아, 그러네요. / 제 말은 제대로 들으셨죠?
재 민	그럼요. 역시 고 이사님입니다.
	– 하는데, 똑똑 노크 소리 들리고. 돌아보는 둘인데. 지율이 들어선다.
지 율	엇, 이사님도 이 방에 계셨네요?!
유 선	무슨 일이죠?
지 율	〈당신의 우주〉, 스티커 사건에 대해서 저도 경위서를 썼거든요.
유선,재민	?

S#5. 콘텐트 개발부 (M)

	– 은호 자리로 오는데, 직원들이 전부 뭔가를 들고 읽고 있다. 뭐지? 싶은 은호, 책상 위에 놓인 종이 들어보는데..
지율(E)	경위서. 이름, 오지율. 콘텐츠 개발부, 신입 편집자.
지율(E)	나는 아무 생각 없이 이 회사에 입사했다. 합격한 곳이 여기밖에 없

었기 때문이다.

은 호   경위서를 반말로... 썼네.. (아후. 영혼이탈..)

－ 해린 책상.

해 린   (보며) 어이가 없다. 어이가 없어.

S#6. 대표실 (M)

－ 경위서 읽는 유선과 재민.

지율(E)   나는 책을 잘 안 읽는다. 그래서 출판사 합격 전화 받았을 땐 솔직히 재미없을 거 같았다. 지금도 그다지 재밌는 건 아니다. 일이 다 그렇지 않은가.

－ 유선 읽다가 열이 확 오르고, 아우, 덥다. 더워.. 경위서로 부채질한다.
－ 그대로 이어서, 경위서 보는 재민.

지율(E)   월급도 적고 직원복지도 별로고 일은 빡세다.
재 민   아휴.. 내가 학력만 보는 게 아니었는데...!!! / 어쩌다 이런..!!

S#7. 콘텐트 개발부 (M)

－ 다시 해린 책상.
지율(E)   그뿐인가. 사수 송해린 대리님은 일을 가르쳐줄 생각이 없고, 나는 날마다 그만두고 싶었다.
－ 해린, 후- 화를 참으며 두 손으로 경위서 쪼그라트린다.

– 지홍 책상, 경위서 읽으며 심란한 지홍. 그 뒤에 빼꼼 고개 내밀고 보는 영아.

지율(E)   그런데 사건이 생겼다. 육하원칙에 맞춰야 한다고 하니, 해본다. 어느날 송해린 대리님이 〈당신의 우주〉 저자이력을 정리하라고 했다.

영 아   (지홍 들으라는 듯이) 편집팀인데 육하원칙을 몰라...

지 홍   저리 가요. 팀장님 팀으로!!

– 그대로 서서 계속 경위서 읽고 있는 은호..

지율(E)   나는 실수로 '물리학자'라는 말을 빼먹었다. 솔직히 티도 별로 안 나고, 괜찮다고 생각했다.

– 고개 절레절레하는 송이. 자리로 오는 지율을 안타깝게 보는 훈. 승진과 광수도 어이없는 표정이고. 그들 위로...

지율(E)   하지만 괜찮은 게 아니었다. 〈당신의 우주〉는 송해린 대리님과 여러 선배님들이 일 년 넘게 만든 책이다. 근데 내 실수로 스티커를 붙여서 책의 가치가 뚝 떨어졌다. 여러 선배님들의 노력을 망친 것 같아서 많이 죄송했다. 앞으론 정신 차리기로 작정했다. 완전! 진짜로! 선배님들이 많이 가르쳐줬으면 한다. 나는 배울 준비가 됐다!!

– 은호, 경위서를 책상에 탁 놓는다. 다들 착잡하게 각자 경위서 보다가 동시에 고개 들면, 중앙에 지율이 손 가지런히 모으고 활짝 웃으며 서 있다. 막 경위서 제출한 느낌이고.

지 율   제 진심을 꾹꾹 눌러 담았습니다! 선배님들, 저 용서해주시구.. 앞으로 더- 잘 부탁드려요! 저 진짜 열심히 할 거예요!! (꾸벅 인사)

– 웃는 얼굴에 침 뱉을 수도 없고.. 선배들 애써 웃어주면, 지율은 더 환하게 웃는다.

지 홍   네네. 오지율 씨, 알았고요. 이리로 좀 오세요..

지 율   넵! 팀장님!!!

지 홍   (빨간 펜 들고 경위서에 표시를 하기 시작한다. 적당히 띄어쓰기 실수들 잡아내면서) 자, 여기 띄어쓰기. (뚝) 이건 없어도 되는 단어- (완전! 진짜로!) 이건 공식적인 문서에는 안 쓰는 것이 좋겠고요. ('선배님들이 많이 가르쳐줬으면 한다'에서 한다에 밑줄 그으며) 이건 반말이고 명령이죠? 읽는 사람이 기분이 몹시, 엄청! (하다가!) 내가 무슨 짓을 하고 있는 거야.. 오지율 씨, 육하원칙 몰라? 모르면 좀 찾아봐...

지 율   ....

S#8. 겨루 출판사 일각 (M)

– 단이, 책 책장에 꽂고 카트 보면 남은 책 더 이상 없다. 단이 가볍게 카트 끌고 가는데... 어디쯤에서 은호와 해린이 서서 이야기를 나누고 있다.

해 린   오지율은 일을 가르칠 게 아니라 사직서를 받아야 돼!

은 호   너는 처음부터 잘했냐?

해 린   누굴 비교해?

은 호   야단만 친다고 선배냐? 일을 가르쳐야 할 거 아냐. (부드럽게 야단치는) 뽑았으면 우리 직원으로 만들어야지. 밀었다, 당겼다, 가끔 칭찬도 해가면서, 격려도 하고, 밖에서 밥도 한 끼 먹이면서,

해 린   (OL) 그래서 내가...! ....선배 좋아하게 됐잖아!!!

은 호   (한숨, 기승전 짝사랑이구나.. 화난다. 보다가) 너, 이리 와. (손 까딱)

해 린   (자동으로 이마 까고 순하게 들이미는)

은 호   (차마 못 때리겠다. 해린을 안됐게 보며) 해린아...!!! (제발!)

해 린   (이마 간 채 올려보는데, 눈가 좀 젖은) 이것 봐.. 쓰잘데기 없이 계속 다정하구. 차라리 때리든, (가)

은 호	(딱! 손가락 튕겨버리는)
해 린	아!!!
은 호	끝났어. 그만해, 송해린. / 너 자꾸 이러면 진짜 너랑 나랑 선후배도 못해.

－ 그런 은호와 해린을 보는 단이. 기분이 묘하다. 뭔가 불편한 느낌 이다.

해 린	(그대로 은호 보며) 다른 여자 만나지 마.
은 호	무슨 상관이야. (하는데)

－ 은호, 저만치 서 있는 단이를 보았다!! 앗, 하는 은호.

해 린	(단이 못 보고) 그때 약속했잖아. 내 마음 정리될 때까지 기다려준 다구. 나 정리될려면 한참 멀었어!!

－ 은호, 단이만 보는데.. 단이, 은호 외면하고 빈 카트 끌고 간다. 은호, 계속 멀어지는 사무실 쪽으로 가는 단이만...

S#9. 콘텐츠 개발부 (M)

－ 자리에 앉아 업무 중인 단이. 사무실로 들어오는 해린. 단이 그런 해린을 흘긋 봤다가 다시 업무하는데... 해린, 자리에서 서류를 챙겨 단이에게로 온다.

해 린	강단이 씨. (서류 내밀며) 이거 지서준 디자이너 계약서예요. 한 부 는 복사해서 보관하고, 한 부는 경영지원팀에 전달해주세요.
단 이	(받아들고) 네, 알겠습니다.

S#10. 복사실 (D)

  - 지서준 계약서 복사하는 단이. 복사본 들어 스테이플러로 찍는데.. 문득 서준의 생일이 눈에 들어온다.

단 이   뭐야.. 서준 씨 생일이.. 4월 23일이야?

  - 플래시백, 6부 9씬.
단 이   혹시 강병준 작가님 〈4월 23일〉 읽었어요?
서 준   (멈칫, 잠시 말없다가, 덤덤히) 워낙 유명하니까요.
단 이   그럼 그거 알아요? 〈4월 23일〉, 그 소설, 제목의 비밀??!!
서 준   (보는)
  - 계약서 보며 갸웃하면서 나가는 단이.

S#11. 마트 (N)

  - 은호 장을 본다. 스파게티 재료를 사는 은호. 핸드폰을 보며, 필요한 재료들 체크해가면서. 지나가다가 떡볶이 떡이 보이면,

은 호   가만있어봐. 그럼 내일은 떡볶이. (핸드폰에 또 떡볶이 검색하고) 파는 집에 있을 거고.. 고추장.. (있나 모르겠고)은 집에 있나??

S#12. 콘텐츠 개발부 (N)

  - 모두 퇴근한 사무실에서 영아와 단이가 유명숙 작가의 낭독회 준비로 야근을 한다.

단 이   예산이 200에서 250만 원밖에 안 된단 말이지?

영 아	책 팔아서 얼마나 남는다고 마케팅비로 더 쓰겠어?
단 이	정말 작네..? 장소대관비가 100만 원 정도 할 거고...
영 아	(끄덕이며) 기타리스트 섭외비는 정리했어?
단 이	응. 삼십오에 해주기로 했어. 그리고 참석자들 선물 말인데 수첩은 너무 단가가 높아서 책갈피로 알아봤거든? (적당히 준비한 것 보여주는)
영 아	잘했다. 캘리그라피 엽서로 할까 했는데 너무 흔해서.
단 이	(파일 보여주며) 이거 어때? 압화 책갈피.
영 아	어, 선생님 책에 끼워놓으면 딱이겠는데?

– 단이, 문자메시지가 온다. 확인하는 단이.

은호(E)	스파게티 만들 거야. 빨리 들어와.

– 단이, 무언가를 생각한다.

S#13. 은호의 집, 주방 (N)

– 은호, 재료들 꺼내놓고 앞치마 하는데. 단이에게 답장이 온다.

단이(E)	불금이라 누나는 데이트 중.
은 호	(화난다) 그놈의 누나 누나 누나–. / 아, 또 지서준을 만나는 거야?

– 은호, 골치가 아프다.

S#14. 콘텐츠 개발부 (N)

단 이	그리고 낭독회 할 카페 말인데, 벽면에 작은 전구들 장식하면 어떨까?

영 아	앞에서 낭독 중인데 조명이 반짝거리면 오히려 집중이 분산되지 않
	을까?
단 이	그 생각을 못했다.. (하는데)
영 아	(보며, 단이에게) 우리 야식시켜 먹을까?
단 이	완전 좋지! 잠깐만.

- 단이가 자기 자리로 가서 서랍에서 야식 스티커들 가득 꺼낸다. 가
  지고 와서 영아 책상 위에서 카드 펼치듯 쏙 늘어놓고,

단 이	골라봐. 뭐 먹고 싶은지.
영 아	(살피다가) 여기 맛있겠다.

- 88야식, 골라내는 영아.
- 그때 유선 화장실에서 온다.

단 이	이사님, 야식 안 드실래요?
유 선	(보다가) 됐어. 난 마무리하고 퇴근할 거야. (그대로 방으로)
영 아	뭐하러 물어봐? 거절당할걸.

S#15. 대표실 (N)

- 문서 들고 들어와 재민의 책상 위에 올려두는 유선. 그때 유선의 블
  라우스 소매 단추가 툭, 재민의 의자 위에 떨어진다! 유선 그런 것
  도 모른 채 재민의 책상 위의 가족사진을 본다. 딸 둘과 재민 사진..
  들어서 보는 유선.

유 선	좋겠다.. 딸이 둘이나 있어서.. (쓸쓸하게 본다)

S#16. 콘텐츠 개발부 (N)

- 40대 초반의 인상 좋은 남자가 배달통을 들고 들어온다.

88야식   야식 시키신 분이요!!

영 아   여기, 여기요!

단 이   (지갑 챙기며) 내가 살게.

영 아   야, 됐어. 내가 사. (하며 지갑 꺼내고)

88야식   족발 대짜 맞죠?

영 아   (책상 한쪽 치우며) 네. 이쪽으로.

88야식   엄청 맛있을 겁니다. 이거 우리 집사람이 직접 만드는 거라서. / 다른 집은 물건 떼어와서 팔기만 하거든요.

- 남자, 사람 좋게 웃는데.. 단이와 영아, 동시에 딱! 어떤 사람을 떠올렸다!!!

- 플래시백, 8부 38씬.
- 유선의 결혼사진을 함께 보던 단이와 영아!!!

단이,영아   결혼했었어?

유 선   아니. 웨딩촬영만.

단 이   남자가 죽었어?

영 아   헤어졌겠지..

유 선   날 잡아놓고.. 도망쳤어.

단 이   (사진) 이 새끼가?

유 선   아니. 내가. (해놓고 술 마시고..)

- 그런 유선 떠올리고 그 남자를 다시 보는 영아와 단이. 둘 다, 그 남자지? 너도 알아봤어? 하는 느낌으로 시선 주고받는 둘이고!!!

- 다시 플래시백, 8부 38씬.

유 선   그래. 그래서 이렇게 엉망진창으로 살아. 나 혼자서. 아침에 나갈 때도 나 혼자.. 들어올 때도 나 혼자.. 아파도 나 혼자, 슬퍼도 나혼자..
(갑자기 엉엉엉엉)

– 둘이 동시에 이사실을 본다!

S#17. 이사실 (N)

– 코트를 걸치는 유선. 가방 들고 밖으로.

S#18. 콘텐츠 개발부 (N)

– 유선, 나온다. 헉, 하는 단이와 영아! 유선, 야식남자를 보고 가방에
서 지갑을 꺼내어 영아와 단이 쪽으로 가는.

88야식	(음식 다 늘어놓고, 자랑이다!) 때깔부터 다르죠? / 여긴 우리집 야식 처음인 거 같은데 한번 먹어보시고, 다른 직원들 많이 있을 때 또 시켜주세요. 제가 서비스 팍팍 드릴게요.
유 선	아저씨. 계산은 제가 할게요. 카드 되죠?
단이,영아	(앗!!)
88야식	(카드 리더기 꺼내며) 당연히 되죠!!!
유 선	(카드 내밀고)
88야식	(받아서 계산하며) 가게도 한번 오세요. 사거리 샌드위치 가게서 모퉁이만 돌면 구석에 쪼그맣게, (하며 카드 내밀다가 유선을 보았다!!)

– 유선, 역시.. 동시에 보고 놀란!!!! 두 사람... 그렇게 숨도 못 쉬고 마
주본다.
– 단이와 영아, 그런 두 사람을..

— 다시 플래시백, 8부 43씬.

유선   (사진) 이 남자.. 결혼은 했을까...?

유선   왠지 결혼 안 했을 거 같애. 난 지금도 가끔 생각한다? 오다가다 길
       에서 이 사람 만날 거 같은 그런 느낌.. 있잖아.. / 만약 만나면 그
       땐.. 정말 운명이라고 생각하고,

— 야식남자와 유선... 그렇게 서로를 본다.. 야식남자는 카드를 그대로
  내민 채. 유선은 받을 생각도 못한 채... 단이가 그 카드를 빼서... 유
  선에게 주는.

단이   이사님 카드요.

유선   어. 고마워요, 강단이 씨. (하고 시선 거두고 가방에 넣으며 남자를
       외면)

— 남자, 배달통 챙겨서 단이와 영아에게 "그럼 맛있게 드십시오!" 하
  고 간다.

— 가는 남자의 뒷모습을 보는 유선! 눈가가 젖어서.. 보는데.

영아   그 남자.. 맞지? / 맞죠, 이사님...

유선   (표정 정리하고 고개 돌려 영아를 보는) 누구 이야기하는지 모르겠
       네? 난 모르는 사람이야.

단이   (얼른) 잘 먹을게요. 이사님. 먹고 열심히 일하겠습니다!!!

유선   네. 그럼.. (하고 또박또박 걸어서 가고!)

영아   (가는 유선 보면서) 맞는데..

단이   (하지 말라고)

영아   맞잖아, 뭐.

— 유선, 도도하게 걸어간다.

S#19. 겨루 출판사 앞 (N)

- 유선, 걸어서 나오는데.. 순간 멈춘다. 오토바이 세워놓고 남자가 유
  선을 보고 있다!!! 유선 지나쳐 가려는데..

88야식	유선아..!!!
유 선	(멈춰서)
88야식	오랜만이다.. 잘 지내?
유 선	(꼿꼿하게 보며) 보면 모르겠어?
88야식	그래.. 여전히 멋있네. 예쁘고.
유 선	....증권회산.. 그만뒀어?
88야식	어. 적성에 안 맞아서. 진급도 안 되고. 다른 데서 장사하다가 한번 말아먹고 이제 겨우 자리 잡았어.
유 선	(오토바이에 꽂힌 88야식이라고 쓰인 깃발을 보는데)
88야식	결혼은... 했어?
유 선	어. 했어...
88야식	했구나... 난 너 결혼도 안하고 혼자일까 봐, 걱정했는데... / 애는? 애도 있어? (쑥스러운 듯이) 난 애가 셋이야.. 셋 다 아들이고.
유 선	...
88야식	(편안하고 따뜻하게 웃으며) 언제 한번 가게로 와.. 어떻게 사나 궁금했는데, 이렇게 잘 사는 거 보니까 좋다.. / 나, 갈게..
유 선	어.. 그래..

- 남자가 웃어 보이고 오토바이 타고 간다.. 유선, 뭔가 알 수 없는 기
  분에 눈가가 젖어서 가는 남자를 보는.

S#20. 콘텐츠 개발부 (N)

- 야식 먹는 단이와 영아.

영 아	모르는 척할걸..
단 이	그러지 그랬어.. / 그날 하는 이야기 못 들었어? 다시 만나면 운명의 남자라고 생각할 거란 말.. 계속 가슴에 품고 살았단 말이잖아.
영 아	자기가 깬 결혼인데 미련 가지면 뭐해?
단 이	오늘 같은 날은 위로가 필요할 텐데... 그런 마음 나눌 친구나 있을지 모르겠다.. (걱정이고)

S#21. 유선의 집 (N)

– 와인잔 앞에 둔 유선.. 마시고.. 오래된 청첩장과 웨딩사진을 보는...

유 선	잘 살지.. 좀.. / 그렇게 초라한 모습으로 나타나다니...

– 울며 웨딩사진과 청첩장 찢는 유선.. 그런 유선에서, F.O.

S#22. 은호의 집 외경 (D)

S#23. 단이의 방 (D)

– 화장대 앞에 앉은 단이. 끈으로 머리 모아 묶는데 화장대 위에 놓여 있던 핸드폰이 울린다. 보면 서준이 보낸 문자다.

서준(E)	토요일인데 뭐해요? 난 주말 내내 일해야 할 것 같은데. (눈물 이모티콘)
단이(E)	(답장 찍는) 난 오늘 대청소해야 돼요.

– 하고, 단이 거울을 다시 본다.

단 이	피하지 마. 강단이. 이제 차은호의 방문을 딱 열고, 누나로서 한마디 제대로 하는 거야. / 난 너 남자로 안 보여, 차은호!!

— 하는데 말이 채 끝나기도 전에 똑똑, 노크 소리! 헉 하는 단이, 반사적으로 얼른 문 옆 벽쪽에 딱 붙어 숨는다. 다시 한 번 똑똑 노크하는 은호.

은호(E)	강단이...
단 이	.... (그대로 벽에 붙어서 대답을 못하겠는데)
은 호	(문 열고 불쑥 고개 내밀고 빈방 보는) 나갔나?

— 하는데, 벽에 딱 붙어 있는 단이 보이고.

은 호	거기서 뭐해? / 나와. 대청소하게.

S#24. 은호의 집, 거실 + 주방 (D)

— 냉장고 문 활짝 열어놓고, 안을 박박 닦는 단이. 주방 테이블에는 냉장고에서 꺼낸 것들 가득 쌓여 있고. 단이, 단단히 골난 표정으로 냉장고 닦아내다가 거실 쪽을 보는.
— 앞치마를 두른 은호, 순하게 청소기를 밀고 있다.
— 그런 은호를 흘겨보다가 거실로 가서 소파 한쪽을 들어 안으로 쭉 빼내는 단이.

단 이	눈에 보이는 데만 하면 뭐해? 구석구석 안 보이는 곳까지 해야 대청소지.
은 호	(소파 빼낸 자리로 청소기 밀며) 으우, 힘도 좋아, 강단이. 어떻게 소파를 들어 옮기냐? 저기 냉장고도 이쪽으로 좀 들고와 봐.
단 이	(말 끝내기도 전에, 등짝 딱 내려치고)

은호	(아프다고) 아.
단이	얻다대고 강단이야. 누구한테 강단이야. 강단이가 아주 입에 들러붙었지?
은호	(여유만만, 능청) 그럼.. 좋아하는 여자한테 누나라고 하냐...
단이	이게 그래도, (주먹 드는데)
은호	(탁 손목 잡아서, 얼굴 가까이 들이밀며) 힘으로 안 돼. 그동안은 계속 맞아줬는데. 이젠 좀 부드러워지는 게 어때, 강단이.
단이	(발로 걷어차 버린다)
은호	아. (아프다, 하지만) 안 아파. 안 아파. 솜사탕 같았어, 방금.
단이	(노려보며) 빨리 거실 마무리하고, 욕실 청소해.
은호	(그러거나 말거나 실실 웃으며) 오빠-, 욕실 청소 좀 해주세요- 해봐.
단이	(주방 쪽으로 가다가 어이없어서 노려보는)
은호	(활짝 웃으며 능청) 그럼 내가 주방이며 욕실이며 다 해줄게.
단이	(근처 티슈통이나 쿠션 등등 던지며) 니가 덜 맞았지!
은호	(피하다가 마구 맞으면서도 헤헤) 안 아파. 안 아프다니까. 하나도 안 아파-.

- 하다가.. 은호, 날아오는 무언가에 옆 광대뼈 정도 정통으로 맞는! 앗, 하는 단이.
- 시간 경과. 알콜 솜에 묻혀 상처 닦아내는 단이. 은호, 쓰라려서... 신음소리 내고.

단이	그러게 왜 까불어.. (하고 호- 분다)
은호	(가만히 단이 얼굴 보며 실실 웃고) 맞아도 난 왜 이렇게 좋지?
단이	(치료 계속한다)
은호	(얼굴 빨개져 있는데도 단이만 보면서 씨익) 누나, 눈에 나 있다..
단이	너 지금 얼굴 완전히 빨개졌어...
은호	......좋아서 그래. / 부끄러운 게 아니라 좋아서!
단이	(약통 놓고) 연고 바르고, 밴드 붙여. (하고 간다)

은 호	(보며, 빨개진 얼굴을 손부채로)

- 주방으로 간 단이.. 역시 얼굴이 빨개진다. 냉동고 문을 열어놓고 빨개진 얼굴을 냉동고에 들이미는 단이. 몰래 손부채질 하며 빨개진 얼굴 식히고.

- 시간 경과. 나란히 싱크 앞에 서서 그릇들 다 꺼내놓고 설거지하는 은호와 단이. 철수세미로 냄비 닦는 단이. 힘에 부친다. (은호, 얼굴에 작은 밴드 붙이고)

은 호	(목소리 쫙 깔고, 허세작렬) 줘봐. (하고 빼앗아서 박박 닦는) 이게 남자야. 냄비 하나를 닦더라도 박박- (팔뚝) 이거 봐. 이거. 보여, 이 근육? / 나 완전 남자지?

- 단이 어이없어서 웃는데, 은호 열심히 박박 닦는다.

S#25. 은호의 집, 서재 (D)

- 나란히 서서 한 칸씩 책 들어내고 책장을 행주로 닦고 다시 책 꽂는 두 사람. 단이는 묵묵히 일하고, 은호는 앞 씬 대사 자연스럽게 이어서..

은 호	(단이 안 보고 책들 보며) 어제 지서준이랑 뭐했어?
단 이	(그러거나 말거나 은호 안 보고 청소만)
은 호	물론 내가 지서준 만나도 된다고 했어. 내 마음 신경 쓰지 말란 말도 했고.
단 이	(어이없어서 보는)
은 호	(단이 안 보고 청소하는) 그래서 지금은 혼잣말이야. / 내가 혼잣말을 해도 얼마나 신경이 쓰이겠어? 내가 신경 쓰지 말랬는데도 신경

썼는데.

단 이 　　　(어깨로 밀며 옆으로 가라고) 너 욕실 가. 욕실 청소해.

은 호 　　　(옆 칸으로 밀렸다가, 다시 어깨로 단이 밀며 원래 칸으로) 싫어.

단 이 　　　(다시 어깨로 밀며) 가라니까. 가, 빨리. 욕실로.

은 호 　　　(어깨로 살짝 밀며 장난치는) 그렇게 밀면 내가 밀리냐? 으우, 되게
　　　　　　귀엽다. 강단이. / 귀엽지 마. 또 입 맞추고 싶잖아.

단 이 　　　(책장에서 손 떼고, 노려보는) 너 진짜 자꾸 이럴래?

은 호 　　　(더 약 올리면 큰일 나겠다.. 웃으며) 갈게... 욕실. (하고 간다)

단 이 　　　(어휴.. 저걸 그냥..)

S#26. 은호의 집, 욕실 (D)

- 은호가 욕실 청소를 한다.

은 호 　　　귀여워 죽겠어. 강단이. (거품 묻은 욕실 거울 닦아내고 밴드 붙은
　　　　　　얼굴을 본다) 때리는 것도 귀엽고, 눈 흘기는 것도 귀엽고, 다 귀여
　　　　　　워, 다.

- 능청스럽게 휘파람 한번 길게 불어보는 은호.. 거품 가득한 욕실을
　샤워기로 뿌리면서도 웃는다.

S#27. 은호의 집 앞 (D)

- 단이가 쓰레기봉투를 들고 나온다. 한쪽에 놓고 앞치마 주머니에서
　차키를 꺼내어 은호차 문을 여는. 쓰레기랑 빈 커피컵 등등 꺼내고.
　재활용은 따로 분류해서 놓고, 종이들도 버리려는데. 문득.. 가평 주
　유소 영수증이 보인다..

단 이	가평? 가평엔 왜 갔지? (별 생각 없이 갸웃 하고, 버리고)

S#28. 은호의 집, 거실 (D)

– 은호, 욕실 청소 마치고 나오는데.. 외출복 차림으로 방에서 나오는 단이. 놀란 은호, 단이 보는데. 단이는 그대로 현관으로.

은 호	(보며) 어디 가는데. 아, 왜 청소를 하다 말구 나가. 집은 다 뒤집어 놓구.
단 이	내 방이랑 니 방도 다 청소기 돌려. 물걸레질도 좀 하고. 건조기에 빨래도 꺼내야 돼. 다락방도 좀 닦고.
은 호	어디 가냐니까!!
단 이	(약 올리듯 보며) 지서준 만나러. 데이트할 거야. 주말이니까. (신 신으며)
은 호	어제도 만났다면서!! (후다닥 현관 쪽으로 가는, 가지 말라고) 누나. 누나. 누나~

– 단이 이미 나가버렸고. 은호 앞에서 닫히는 문. 은호, 화난다. 만나지 말랬는데!

은 호	내가 하나봐라. 청소.. 에잇. (적당히 아무거나 걷어차거나)

S#29. 서준의 집 앞 (D)

– 피곤해 보이는 서준이 금비를 데리고 어디쯤 쪼그리고 앉아 있다. 저만치 단이가 뛰어온다. "단이 씨" 하고 일어서는 서준이고.

단 이	(서준에게 눈인사하고, 금비에게) 안녕. 금비야. (하고 서준에게서

금비 목줄 받는다) 정말 한숨도 못 잤어요?

서 준   2차 시안 넘기고 막 자려던 참이었어요. 근데 갑자기 금비 산책은 왜요?

단 이   그냥 얘랑 산책 좀 하고 싶어서요.

서 준   주말인데, 단이 씨도 좀 쉬어야죠. 대청소에 산책까지...

단 이   아니에요. 가만 앉아 있는 거 보단 차라리 움직이는 게 훨씬 나아요.

서 준   (웃고) 한 시간 후 쯤 올 거죠?

단 이   아.. 서준 씨 못 일어나겠다, 그때. 푹 자고 일어나 전화해요. 밤에 데리고 올게요.

　　　－ 단이가 금비를 끌고 가고.. 서준은 그런 단이 예쁘게 보고는 올라 간다.

S#30. 은호의 방 (D)

　　　－ 은호가 청소기를 돌리고 있다. 건성이다.

S#31. 한강변 (D)

　　　－ 단이가 금비와 산책을 한다.

S#32. 서준의 집, 침실 + 어느 카페 (D)

　　　－ 막 안대를 하고 누운 서준. 핸드폰이 울린다. 안대 벗고 보면 해린 이다.

서 준   네. 송 대리님.

해 린	(노트북 화면을 보며) 메일 확인했는데. 시안 너무 좋은데요?
서 준	저기요.. 그런 얘긴 월요일에 하면 안 되는 겁니까?
해 린	수정하고 말 것도 없겠어요. 그냥 이대로 가면 될 거 같아요. / 근데 제가 편집자로서 아주 조금 아이디어를 보태자면,
서 준	(OL) 잠깐만요. (어이없어서 웃는) 송 대리님은 주말 같은 거 몰라요?
해 린	주말에 메일 보낸 사람이 누군데요?
서 준	월요일에 확인하면 되잖아요.
해 린	궁금한데 월요일까지 어떻게 참아요?
서 준	(침대 나오며) 못 말리겠네.. / 어디에요, 거기?
해 린	(문득 거리를 보며 할 말이 없는)
서 준	혹시 또 우리 동넵니까?
해 린	.....
서 준	이상하네? 우리 동네를 왜 이렇게 자주 오지?
해 린	잠깐 나올래요? 수정해서 월요일에 편집장님 결재 받게.

S#33. 은호의 집, 거실 (D)

‑ 은호가 옷을 개고 있다. 단이 옷 챙겨서 단이 방으로.

S#34. 단이의 방 (D)

‑ 개어진 단이 옷들을 들고 들어오는 은호. 문득 생각난 듯.. 화장대 위에 옷들 올려놓고 목걸이 찾아보는. 안 보이자 서랍을 열어본다. 목걸이 들어 있고.

은 호	걸고 다니지. 어울렸는데. / 그래도 돌려주진 않았잖아!

— 목걸이 다시 넣어두는데. 문득 서준이 그려준 단이의 그림이 보이고. 옷 어디쯤 올려놓고, 그림을 본다.

은 호   지서준. 너 알고 있어라. 나 강단이랑 입 맞췄다. (대파인형 보며) 너도 들었지? 강단이 나 좋아해. 지금 너랑 데이트를 하고 있어도 마음은 나한테 있을 거야.

— 달력이 보인다. 넘겨보는 은호. 몇 달 전.. '첫 월급 은호 선물' 보인다.

은 호   적어만 놓으면 뭐해... (서운하다)

— 옷 들고 장롱으로 가서 문 여는 은호. 밑에 서랍에 단이 옷 정리하는데. 문득 보이는 남자 셔츠. 단이가 백화점에서 산 은호의 셔츠다. 은호, 꺼내본다.

은 호   남자 셔츠가 왜.. (문득) 내 꺼잖아. (달력 돌아본다) 내 선물.

S#35. 은호의 방 (D)

— 들어서는 은호. 옷들 아무 데나 두고, 거울 앞으로 가서 셔츠 대어보는. 마음에 든다.

은 호   사놓고 못 준 거야..

— 씨익 웃는 은호인데. 핸드폰 울린다. 보면 해린의 톡이다.

해린(E)   지서준한테 북디자인 컨셉 시안 왔는데, 손댈 것도 없이 괜찮아.

— 지서준? 단이랑 같이 있을 건데? 갸웃하는 은호인데, 이내 다시 톡이 오는.

147

해린(E) 지금 지서준네 동네 카페에서 만나기로 했어. 월요일에 유 작가님 하고 선배가 오케이하면 바로 인쇄 들어갈 수 있겠어.

- 허! 하는 은호.
- 플래시백, 앞 씬.
단 이 (약 올리듯 보며) 지서준 만나러. 데이트할 거야. 주말이니까.
- 강단이.. 머리 쓰는 거 봐.. 싶은 은호. 다시 핸드폰의 해린 문자를 보는.

S#36. 한강변 (D)

- 단이, 심란한 마음으로 벤치에 금비와 앉아 있는데.. 은호에게 문자 가 온다.
은호(E) 나 배고파.
- 단이, 주머니에 다시 핸드폰 넣고.

단 이 어쩌라는 거야. 난 지금 지서준이랑 데이트 중인데.

S#37. 동네 카페 (D)

- 서준이 들어선다. 해린이 카페 소파에 앉아 노트북을 보며 작업하 고 있는 것을 보는 서준, 고개 절레절레 하지만 그런 해린이 싫지는 않다. 해린이 옆으로 가서 앉는 서준.

해 린 (놀라서) 왜 옆에 앉아요? (맞은편에 안 앉고?)
서 준 옆에 앉아야 노트북을 같이 볼 거 아닙니까? (쳇. 무슨 생각을?)
해 린 (흠.. 그러네?)
서 준 일하기 전에 질문이 하나 있는데. 일만 해서 남자한테 차인 겁니까,

아니면 남자한테 차여서 일만 하는 겁니까?

해 린   (노려보는)

서 준   (웃는) 송 대리님, 그거 알아요? 놀려먹으면 엄청 재밌는 거?

해 린   노트북이나 보시죠!!

‒ 둘이 같이 노트북을 본다.

S#38. 한강변 (D)

‒ 단이가 벤치에 앉아 있다. 금비가 그 옆에 앉아 있고. 은호에게 다
시 문자가 온다.

은호(E)   나 떡볶이 만든다. 빨리 들어와.

단 이   (핸드폰 노려보며) 미쳤나 봐. 지서준 만난다고 말했는데도. (호주
머니에 다시 핸드폰 넣고) 금비야. 우리끼리 점심 먹으러 갈까? (하
고 일어서는데)

‒ 몇 걸음 가다가, 앗‒ 하고 호주머니 뒤져보는 단이. 핸드폰뿐.

단 이   뭐야.. 지갑을 안 갖고 나왔잖아. 아흐, 내가 나 때문에 미쳐, 진짜.

‒ 하는데. 은호에게 또 문자온다.

은호(E)   지서준은 송해린이랑 미팅 중이던데? 우리 동네 카페에서. 어딘지
가르쳐줘??

‒ 어떡해.. 아휴.. 팔딱팔딱 뛰는 단이에서.

S#39. 동네 카페 (D)

    – 해린이 노트북만 보며, 서준에게 시안에 대해 말하고 있다.

해 린   제 요청대로 젊은 층을 잡을 만한 시안이 와서 놀랐어요. 고급스러움을 잃지 않은 밸런스도 좋고. / 근데 좀 걱정이 돼서요. 독자 타깃을 넓힌 건 좋은데, 유 작가님 기본 팬층 생각도 안 할 수가 없어서요. / 그래서 말인데요, 여기.. (적당히 노트북 가리키는데)

    – 서준은 내내 대답이 없다. 고개 돌려서 서준 쪽을 보는 해린.. 서준 졸고 있다. 금방이라도 노트북 쪽으로 엎어질 듯..

해 린   한숨도 못 잤구나..

    – 해린, 서준을 안쓰럽게 보며, 아무렇지도 않게 서준의 고개를 자기 어깨에 턱 올려놓고! 메모지를 꺼내어 메모를 한다. 서준은 그대로 잠들어 있다.

해린(E)   전체적으로 좋은데 유 작가님 독자층을 생각해서 내지 톤을 더 낮췄으면 좋겠어요. 튀는 색감 없이 담백하게요. (쭉 이어서 쓴다*)

    – 해린, 메모를 쓰고.. 그런 해린의 어깨에 기대어 잠든 서준에서..

S#40. 은호의 집, 거실 (D)

    – 은호, 막 떡볶이 접시에 담아서 식탁에 올려놓는데. 금비를 현관에

• 수고 많았어요. 디자인 지 작가님께 맡기길 잘했다는 생각이 들어요. 정말 좋은 파트너예요. 존중합니다. 지서준 작가님!

묶어 놓고, 들어오는 단이. 픽 웃으며 물컵에 물 따르다가 가는 은호.

은호   안녕 금비. 니가 금비구나?

– 단이 아무 말 없이 주방에서 손 씻고, 식탁에 앉고. 은호, 다시 주방 쪽으로.

은호   데이트는 잘 했어?
단이   (말없이 앉아서)
은호   카페서 기다리지 그랬어. 송해린이랑 미팅 금방 끝날 텐데.
단이   (노려본다) 약 올려?
은호   밑천 떨어질 거짓말을 왜 해? 내가 누나 머리 꼭대기에 있는데. / 누난 지서준 안 좋아해. 그냥 연애가 재밌는 거야. 하도 오랜만이라서. 어제도 지서준 만난 거 아니지?
단이   (말없이 먹기만)
은호   (잠깐 단이 보다가) 난 왜 안 되는데.
단이   (잠깐 멈췄다가, 은호 안 보고) 몰라서 물어..?
은호   난 모르겠는데?
단이   (숟가락 딱 내려놓고) 그럼 제대로 알려줄게.
은호   누나가 이혼녀라서?
단이   (거침없이, 단호하게) 아니. 한번 결혼했다고 연애도 못해? / 나, 좋은 남자 만나면 다시 사랑할 거야. 겨우 얻은 두 번째 인생인데 어떻게 대충 살아? 못해본 거, 하고 싶은 거 다 해볼 거야.
은호   (그런 단이 좋고) 뭐 그렇다면 들어볼 만하겠네. 강단이한테 차은호가 안 되는 이유. / 시작해봐.
단이   첫째, 넌 내 취향이 아냐.
은호   (받아들일 수 없다) 내가? / 무슨 소리야. 나 정도면 취향을 뛰어넘어!
단이   놀구 있네. 허우대만 멀쩡하면 뭐해. (다다다) 화장실 갔다 와서 불 안 끄는 건 아주 기본이고, 은근 정리벽 있어서 잠깐이라도 물건들이 제자리에 없으면 온갖 까탈 다 부리고-. 예민한 주제에 지 몸엔 얼마나 관심이 없는지 추위도 잘 타면서 맨날 코트 쪼가리만 걸치고 다녀서 사람 걱정시키고!! / 손 너무 많이 가, 너!

은 호   (이어서, 순하게) 고칠게.

단 이   두 번째! 연애를 하기에 우린 너무 서로를 잘 알아. 우리가 알고 지낸 세월만 이십 년이야. 서로 속이 빤히 보이는데 무슨 연애를 해? 재미없게.

은 호   무슨 소리야. 우리 둘이 있으면 세상에서 제일 재밌는데. 오늘도 봐. 청소만 해도 얼마나 재밌었어? (식탁) 떡볶이 하나만 먹어도 행복하고.

단 이   세 번째! (보다가) 너 남녀관계란 게 얼마나 얄팍한 줄 알아? 어떤 약속이든 어떤 맹세든 다 부질없어. 마음 변하면 그걸로 끝이야. / 너도 연애하다 몇 번이나 헤어졌잖아.

은 호   누나가 아니라서 잘 안 된 거거든? 난 항상 그 이유를 알고 있었고.

단 이   (진심으로 두려운) 너랑 사귀다가 헤어지면..?! ...나.. 누구한테 기대? 넌 내가 이 세상에서 의지할 수 있는 유일한 사람인데.

은 호   봐. 지금 누난 나한테 사랑 고백하구 있어. 뭘 해도 내가 누나한테 일 번이라구. / 평생 같이 있을 생각을 해야지, 왜 헤어질 생각을 해?

단 이   .....

은 호   난 전부 나 좋다는 이야기로 들려. / 나, 좋은데, 누나는 바보라서 시간이 좀 필요하다는 뜻으로.

단 이   그게 아니라...

은 호   (먼저 일어나는) 지서준한테 개는 내가 데려다줄게. 어차피 디자인 시안 검토 때문에 만나기도 해야 하고 둘이 같이 있다니까. 갔다 올게. 떡볶이 식기 전에 먹어.

단 이   .....

  - 은호, 겉옷 챙겨 금비 데리고 나가고. 은호 나간 문을 골치 아프게 보는 단이. 떡볶이 다시 먹는.

S#41. 동네 거리 + 동네 카페 앞 (D)

- 금비 목줄을 쥐고 걸어오다가, 카페 안을 보고 선 은호. 픽 웃는다.
- 서준은 해린의 어깨에, 해린은 그런 서준의 머리에 고개를 기대고 잠들어 있다. 그 모습 다정하고 편안하다.. 창가 앞에 서서 그런 둘을 따뜻하게 보는 은호고...

S#42. 동네 카페 (D)

- 먼저 잠에서 깨는 해린. 하품하면서 고개 들면 여전히 어깨에 기댄 채로 잠이 든 서준이 보이고.

해 린   어우... 나도 깜빡 잠들었네... 얼마나 잔 거야...

- 문득 꺼진 노트북 화면 중앙에 붙어 있는 메모를 발견하는 해린. 갸웃하며 떼서 보는.

은호(E)   시안은 집에서 보고 나왔는데 송 대리의 메모가 제 생각과 같아서 그냥 두 분께 맡기겠습니다. 최종 시안만 검토하는 걸로 하죠. 금비는 카페 사장님께 말씀드리고 맡겨놨습니다. 차은호.

해 린   뭐야... 선배 왔다 간 거야? 여길 어떻게 알고... 금비는 뭐야?

서 준   (문득 잠에서 깬) 금비...?

해 린   깼어요?

서 준   (해린의 어깨에 기대고 있는 거 느끼고 얼른 물러나며) 어... 깜빡 잠들었나보네...

해 린   깜빡이 아니라 (시계 보고) 한 시간도 넘게 잤거든요? (어깨 뻐근한 척 돌려 보이며) 아유, 뻐근해.

서 준   (조금 멋쩍어져서) 왜 안 깨웠어요.

해 린   (웃으며) 나도 깜빡 잠들었어요. / 근데 금비가 누구예요?

서 준	제가 키우는 개요. 해린 씨가 금비를 어떻게, (아냐고 물으려는데 창밖으로 테라스 기둥에 묶여 있는 금비가 보이고) 어, 금비! 단이 씨 왔다갔어요?
해 린	(창밖의 금비 봤다가 다시 서준 보며) 단이 씨가 왜 왔다가요?
서 준	단이 씨한테 잠깐 맡겨놨었거든요. 쟤.
해 린	걔는 편집장님이 데리고 왔는데요?
서 준	아, 두 사람이 한집에, (같이 있으니까... 라고 하려다가 멈칫)
해 린	네?
서 준	(얼버무리는) 아니... 한동네에 같이! 사니까요. 단이 씨도 이 동네 산다고 했잖아요. 지나가다가 만났나보네...
해 린	(아무래도 이상한데...) 지나가다가 만나서 쟤를 선배한테 맡겼다고 요? 단이 씨가?
서 준	더 묻지 마요. 나도 별로 아는 거 없으니까. / (해린의 메모 가져와 보고 웃는) 엄청 꼼꼼하게 적어놨네.
해 린	(은호 메모) 이건 편집장님 꺼요.

– 해린, 단이와 은호가 마음에 걸리는데...

S#43. 겨루 출판사 앞 (M)

– 출근 중인 해린. 곰곰이 생각에 빠져 있다.
– 플래시백, 앞 씬.

서 준	아, 두 사람이 한집에, (같이 있으니까... 라고 하려다가 멈칫)
해 린	(아무래도 이상하고) 한집은 한동네를 잘못 말한 거라고 쳐. 같은 동네 산다고 지나가다 개를 맡길 만큼... 선배랑 단이 씨가 친했 나...? (이해가 안 되고, 갸웃하는데)

– 그때 은호의 차가 회사 앞에 와 서고. 은호가 내린다.

은 호	좋은 아침. / 주말 내내 일했어?
해 린	장하지? (하며 웃는데)

- 문득 은호의 셔츠를 보고 멈칫하는 해린.
- 플래시백, 9부 40씬. 단이 책상 위에 올려져 있던 남자 셔츠를 보던
  해린.

해린(E)	그 셔츠잖아...? (더 머릿속 복잡해지는데)
은 호	(그런 해린 모르고) 워커홀릭도 정도껏이야. 쉴 땐 쉬어야지.
해 린	(셔츠만 보며) 셔츠.....
은 호	셔츠..? (내려다보며) 선물 받은 건데 왜?
해 린	(얼핏 웃음) 잘 어울리네...
은 호	그래? (웃고) 나도 맘에 들어. 들어가자. (먼저 가고)
해 린	(가는 은호 보다가 따라 들어가고)

S#44. 콘텐츠 개발부 (M)

- 영아의 책상 옆에 붙어서 낭독회 장소 후보군들 사진을 보여주고
  있는 단이.

영 아	(사진 보며) 셋 다 괜찮은데? 근데 체크해봐야 할 사항들이,
송이(E)	(OL) 이사님, 안녕하세요.

- 송이 인사에 단이와 영아가 얼른 뒤돌아보는데.. 유선이 어느 때보
  다 화려한 옷차림으로 사무실로 들어온다.

승 진	(우와) 이사님. 오늘 무슨 날이에요? 엄청 예쁘세요!

- 유선, 늘 그렇듯 도도하게 살짝 고개 끄덕이며 단이와 영아에게 걸

어온다. 영아가 들고 있는 인쇄물 보는 유선.

영 아　　낭독회 장소 보고 있는 중이었어요.

단 이　　세 곳 중에 결정하려고요.

유 선　　(사진 보며, 한 곳 짚고) 여긴 별로야. 전에 김민서 작가 낭독회 여
　　　　기서 했어. 근데 화장실이 남녀공용이더라고.

단 이　　아, 그럼 여긴 안 되겠다.

유 선　　(보는) 강단이 씨. 유 작가님 선물은 준비했어?

단 이　　네. 실크 스카프로 하려고요.

유 선　　괜찮네. 유 작가님 분위기랑도 어울리고.

단 이　　이달 선물리스트 미리 주시면, 함께 준비해놓을게요.

S#45. 이사실 (M)

　　　　– 안으로 들어와 책상 앞에 앉는 유선. 단이, 뒤따라 들어와 유선 앞
　　　　에 선다. 서랍에서 리스트 꺼내 건네는 유선. 단이, 받아들면.

유 선　　최 작가님은 요리하시는 거 좋아하니까 그릇세트로 하고, 오 작가
　　　　님은 개성 있는 선물 좋아하니까 좀 독특한 걸로.

단 이　　알겠습니다. (하고 유선 보고 있는)

유 선　　왜? 못 알아들은 거 있어?

단 이　　아니요. (따뜻하게 바라보며) 이사님, 오늘 되게 예뻐요.

유 선　　(보는)

단 이　　혹시.. 친구가 필요하시면..

유 선　　!

단 이　　저랑 서 팀장님이.. 이사님 친구가 되어 드릴게요. 그냥 편하게 연락
　　　　주셔도 돼요. (주머니에서 뭔가 꺼내며) 그리고 이거요.

　　　　– 단이, 유선 책상 위로 '88야식' 스티커를 내려놓으면, 보는 유선.

유 선	난 이거 필요 없는데.
단 이	....예전에.. 이사님 댁에서 술 마실 때... 그러셨잖아요..

－ 플래시백, 8부 38씬.

단 이	(눈물 닦으며) 이왕 깨진 거 이단옆차기라도 실컷 해주는 건데.
유 선	지금이라도 찾아가서 해.
단 이	같이 가줄래?
유선.영아	응응. (고개 끄덕이고)

단 이	하고 싶은 말 있으면, 지금이라도 찾아가서 하시라구요. 저한테도 그러라고 하셨잖아요. 같이 가주신다고. / 저도 그래줄 수 있어요.

－ 말 마치고 나가는 단이를 보는 유선.

S#46. 겨루 출판사 일각 (M)

－ 문서 복사 업무로 인쇄기 앞에 서 있는 단이. 문서가 복사되는 동안
  핸드폰으로 쇼핑몰 띄워 보며 그릇세트를 고르고 있다. 유선에게
  받은 선물리스트 보며 체크하는.

단 이	최 작가님 그릇세트는 됐고. 오 작가님 드릴 선물은 뭘로 하지? (보다가) 어, 이거 괜찮은데? 오케이, 장바구니! (보다가) 어, 이 스카프 유 선생님한테 어울릴 것 같은데? 너무 예쁘다...

S#47. 제본소 (D) – 다른 날

－ 표지까지 제대로 갖춘 형태로 제본되어 나온 유명숙 작가의 〈타인
  들에게〉 책. 역시 흐뭇하게 바라보는 서준과 해린.

해 린	(하나 들어보며) 제가 원하는 느낌대로 나왔네요.
서 준	아니요, 우리가 원하는 느낌대로.
해 린	(끄덕이며 웃는다)

S#48. 서점 (N)

- 서준, 매대에 진열되어 있는 유명숙의 책들을 보고 있다. 그때 지나
가던 사람 몇이 서준의 옆에 서서 책을 집어 펼쳐본다. 사람들 손에
들린 책들 보며 미소 짓는 서준.
- 얼마 떨어지지 않은 곳에서 그런 서준을 보고 있는 단이. 걱정스러
운 얼굴로 보는데... 돌아서던 서준과 눈이 마주친다. 어, 하고 놀라
는 서준. 금방 반가운 얼굴로 보고. 단이, 엷게 웃으며 다가간다.

단 이	책 나오는 날은 항상 여기 와 있다길래.
서 준	책 보러 왔다가 우연히 만난 줄 알고 좋아했더니 나 보러 온 거구나? 와... 더 좋다. / 안 그래도 연락이 없어서 바쁜가보다 했는데. 사실 나도 좀 바빴고요.
단 이	표지 정말 너무 좋아요. / 고생 많으셨습니다.
서 준	단이 씨도요. 고생 많으셨습니다. (웃고) 저녁 먹을래요?
단 이	네.

S#49. 동네 우동집 (N)

- 마주 앉은 단이와 서준. 둘 앞에 놓이는 따뜻한 우동 두 그릇.

| 서 준 | (국물 떠먹고) 아, 맛있다! 그동안 정말 먹고 싶었거든요. 단이 씨 바쁜 일 다 끝나면 또 같이 가야지, 했었는데. / 연락하지 그랬어요. 낭독회 때나 볼 수 있나 했는데. |

단 이	음... 사실은, 일부러 전화 안 했어요. / 서준 씨. 우리 거의 이 주 만에 만난 건데... 어때요?

단 이 음... 사실은, 일부러 전화 안 했어요. / 서준 씨. 우리 거의 이 주 만에 만난 건데... 어때요?

서 준 음... / 더 자주 보면 좋겠다. 그 정도?

단 이 아쉽지는 않았죠?

서 준 (미안하다) 아... 실은... 바쁠 땐 뭐든 잘 잊어버려요. 원고를 받으면 그때부터는 머릿속에 책 생각밖에 없어서. / 별로죠?

단 이 아뇨, 서준 씨. 우린... (조심스럽게) 딱 그 정도가 좋은 거 같아요.

서 준 (보면)

단 이 꼭 전화해서 챙기는 그런 사이 말고... 이렇게 불쑥 만나 같이 밥도 먹고 책 이야기도 하고... 딱 지금 정도가 좋은 거 같아요...

서 준 (무슨 말인지 알았다) 동네친구... 그 이상은 안 되는 거구나...

단 이 일 때문에 타이밍이 안 맞아서 몇 번 못했지만... 출퇴근 데이트, 재밌고 좋았어요. 힘 좀 빼고 가볍게, 라고 말해줘서 부담도 덜했고요.

서 준 (단이 마음 알겠다) 난 단이 씨가 부담스러워하지만 않았다면, 금방 더 가까이 다가갔을 거예요. 좋아하거든요. 단이 씨 순수하고 맑아서...

단 이 미안해요...

서 준 (마음 아프지만 따뜻하게 보며) 단이 씨가 잘못한 것도 아닌데요, 뭐. 그런 마음 가질 필요는 없어요... (문득) 그럼 단이 씨. 이건 어때요? / 살짝, 접어두는 페이지요.

단 이 (응? 보면)

서 준 책 읽을 때 그러잖아요. 열심히 잘 읽어가다가 잠시 멈출 때... 언젠가 다시 그 책을 집어들 순간을 위해서... 다시 찾기 쉽게 페이지를 접어두잖아요. 우리도 그렇게 해요. / 여기서 살짝 접어뒀다가... 언제든 단이 씨가 또 펼치고 싶을 때 펼쳐요.

단 이 (끄덕이며 따뜻하게 보는)

서 준 그 전까지는 오늘처럼 맛있는 우동 같이 먹는 동네친구 해요. 알았죠? (미소로 보면)

단 이 (미소 띠며, 끄덕이고) 네.

서 준 얼른 먹어요. 식겠다.

- 다시 우동 먹는 서준과 그런 서준을 따뜻하게 보다 우동 먹는 단이.
그런 둘에서...

S#50. 어느 카페 앞 (D)

- '유명숙 작가 〈타인들에게〉 출간 기념 북콘서트'라는 문구가 쓰인
입간판이 카페 문 앞에 세워져 있다.

S#51. 카페 (D)

- 세련된 느낌의 카페 내부. 작게 꾸며진 무대. 승진과 훈이 '유명숙
작가 〈타인들에게〉 출간 기념 북콘서트'라고 쓰인 현수막을 달고
있다. 단이가 밑에서 보며 위치를 조정한다. 단이가 시계를 본다. 오
후 다섯 시쯤.

승 진   근데 우리 팀장님 오실 때 안됐어요?
단 이   오늘 출판마케터들 세미나에서 발제 하신대요. 마치면 바로 오기로
　　　 했어요. 올 때 됐어요.
훈   　　낭독회엔 다른 부서 직원들도 와요?
승 진   못 올 때가 더 많지.. 오늘은 이사님만 오실 거 같던데. 봉 팀장님이
　　　 랑 대표님은 문화부 기자들 미팅. (고개 절레절레) 걔네들은 밥만
　　　 얻어먹고 기사는 써주지도 않는데.

- 단이, 파일 보면서 의자들 위치 등등 살펴보는데.. 단이 전화벨 울린
다. 영아다.

단 이   어. 왜 안 와?

S#52. 병원 응급실 + 카페 (D)

- 영아가 초조한 얼굴로 전화를 한다.

영 아   강단이 씨.. 일이 좀 생겼어.. (뭐라고 해야 하지?) 저기.. 내가 가다
           가 사고를 좀 당해서...
단 이   무슨 사고? 다쳤어?

- 훈과 승진이 놀라서 돌아본다.

영 아   아니.. 다치지는 않았는데... 그냥.. 사고가 좀 나서.. 내가 지금 낭독
           회를 갈 수가 없거든..? (너무 속상하다)
단 이   무슨 사곤데? 왜 그래? 팀장님이 못 오면 어떡해요.. / 아니, 그보다
           안 다친 건 다행인데.. 무슨 일,
영 아   (OL) 아니다. 아니야.. 다친 거 아니고, 그냥 간단한 사고가 났는데..
           (문득 울컥 하는) 아니야.. 정말 지겹다. 거짓말..
단 이   ?
영 아   혼자만 알고 있어.. 사고가 난 게 아니라... (목이 메인다) 우리 애가
           아파...

- 시선 옮겨가면... 침대 위에 링거 맞으며 잠든 봉찬민(12세)이 보
  이고.

영 아   (울음 섞인) 세미나는 일찍 끝났어. 근데 애 학원에서 전화가 온 거
           야... 애가 열이 펄펄 끓는다구... / 와서 보니까 애가 눈도 제대로 못
           뜨고... 근데... / 애가 아파서 일을 못 가겠다고 하면 회사에선.. 애
           엄마라 또 애 핑계 댄다구 할 거잖아.. 프로정신이 없다구. / 차라리
           내가 다쳤다고 하면.. 이해하잖아. 남자들도 다 다치고, 미혼들도
           길에서 사고는 당하니까.. 지들도 그런 일 생기면 결근하고 조퇴하
           니까..

단 이	(안타까움으로)
영 아	(서러운) 맨날 이랬어. 애가 아프거나 제사가 있거나... 집에 무슨 일만 생기면 내가 장염 걸렸다, 사고 났다 거짓말해가면서... 내가 이렇게 살았어...!!
단 이	(이해하는, 같이 눈시울 붉어지고) 봉 팀장님은...
영 아	오늘 기자들 미팅이잖아.. 그리고 이런 일 생기면 뭐 아빠한테 전화 해? 다 엄마한테 전화하지. 어차피 다 내 몫이지... (또 울컥 서럽고) 나 오늘은 못 가... 우리 애 이렇게 두고 못 가겠어...
단 이	그래, 알아...
영 아	다른 사람들한테는 그냥 오다가 사고가 난 걸로 해..... 너만 알고 있어. 너 내 친구잖아...
단 이	(끄덕이고) 알았어. 나만 알고 있을게... / 나 믿지, 친구?
영 아	(위로된다, 겨우 웃고) 그리고, 내 전화 단이 씨한테 착신전환 해놨어. 무슨 일이 생길지 몰라서. (아웃)
단 이	그래. 알았어. 내가 어떻게든 해볼게.

  ─ 전화 끊은 단이. 찡한 코끝 문지르는데.

승 진	왜요, 우리 팀장님 못 온대요?
단 이	네.. 오다가 사고 좀 났대요.. 내일 와서 설명한다구..

  ─ 하는데, 은호가 들어선다.

승 진	편집장님, 어떡해요. 우리 팀장님 못 오신다는데.
은 호	(단이를 보는)
남자1	서영아 씨! 배달시킨 물품 왔는데요.
단 이	과장님, 박훈 씨. 나가서 물건 좀 받아요.
승진,훈	(뛰어나가고)
단 이	(은호 본다) 어떡해. 서 팀장님 사고 났대. 낭독회 서 팀장님이 다 준비했는데. 어떻게 진행하지?

은 호	사고가 크대?
단 이	아니, 큰 사고는 아닌가봐. 그것보다.. 이거 다 어떡해.
은 호	강단이 씨.
단 이	?
은 호	강단이 씨가 해요. 같이 준비했잖아.
단 이	아니, 나는 정말 옆에서 돕기만... / 나 못해.. 낭독회 진행 같은 건 한번도 해본 적 없구...
은 호	옛날에 광고회사서 이벤트 해봤잖아. 그때처럼 하면 돼. 여기 지금 낭독회 준비 제대로 팔로우 한 사람은 누나밖에 없어.
단 이	아니 그래도 시간도 얼마 안 남았구..
은 호	(OL) 누나...!! / 내가 있어.
단 이	!!!
은 호	무슨 일이 벌어져도 괜찮아. 내가 마무리할 테니까, 나를 믿어.

- 단이, 은호를 올려다본다. 든든하다. 은호, 단이에게 고개 끄덕여 보이고..
- 그때, 훈이와 승진이 박스 들고 온다.

훈	이거 그럼 어디다 놔요?
단 이	여기요. 이리로. (하다가 파일 펼치고 확인하고) 아니다. 다과는 이 쪽이에요. (다른 장소로)
은 호	(보는데)

- 단이, 이게 무슨 일인가 정신이 없는데. 이어서 바로 전화벨이 울린다.

단 이	네. 여보세요. / 네. 맞아요. 제가 유명숙 작가 낭독회 담당잔데요. (사이) 네?
은 호	(보는)
단 이	몇 명이나요? / 네. 알겠습니다. (돌아보는) 어떡하죠, 편집장님. 강신여대 국문과 학생들 못 온다는데요?

은 호	거기서 몇 명이나 참석하기로 했죠?
단 이	(파일) 열네 명이요.

- 해린과 서준이 책 박스를 들고 온다.

단 이	어, 그거 책이죠? 이쪽이요. (해놓고 은호에게) 어떡해요. 오십 명 중에 열네 명이 빠지면,
은 호	(OL) 송해린. 전화 좀 돌려. 열네 명.
해 린	왜? 못 오는 사람들이 있대?
지 율	(또 다른 박스 들고 들어서고) 이거 입구에서 받았는데,
단 이	(OL) 어, 그거 참석자 선물. 이쪽으로요.

S#53. 콘텐츠 개발부 (D)

광 수	(건너편 사무실을 향해 크게 외치며 간다) 오늘 낭독회 가실 분??!!
송 이	(자리에서 전화) 야, 너 오늘 낭독회 갈 수 있어? 위치가 어디냐면..

S#54. 이사실 (D)

유 선	(코트 챙기며 전화) 오늘 우리 만나기로 한 장소, 좀 바꾸면 안 돼? 너네 회사에서 가까운데.

S#55. 카페 (D)

훈	(책 서른 권 정도 쌓아 올리며) 야, 책 안 읽었어도 상관없어. 그냥 와. 논다고 생각하고 오면 돼!
지 율	엄마. 박 비서랑 와. 제발. 나 일하는 거 궁금하지 않아? / 그럼 나

선볼 남자, 데리고 와! 내가 끝나고 선볼게!! 됐지?

승 진	애는 장모님한테 맡기면 되잖아!
단 이	(여기저기 체크하며 뛰어다니느라 바쁘고)
은 호	(역시, 단이를 도우며)
훈	둘째 누나- 셋째 누나랑 오면 안 돼?

S#56. 카페 앞 (N)

- 어둑해졌다. 사람들이 줄을 서기 시작한다. 입간판 제대로 세우며,
  통화하는 해린.

| 해 린 | 낭독회. 유명숙 작가. 유 작가님을 왜 몰라? / 몰라도 그냥 와. |

S#57. 해린 부모 식당 (N)

- 해린부 전화를 받고 있다.

해린부	그래. 알았다. 아빠랑 엄마가 갈게. (하고 뚝 끊는다) 여보!!
해린모	(보면)
해린부	장사 접어! 해린이 일하는 데 사람이 필요하대.
해린모	장사를 어떻게 접어..
해린부	접어. 편집장, 그 자식한테 복수할 기회가 왔어!

- 갑자기 눈에 불똥이 튀는 두 사람. 앞치마 탁 벗어서 패대기친다.
  직원이 만두 들고 나오다가 놀라는.

| 해린부 | 오늘, 우리집 가훈을 다시 쓴다! |
| 해린모 | 내 새끼 눈에 피눈물 나게 하면, 반드시 복수한다!!! |

- 해린부모, 비장하게 서로를 보며 고개를 끄덕인다!

S#58. 카페 일각, 대기실 (N)

- 그 복수의 대상인 은호, 환한 얼굴로 유명숙의 가슴에 꽃을 달아
  준다.

은 호   하던 대로 하면 돼요.. 지난번 제 팟캐스트 나오셨을 때도 잘 하셨
        잖아요.

- 단이, 들어온다.

유명숙   사람들 많이 왔어요?
단 이   네. 꽉 찼어요.
유명숙   나 화장실부터 좀 가야겠다..
단 이   (얼른) 선생님. 이쪽이요..
유명숙   아휴.. 혼자 가도 돼.. (하고 가고)
단 이   (은호 보는데)
은 호   (시계 보며) 시작해야겠다.. 잘 할 수 있지, 강단이. / 계속 보고 있
        을 게. 무대 가까운 데서.
단 이   (끄덕이고)
은 호   (머리 넘겨주고, 옷매무새 잡아주며.. 웃어준다)

S#59. 카페 안 (N)

- 오십 명의 사람들이 빼꼭히 차 있다.. 어디쯤 지율모도 앉아 있고.
- 조명이 어두워지면.. 무대에 기타리스트 연주를 시작하고...
- 무대로 들어서는 단이, 마이크 앞으로 와서.. 선다. 은호를 본다. 은

호, 웃으며 고개 끄덕여준다.

단 이	안녕하세요. 저는 오늘 북콘서트를 진행하게 된 강단입니다.
사람들	(박수치고)
단 이	오늘 날씨가 참 따뜻했죠.. 유 작가님 글 같은 날씨였어요. 아침에 일어났는데 되게 설레더라구요. 선생님 음성을 직접 들을 생각을 하니까.. 여러분도 그러셨을 거예요..

‒ 단이 그렇게 낭독회 진행하는 와중에.. 들어서는 유선과 친구. 유선의 친구는 1부에 나왔던 워킹맘면접관이다! 구석자리에 앉는 둘.

단 이	그럼 유명숙 선생님을 모시겠습니다..

‒ 사람들.. 환호하고.. 유명숙이 무대로 올라온다.

유명숙	이런 자리가 처음이라서.. 너무 떨리네요.. 안녕하세요. 소설을 쓰는 유명숙입니다..
워킹맘면접관	(단이를 보는) 저 사람.. 너네 직원이야?
유 선	어. 업무지원팀.. 오늘 마케팅 팀장이 오다가 사고를 당했대..
워킹맘면접관	어디서 많이 본 얼굴인데... 어디서 봤지?

단 이	선생님. 저도 소설을 읽었는데요. 이 소설은 어떻게 쓰게 되셨어요?
유명숙	((사실 소설을 안 읽고 오신 분들도 있을 거예요.. 소설을 쓴 사람은 나지만.. 해석은 독자가 하는 거라고 생각해서, 소설에 대해 주절주절 늘어놓는 건 별로 안 좋아하는데.. 이런 자리를 만들어놓고 안 할 수는 없으니까.. (웃고) 제 나이 마흔 되던 해에 정말 친한 친구가 죽었어요.. 유서도 없이. 그때부터 친구의 죽음이 계속 마음에 남더라구요. 어떤 심정이었을까. 왜 그랬을까.. 그게 나이가 계속 먹어도 안 풀리더라구요. 그 궁금증이. 그래서 쓰게 됐어요. / 소설을 읽으신 분은 아시겠지만.. 이게 소설이기도 하고 산문이기도 하고 또

어떻게 보면 편지기도 한 글이잖아요..))*

ㅡ 단이를 보는 해린, 시선 옮겨 단이만 보고 있는 은호를 보는. 은호,
  흔들림 없는 표정으로 단이를 따뜻하게 보고 있고. 그런 둘을 심상
  치 않게 보는 해린..
ㅡ 플래시백, 앞 씬.

해 린 (셔츠만 보며) 셔츠.....
은 호 셔츠..? (내려다보며) 선물 받은 건데 왜?

ㅡ 그 기억 떠올리며 다시 은호와 단이를 보는 해린.
ㅡ 팔짱 딱 끼고 은호만 노려보고 있는 해린의 부모. 그런 해린부모를
  뭐지... 싶은 얼굴로 흘끗 보는 서준..
ㅡ 단이를 보며 갸웃갸웃하는 워킹맘면접관.
ㅡ 플래시백, 1부 18씬. 면접을 보러 왔던 단이..

단 이 제 경험이 이 회사의 발전에 도움이 될 거라 믿습니다.

워킹맘면접관 (유선에게 귓속말) 나, 저 여자 기억났어..
유 선 강단이 씨?
워킹맘면접관 우리 회사에 면접 보러 왔었어..
유 선 너네 회사, 광고회사잖아..
워킹맘면접관 쟤도 카피라이터 출신이야. 대학생 때부터 상도 많이 받았고.
유 선 ?

ㅡ 다시 무대 위의 단이.

단 이 자.. 그럼, 지금부터 선생님의 음성으로 소설을 들어볼까요?

• ((괄호)) 안에 있는 유명숙의 대사는 굳이 안 들려도 좋습니다.

– 은호, 웃으며 단이를 본다. 단이 무대에서 내려온다. 은호 옆에 선
  다. 은호, 뒤쪽으로 손 뻗어 등 뒤로 단이의 손을 잡는다. 그런 은호
  를 보고 웃는 단이. 그대로 사람들 몰래 손잡은 채.. 그런 둘을 보는
  해린. 그리고 아직까지는 둘의 마음 모르는 서준! 그 옆의 해린부모
  은호를 노려보고!

유 선   무슨 소리야.. 쟤 고졸인데..
워킹맘면접관   (보는) 고졸로 입사했어? / 재밌네...?
유 선   (단이를 보는!)

– 그런 줄도 모르고 은호와 단이를 뒤로 손을 잡은 채 나란히 서 있
  고... 11부 엔딩!!!

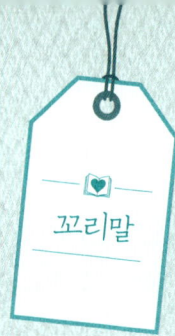

웃으며 화장실 청소하는 은호 (26씬)

나는 망설이는 강단이가 좋았다.

내게 올 때 뛰어오지 않아도 된다고 생각했다.

천천히 대답해도 괜찮다고, 사랑이 아니라고 부정해도 괜찮다고.

은호 얼굴에 약 발라주는 단이 (24씬)

오늘의 내가 좋다면 내일이 되어서야

어제의 내가 좋았다고 말해주는 것도 괜찮아.

모든 시간이 사랑이었다고 뒤늦게 알아차려도 괜찮아.

어차피 사랑인걸.

자신은 안 되는 이유를 얘기하는 단이를 보는 은호 (40씬)

"이미 아주 오래전부터 사랑이라는 거,

내가 먼저 알았으니 내가 더 기다릴게.

다치지 않게 천천히 와. 늦어도 괜찮아.

그 시간만큼 마음이 더 깊어질 테니까."

서로 기댄 채 잠든 해린과 서준 (41씬)

누군가에게 선뜻 자신의 어깨를 내밀어줄 수 있다는 것.

그것만큼 따뜻한 호의와 다정한 관계의 시작은 없을 것이다.

낭독회 사회 보는 단이를 지켜보는 은호 (59씬)

우리가 함께 자전거를 탈 때면 나는 일부러 속도를 늦추곤 했다.

저만치 멀리 달려간 강단이가 잠시 멈춰 서서 돌아보며

내게 어서 오라 손짓하는 게 좋아서. 내가 그녀의 마음에 들어가는 걸

허락하는 손짓인 것만 같아서. 나는 그게 그리도 좋았다.

낭독회에서 사회 보는 단이와 사람들 (59씬)

내 마음 속에 간직한 문장과 당신의 문장이 만나는 순간.

짧은 순간, 타인의 삶을 들여다볼 때가 있다.

무심코 연 마음의 책장 속 한 문장을 나눌 때.

그 한 문장으로 우리는 울고 웃고 서로에게서 자신을 발견하면서,

그렇게 타인을 사랑하는 법을 배워간다.

낭독회에서 서로 웃으며 나란히 서 있는 단이와 은호 (59씬)

모든 게 그대로인데 등 뒤로 몰래 잡은 손만이 평소와 다르다.

불안과 걱정들을 순식간에 녹여내는 애틋한 열기.

꾹 눌러 잡으면 화답하듯 마주잡아 오는 힘.

우리는 그렇게 마주잡은 손으로 오래 오래 마음을 나눴다.

12부

제목으로
'첫 데이트'는 어때?

S#1. 어느 식당 앞 (N)

　　　　　- 문 열고 밖으로 나오는 지홍과 재민. 재민이 문 닫히지 않게 붙잡고
　　　　　서 있으면.. 안에서 나오는 문화부 기자들 세 명 정도. 그 옆에서 지
　　　　　홍은 책을 가득 들고 서 있고.

재 민　　　　(사람 좋은 웃음으로, 악수 청하며) 기자님들, 잘 부탁드립니다.

지 홍　　　　(기자들에게 책* 한 권씩 선물하며) 꼭 눈에 확 띄는 기사로 써주
　　　　　십쇼.

기자1　　　　(고작) 한 권밖에 안 줘요?

지 홍　　　　들고 가기 무거우실까 봐.

기자1　　　　문화부에 다른 기자들도 있으니까.. 열 권이면 될 것 같은데.

재 민　　　　열 권은 좀 그렇고 세 권.. 보내드릴게요.

기자2,기자3　저도 세 권. / 그럼 우리도 세 권..

지 홍　　　　네. 내일 바로 퀵배송으로 쏜살같이 보내드리겠습니다.

기자1　　　　아! 그리고 책 내용 요약문도 잊지 말고 보내주세요.

재 민　　　　요약문에다 기사 제목까지 딱! 얹어서 보내드리겠습니다. 기자님들
　　　　　기사 쓰시느라 고생 안 하게.

・　〈타인들에게〉

－ 웃으며 인사하고 헤어지는 기자들. 웃는 얼굴로 배웅하던 재민과 지홍, 기자들 멀어지자 한숨이 절로 난다.

재 민	(쓸쓸한) 저것들은 책을 공기로 만드는 줄 아나..
지 홍	기사까지 우리가 다 써주는데..
재 민	그러게. (하다가 시계 보고) 아! 낭독회는 이제 끝났나?
지 홍	(핸드폰 켜서 메시지 확인하고) 어이구. 열네 명이나 못 온다고 했 다는데? 자리는 다 메꿨는지 모르겠네.
재 민	(역시 핸드폰 켜서 보고) 뭐야. 서 팀장이 못 왔다는데? 형, 형수 사 고 났대!
지 홍	(놀라서) 사고? 무슨 사고?

S#2. 병원 응급실 (N)

－ 축 처져 베드에 누워 있는 찬민을 눈가 젖어서 애틋하게 바라보는 영아. 의사가, 찬민을 살피고 있다.

의 사	열만 높은 게 아니라 두통, 구토까지 있는 걸 보면.. 뇌수막염 검사 를 좀 해봐야 될 거 같은데요.
영 아	뇌수막염이요? (걱정에) 그거 허리에 주사 꽂고 해야 되잖아요?!
의 사	네. 초등학생이면 할 수 있어요.
영 아	아플 텐데.. (걱정으로 찬민을)

S#3. 카페 안 (N)

－ 낮게 울려 퍼지는 기타리스트의 기타 연주. 무대 중앙에 앉은 유명 숙, 낭독의 마지막 부분을 준비하고 있고.
－ 사람들 앉아 있는 의자 뒤쪽 구석 즈음에 서서 기타선율에 맞춰 나

란히 몸 흔들며 보고 있는 지율과 훈.
- 어디쯤 앉아 나름 집중해서 무대 보고 있는 지율모.
- 서준, 무대에 집중하는데 그 옆에서 팔짱낀 체 졸고 있는 해린부... 서준, 그런 해린부가 신경 쓰이는데.. 해린모가 팔짱 낀 팔로 툭 치면 퍼뜩 일어나 자동으로 은호 쪽 노려보는 해린부. 그런 두 사람을 이상하게 보는 서준이고...
- 기타 연주가 낮게 가라앉으면 마지막 낭독을 읽기 시작하는 유명숙.

유명숙   ((타인들이여, 안녕. 나는 외로웠어요. 그러나 혼자라서 완벽했어요. 그러니 나를 그리워한다는 역겨운 말은 하지 말기를. / 신이 있다는 것을 믿지 않아요. 하지만 당신만은 나를 기다리고 있기를, 그리고 우리가 서로를 알아볼 수 있기를, 그리하여 이 세상에는 없는 그것. / 나는 처음으로 말해봅니다. '사랑'이라고. / 그곳에서는 당신을 사랑한다고 말할 수 있기를.))°

- 무대 아래에 나란히 서서 낭독 듣고 있는 단이와 은호. 유명숙 낭독에 집중한 단이 표정 따뜻하게 보며 미소 짓는 은호. 둘, 여전히 뒤로 손 몰래 잡고 있고.
- 해린, 그런 은호와 단이를 보고 있다.
- 구석자리에 앉아있는 유선과 워킹맘면접관. 유선은 무대 아래 선 단이를 생각 많은 얼굴로 보고.
- 낭독 마친 유명숙이 책을 덮자 기타리스트가 마무리음악을 연주하고... 음악까지 끝나자 사람들 박수치고 환호한다. 웃으며 고개 숙여 인사해 보이는 유명숙.
- 단이, 무대 위로 올라 마이크 앞에 선다.

단 이   타인이라는 말, 참 멀고 낯설죠. 하지만 결국 우리는 모두 타인들입

° 안 중요하니까 배경으로 깔리기만 하면 됩니다.

니다. 멀고도 가깝고, 낯설면서도 익숙한 당신과 나. 그래서 우리는 항상 못 다한 우리의 이야기를 가지고 있는 거겠죠. / 오늘, 유명숙 작가님의 작품 속 별의 파편처럼 반짝이는 몇 가지 이야기들을 들어봤는데요. 과연 내 안에는 전하지 못한 어떤 이야기들이 있는 지 참 궁금해지는 그런 시간이었습니다. 여러분도 그러셨나요?

사람들　네!

단 이　(웃고) 좋은 작품, 좋은 분들과 나눌 수 있어 정말 행복한 시간인 것 같습니다. 아직은 이른 봄 밤, 함께 해주셔서 감사합니다.

- 인사하는 단이와 박수치는 사람들. 은호, 그런 단이를 예쁘게 보고.
- 지율과 훈이, 단이에게 양손으로 엄지 척 동시에 해주고!!! 지율모, 그런 지율과 훈을 노려보고.

S#4. 카페 앞 (N)

- 참석한 독자들 줄줄이 나온다. 승진, "참석해주셔서 감사합니다!" 인사하고.
- 유선과 워킹맘면접관도 나오는.

S#5. 카페 안 (N)

- 사람들 빠지는 어수선한 분위기..
- 책 판매하는 테이블 앞에 길게 늘어선 줄. 훈이 책을 팔고 있다.
- 기념품 테이블 앞에 길게 늘어선 줄. 지율, 기념품 챙겨주느라 정신 없고. 해린, 그 옆에 서 있는데.

서 준　(다가와서 해린에게) 오늘 책 잘 팔리네요..

해 린　(조금 물러나서 서준에게) 어땠어요, 오늘 낭독회?

서 준	음... 정신이 하나도 없었어요. 옆에 이상한 분들이 앉아 있었거든요.
해 린	이상한 분들이요?

- 인서트, 해린의 부모 앞을 보며 팔짱을 끼고 딱 앉아 있다. 화면 가득 두 사람만.
- 두 사람 숨을 들이쉬며 황소처럼 몸을 부풀렸다가, 숨을 내쉬는데.. 코에서 하얀 콧김이 동시에 뿜어져 나온다.•

서준(E)	뭔가 화나는 일이 있었는지 어떤 부부가 앉아서 앞만 딱 노려보면서.... 콧김을 어쩌나 내뿜던지...

서 준	낭독회하는 내내 신경 쓰여 죽는 줄 알았,
해 린	(OL) 어, 엄마!!! (하고, 손들어 보이고)

- 서준, 돌아보는데.. 옆에 앉아 콧김 내뿜던 그분들이다. 헉!

해린부모	(반갑게 웃으며 오는) 딸! / 해린아.
서 준	......
해린모	(서준 보고) 어머. 아까 내 옆에 앉아 있던 청년이네. 맞죠?
서 준	(당황, 민망) 아, 네...
해 린	부모님이에요. 이번에 나랑 같이 일한 분이야. (책) 이 책 디자인한 작가님.
해린모	어머어머! 잘생겼다.
서 준	(자세 바로 잡고 인사하는) 안녕하세요. 지서준이라고 합니다.
해린모	반가워요. (불쑥) 만두 좋아해요?
서 준	네? 아... 네. 좋아합니다.
해린모	잘됐네! 우리집이 만두가게 하거든요. 다음에 먹으러 와요.
해린부	우리 해린이랑 같이 일하는 분들은 공짜야, 공짜! (하고 허허 웃는데)

• 콧김 CG로 가능할까요, 감독님. 가능하다면.. 웃길까요??

– 해린부, 멀리 누군가와 이야기 끝내고 이쪽으로 오는 은호를 발견한다. 해린부, 얼른 해린모 옆구리를 쿡 찌르고. 해린모도 은호 발견하고 눈 반짝 빛내는.

해 린	두 분 먼저 들어가세요. 나는 뒷정리가 있어서,
해린모	(OL, 은호 향해 반갑게) 아이구, 차 편집장님!!! (하고 가고)
해린부	(해린에게) 엄마아빠 간다! (서준에게) 또 봅시다. (해린모 따라가며) 차 편집장님!!

– 급하게 은호 쪽으로 가는 해린부모.

서 준	부모님이 차은호 편집장을 좋아하시나 봐요?
해 린	(쳇) 글쎄요. 이젠 아닐걸요?
서 준	?

– 해린부모, 은호에게 반가운 얼굴로 간다.

은 호	오셨어요? 갑자기 전화 받으셨죠? 바쁘실 텐데 죄송해요.
해린모	아휴, 아니야! 딸 덕에 이런 행사도 와보고 오늘 너무 좋았어.
은 호	제가 모셔다드리면 좋을 텐데 작가님이 기다리고 계셔서요. 가세요. 제가 택시 잡아드릴게요.
해린부	그럴래?

S#6. 카페 앞 + 택시 안 (N)

– 카페에서 나온 해린부모와 은호.

해린모	택시까지 잡아줄 필요는 없는데... 참 언제 봐도 사람 기분 좋게 만들어, 차 편집장은...

– 은호, 택시 잡으러 큰 도로 쪽으로 걸어가는데... 한발 뒤처져서 몰
  래 눈빛 주고받는 해린부모. 고개 끄덕인 해린모... 갑자기 가방으로
  은호의 뒤통수를 빡-! 하고 날려버린다!! 맞고 휘청하는 은호... 놀
  라서 돌아보면...

은 호	어머님... (이게 무슨 일이지? 어디서 다른 게 날아왔나?)
해린모	(놀란 척, 모르는 척) 어머, 어떡해!! 괜찮어? 가방이 왜 갑자기 그 리루 날아갔지?
해린부	아니, 당신 그 가방을 또 가지고 나왔어? 왜 그 가방을 들고 나와! 그 이상한 가방을!!!
은 호	(얼얼한 뒤통수 만지며, 어리둥절)
해린모	미안해, 차 편집장... 이 가방이 좀 미쳐서 이상하거든... 어쩜 좋아... 많이 아팠어?
은 호	(얼떨떨, 뭔가 이상하지만) 아.. 아닙니다. 괜찮습니다. 가시죠... (하 지만 너무 아프다)

– 맞은 뒤통수 만지며 다시 걸어가는 은호인데... 해린부, 다리 쭉 빼
  서 은호의 발을 건다. 억, 하고 바닥으로 고꾸라지는 은호!!

해린부	(얼른 다가가 은호 잡으며) 아이구! 갑자기 왜 그래, 차 편집장. (부 축해 일으켜 세우며) 다리에 힘이 없어?
은 호	아니... 방금 아버님이...
해린부	응? 내가?
은 호	방금 분명 제 다리를...
해린부	(시침 뚝) 왜 그래? 내가 뭘 어쨌다고. 바빠서 정신이 없어?
은 호	(어쩔 수 없다) 아... 네... 그런가 봐요...

– 은호... 갸웃하고는 택시를 잡는다.

은 호	(뒷문 열어 운전기사에게) 가선동이요. (현금 꺼내 내밀며) 손님들

잘 부탁드릴게요. (하고 돌아서서 해린부모 보며) 타시죠.

- 하지만 해린부모, 나란히 서서 시무룩한 얼굴로 은호만 보고 있다.

은 호	왜... 그러세요?
해린모	(물끄러미 보다가) 우리 해린이가 그렇게 싫어...?
해린부	(역시) 어디가 싫어...?
은 호	(그제야 해린부모 행동 이해하겠고, 난감한) 아니, 그게...
해린부	애가 좀 딱딱하지?
해린모	그래... 싫은 건 어쩔 수 없지...
해린부	(끄덕끄덕) 인연은 하늘이 내리는 거니까...
해린모	(풀 완전히 죽어서) 그래도 김치는 또 가지러 와. 내가 담아놓을게.

- 하고 택시를 타는 해린부모.

은 호	(따뜻하게) 조심히 가세요. 어머님, 아버님.

- 꾸벅 인사하고 뒷문 닫는 은호.
- 택시 출발하면. 나란히 고개 돌려 뒤쪽 창으로 서 있는 은호를 안타 깝게 보는.

해린부	애가 참 괜찮아...
해린모	오늘 보니까 더 잘생겼네...
해린부모	(동시에) 아깝다...!!!

- 힝... 안타까워하는 해린부모.
- 떠나는 택시를 보던 은호, 웃으며 등 돌려 가고.

S#7. 카페, 대기실 (N)

– 직원 사무실 같은 곳에 앉은 유명숙. 단이가 티백 넣은 머그잔을 유
명숙 앞에 놓으며, 마주 앉는다. 책상에 낭독할 부분 표시해둔 〈타
인들에게〉 책, 꽃다발, 선물 등 놓여 있고.

유명숙　단이 씨 덕에 덜 떨렸어요. 대답 망설이면 귀신같이 알구, 흐름 바
꿔주더라? 단이 씨가 내 책 얘길 나보다 더 잘한 거 같애.

단 이　선생님 책, 원래 좋아했지만.. 저 이번에 진짜– 선생님 팬 됐어요.
낭독 듣는데.. (가슴 쓰다듬으며) 여기가 막 벅차올랐어요.. / 아,
(옆에 둔 꽃다발과 선물 등 유명숙에게 건네며) 나가면서 저한테
맡기셨어요. 독자분들이요. 선생님께 전해달라구요.

유명숙　(받고, 선물 보며) 와준 것도 고마운데..

단 이　오신 분들 다 웃으면서 갔어요. (포장된 선물 하나 더 건네며) 이건
감사의 마음으로, 저희 겨루가 드리는 거구요.

유명숙　(받고, 열어보면 스카프*다) 이쁘네. 마음에 들어요. (단이 따뜻하게
보다가, 손잡는) 오늘 고생 많았어요. 고마워.

– 단이, 유명숙 온기 느끼며 미소로 마주보는데.. 문 열리고, 은호 들
어온다. 손잡고 있는 단이와 유명숙 보고 살짝 미소 짓는 은호.

은 호　강단이 씨. 뒷마무리하고 들어가요. 난 선생님 모셔다드리고 올게
요. 오늘, 고생 많았어요.

단 이　네. 편집장님.

– 유명숙 일어나고, 단이가 배웅하려고 뒤따르는데.. 단이 핸드폰 울
린다. 보면 '봉지홍 팀장님'이다.

•　11부, 46씬 홈쇼핑에서 단이가 고른 실크 스카프

은 호	(유명숙 따라 나가며, 단이에게 작게) 집에서 봐.
단 이	(전화 받으며, 눈으로 알겠다고) 네, 여보세요.

– 인서트. 식당 앞 지홍. 옆에서 걱정으로 보는 재민이고.

지 홍	(다급) 여보세요. 누구시죠? 제 와이프가 착신전환을 해놓은 모양인데.. 제가 연락을 빨리 해야 돼서요..

– 다시 카페 사무실의 단이.

단 이	봉 팀장님. 저 업무지원팀 강단이입니다. (사이) 네, 사정은 제가 문자로 보내드릴게요..

S#8. 카페 앞 (N)

– 북콘서트 입간판 치우려는 훈과 지율. 〈타인들에게〉 책, 손에 든 사람들이 좋았다는 얘기하며 나간다. 훈과 지율 눈 딱 마주치고, 뿌듯하게 웃는다.

훈	(속닥) 방금 들었지? 야근한 보람이 있다!
지 율	책 읽기는 다른 사람과 함께할 때, 기쁨이 두 배가 된다잖아.
훈	(놀라서 보는) 뭐야. 이거 오 사원 입에서 나온 소리 맞지? 나 제대로 들은 거야?
지 율	(으쓱) 나 요즘 책 읽잖아. 편집장님이 준 리스트보구. 벌써 두 권이나 마스터했어!
훈	(그런 지율 예쁘고, 쿵짝 맞춰주는) 오!! 우리 오 사원 좀 멋있는데–

– 그때 카페 문 열리고, 지율모가 나온다. 뒤로 정장 빼입은 청년도

따라 나오고.

지 율	엄마!!
훈	(얼른) 안녕하십니까, 어머님!
지율모	내가 왜 그쪽 어머니죠?
훈	(음, 그럼.. 방긋 웃으며) 그럼... 안녕하십니까, 사모님!!
지율모	(허! 기가 차서 훈 쩨려보다가, 지율에게 옆 청년 소개) 인사해. 너 토요일에 선볼 사람. (훈 들으라는 투로) 성형외과 의사. 김명수 씨.
김명수	안녕하세요, 지율 씨. 사진보다 더 미인이시네요. (악수하려고 손 건네며) 우리 지율 씨가 일을 너무 좋아하셔서 당분간 선은 안 본다고 해서 제가 직접 보러 나왔,
훈	(OL, 슬그머니 김명수의 손을 잡았다!) 오, 닥터 킴!!!
지율모	(훈 노려보며) 미쳤나 봐!!!
훈	네. 전 오지율에게 단단히 미쳤습니다, 어머님!!!
지 율	(역시..!! 씨익 웃고)
김명수	(잡힌 손 보며, 이게 뭐지?)
훈	닥터 킴. (꾹 잡은 채로) 저랑, 우리 지율이 분위기 어때 보입니까? / 달달한 냄새가 폴폴 나죠? 설탕을 막 열 봉지 쏟은 듯한.. 끈적한 어떤.. 우리 분위기.. 모르겠어요?
김명수	(이 미친놈은 뭐야!) 알아야 됩니까..?! (겨우 손 빼내고)
지율모	넌 좀 빠져!!! 어디서 되도 않는 게 자꾸 판을 깨!
훈	어머님이라면 빠지겠습니까, 이 상황에!!
지율모	이게 보자보자 하니까! 너- 봐주니까 내가 쉬운가본데. 너 같은 반전세짜린 손가락만 까딱하면 당장 길바닥에,
지 율	(OL, 훈 앞을 탁 막아서며!) 엄마! 우리 훈이 건들지 마! 얘 건들면..
지율모	(OL) 건들면 뭐? 아직 정신 못 차렸구나? 너. 진짜 평생 카드 없이 살아볼래?!
지 율	(단호) 어!! 이제 카드 필요 없어! 앞으로 엄마 카드, 없어도 돼!
지율모	!
김명수	(이런 여자야??) 어머니, 지율 씨 요조숙녀라면서요..

지 율	닥터 킴은 닥치세요!
김명수	...취미는 꽃꽂이, 출판사 다니는 문학소녀라면서요??!!!
지 율	(허리에 손 딱 얹고) 아니! 나, 완전 머리에 똥밖에 안 찬 여자야!
지율모	어머머.. 얘가 정말 미쳤나 봐...
지 율	한번만 더 이 남자 나한테 데리고 오면, 아예 집을 확! 나가서 얘랑 살 테니까 그렇게 알아!!!
훈	어머님!!! 비록, 제가 삼천에 오십짜리 반전세 살지만, 지율인 반드시 목화솜 이불에 재우겠습니다!
지율모	이런 미친놈이..

- 지율모, 갑자기 입간판으로 훈을 때리려고 한다. 지율과 훈은 얼른 도망간다. 지율모, 잘못해서 명수가 맞는다!

지율모	(멀어지는 지율 향해) 야!!! 오지율! 너 집에 안 들어오기만 해!!

S#9. 카페 안 (N)

- 뒷정리 끝난 카페. 해린, 서준, 단이 남았다. 직원에게 대관비 계산하는 단이. 해린은 계산하는 단이 뒷모습 본다. 단이가 계산 끝내면, 같이 나가는 셋.

S#10. 카페 앞 (N)

단 이	(시원하게 기지개) 끝났다!
해 린	(단이 보는)
서 준	셋이 술 한잔 하고 갈까요? 두 분 고생하셨는데, 제가 쏠게요.
해 린	아뇨. 셋 말고 둘이요.
단이,서준	?

해 린	(단이에게) 저 오늘 지 작가님하고 할 얘기가 좀 있어요.
서 준	저랑 무슨 얘길..
해 린	(OL) 있어요. 되게 깊은 얘기.
단 이	아.. 두 분 얘기 나누세요. 전 괜찮아요.
해 린	내일 회사서 봐요, 강단이 씨.

– 인사하고 가는 단이. 해린, 단이 뒷모습 보다가.. 서준 딱 본다.

서 준	(뭐지?) 내가.. 뭐 잘못..했어요? 왜 이렇게 무섭지?
해 린	(어이없어서) 내가 어디가 무서워요? 그냥 술 한잔 하자는데.
서 준	송 대리님 같은 사람이 그냥 술 한잔 하자니까 무섭죠. 일도 끝났는데.
해 린	다음 일, 안 할 거예요, 나랑? 계약도 네 권이나 남았는데! (부모와 같은 표정으로 팍 노려보는데)
서 준	송 대리님 집안사람들은 다 그게 되나 봐요. (손가락으로 뿜어내는) 콧김..
해 린	뭐예요?!!! (또 표정 지어 보이는데)
서 준	이것 봐. 또 나왔어-!!!
해 린	(이씨)
서 준	(귀엽다) 진짜 놀려먹기 좋은 사람이라니까.. / 가요. 술은 내가 살게요!

– 둘 걷기 시작하는데.. 지율이 뛰어서 카페 앞으로 온다.

해 린	(조금 놀라서) 뭐야. 아직 안 갔어요, 오지율 씨?
지 율	돌아왔어요, 가다가. / 오늘 꼭 드리고 싶은 말이 있어서요. / 저... 오지율!! 송 대리님 같은 훌륭한 편집자가 되고 싶습니다!!!
해 린	(믿기지 않는) 갑자기 왜요?
지 율	저도... 송 대리님처럼 좋은 책을 만들어보고 싶어서요. 그래서 오늘처럼... 많은 사람들한테 좋은 기운을 주는, 그런 일을 하고 싶어서

해 린	요. (꾸벅 인사하며) 앞으로 잘 부탁드립니다, 대리님!!
	(보다가) 나한테 부탁할 게 아니라 스스로 잘 할 생각을 해야죠.
지 율	(또 꾸벅 인사하며) 넵!! 앞으로 더 열심히 잘 하겠습니다, 대리님!!!!
해 린	...내일 회사에서 봐요.
지 율	(기쁘고) 네, 내일 뵙겠습니다!!! / 존경합니다! 송 대리님!!!

- 꾸벅 인사하고 다시 뛰어가는 지율, 픽 웃는 해린. 옆에서 보던 서준, 그런 해린 보고 웃는다.

서 준	후배 제대로 키우고 계시네요, 송 대리님.
해 린	(가는 지율, 웃으며 보는)

S#11. 유명숙의 집 앞 (N)

- 어느 한옥 대문 앞에 서는 은호의 차. 먼저 운전석에서 내린 은호가 뒷문 열어주면 유명숙이 내린다.

은 호	오늘 정말 고생 많으셨습니다, 선생님.
유명숙	내가 뭐 한 게 있다구.
은 호	제일 큰일 하셨죠. 작가님 아니셨으면 존재 하지도 않을 하루였는데요.
유명숙	(악의 없이) 그렇다기엔 나를 모르는 사람도 있던데?
은 호	네?
유명숙	(넌지시) 한, 열 명 정도였나? 어떻게 불러 모았어? / 내 이름도 모르는 사람들을.
은 호	(당황해서) 아... 아셨어요?
유명숙	나이는 가만히 앉아서 먹나. 그 정도 눈치도 없을까 봐? / 사실 처음엔 기분 안 좋았어. 비면 빈 대로 그냥 두지.. 내 책에 관심도 없는

	사람 앉혀 놓은 거, 자존심도 상하구... 왜 이런 낭독회를 열어서 나 한테 이런 모욕감을 느끼게 하나 싶기도 하고.. // 그런데...
은 호	(보면)
유명숙	(미소로) 늙은 할머니 작가 실망시키지 않으려고.. 발을 동동대며 사방팔방 전화하고 뛰어다녔을 출판사 사람들 생각하니까.. 마음이 따뜻해지더라고. // 사실은 아까 거기 우리 손자가 있었거든..

- 핸드폰을 꺼내 손자가 보낸 문자를 보여주는 유명숙. '할머니 오늘 대박 멋있었어요! 스타작가 인증!!' 미소 지으면서 문자를 보는 은 호와 유명숙이고...

유명숙	오늘 우리 손자한테 망신, 안 당하게 해줘서 고마워.
은 호	죄송합니다, 선생님...
유명숙	(가볍게) 괜찮아. 이런 모욕도 당하면서 사는 거지, 뭐. / 이래서 나 이 먹는 게 생각보다 좋다니까. (은호 따뜻하게 보며) 그러니까 차 작가님도 일른 나이 드세요..
은 호	네. 선생님.. 들어가세요. 추워요.
유명숙	(집 쪽 돌아보며) 봄 오면 들러. 같이 산책하게.
은 호	네. 마당에 벚꽃 피면 올게요.

- 따뜻하게 은호 보며 미소 짓던 유명숙 들어가고... 고개 숙여 인사하 는 은호고.

S#12. 버스 안 (N)

- 집으로 가는 버스를 탄 단이. 들뜬 얼굴로 창가를 내다보고 있다.
- 플래시백, 앞 씬. 낭독회 진행하고, 사람들의 박수를 받던 자신의 모습.
- 그때 동기 단톡방에 톡이 울린다. 보는 단이.

훈(E)	우리 동기님!!! 오늘 완전 멋있었습니다!!
훈(E)	역시 당신은 능력자!! 최강단이 씨!!
지율(E)	오늘 우리 동기님 좀 짱인듯!!!
지율(E)	저도 강단이 씨를 부지런히 쫓아가겠습니다! 우리 동기 파이팅!!!

　-　단이 감사이모티콘 눌러 보내고.. 뿌듯함에 저절로 미소가 지어지
　　는 단이. 창가에 미소 띤 자신의 얼굴이 비치고... 더 활짝 웃어 보이
　　는 단이. 그 위로,

| 워킹맘면접관(E) | 그 여자, 고졸 아냐. 연희대 출신이야. |

S#13. 레스토랑 (N)

　-　적당히 저녁 먹는 유선과 워킹맘면접관. 유선이 놀란 얼굴로 워킹
　　맘면접관을 본다.

워킹맘면접관	거기다 스펙도 화려해. / 업무지원팀?? 와... 알면 알수록 더 황당해지네. / 그 여자, 우리 회사에 경력직 마케터로 면접 봤었어. 너 거기 알지? SH광고. 거기도 다녔던데?
유 선	사람 잘못 본 건 아니고?
워킹맘면접관	아냐, 확실해. (황당하다는 듯 웃고) 아무리 경단녀가 취업이 안 돼도 그렇지... 없는 걸 만드는 학력위조는 봤어도 있는 걸 없애버리는 학력위조는 또 처음 보네.
유 선	(생각하다가) 아직 이력서 가지고 있어?
워킹맘면접관	찾아보면 있겠지만... 개인정보 유출, 예민한 문제잖아..
유 선	황당하네.. 이런 경우에 너네 회사는 어떻게 처리해?
워킹맘면접관	나 같으면 해고해. 신경 쓰이지 않아? 허드렛일 하는데 쓸데없는 고스펙.
유 선	(마음 복잡하다)

S#14. 동네 버스 정류장 (N)

- 버스, 멈춰 선다. 문이 열리자마자 통! 뛰어내리는 단이. 뭔가 해냈다는 성취감에 환하게 웃으면서 뛰어가고.

S#15. 은호의 집 앞 + 동네 공원 (N)

- 집 앞에 와서 서는 은호의 차. 은호, 차에서 내려 집 쪽 보면 불 꺼져 있다.

은 호   아직 안 왔나...?

- 단이에게 전화를 거는 은호.
- 동네 공원을 뛰어오던 단이. 울리는 전화 꺼내 '동생'이라고 뜬 것 보고 웃으며 받는다. 이하 교차편집.

단 이   (씩씩하게) 넵, 편집장님!!!
은 호   (웃으며) 어디야?
단 이   (뛰어와서 숨 가쁜) 지금 일 잘 마무리하고, 집으로 돌아가는 길입니다!!!
은 호   그래서 어딘데?
단 이   동네 공원!

- 단이 대답 듣자마자 바로 공원 쪽으로 걸어가는 은호. 걸음 조금씩 빨라지더니, 뛰기 시작한다. 여전히 폰은 귀에 댄 채로.

은 호   강단이 기분 무지 좋은가 보다?

- 단이가 공원에 서서 밤의 공원을 둘러본다. 너무 행복한 기분이 든다!

단 이	어! 완전, 완전 좋아!! (신나서) 다시 살아난 거 같애... 옛날에 일했을 때 생각도 막 나고... / 그때로 돌아간 것처럼 뭐든 다 할 수 있을 것 같애...!! / 나.. 처음에 회사 들어왔을 때, 정말 무서웠거든. 내 인생이 절벽 끝까지 내몰렸다고 생각하니까 어떻게든 살려고 발버둥을 치긴 했는데... 정말 아무것도 모르는 거야, 내가. / 열심히 돌아가는 세상 속에서 나만 쓸모없는 부품이 된 것 같고... 진짜 무서웠거든.

    – 달려 공원에 도착한 은호, 단이의 말 들으며 단이를 찾는다. 그러다 단이를 발견하곤 멈춰 서서 그런 단이를 본다. (아니면 야트막한 철쭉무더기를 사이에 두고, 걸으며? 은호는 단이를 보고, 단이는 은호를 못 보고.. 흥분해서 통화하는?)

은 호	근데 지금은? 이젠 안 무서워?
단 이	(완전 들떠서) 하나도 안 무서워!! 칭찬해주고 싶은 기분이야. 내가, 나를!! / 단이야, 잘 했어! 오늘 정말 잘 했어! 떨리고 긴장되고 그랬을 텐데, 실수 없이 잘 해내서... 난 니가 너무너무 대견해! (스스로 감격해서 울 것 같다)
은 호	(말없이 지켜보고)
단 이	몇 달 전까지만 해도 면접 보러 다니면서 울던 내가...!!! 명함도 생기고, 좋아하는 일도 생기고, 잘하는 일도 생기고..!!! 사람들 사이에 섞여서 열심히, 잘 살아가고 있잖아.!!! 난 내가 너무너무 자랑스러워!!

    – 그런 단이를 예쁘게 보는 은호.

단 이	유치하지? 나도 알아. 그래도 상관없어. 난 지금 너무 기쁘고, 행복하니까! 이 기분을 마음껏 즐길 거야!!
은 호	(웃는데)
단 이	은호야!!!

은 호	응. 말해.
단 이	니가 내 옆에 있어서 다행이야!!!
은 호	(보면)
단 이	니가 내 옆에 있어줘서... 니가 내 손을 잡아줘서 얼마나 든든한지 몰라. / 고마워, 차은호.

- 그런 단이를 사랑스럽게 보던 은호... 더 참지 못하고 단이를 향해 달려간다. 달려오는 소리에 돌아보는 단이... 자신을 향해 환하게 웃으며 달려오는 은호가 보이고... 은호, 단이를 껴안고 한 바퀴 돌린다. 꺄, 놀라며 은호를 안듯 붙잡는 단이고. 은호, 단이를 내려놓고... 마주 보고 선 둘...

은 호	(예쁘게 보며) 진짜 왜 이렇게 예쁘냐, 강단이.
단 이	또 강단이래. (하지만 웃고)
은 호	(진심으로) 잘 했어, 오늘. 진짜 너무 멋있었어. / (손나팔 만들어 크게) 강단이, 최고다!!!
단 이	(역시) 차은호, 나도 알거든?!

S#16. 호프집 (N)

- 맥주 한 잔을 쭉 마시는 해린. 탁!! 하고 빈 잔을 내려놓는. 그런 해린을 심상치 않게 보는 서준이고.

해 린	잘 봐요. (노가리) 얘가 남자고, (한치) 얘는 여자.
서 준	(노가리 당겨와 앞 뒤 보며) 그걸 어떻게 알아요?
해 린	(다시 뺏어 와서 원래대로 놓고) 남자라고 생각하라고, 얘를.
서 준	아.. 노가리는 남자. 한치는 여자.. (끄덕이고)
해 린	(한치) 이 여자가 셔츠를 샀어. 근데, 그 셔츠를 (노가리) 얘가 입고 있어. 이게 무슨 뜻일까요?

서 준	여자가 남자에게 선물을 했다.. 그 이상 이하도 아니잖아요.
해 린	그럴 수 있죠. (서준) 남자와 (자신) 여자가 카페에서 어깨에 기대 잠깐 잠들었다고 해서, 사랑하는 사이는 아니니까.
서 준	당연히.
해 린	근데. (노가리, 한치) 애네들은.. 이상했단 말이지...
서 준	?

— 플래시백, 11부 엔딩씬. 무대 위 단이를 따뜻하게 보던 은호. 그 위로,

해린(E)	노가리가... 한치만 계속 보고 있는 거예요. / 난 노가리한테 한번도 그런 눈빛을 본 적이 없어..

서 준	에이, 눈빛만으로 어떻게 알아요.
해 린	난 알아요. 좋아하면 그 사람만 자꾸 보게 되잖아요. 내가 그랬거든요. 난 계속 노가리만 봤어...
서 준	(조금 안됐게 보는데)
해 린	근데 이 노가리도 계속계속! 한치만 보고 있는 거야...
서 준	한치는 어땠는데요?

— 플래시백, 11부 엔딩씬. 무대 아래 나란히 서서 서로를 다정하게 보던 은호와 단이.

해 린	노가리만큼 확신은 못 하겠지만... 비슷한 느낌이었어요. / 이 정도면 이 노가리랑 한치, 서로 좋아하는 거 맞죠?
서 준	(흠...) 아마도?
해 린	와... 나 진짜 미치겠네... (맥주 벌컥벌컥 마시고, 한치랑 노가리 노려보며.. 서늘하게) 이것들을.... 어떻게... 죽이지...?
서 준	......죽이게..요?
해 린	네.. 죽여버릴 거예요... (또 콧김 표정..)
서 준	(단이와 은호 이야기인지 모른 채 해린 귀엽게 보고)

S#17. 동네 거리 (N)

– 손잡고 나란히 걷고 있는 은호와 단이.

단 이   (갑자기, 몸 떨며) 아우, 추워... 어, 붕어빵이다. (하고 가려는)

– 달려가려는 단이의 손을 얼른 낚아채 잡는 은호. 단이가 돌아보면 은호, 따뜻하게 웃으며 깍지 껴 손을 더 단단히 잡는다. 그리고는 그 손을 자신의 코트 주머니에 같이 넣는.

은 호   나도 추워. / 따뜻하다, 누나 손.

– 두 사람 붕어빵 가판대 앞에 나란히 서서 붕어빵 산다. 손 놓지 않고, 잡지 않은 손으로 지갑을 꺼내 계산을 하고, 나머지 한 손으로 붕어빵 봉지 들고 가면서, 다른 사람이 또 잡지 않은 한 손으로 붕어빵 먹여주며.. 끝까지 손 놓지 않고 그렇게 가는 둘이고.

S#18. 병원 응급실 (N)

– 응급실로 뛰어 들어오는 지홍. 간호사에게 다급하게 묻는다.

지 홍   봉찬민이요. 열두 살 남자애. 어딨습니까?

– 지홍, 간호사 가리키는 방향으로 돌아보면.. 베드에 누워 있는 찬민과 그 옆 의자에 앉은 채 엎드려 잠든 영아 보인다. 찬민에게 달려가는 지홍.

지 홍   (잠자는 영아 보고 작은 목소리로, 찬민 볼에 손 대고) 우리 아들, 괜찮아?

찬 민	(반가운, 어리광) 아깐 진짜 죽는 줄 알았어. 지금은 진통제 맞고 좀 괜찮아.
지 홍	(눈가 붉어지는) 아빠 닮아서 씩씩하고 건강해야지. 왜 아프고 그래?
찬 민	뇌수막염이래. 아까 몸을 새우등처럼 말아서.. 허리에 주사 꽂고 검사도 했어.
지 홍	너 주사 무서워하잖아. 안 무서웠어? 아빠가.. 미안해. 검사받을 때 옆에 있어줬어야 했는데.

- 지홍, 찬민을 안쓰럽게 본다.. 영아는 그대로 잠들어 있고.
- 시간 경과.. 잠든 찬민을 손을 잡아주는 지홍.. 그 옆에 잠든 영아의 머리칼도 쓸어주고..

S#19. 병원 대기실 (N)

- 대기실 의자에 앉아 고개 숙인 채 눈물 삼키는 지홍. 영아가 나와 옆에 앉는다.

영 아	언제 왔어?
지 홍	우리 다시 합치자.. 영아야..
영 아	.....
지 홍	찬민이 때문에.. 안 되겠다.. 애, 저대로 둘 거야?
영 아	...봉지홍 씨... 나, 사랑해?
지 홍	지금 그게 문제냐. 우리 사이에 애가 있는데??!!
영 아	찬민이 아빠.. 봉지홍 씨.. 우리.. 헤어졌잖아. 그날 지하상가에서 싸운 거.. 그거 하나 때문에 헤어졌겠어, 우리가? / 당신도 홧김에 도장 찍었어..? 아니잖아. / 우리는.. 천천히.. 긴 세월 동안.. 천천히 천천히.. 끝장이 난 거야..
지 홍	내가 노력할게... 나한테 기회를 줄 순 있잖아..
영 아	나.... (잠깐 생각하다가.. 내친김이다) 좋아하는 사람 있어. 봉 팀장님.

지 홍	!!!!
영 아	일주일밖에 안됐어. / 근데, 있어. 나를 여자로 보고, 여자로 대해주는 사람.
지 홍	(믿기지 않아, 딸꾹질하는 데서)

S#20. 은호의 집 외경 (N)

(E)	은호의 핸드폰 벨소리.

S#21. 은호의 방 (N)

– 침대에서 자고 있는 은호. 머리맡엔 언제나처럼 읽다가 연필 끼워둔 책들, 검토 중인 원고 등 있고. 은호, 소리에 뒤척이며 일어나 협탁등 탁 켜고, 핸드폰 보면 지서준이다. 알람시계 보면 새벽 세 시고. 이 시간에? 싶은 은호.

은 호	여보세요.

S#22. 식당 안 (N)

– 식당* 바에 앉아 있는 서준. 얼굴에 피곤함이 가득하고.

서 준	차 편집장님, 잠깐 오셔야겠어요.. (후– 한숨으로 돌아보면, 옆에 해린이 엎어져 자고 있다)

* 8부 7씬, 10부 60씬의 원테이블 식당입니다.

S#23. 식당 앞 (N)

– 적당히 옷 챙겨 입고 걸어온 은호. 식당 유리 너머로 엎어진 해린과 옆에 앉은 서준 보이고. 은호, 한숨 쉬며 들어간다.

S#24. 식당 안 (N)

– 은호 들어오자 서준 고개 돌리고, 서로 피곤한지 대충 눈인사한다. 은호 바로 해린에게 가서.

은 호   (살짝 잡아서 흔들며) 해린아, 해린아.

서 준   꿈쩍도 안 해요. 내가 삼십 분이나 흔들어봤어요..

은 호   애가 이렇게 될 때까지 술을 멕이면 어떡합니까!

서 준   내가 먹였겠습니까?!

은 호   (엎어진 해린 보고.. 한숨, 내가 쟤를 알지..) 그래도 말렸어야죠.

서 준   낭독회 끝나고 그 동네서 마시다가, 기어이 이 동네로 오겠다구... / 그때도 이미 취했어요. 그냥 집으로 가자고 말렸는데도.. 말리면 듣나. 오자마자 여기선 팔지도 않는 오이소줄 만들어서 (옆에 주전자) 이 주전자에,

은 호   (OL) 잠깐만요. 오이소주라뇨?

서 준   오이를 씹어 먹어야 속이 풀리겠다는 둥, 오이를 먹고 죽겠다는 둥-

은 호   오이를 먹고 죽겠다고 했는데도 안 말렸어요?!!

서 준   ...오이를 먹고 어떻게 죽어요?

은 호   (OL) 얘 오이 알러지 있어요!!!!

서 준   (헉, 주전자 열어 보이며) 아니, 이걸 두 주전자나 먹었는데..

은 호   (아.. 미치겠고)

서 준   (걱정으로 해린 보며) 아직까진.. 그냥 취한 걸로 보이는데..

은 호   내일 봐! 얘 어떻게 되나!!

서 준	어떻게 되는데요? 진짜 죽진 않겠죠?
은 호	일단 업어요.
서 준	왜 내가 업습니까?
은 호	술 먹인 사람이 업어야지, 그럼 자다가 불려 나온 사람이 업냐?!!!
서 준	회사 상사인 니가 업어야지, 생판 남인 내가 업냐??

S#25. 식당 앞 거리 (N)

– 결국 은호가 해린을 업었다.. 서준, 해린 가방과 신발 들고 업힌 해린에게 코트 뒤집어 씌워주며 식당을 나온다.

서 준	이제 어디로 갑니까?
은 호	지서준 씨 집에요.
서 준	아, 왜 우리집엘 데리고 가?
은 호	그럼 앨 혼자 호텔로 데려갑니까?
서 준	아니.. 그 얘기가 아니라.. / 편집장님 집으로,
은 호	(OL, 이씨) 야!!!
서 준	(움찔)
은 호	이 시간에!! 새벽 세 시에!!! (업힌 해린 들썩거리며) 애 땜에 고생하는 인간이 너랑 나 둘이면 됐지! 강단이까지 깨워야 돼?!!!
서 준	...우리집 멀어서 힘들 텐데.. 가요. 그렇게 원하면.

– 서준 앞장서고.. 따라 걷는 은호.. 해린, 은호 등에서 자고.

S#26. 서준의 집, 현관 앞 (N)

– 현관 앞에 서 있는 은호, 서준은 계단 올라오고 있고.

은 호	빨리 좀 오죠. 몸도 가벼운 사람이.
서 준	힘 좋네요. 나보다 빨리 걷고!!!
은 호	(OL) 번호요.
서 준	(허! 느긋하게 올라오며, 은호 째리다가..) 0423이요.

- 은호, 별 생각 없이 번호 누르고, 안으로.

S#27. 서준의 집, 거실 + 침실 (N)

- 거실 한쪽에 얌전히 엎드려 있던 금비 쓰다듬어준 서준, 거실 지나 침실로. 은호, 해린을 업고 뒤따라 들어가는.
- 은호, 침대에 해린 눕히고 겨우 숨 고르면.. 서준은 제대로 해린 이불 덮어준다.

서 준	이상해, 겨루 사람들. 하나같이 다- 이상해. (은호 딱 보면)

- 은호, 서준 한번 보고, 무시하고 장롱 문을 열며..

은 호	이불 다른 거 없어요? (열어보면 옷장이고)
서 준	어어, 뭐 하는 거예요?
은 호	(다른 쪽 문 열면 이불 한 채 들어 있고, 가지고 거실로 나가는)
서 준	아니, 잠깐만. (따라 나가는)

- 거실에 이불 딱 펼치는 은호. 겉옷 벗는다.

서 준	뭐 하는 겁니까?
은 호	해린이 혼자 두고는 못 가겠어요. 씻고 와요. (베개 옆 톡톡 치는)
서 준	(설마) 같이.. 자자고요?
은 호	건전하게 손만 잡고 자자-. (씨익 웃으며) 나 믿지?

서 준	(비밀의 방 가리키고) 다른 방도 있거든!?!!
은 호	(으쓱) 그럼 뭐해. 이불이 한 채밖에 없는데! (누워서 능청) 씻고 와요, 빨리. (옆에 빈 베개 툭툭)
서 준	(미치겠고) 아!!

S#28. 단이의 방 (M)

– 침대에서 자던 단이, 알람소리 들으며 일어난다.

S#29. 은호의 집, 주방 + 은호의 방 (M)

– 단이, 방에서 나와 하품하며 주방으로. 잠 덜 깬 얼굴로 컵에 물 따라서 쭉 마시고. 컵 탁 내려놓으며, 눈 제대로 뜬다. 단이, 냉장고 열어보며.

| 단 이 | 아침에 뭐 먹지.. 어, 쌀이 없네.. (귀찮고) 아, 살림을 너무 안 살았어. |

– 은호야.. 부르며 은호 방으로 가는 단이. 아무 소리 들리지 않고.. 문 열면 빈방이고.

| 단 이 | 아침부터 어디 갔지? |

S#30. 서준의 집, 거실 (M)

– 입가에 미소 띠우고 곤히 자는 은호, 서준의 팔을 베고 안겨 있다. 서준은 은호를 백허그하고.... 은호, 자신을 안은 서준의 팔을 기분 좋게 쓰다듬는데.. 서준, 팔 쓰다듬는 감촉에 자연스레 손깍지 껴본

다. 은호, 손깍지가 기분 좋은지 배시시 웃으며 뒤돌아 서준을 안다가... 이상한 느낌에 '으응?' 한다. 서준도 은호 안다가 '으음?' 하고. 불현듯 동시에 눈 번쩍 뜬 둘! 눈 마주치고, 헉, 하고 벌떡 일어나 떨어진다.

은 호	왜 갑자기 사람을 껴안아!!!
서 준	(흥분해서 말 제대로 안 나오고) 참나, 아니, 야!! 니가 먼저 만졌어!!
은 호	만져? 내가?! 널? / 와, 이거 웃기는 놈이네!!? 팔베개를 왜 해줘?
서 준	내 팔 가져다 벤 놈이 누군데?!!!

– 하는데, 쾅! 문 열리는 소리 들리고. 은호, 서준 놀라서 동시에 소리 난 쪽 보면... 좀비 같은 몰골로 서 있는 해린이다. 엉망으로 헝클어져 떡진 머리, 번진 화장.. 거기다 온 얼굴에 빨간 두드러기가 났다!

은 호	송해린 너!!
서 준	괜찮아요?!
해 린	(눈 겨우 뜨고, 거친 목소리로) 여기... 어디야?
은 호	(한숨) ...니가 누군지부터 물어봐..
해 린	나? (누구지? 잠깐 고민하다가) 송해린.... (끔벅끔벅, 상황 파악 안 되고)
서 준	병원 데려가야 하는 거 아니에요?
은 호	반나절이면 가라앉아요.. (한숨)

S#31. 겨루 출판사, 로비 (M)

– 단이 출근하는데.. 저만치 사람들 모여서 웅성거리고 있고. 가보는 단이. 송이가 단이에게 인사하는.

송 이	사내공모전이 시작됐네요..

- 그때 출근하는 훈과 지율, 광수.

단 이   (게시물*을 보는) 겨루 사내 기획 아이디어 공모전... (눈으로 읽어
　　　　　 내리다가) 어, 모든 직원한테 공모 자격이 있네요.

지 율   상금 오백만 원. 앗싸!!! 나도 돈 한번 벌어봐야겠다. (얼른 핸드폰
　　　　　 으로 사진 찍는)

훈   오늘 안으로 인트라넷에 올라올 거야.

지 율   그래도.

훈   근데 이거 짜고 치는 고스톱 아니에요? 다 미리 정해놓고, 하는 거.

광 수   무슨 소리야? 우리 회사를 뭘로 보고. / 여길 봐. 공정성을 위해 개
　　　　　 인정보를 기재하지 아니하며, 참가신청서 다운시 자동 지급되는 참
　　　　　 가지원 번호를 구비서류에 적어 제출!!

훈   오.. 익명으로 도전할 수 있다는 거네요?

단 이   (조심스럽게 핸드폰 꺼내어 찍어본다)

송 이   강단이 씨도 하게요?

단 이   ....계약직도 괜찮을까요...?

광 수   뭐 어때요? 어차피 익명인데.

지 율   최강단이 씨, (주먹) 나와 함께 도전!!!

단 이   (웃으며 같이 주먹으로 크로스!) 도전!!!

S#32. 콘텐츠 개발부 (M)

- 쪼르륵 놓인 화분에 물 다 주고, 기분 좋게 뒤로 탁 돌아서는 단이.
  무언가 보고 깜짝 놀란다. 빨간 두드러기가 여전한 채 단이 앞에 서
  있는 해린.

• 12부 대본 마지막에 첨부합니다.

단 이	어머! 송 대리님.. (얼굴) 왜 그래요?
해 린	(아무렇지 않은 듯 인사하며) 아무것도 아니에요.
단 이	(걱정으로) 아무것도 아닌 게... 아닌 거 같은데.
은 호	(뒤에서 오며) 별일 아니에요. 이따 저녁쯤이면 가라앉아요.
단 이	(다행이긴 한데) 진짜요?
영 아	(해린 쓱 보고 은호에게 오며) 또 오이 먹었어? (단이에게) 송 대리, 오이 알러지 있거든.
단 이	....
지 홍	(자리에서 해린 보고 쯧쯧) 으이그. 알면서 조심을 좀 하지. 딱 냄새로 몰라? 오이향이 좀 독특해?
해 린	(자리로 가서 앉으며) 일부러 먹었어요. (은호 노려보며) 마음이 아파서. 콱 죽어버릴려구.
단 이	(응??)
지 홍	안 죽잖아. 금방 가라앉으면서.
해 린	(집중된 시선에, 직원들 둘러보며) 오전부터 간부회의 있던데. 다들 안 들어가세요?

S#33. 회의실 (D)

- 책상에 툭 던져지는 원고* 다섯 개. 재민, 유선, 은호, 영아가 의아하게 원고를 보면.. 지홍이 각자 앞에 원고 놔준다.

지 홍	(자신감) 이거 출판합시다.

- 다들 들어서 보다가.. 시큰둥하게 '신데?' '시네.' 하는 분위기고.

- 나태주, 〈가장 예쁜 생각을 너에게 주고 싶다〉, RHK

유 선	우리 시집 안 내잖아요.
재 민	진짜.. 그만하자, 쫌.
지 홍	넌 최형수 시인 죽고도 뭐 느끼는 게 없냐?
재 민	나 때문에 최 시인이 죽었냐..
은 호	(일단 원고 보는)
지 홍	내가 교정도 다 끝냈어! (확신) 이거, 팔린다! (은호) 팔릴 거 같지?
은 호	(찬찬히 진지하게 넘겨보는) 시는 좋네요..
지 홍	봐!!! 편집장님이 좋대잖아. 내가.. 이 시들 읽다가.. 울었어..
재 민	형이야 맨날 울잖아! 어제도 울면서 전화했잖아, 새벽 두 시에 우리 집에!!! 서 팀장님한테 남, 남!! (남자가.. 하려다가 차마 못하고)
지 홍	(영아에게) 나 너 때문에 울었다, 영아야.
영 아	(그러거나 말거나 시집 넘기고)
재 민	펑펑 울었어. 펑펑.
유 선	죄송한데. (재민, 지홍) 두 분 친하고, (지홍, 영아) 두 분 친하셨던 건 알겠는데. 회의실에선 서로 존대 좀 하죠. 여긴 회산데.
재 민	(지홍 가리키며) 많이 울었다니까. 내가 한 시간을 넘게 받아줬다니까.
유 선	네, 네. 사적인 걱정은 회사 밖에서 좀 하시구요.
지 홍	그래. 그럼 감정 빼고, 제대로 검토해봐. 이 시집.
영 아	각자 좀 읽어보고 다시 이야기하죠.
지 홍	창립멤버 전통대로 결정하자!!!
은 호	그놈의 트렌치코트를 또 입자고요?
재 민	좋은 생각이다. 입을 때 됐어! 우리 회사 전통인데.
은 호	전통은 무슨..

- 그때, 저금통 들고 들어오는 단이.

단 이	봉 팀장님, 말씀하신 저금통이요.
지 홍	(받고) 고마워, 단이 씨! (책상 중앙에 탁 놓으며) 하자! 저금통 투표!
재 민	(피식) 오랜만이네. 도서출판 겨루의 전통.

지 홍	(회사 메모지 하나씩 돌리는)
단 이	이걸로 어떻게 투표를 해요?
재 민	(단이 보고) 회사 초창기 때 출간 결정을 이걸로 (저금통) 했어요. 누군가 출간 기획을 하면, 찬반 여부를 종이에 적는 거죠. 오 엑스로.
영 아	다섯 명중 네 명이 찬성해야 통과!
지 홍	그때 우리, 책 참 열심히 만들었는데.
은 호	순수했고.
유 선	뜨거웠죠.
지 홍	투표기간은 이 주일. 저금통 키는 강단이 씨가 갖고 있는 걸로!
재 민	(결과야 불 보듯 뻔한데..) 이 주일씩이나 필요한가. 어차피 반대표만 가득일 텐데. (지홍 보며) 형 한 표 빼고.
지 홍	(제발) 꼼꼼하게 읽어봐. 이거 진짜 팔리는 거라니까! 요즘 트렌드 키워드가 뭐야? 공감! 힐링! 이 시집이 딱 그래!
유선,은호	(챙겨 나가고)
지 홍	(뒤에 대고) 외롭고 피곤한 요즘 사람들.. 현대인의 공허한 마음을 따뜻하게 안아준다니까!
영 아	난 안아줄 사람이 따로 있으니까 그럼 이만...
지 홍	저저저..
재 민	안아줄 남자, 없어. 형. 믿지 마. (하고 가는)
지 홍	제대로 좀 읽어!!! (하다가 단이와 눈 마주치면) 시 좋아해? 우리 최강단이 씨?
단 이	(웃는) 네!

S#34. 겨루 출판사 일각 (D)

- 유선과 은호 걸어오다가..

유 선	편집장님. 잠깐 저 좀 보시죠.

– 은호, 무슨 일인가 싶어 유선 보는데..

S#35. 이사실 (D)

– 먼저 들어오는 유선과 뒤이어 들어오며 문 닫는 은호.

은 호   뭐 따로 하실 말씀 있으세요?

유 선   네. 먼저 보셔야 할 게 있어요.

– 유선, 책상 위에 놓여 있던 파일을 건넨다. 뭔가 싶어 보다가 파일 받아 여는 은호, 내용물을 보자마자 놀라 멈칫하는. 파일에는 단이의 고졸 이력서가 있다!

유 선   인사팀에서 받아왔어요. 확인해볼 게 있어서.

은 호   (나쁜 예감으로) 뭘요...?

유 선   더 봐요. 아직 남았으니까.

– 은호, 이력서를 넘겨보면... 'SH광고 강단이 대리 "2012년 한국 광고대상 수상, 카피라이터로서 영광이죠!"'라는 제목의 인터넷 기사를 프린트한 게 있다. 기사에는 단상에 올라 상장과 꽃다발 들고 서 있는 단이의 사진도 있고... 놀란 기색 차마 숨기지 못하는 은호. 그런 은호를 보는 유선.

유 선   (비꼬는 투 아닌 건조한 투로) 쭉 읽어보면 알겠지만, 강단이 씨... SH광고 기업 공모전에 당선돼서 특채로 입사했대요. 그것도 대학 졸업도 전에. 정말 대단해요, 그죠?

은 호   ...

유 선   우리가 이번에 사람을 잘못 뽑은 것 같네요.

은 호   잘 뽑은 거 같은데요. 우리 회사에선 뽑기 힘든 인재라는 생각이 드는데.

유 선 왜 고졸로 들어왔을까요. 강단이 씨가. / 다른 데선 안 뽑으니까. /
       왜 안 뽑았을까요?

은 호 편견 때문이겠죠. 경력단절녀니까. 일하는 리듬을 놓쳤을 거라고
       생각했을 겁니다. 근데 강단이 씨가 그렇습니까? 아니잖아요.

유 선 혹시 알고 있었어요? 강단이 씨 진짜 스펙?

은 호 …

유 선 왜 놀라지 않지? 난 놀랍고 불쾌하던데.

은 호 왜 이게 불쾌하죠?

유 선 다른 목적으로 온 거니까. 지금도 마케팅 일 기웃거리잖아요.

은 호 우리 회사는 일 년에 한 번 부서이동을 지원할 수 있는 회삽니다.
       강단이 씨도,

유 선 (OL) 안 되죠. 강단이 씨는. 부서이동은 정규직한테만 주어진 기회
       니까.

은 호 (말문이 막히는)

유 선 강단이 씨를 마케팅 부서로 옮기려면 강단이 씨는 정규직이 먼저
       되어야겠죠. 정규직이 되려면 공정하게 다시 입사시험을 정직하게
       치러야 하는 거고.

은 호 강단이 씨는 업무능력이 뛰어난 직원입니다. 다른 방법이,

유 선 (OL) 한 직원의 사정을 봐주기 위해서 그때마다 회사의 인사규정
       을 바꿉니까? 우리 회사 직원이 160명인데? 그럴 거면 원칙과 규
       정이 왜 필요하죠?

은 호 (할 말이 없는데)

유 선 강단이 씨, 해고하세요. 편집장님. / 아니다. 계약직이니까, 계약해
       지라는 표현이 적당하겠네요.

은 호 !!!

S#36. 콘텐츠 개발부 (D)

- 은호, 이사실을 나와 콘텐츠 개발부로 걸어간다. 답답한데.. 저만치
  일하고 있는 단이가 눈에 들어온다. 속상한 은호인데.... 승진, 탕비
  실에서 나오며.

승 진   강단이 씨, 냉장고 비었던데 좀 채워줄래요?
단 이   네!
승 진   (슬쩍 웃으며) 유기농 쥬스로 좀.
송 이   (오며) 강단이 씨, 회의실에 의자 바퀴가 하나 떨어져 있어요.
단 이   넵!!! 제가 전부 해결하겠습니다!!
광 수   아, 강단이 씨! 회의실에 책 박스 갖다놨어요. 증정용 책 포장도 부
          탁해요!
단 이   (웃으며) 네! 책 포장까지 완벽하게 해결하겠습니다!

- 직원들, 단이의 씩씩하고 긍정적인 기운에 슬며시 웃는데.. 은호, 걱
  정으로 단이를 안쓰럽게 바라본다. 단이, 탕비실로 들어가려는데...
  마침 복사실에서 나오는 해린, 단이 보고.

해 린   강단이 씨! 종이가 떨어졌는데..
단 이   아, (복사실로 들어가며) 제가 채울게요.

- 은호의 안타까운 시선, 단이만 향하고 있다.

S#37. 탕비실 (D)

- 안으로 들어오는 단이. 냉장고 열어 안을 보는데... 각종 음료와 과
  일로 꽉 차 있다. 어라? 하며 다른 곳도 확인해보는데.. 곳곳마다 가
  지런히 꽉꽉 채워져 있다.

단 이	커피믹스 있고, 티백 있고, 초콜릿도.. 뭐야 다 있는데? 이상하다.. 비었다고 했는데.

– 문 열고 들어오는 광수.

단 이	배 과장님, 아까 이 과장님이 냉장고 비었다고 하셨잖아요.. 근데,
광 수	(OL) 아, 좀 전에 편집장님이 다 채우시던데..
단 이	!!!

S#38. 회의실 (D)

– 들어오는 단이. 의자들 하나씩 살피며.. 바퀴 고장 난 의자를 찾으려는데.. 저쪽에서 은호가 한쪽에 쪼그려 앉아 의자바퀴 고치고 있다. 둘이 눈 딱 마주치고.

단 이	편집장님. 뭐하세요?
은 호	(마무리하고 일어나서) 강단이 씨 바쁜 거 같아서. 고장 난 거 고치는 거, 좋아하기도 하고.
단 이	(픽 웃고) 고마운데.. 내가 다- 할 수 있어.

– 은호, 그런 단이 보며 웃다가.. 아래 놓여 있던 책 박스를 테이블 위로 올린다. 다섯 박스쯤.

단 이	하지 마. 여기 회사잖아. 괜히 사람들한테 오해 사.
은 호	(말없이 묵묵히 다섯 박스 다 테이블에 옮겨놓고)
단 이	(웃으며) 고마워..
은 호	(애써 웃으며 보는) 점심 챙겨 먹어, 강단이.
단 이	(은호 속도 모르고 웃으며) 응!

- 은호, 애써 웃어 보이고 나간다.. 은호가 고친 의자바퀴와 은호가 가져다놓은 책 박스를 보며 흐뭇하게 웃는 단이. 한 권씩 꺼내 씩씩하게 책 포장을 시작한다.

S#39. 회의실 앞 (D)

- 은호, 밖으로 나와 단이를 바라본다. 단이의 씩씩함이 마음 아프다.

S#40. 대표실 (D)

- 자리에 앉아 결재서류에 사인하고 있는 재민. 사인한 서류 옆으로 치워놓고 만년필 뚜껑을 닫으려는데 손이 삐끗해 만년필 뚜껑을 책상 아래로 떨어뜨린다. 책상 아래로 들어가 뚜껑을 줍는 재민인데... 책상 안쪽 구석에 떨어져 있는 낯익은 단추를 발견한다.

재 민   웬 단추가... (하다가 문득 떠오르는)

- 플래시백, 11부 4씬. 유선의 옷소매에서 달랑거리던 단추.
- 단추를 주워 보는 재민.

재 민   간당간당하다 싶더니 결국...

S#41. 겨루 출판사, 복도 (D)

- 대표실에서 나오는 재민. 그때 막 유선은 이사실로 들어가려다가 재민과 마주치고.

재 민	어, 고 이사님. 차 편집장이랑 설렁탕 먹기로 했는데 괜찮으면 같이,
유 선	(OL) 선약이 있어서요. 두 분이서 맛있게 드세요. (하고 들어가려는데)
재 민	잠깐만요, 고 이사님. (주머니에서 단추 꺼내 보여주며) 내 방에 이게 떨어져 있더라구요.
유 선	(받고 대충 주머니에) 고마워요. 점심 맛있게 드세요. (하고 안으로)
재 민	(보다가 가는)

S#42. 설렁탕집 (D)

– 설렁탕 맛있게 먹고 있는 재민. 하지만 마주 앉은 은호는 복잡한 얼굴로 먹는 둥 마는 둥이고.

은 호	(생각하다가) 청소년문학부에 하혜영 씨, 예전에 계약직 사원이었다가 정규직으로 전환되지 않았어요?
재 민	그게 전환이 아니고, 계약기간 끝나고 일 년인가 쉰 다음에 다시 입사시험을 친 거야.
은 호	(역시 그랬구나..)
은 호	그럼 정말 계약직이 정규직이 되기 위해선 다시 입사시험을 치르는 방법밖에 없는 거예요?
재 민	그럼. 우리 회사에 입사하려고 자격요건에 맞춰 공부하는 사람들도 있는데.
은 호	(유선의 말이 다 맞구나)
재 민	생전 니네 부서 일 말고는 관심도 없더니, 갑자기 그런 건 왜 물어?? (별 생각 없이) 드디어 니가 회사에 대한 애정이 생기는구나?
은 호	.....
재 민	니네 부서만 신경 쓰지 말고, 다른 부서 일도 신경 좀 써. 인사관리도 좀 배우고 재무회계 공부도 좀 하고. 나 더 늙으면 우리 회사 누가 맡냐?

은 호	회사 저한테 맡기시게요? 지금 주시면 안 됩니, (까?)
재 민	(OL, 손가락으로 머리 딱 한 대 때려버리고) 오냐오냐 하니까 내가 지 삼촌인줄 알아..
은 호	(쳇) 에이, 진짜... 제가 조카로 보이세요?

S#43. 은호의 차 안 (N)

- 은호 운전해간다. 가슴이 답답하다.. 신호등에 걸리면 횡단보도에 차 세우고, 전화기 버튼을 누른다. '김부강' 띄우고.

헤드헌터친구(E)	어, 차은호.. 웬일이냐. 작가님께서 전화를 다 주시고..
은 호	잘 지내지? / 뭣 좀 물어볼 일이 있어서... / 너, 다니는 회사가 헤드헌팅 업체랬지?
헤드헌터친구(E)	왜? 너 회사 옮기게? 어디로 옮기게?
은 호	나 말고 다른 사람. 이력서 하나 보낼 건데 검토해보고 전화 좀 줄래?

S#44. 동네 길 (N)

- 퇴근을 한 단이가 나태주 시집의 원고를 읽으며 걸어가고 있다.

S#45. 은호의 차 안 + 동네 거리 (N)

- 은호, 운전해가는데 그런 단이가 보이고.. 창을 열어서 단이 보며 서서히 운전해간다.

은 호	누나...! 강단이!!!
단 이	(소리에 멈추고 보는)

은 호	(타라고 고갯짓)
단 이	(환하게 웃으며 탄다)

– 은호가 단이를 태우고 운전해간다.

은 호	길 가다 그런 거 읽지 말랬지? 기억 안나? 누나 고등학교 때 그러다 육교 계단에서 넘어진 거. 그러고 보니 나 때문에 목숨 구했네. 내가 밑에서 탁 받았지.
단 이	난 너 구하느라 생명을 걸었어!! 차에 부딪혀서 팔다리가 다 부러졌다고! 그 정도는 되어야 목숨을 구했다고 하는 거야.
은 호	그러네.. 나 근데 누나한테 정말 해준 거 없다.. 그치?
단 이	넌 나한테 뭘 그렇게 자꾸 해주고 싶은데? 각자 알아서 사는 거야. 너무 그러지 마. 그럼 나 마음 무거워. (하고 다시 원고 펼치는데)
은 호	(손 뻗어서 방해하며) 보지 마.. 눈 나빠져.
단 이	이 시집 좋아. 출판하면 안 돼?
은 호	(웃음) 그럴까? 누나가 하라면 하구.
단 이	여기 되게 좋은 시가 있는데.. (하고 펼치면)
은 호	(다시 손 뻗어 방해하고) 보지 말라니까.
단 이	(책 내리고 밉지 않게 흘기는데)
은 호	나 봐. 나. 나 잘생겼지? 멋있지?
단 이	(까불어.. 웃고 만다)

S#46. 은호의 집, 거실 (N)

– 빈 거실. 은호의 방에서 일상복을 갈아입은 은호가 나온다. 밥통 열어보고, 밥이 없다. 싱크 밑에 열어보는데.. 쌀이 없고.

단 이	(방에서 일상복으로 갈아입고 나오는) 아, 맞다. 쌀.. 없다..
은 호	산다는 게 까먹었네..

단 이	나가서 사올까?
은 호	일단 오늘은 컵라면이나 먹자.. (위 싱크대 열어 컵라면 꺼내려는)
단 이	그럴까? (하는데)
은 호	(문득 멈추고 생각하다가 다시 컵라면 싱크대에 넣고, 돌아본다) 누나.. (웃는다)
단 이	?
은 호	(무슨 생각인지. 데이트 제안하는 느낌이라서.. 조금 쑥스럽게 웃다 가) 밖에.. 나가서 먹을까?
단 이	(알아들었다. 앗!) 밖에.. 어디..
은 호	어.. 남산 밑에.. 괜찮은 레스토랑이 있는데...
단 이	그럼 뭐.. 가볼까....
은 호	그럼 준비하고 나와.. 십 분 후에.. 여기서 보자..
단 이	어.. 십 분 후..

    – 각자의 방으로 흩어진다.

S#47. 단이의 방 + 은호의 방 + 거실 – 교차편집

은 호	(방에 뛰어 들어오며) 예쓰! 자연스러웠어!!!
단 이	(방에 들어와, 문에 등 대고, 휴우...) 남산 밑에 괜찮은 레스토랑.. (끄덕끄덕, 휙 거울 앞으로 이동. 얼른 거울에 얼굴 살핀다)
은 호	(일단 윗옷 훌렁 벗어 제치고, 장롱 문 열어보는 은호.. 옷들 살피는)
단 이	(역시 옷들 골라내서 거울에 대본다)
은 호	(이미 차려입었다. 그러나) 너무 대놓고 멋 부린 느낌이야.. (아닌 듯)
단 이	(거울로 본다) 자연스럽지 않아. (다시 장롱으로 후다닥)
은 호	흐.. 자연스러운 게 좋은데. (다른 옷들 대어본다)
단 이	그냥 밥 한 끼 먹는 거잖아.. 꾸민 듯 안 꾸민 듯.. (그래야 돼!)
은 호	(적당한 거. 이건가?) 별 신경 안 쓰고. 그냥 옷장 열자마자 탁- 찾 아서 입은 느낌... 그런 느낌이 왜 없지?

단 이	(옷 갈아입으며) 어떡해. 십 분이 다 됐어..
은 호	(결국 평소처럼 차려입고) 그래. 늘 보던 그 느낌.
단 이	데이트 아냐. 아무렇지도 않은 척- 그냥 밥 한 끼!
은 호	(휙, 가서 문에 귀를 대본다)
단 이	(역시)
은 호	십 분 지난 거 같은데? (문을 슬쩍 열어본다)

- 거실, 은호의 고개가 빼꼼 나온다. 단이 방 쪽을 본다. 아직 멀었나? 싶어서 다시 고개 넣고 문 닫히면, 단이의 방문이 슬쩍 열린다. 단이 역시 고개만 빼꼼 내밀고 은호 방 본다. 단이, "내가 먼저 나오는 건 좀 그런데.." (다시 문 닫힌다)
- 은호방, 단이방. 둘 다 문에 귀를 대고. 갸웃. 둘 다 시계를 올려다 본다..
- 어느 순간, 다시 염탐하려고 문 열었다가.. 빼꼼 고개 내민 채 서로를 딱 보는 둘... 어쩔 수 없이 나온다.. 쭈뼛거리며 서로를 보며 웃는 둘..

S#48. 은호의 집 앞 (N)

- 은호, 나와서 조수석 문 열어주고. 단이 예쁘게 웃으며 차에 오르고. 은호, 운전대로 오르는 것 설레는 얼굴로 보는 단이. 은호, 운전석에 탄다.

단 이	(그제서야) 어. 셔츠..
은 호	(단이가 사준 셔츠) 두 번째 입는 거거든?
단 이	알거든? / 모르는 척한 거거든?
은 호	왜 모르는 척했는데. / 아... 내 선물 사놓고 숨겨놓은 게 부끄러워서?
단 이	(치..)
은 호	(단이 쪽으로 다가가는) 아직도 내가 동생으로 보여?

단 이	.....
은 호	내가 누나 마음이 나한테 올 때까지 그 마음을 누나 스스로 알 때까지 기다리려고 했거든? 근데 안 되겠다. 강단이는 바보라서. 가르쳐 줄게. / 너, 나 좋아해.
단 이	.....
은 호	(쓱 더 깊게 다가가는)
단 이	(앗, 긴장하는데)
은 호	(상투적으로 안전벨트...)

S#49. 남산 어디쯤 (N)

- 은호의 차가 오르고 있다.

S#50. 어느 레스토랑 (N)

- 식사 중인 단이와 은호. 막 연애를 시작한 연인처럼. 눈만 마주치면 웃고..

은 호	예쁘다.
단 이	(그 말에 긴장. 그러나 이내, 으쓱) 원래 내가 좀 예쁜 편이야..
은 호	누나 말고 목걸이. 내가 참 잘 골랐어.

- 단이의 목에 걸려 있는 목걸이가 반짝 빛이 난다. 단이가 은호를 노려본다. 은호가 웃는다.

은 호	밥 먹고 영화 보러 가자.
단 이	(끄덕끄덕)

S#51. 영화관 (N)

- 팝콘 가운데 두고.. 영화를 보는 은호와 단이. 가끔 설레는 느낌으로 서로를 보면서.
- 은호, 조심스럽게 가운데 팝콘을 빼내 다른 쪽으로 옮긴다. 단이, 의식하지만 모른 척.. 은호가 팔걸이를 뒤로 올린다. 단이.. 또 모른 척.. 은호가 단이의 손을 잡는다. 단이, 잡힌 채 가만 있는다.. 은호가 그런 단이를 보며 싱긋 웃는다.
- 단이가 은호의 손을 펼친다. 은호가 응? 하고 단이를 본다. 단이가 은호의 손에 무언가를 적는다. 은호가 그걸 읽어낸다. '나' '너' '랑' '손'까지 읽어낸 은호가 갸웃, 뭐지? 싶은데.
- 은호가 무슨 뜻이지? 하는 순간.

단이(E)   나, 너랑 손잡는 거 좋아!

- 단이와 은호가 마주 보고 웃는다.

은호(E)   (단이 손바닥에 글씨를 쓰며) 그럼 이건?
단 이   ?
은 호   (단이 손을 다시 잡고 손등에 입을 쪽 맞춘다)
단이(E)   이건 더 좋아.
은호(E)   (그런 단이 예쁘게 보고 웃다가) 그럼 누나가 더 좋아할 만한 걸 내가 또 찾아볼게.

- 단이가 부끄러운 듯, 은호를 툭 친다. 둘이 웃는다.

단이(E)   차은호..
은 호   (단이를 본다)

- 플래시백, 10부 엔딩 입맞춤.

단이(E)	생각해보니까 그날의 입맞춤도 좋았어.

− 그 말에 은호가 활짝 웃는다. 둘이 웃으면서 영화화면 쪽을 보면..
화면이 A4용지로 바뀐다. 그 위에 아래와 같은 글이 쓰어 있다.

〈첫 데이트〉•
어느 늦은 밤. 여자와 남자는 저녁을 먹고 영화관에 갔다.
여자가 남자의 손에 글을 쓰기 시작했다.
"나, 너랑 손잡는 거 좋아!"
이번엔 남자가 여자의 손에 글을 썼다. "그럼 이건?"
그렇게 묻고 남자는 여자의 손등에 입을 맞췄다.
여자가 말했다. "이건 더 좋아."
남자가 다시 말했다.
"그럼 누나가 더 좋아할 만한 걸 내가 또 찾아볼게."
여자가 부끄러운 듯 남자를 툭 치며 다시 말했다.
"생각해보니까 그날의 입맞춤도 좋았어!"

− 단이와 은호가 그 화면을 보며, 웃는다. 그 위로..

은호(E)	강단이, 저 글의 제목은 뭐가 좋을까? 음... '첫 데이트' 정도면 될까?

− 화면의 문장들 맨 위에 첫 데이트라고 적힌다.
− 단이가 은호에게 고개를 끄덕인다. 그 위로,

단이(E)	저 제목 마음에 들어.

− 다시 마주 보고 웃는 그런 둘에서.

• 제목은 은호와 단이의 제목 관련 대사가 나간 후에 맨 마지막에 붙여주세요.

S#52. 은호의 집 앞 (N)

– 차에서 내리는 은호와 단이. 둘이서 장을 봐 왔는지.. 마트 봉투와 쌀 봉지.. 차에서 꺼내고.. 집으로 들어간다.

S#53. 은호의 집, 주방 (N)

– 마트 봉지 풀어서, 냉장고에 넣거나 싱크대에 넣거나 하는 둘인데..

단 이	참.. 지서준 씨, 계약서 봤는데.. 되게 웃기다? 생일이 4월 23일이야.
은 호	(무심히) 그게 뭐..
단 이	바보. 딱 떠오르는 거 없어?
은 호	(응?)
단 이	강 선생님 마지막 소설 제목이 '4월 23'이잖아.
은 호	!!!
단 이	신기하지? 지서준 씨 우리 회사랑 인연이 있나봐. 그치?

– 은호, 문득 떠오른다. 앞 씬.

은 호	(OL) 번호요.
서 준	0423이요.

– 이제야 떠올리고 멍해지는 은호고..

S#54. 서준의 집 앞 (N)

– 서준, 금비랑 밤 산책 한 느낌.. 계단 올라와 웃는 얼굴로 비밀번호 누른다. 0423, 누르고 안으로. "들어가자, 금비야. 우리 금비, 추웠지?" 정도..

S#55. 은호의 집, 다락방 (N)

   – 은호, 구석에 숨겨져 있던 오래된 박스˙들을 꺼낸다. 그중에 육필원
고 하나를 꺼낸다. 소설의 첫 장으로 쓴 것인듯... 남자 필체로 〈푸른
밤〉이라고 적혀 있고, 그걸 엑스자로 긋고 빨간 사인펜으로 〈4월
23일〉이라고 수정한 흔적. 그 원고를 보는 은호의 위로,

단이(E)   참.. 지서준 씨, 계약서 봤는데.. 되게 웃기다? 생일이 4월 23일이야.

   – 플래시백, 4부 46씬.

은 호   강 작가님 팬인가 본데. 팬이라면 더 잘 알겠지. 절필선언문은 자필
이었고, 누구에게나 잊힐 권리가 있어. 그분은 그걸 원했던 거고.

서 준   그래서. 실종입니까, 감금입니까.

   – 다시 제목을 보는 은호에서..

S#56. 서준의 집, 거실 (N)

   – 서준, 들어와 금비 목줄을 풀어주고.. 비밀의 방 앞으로 간다. 다시
비밀의 방 버튼을 누른다. 이번에도 0423이다. 열렸다가 서준이 안
으로 사라지고..

   – 도어록 잠기는 소리와 함께.. 닫히는 비밀의 방에서, 12부 엔딩!

  ˙ 라면박스 다섯 개 정도의 분량이면 될 것 같습니다. 강병준의 육필원고, 일기, 등등을 은호가 보관하고 있
는 설정입니다.

📖 겨루 사내 기획 아이디어 공모전 'TOP(Tomorrow of Passion)'

공모 취지

- 창의적이고 열정적인 기획 아이디어를 제안 받아, 독창성·실현 가능성·사업성을 평가하여, '도서출판 겨루'의 우수한 출판 콘텐츠로 출간할 수 있는 아이템을 발굴한다.
- 담당 업무 및 부서 제한 없이 '도서출판 겨루'의 구성원들 누구나 경계 없이 다양한 아이디어를 제안하고, 기획에 참여하는 조직 문화 형성을 지향한다.

공모 주제

- 장르 무관

공모 자격

- '도서출판 겨루'의 모든 직원들 (부서 무관, 직책 무관)

응모방법

- '도서출판 겨루' 홈페이지에서 참가신청서 다운로드 → 이메일 (NEWIDEA@gyeoroo.co.kr)로 참가신청서 및 구비서류 제출

- 공정성을 위해 모든 서류에는 개인정보를 기재하지 아니하며, 참가신청서 다운 시 자동 지급되는 참가지원번호를 구비서류에 적어 제출. (이름, 전화 번호 등 개인정보 작성 시 심사에서 제외됩니다.)

응모기간
- 2019년 ~ (한 달 정도의 기간)

시상내역
- 상금 500만 원
- 선정된 아이디어가 개발·출간될 때까지 적극 지원

문의
- 공모전 전담팀은 창립멤버로 구성

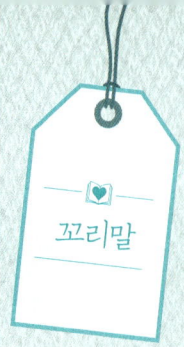

남산 데이트 전 단이를 보고 어색하게 웃는 은호 (47씬)

사실은 더 근사한 방법으로 하고 싶었다.

오랫동안 담아온 고백도, 첫 데이트 신청도.

하지만 강단이는 항상 내 예상을 가뿐히 넘어서버린다.

겨우 밥 한 끼 밖에서 먹자는 말도 이렇게 설레는 이벤트로 만들어버린다.

남산 데이트 전 은호를 어색하게 보는 단이 (47씬)

그동안 어떻게 은호와 손을 잡아왔던 걸까?

어떻게 은호와 나란히 어깨를 맞댄 채 걷고,

아무렇지 않게 웃을 수 있었던 걸까?

시선이 마주치는 것만으로도 이렇게나 떨리는데.

숨기기 힘들 정도로 이렇게나 좋은데.

공원에서 즐겁게 웃는 단이와 은호 (15씬)

"니가 내 옆에 있어서 다행이야!"

우리 사이에 그 말보다 더 애틋한 말이 있을까.

이미 지나온 시간에도, 지금 이 순간에도, 앞으로 살아나갈 시간에도,

서로가 서로의 옆에 있을 거라는 사실.

그 사실이 나를 평생 설렘 속에 살게 만든다.

집으로 걸어가다 은호를 보고 웃는 단이 (45씬)

언제든 내 이름을 불러주는 누군가가 있다는 것.

언제든 내가 이름을 불렀을 때 나를 돌아보며 웃어주는 사람이 있다는 것.

그 단순하고도 소박한 관계가 사실은 가장 얻기 힘든 관계라는 걸 안다.

이런 기적 같은 일이 내 옆에 있다니 놀랍다.

단이의 어깨를 잡아주는 은호의 손 (38씬)

살아가면서 우리는 종종 넘어가기 힘든 인생의 허들을 만난다.

그 허들을 넘어가게 만드는 건 거창한 것이 아니다.

넌 할 수 있다고 외치는 다정한 사람들의 응원.

어떤 결과에 이르더라도 넌 잘 해낼 거라며 믿음을 실어주는 손길.

결국 우리는 서로의 사랑을 발판 삼아

각자의 허들을 넘어갈 힘을 얻게 되는 것이다.

단이를 안타깝게 보는 은호 (39씬)

강단이가 상처받지 않았으면 좋겠다. 상처받더라도 힘내.

내가 옆에서 이렇게 내내 보고 있었어!

이렇게 계속 보고 있을 거고.

함께 붕어빵을 사먹는 은호와 단이 (17씬)

그날 밤, 우리는 내내 손을 잡고 걸었다.

붕어빵 하나를 한손으로 나눠먹으며 아주 불편하게.

이제야 꼭 들어맞는 내 잃어버린 조각을 찾았다는 듯이,

처음부터 떨어져 본 적이 없는 한 몸이었다는 듯이.

평범하지만 로맨틱한 밤.

13부

나 때문에
마음 아팠지?

S#1. 어느 카페 (D)

　　　　　- 은호의 헤드헌터 친구가 단이의 이력서를 보고 있다. 맞은편엔 은호.

헤드헌터　　　스펙은 더할 나위 없이 좋은데... (안타깝다.. 이력서 은호에게 쭉 밀
　　　　　　며) 근데 이런 이력서 우리도 업체에 못 내밀어.

은 호　　　　좋다면서 왜?

헤드헌터　　　경단녀잖아. 칠 년을 놀았어. 광고회사 얼마나 팽팽 빠르게 돌아가
　　　　　　는지 몰라?

은 호　　　　(할 말 없고, 생각하다가) 경력직 채용공고들 보면... 일단 경력만
　　　　　　있으면 다 지원할 수 있게 돼 있잖아. 네가 면접만이라도 볼 수 있
　　　　　　는 곳을 추려주면,

헤드헌터　　　(OL) 차별이고 불법이니까 채용공고에 안 쓸 뿐이야. 일단 다 받아
　　　　　　놓고 서류에서 거르는 거야. 면접까지 절대 못 가.

S#2. 어느 회사 로비 (D) - 다른 날

　　　　　- 은호, 대기업 부장쯤으로 보이는 선배 앞에 앉아 있다. 선배, 단이
　　　　　　이력서 앞에 놓고 있고.

은 호　　　　칠 년 쉬었지만, 적응 기간 길어봤자 삼개월이에요, 선배. / 회사 옮

	기면 누구든 그 정도는 걸리구요.
남선배	야. 우린 뭐 안 뽑아봤겠냐? 이런 여자 뽑으면 사내 분위기 엉망돼! 직급을 뭘로 줄 거야? 칠 년을 놀았는데 팀장을 줘, 부장을 줘? / 애매하잖아! 이런 여잘 뽑아서 어떻게 평사원처럼 막 굴리냐?
은 호	그럼 선배네 회사보다 작은 조직이라도 어디 소개해줄,
남선배	(OL, 정신 차려! 이력서 두드리며) 그냥 밥이나 한 끼 사멕이고 파이팅이나 외쳐줘. 이 여자 전에 하던 일, 못해!! 상시채용 기다리는 이력서만 백 장이 넘는데.
은 호	(속상하다)

S#3. 편집숍 (D) - 다른 날

– 은호, 건성으로 여러 개의 옷들 턱턱 꺼내어 옆에 있는 고태용과 직원에게 건넨다. 다 사겠다는 느낌.

고태용	다 사게? 안 입어봐도 돼?
은 호	(하나 더 올려놓고) 여기까지.
은 호	(잠깐 생각하다가 말 꺼내는) 근데 형.. 부탁이 있어. 마케팅팀 직원 하나 뽑아라.
고태용	(황당해서 보며) 어???
은 호	(가방에서 이력서 꺼내 내밀며) 필요 없어도 나 봐서 좀 뽑아.
고태용	(얼결에 받아서 이력서 보다가) 야, 우리 회사 패션회사잖아. 같은 마케팅이라고 다 똑같은 줄 알어...?
은 호	그냥 뽑아. 일이야 배우면 되는 거고. 캐리어도 능력도 형 회사에 차고도 넘치는 사람이야.
고태용	애가 우리 회사를 뭘루 보고...
은 호	아, 몰라. 부탁 안 들어주면 (계산대 가리키며) 저것들 다 안 살 거야.

– 직원들 계산대에서 은호가 고른 옷을 포장하다가 놀라서 본다.

은 호	다 안 사!!!
고태용	(황당) 이게 뭘 잘못 먹었나... 야 임마, 말이 되는 부탁을 해야지..
은 호	(이력서 뺏으며) 됐어. 관둬. (입은 옷) 이 옷도 내일 다시 퀵으로 되돌려 보낼 거야. 내가 다시 이 샵 오나봐라. (입구로)
고태용	미친... 쟤 왜 저래..
은 호	(문고리 잡았다가 화가 치밀어 오르는지 다시 돌아와 고태용 앞으로 와서, 따지듯이) 이게 말이 돼? 남들보다 열심히 공부했고, 능력 있고, 누구보다도 뜨겁게 일하는데! 이 큰 도시에 일할 자리 하나 없다는 게, 말이 되냐고!!!
고태용	(겁먹어서) 왜 나한테 그래...

S#4. 은호의 차 안 (D)

- 은호 운전하며 간다. 마음 착잡하다.

S#5. 서준의 집, 거실 (D)

- 서준이 청소를 한다. 핸드폰 벨 울린다. 보면, '빨간점순이'다.
- 플래시백, 12부 30씬. 좀비 같은 몰골로 서 있던 해린. 엉망으로 헝 클어져 떡진 머리, 번진 화장.. 거기다 온 얼굴에 빨간 두드러기!!
- 그런 해린 떠올리고 단호하게 전화를 거절하는 서준.

서 준	(핸드폰 노려보며, 혼잣말) 전화하지 마. 송해린. 나, 니 친구 아니야.

S#6. 은호의 차 안 (D)

- 은호, 운전 중인데. 해린의 전화가 걸려온다. 은호, 귀찮은 듯 보다

가 거절한다.

은 호   (역시 핸드폰 보며 혼잣말) 당분간 피하고 싶다, 송해린.

            – 하는데, 문자가 뜬다. 해린이다.

해린(E)   선배. 나, 지금 선배 동네야. 그날 술 마시고 지서준한테 민폐 끼친
            게 미안해서, 사과라도 할려고 하는데 전화를 안 받아.

S#7. 어느 식당 앞 (D)

            – 원테이블 식당 앞에서 조그만 케이크 상자 들고 서 있는 해린.

해 린   아, 분명히 이 식당을 나와서. (갸웃) 저쪽으로 갔나? 이쪽이었나?
            (방향을 모르겠는데) 잠까지 잔 집인데 왜 기억이 안 나지? 계약서
            에 집주소가 있었을 텐데, 그거라도 확인하고 올걸..

            – 하는데, 핸드폰 메시지 알람 울리고 보는 해린.

은호(E)   송해린 대리. 지서준 작가 니 친구 아니고 업무 파트너야. 그날 보
            통 민폐를 끼쳤어야지! 내가 지서준 작가라도 너 안 본다.
은호(E)   지서준한테 제대로 사과해. 아직 우리랑 계약, 네 권이나 남았어.

            – 문자 확인한 해린, 기가 팍 죽는다. 울상 지으며 속상한데.. 다시 핸
            드폰 알람. 이번엔 지서준이다.

서준(E)   이불 빨래했습니다. 어떤 여자가 집에 와서 씻지도 않고 자서요.

S#8. 서준의 집, 침실 (D)

    – 서준이 침대 커버와 이불을 다시 베딩한다. 그 위로,

서준(E)   빨래를 해도 노가리와 한치 냄새가 빠지지 않습니다! 밤새 그걸 주머니에 넣고 잤습니까?

S#9. 어느 식당 앞 (D)

    – 울상이 되어 메시지 확인하고 있는 해린.

서준(E)   당분간 그 여자 전화는 안 받고 싶네요. 일하고 관련된 건 메일로 보내주시면, 답변 드리겠습니다.

해 린   (핸드폰 내리고 막막하게 동네를 둘러본다) 아.. 두 남자가 다 나를 싫어해.. (서럽다) 인생, 외롭다, 외로워... (후..)

S#10. 서준의 집, 침실 (D)

    – 청소 마무리하고 청소기 가지고 나가려는 서준인데, 해린으로부터 또 메시지 온다.

해린(E)   사과 드리려고 케익도 사왔는데. 그날은 정말 죄송했었습니다.
서준(E)   (흥! 문자 찍으며) 사과도 됐고요. 앞으로 내 앞에 나타나지 마세요.

S#11. 어느 식당 앞 (D)

- 해린, 서준의 메시지 확인하는데 또 도착하는 메시지.

서준(E)　　마지막으로 질문 하나 하겠습니다. 남자한테 차여서 술버릇이 그렇게 나빠진 겁니까? 아니면, 술버릇이 나빠 차인 겁니까?

- 해린, 부글부글, 돌 거 같다.

해　린　　아니라고. 아니라고! 나 원래 엄청 괜찮은 여자라고!!!

S#12. 은호의 집 앞 (D)

- 은호 차가 와서 선다. 은호, 시동 꺼놓고 집 쪽을 본다.

- 플래시백, 2부 9씬.

단　이　　(OL, 단호) 일 년 동안 경력직 구하는 덴 다 지원했어. 오십 번이나 면접 봤어. 신입사원 열 명 뽑으면 경단녀는 아예 안 뽑아!
단　이　　(OL, 눈가 젖어서) 나.. 그럼 계속 이렇게 살아?
단　이　　팔십까지 산다 치면 내 인생 이제 겨우 절반 왔는데.. 나, 계속 이렇게 살아??
- 그랬던 단이 떠올리는 은호.. 직장 구하는 내내 이런 기분이었겠구나, 마음이 아프다.

- 다시 플래시백, 12부 35씬.
유　선　　강단이 씨, 해고하세요. 편집장님. / 아니다. 계약직이니까, 계약해지라는 표현이 적당하겠네요.
- 은호, 집 건물 올려다보며 복잡한 마음인데...

S#13. 은호의 집, 서재 (D)

- 단이 거실에 노트북 펼쳐놓고 출판기획 관련된 책들과 스크랩 등등 늘어놓았다. 한쪽엔 〈겨루 사내 기획 아이디어 공모전 'TOP (Tomorrow of Passion)'〉 인쇄물도 보이고. 노트 만드는 단이. 각종 자료들 풀로 붙여도 놓고.. 은호, 마트 장바구니 들고 들어와 식탁 위에 올려놓으며..

은 호   뭐해?

단 이   사내 아이디어 공모전에 나도 도전할려구.

은 호   (아.. 어떡하지..? 하고 다가간다)

단 이   (그런 은호 마음 모른 채, 웃는) 아이디어 좀 줘봐.

은 호   (귀엽다는 듯 웃고) 그 귀한 걸 그저 달라고?

단 이   그럼 뭘 해야 하는데?

은 호   (볼 톡톡 두드리고. 입 맞추라고)

단 이   으휴... (하시만 볼에 쪽 입 맞추고)

은 호   아냐. 아냐. 성의가 없었어. 다시! (다른 볼 톡톡)

단 이   (웃고, 장난처럼 다른 볼에 쪽 입 맞추는데)

은 호   너무 약했어. 찐하게 제대로.

단 이   (입술에 쪽)

은 호   음... 전반적으로 좋았는데.. 사알~짝.. 아쉽네. (턱 괴며 단이 쪽으로 얼굴 들이밀며) 이렇게밖에 못해? (장난으로.. 그윽하게 본다)

단 이   (OL, 볼펜으로 톡 이마 때리며) 아이디어나 달라니까.

은 호   강단이.. 나 심사위원이야. 창립멤버. 공정해야지, 심사위원이.

단 이   (흘기고 쳇)

은 호   (노트 당겨서 넘겨본다) 만약에 내가 강단이라면..

단 이   (보는)

은 호   지금 당장 반짝 인기 있는 책보다, 오래오래 사람들이 기억하고 찾아보는 책으로 기획하겠어. 그래서 회사에도 효자 노릇하면 좋고. (단이 보며) 좀 폭 넓게 생각을 해봐. (웃는)

단 이	(턱 괴고 은호 보며) 역시 차은호. (잠깐 사랑스럽게 올려다보다가) 근데 어렵다.. 뭘루 하지?
은 호	(그런 단이를 다시 안됐게 본다)
단 이	(은호 마음 모른 채.. 노트 넘겨보며 일에 열중하고)
은 호	일 년 전에..
단 이	(멈추고 보는)
은 호	안 힘들었어? 직장 구하러 다닐 때.. / 오십 번이나 면접 봤다구 했잖아.
단 이	(가볍게) 힘들었지, 당연히. 이력서 들고 종종거리면서 빌딩 숲 사이를 막 뛰어다니는데... 엄청 서러운 거야. 이 빌딩에 책상이 몇 갠데... 나 하나 앉을 책상이 없나... 나 되게 열심히 살았는데... 막 억울하기도 하고...
은 호	(그 마음 이젠 너무 잘 알겠다...)
단 이	통장에 돈은 팍팍 줄어들지, 죽어라 뛰어다녀도 취직은 안 되지...
은 호	(웃는 단이가 더 마음 아프고) 그때 왜 나한테 안 왔어...
단 이	니가 알아봐야 마음만 아프니까...
은 호	그래도 같이 아팠으면 좋았잖아...
단 이	갑자기 일 년 전 이야긴 왜 해? 다 지나간 일인데. 지금은 취직도 하고 회사도 잘 다니고 있잖아. (장난스레 보며) 남친도 생겼고.

    – 은호가 단이의 손을 당겨 잡는다. 단이, 왜 이러지? 보는. 은호, 말없이 손을 쓸다가..

은 호	그때... 아무것도 몰라서 미안해...
단 이	(조금 이상한) 무슨 일 있어?
은 호	(애써 웃고) 아니야. 그냥.. 생각나서.
단 이	(치.. 하고 웃다가 문득) 근데, 나 이거 공모전, 도전하는 거 괜찮겠지? / 계약직인데 오버하는 거 아니지, 그치?
은 호	아냐. 누나하고 싶은 거 다 해봐. 괜찮아. 근데 스터디 안 가?
단 이	응?

은 호	신입들끼리 모여서 스터디 한다며. 어제 오지율 씨가 그러던데?!
단 이	(그제야 놀라 시계 보며) 맞다!! 어떡해, 나 늦었어! 준비하고 나가야 돼!! (노트북 등등) 이거 다 어떡하지?
은 호	얼른 준비나 해. 여긴 내가 챙길게.
단 이	알았어! (후다닥 방으로 달려가고)
은 호	(그런 단이 지켜보다가 가방에 노트북이며 책이며 정리해서 넣기 시작하는)

S#14. 단이의 방 (D)

  - 옷 갈아입고 거울 보고 마무리하려는데, 노크 소리 들린다. 보면 단이 노트북 가방 들고 들어오는 은호.

은 호	준비 다 했어?
단 이	응! 가방 고마워.. (가방 챙기는데)
은 호	(보다가) 아닌데. 아직 준비 덜 된 거 같은데?
단 이	어? 뭐가??
은 호	(가까이 다가와서) 눈 감아봐.
단 이	(살짝 긴장해서) 왜? 뭐하려구...?
은 호	(미소) 감으라면 좀 감지?

  - 단이, 의아해하면서도 순하게 눈 감는다. 그런 단이 보며 웃은 은호, 주머니에서 작은 상자 하나 꺼내 열면, 귀걸이다. 귀걸이 꺼내 직접 달아주려고 단이 귓불 만지는 은호.

단 이	(간지러움에 살짝 움츠리면서도 눈 감은 채) 뭐야아... 귀걸이야?
은 호	가만 있어봐... (귀걸이 해주고, 어깨 잡아 거울 앞으로 단이 바로 세우는)

- 단이, 거울 보면 귀에 달려 있는 귀걸이가 보이고. 은호, 백허그.

은 호　　낮에 아는 선배 만나러 나갔다가 생각이 나서. (거울 앞으로) 마음에 들어?

단 이　　응. (귀걸이 보며 장난스레) 딱 나 같은 거 골라왔네. 나도 요즘 예쁘게 피어나는 중이잖아.

은 호　　(그대로 백허그한 채 거울 보며) 그러네.

단 이　　(귀걸이) 잘 골랐다.

은 호　　청소하고 빨래해놓을게. 근데, 이따 밤에 집에 오면 나 없다..

단 이　　(거울 속 은호 보며) 어디 가는데?

은 호　　(가볍게) 음... 비밀? (하며 더 깊게 백허그하고)

S#15. 어느 카페 (D)

- 신입 삼인방, 모여 앉았다. 각자 노트북 앞에 놓고. 다들 비장한 느낌이다.

훈　　　　우리가 이렇게 모이게 된 건 다 겨루 사내 기획 아이디어 공모전, 티오피! (버터발음) 투모로우 오브 퓌션!! 때문 아닙니까? 그렇다는 건, 오늘날 우리가 이 자리에 함께 모여 있지만... 결국은 서로가 꺾어야 할 경쟁자라는 뜻이죠!

지 율　　(끄덕끄덕) 그치! 난 상금 오백만 원, 그거 꼭 타야 돼!

단 이　　자료는 공유하되 서로의 아이디어는 터치하지 않기로 하죠!!

훈　　　　오, 노노노- 자료도 안돼요. 자료는 곧 내 재산이니까!!

지 율　　(치-! 하며 노트와 노트북 감싸고) 나도 자료 많다, 뭐.

단 이　　오케이. 테이블엔 같이 앉았지만, 각자 일하는 걸로!

- 셋, 고개 끄덕이며 웃는다.
- 각자 노트북으로 작업하고 있는 신입 삼인방. 셋, 경쟁하는 느낌.

- 자료를 보던 단이가 열심히 작업하는 훈과 지율을 살피고. 지율 역시 노트 메모를 보면서 훈과 단이를 살피고. 훈도 지율과 단이를 번갈아 보는.
- 지율, 슬쩍 일어나 화장실 가는 척 하며 단이의 노트북을 뒤에서 보려는. 단이 얼른 가리고 웃는. 치, 하고 가는 지율이고.
- 일각, 물을 따르는 지율. 가지고 오며 몰래 훈의 뒤에서 훈의 노트북을 본다. 얼른 노트북을 덮는 훈.

지 율	에이, 별거 없고만 너무들 하시네. 사실 난 이미 아이디어 정했어요!
훈,단이	(동시에) 정말? / 정말이요?
지 율	그러니까 내 스터디 노트는 두 사람을 위해 오픈할게요!

- 하며 노트를 준다. 훈과 단이 놀라서 함께 보는. 몇 장 넘겨보던 훈과 단이. 실망..

단 이	이거 일 번 아이템 이미 나온 거잖아요...
훈	이거 이 번 , 삼 번 아이템도 다 책으로 나온 건데?
지 율	진짜?? 그럴 리가 없는데...
단 이	이미 정했다는 그 기획 아이템은 뭐에요?
훈	듣고 바로 머릿속에서 지울게.
지 율	(고민하다가 주위 둘러보고 단이와 훈에게 귓속말)
훈	(그럴 줄 알았다) 그것도 이미 책으로 나왔잖아!!
단 이	그것도 우리 출판사에서요!!!
지 율	말도 안 돼!!!
훈	넌 우리 없으면 어쩔래?! 으이구!! (자료 탁 꺼내서 주며) 여태까지 우리 회사 공모전에서 당선돼서 책으로 나온 자료들 정리한 거야. 이것부터 읽어!!
단 이	(파일 주며) 그동안 출판된 책들 연도별로 자료 정리한 거예요. 이것도 읽어봐요.

- 부랴부랴 훈과 단이가 준 자료를 읽기 시작하는 지율. 그런 지율을 못 말리겠다는 듯 보던 훈과 단이... 귀엽다는 듯이 웃고.

S#16. 은호의 집, 주방 (N)

- 덮개로 덮어놓은 잘 차려진 저녁상. 그 옆에 메모. 단이 덮개 열어 본다. 메모는 은호 글씨.

은호(E) 청소, 빨래 다 했고, 일주일치 마트 장도 봐놨어. 국은 렌지 위에 있으니 데워 먹어. 요리책 보고 끓였는데 맛있을지 모르겠다. 그리고 잘 자. (하트) 은호.

- 렌지에 올려져 있는 냄비 한번 열어보고, 불 키는 단이.

단 이 어딜 가는 거지? (갸웃) 이상해. 그러고 보니 자주 안 들어왔어.. 또 가평엘 가는 건가??

S#17. 가평 별장, 외경 (N)

S#18. 가평 별장, 강병준의 방 (N)

- 침대에 의식을 잃고 누워 있는 강병준과 그런 강병준을 진찰하고 있는 의사*. 지켜보고 있는 재민과 은호, 표정이 어둡다.

* 10부 11씬에 나온 강병준의 친구.

의 사	폐렴으로 인한 고열이야.
재 민	또 말입니까? 나은 지 얼마나 되셨다고...
의 사	지금 이 친구 상태에서 나아지는 건 없어. 겨우 겨우 고비만 넘기는 거야. 면역력이 약해질 대로 약해져 있으니... 합병증도 점점 심해지고 있고... (안됐게 재민과 은호를 보며) 이만하면 오래 버틴 거야. 마음의 준비를 해두게...

- 서글프게 누운 강병준 보다가 챙겨서 나가는 의사. 재민, 걱정으로 은호를 보는데... 은호, 절망스러운 얼굴로 강병준을 보며 툭, 눈물을 흘린다.

재 민	(은호의 등을 쓸며 위로하는) 걱정 마. 선생님 보낼 준비 하란 소리 한두 번 듣냐? 이번에도 선생님 잘 넘기실 거야.
은 호	그게 아니라... / 제가... 잘한 거였는지.. 그걸 모르겠어요...
재 민	....
은 호	그때 다른 선택이 있었을 수도 있는데... 이대로 보내는 게 맞는지.. 그걸 모르겠어요.. 대표님.. 이대로 보내는 게 맞는지, 이대로 세상에서 잊히는 게 맞는지... 그때 그 약속을 지키는 게 맞는지.. (강병준 보며) 제발.. 말씀 좀 해주세요, 선생님.. 저 잘했다고. 잘하고 있다고.. 이게 맞다구요..

- 재민, 흐느끼는 은호의 등을 쓸어주며..... F.O.

S#19. 콘텐츠 개발부 (D)

- 외출했다가 들어오는 영아. 직원들은 없고 단이만 해린의 책상 앞에서 서준의 계약서 사진을 찍고 있다.

영 아	왜 아무도 없어?

단 이	(찍은 사진 해린에게 보내며) 점심시간이잖아.
영 아	친구는 뭐 하는데?
단 이	송 대리님 오늘 월차. 지서준 계약서 좀 보내달래서.
영 아	그럼 우리 친구 점심 아직 안 먹었겠네?
단 이	(웃고) 안 먹었으면 같이 먹을까?
영 아	일단, 투표부터 하고. (주머니에서 메모 꺼내서 저금통에 넣는)
단 이	동그라미?
영 아	글쎄?? (웃는)

S#20. 서준의 집, 근처 (D)

– 해린이 계약서 사진을 보고 주소를 찾아간다.

S#21. 지서준의 집, 현관 + 앞 (D)

– 스케치북 들고 심호흡하는 해린. 문에 귀를 대어 본다..
– 안에서 금비의 목줄을 매고 있는 서준.
– 벨을 누른다.
– 누구지? 하고 돌아보는 서준이고.
– 해린, 얼른 계단 밑으로 도망가서 기다린다.
– 서준, 문 앞에서 '뭐지? 잘못 들었나..? 산책 가자, 금비야..' 하고 데리고 내려가는데.
– 모퉁이 어디쯤 숨었다가.. 짠하고 나타나는 해린.
– '러브액츄얼리 OST'가 시작된다. 서준, 그런 해린을 황당하게 보는데... 해린, 아랑곳 하지 않고 들고 있는 스케치북을 음악에 맞춰 한 장씩 넘긴다.

해린(E)	괜찮아요? 그날 많이 놀랐죠?

해린(E)	전 괜찮아졌답니다! (보란 듯이 알러지 사라진 얼굴 꽃받침 해 보이고)
해린(E)	전화 안 받고 싶다고 하셔서 직접 찾아왔어요.
해린(E)	꼭 드릴 말씀이 있어서요.
해린(E)	저 그날 부로 술 끊었어요, 작가님!
해린(E)	그러니까 그만 화 풀어주세요. (우는 그림)
해린(E)	To Me, You Are Perfect (하트) 지 작가님은 저에게 가장 완벽한 북디자이너랍니다!

– 해린, 스케치북 든 채 활짝 웃어 보이는데... 어처구니없다는 듯 지켜보던 서준, 해린을 지나쳐서 금비 데리고 가버린다.

서 준	(고개 절레절레 저으며) 진짜 이상한 여자야...

– 해린, 무시당한 기분에 풀 죽어서 스케치북 확 접는.

해 린	(힝... 울상) 안 먹히네... (스케치북으로 부채질한다) 이런 것도 예쁜 애들이나 해야지.. (멈추고) 거울 보면 나도 쫌 괜찮은데.. (후–!)

S#22. 샌드위치 가게 (D)

– 주문하려고 줄 서 있는 단이와 영아.

영 아	내가 쏜다니까. 낭독회도 나 대신 너무 잘 해줬는데... 더 비싼 거 먹어두 돼.
단 이	(메뉴 보다가 적당히 가리키며) 난 저거!
영 아	(직원에게) 저걸로 두 개 주세요! 토핑 가득 넣어서!

– 적당히 자리 잡고 앉은 영아와 단이. 나온 샌드위치 까서 동시에 크

게 한 입씩 먹고. "맛있다!" 서로 보며 웃고.

영아	배고파서 죽는 줄 알았어. 온라인 서점 몇 군데 돌았더니. / 어떻게 된 게 일이 안 줄어. 맨날 바빠.
단이	일을 너 혼자만 하니까 그렇지. 박훈 씨랑 이 과장님은 영업에 집중하고 있고, 배 과장님은 제작 담당이고... 실질적으로 팀에서 기획마케팅 일을 하는 사람이 너밖에 없잖아.
영아	우리 팀 인원 보충해야 돼.
단이	(응?)
영아	신입 또 뽑으려면 한참 멀었구... 다른 팀에서라도 한 사람 데리고 올려구. 그래서 말인데, 너 우리 팀에 올 생각 없어?
단이	어? 아니.. 나는 좋지만... 괜찮을까? 난 계약직인데...
영아	일단 나 믿고 기다려봐. 우리 창립멤버 회의 있잖아. 곧. / 그때 한번 말해볼게. 단이 씨 마케팅팀 올 수 있나. 근데, 너무 기대는 말구.
단이	(기대되는)

S#23. 몽타주 (D)

- 동네 공원. 금비를 데리고 평화롭게 걷는 서준. 그런데 갑자기 금비가 걷던 인도가 아닌 잔디밭 쪽으로 자꾸 가려고 한다.

서준   금비야, 왜 그래? 우리 맨날 가는 쪽 아닌데 거기...

- 금비에게 끌려가던 서준... 문득 공원 나무 뒤로 삐져나온 팔을 발견한다. 손에는 개 전용 간식이 들려 있고... 그 간식 쪽으로 가려고 하는 금비. 서준, 다가가 보면... 나무 뒤에 숨어 있다가 서준과 눈이 딱 마주치는 해린이고. 헤헤 웃는 해린과 기가 찬 서준. 서준, 금비를 데리고 휙 돌아서서 가버린다. 손에 간식 든 채로 입 삐죽이는 해린...

- 동네 책방 앞. 금비가 입간판 정도에 얌전히 묶여 있다. 해린, 그런

금비에게 간식을 주고... 문 너머로 살짝 들여다보면 서서 책을 읽고 있는 서준이 보인다.

– 동네 책방 안. 서서 책을 보고 있던 서준. 보던 책은 원래 자리에 꽂아두고 다른 책 찾아보는데... 꽤 높은 곳에 찾는 책이 꽂혀 있다. 팔을 위로 쭉 뻗는 서준인데... 누군가의 손이 먼저 나타나 책을 빼준다. 보면, 해린이 어느새 사다리 위에 서서 책을 뽑아준 거고... 또 헤헤 웃는 해린. 서준, 징하다는 듯 책 낚아채듯 가지고 간다.

S#24. 동네 책방 앞 (D)

– 나온 서준, 한쪽을 황당하게 보고 서 있다. 그곳엔 금비가 하트가 달린 개전용 머리띠를 한 채 얌전히 앉아 있고... 하트에 반짝반짝 불까지 들어온다... 미치겠는 서준... 깊게 한숨 쉬고 돌아보면, 또 해린이 헤헤 웃는 얼굴로 서 있다.

서 준   회사는 어쩌고 자꾸 쫓아다니는 겁니까?
해 린   월차 냈어요. 작가님 때문에.
서 준   일은 메일로 한다니까 왜 이런 짓까지 해요? 하루 종일 사람 신경 쓰이게.
해 린   제가 실수한 일이고, 제대로 정리는 해야 하니까요. 그리고 작가님 계약 제가 했잖아요. 전 제가 계약한 작가님들은 끝까지 책임져요. 안 좋게 끝난 적은 아직 단 한 번도 없고요.
서 준   그래서요?
해 린   (꾸벅 인사하고, 진심으로) 그날 일은 정말 죄송했습니다, 작가님. 저 정말 술 끊었어요.
서 준   (보다가) 얼마나 놀랐는지 알아요? 오이 알러지도 있다면서 일부러 만들어 먹고.
해 린   함께 일하는 동안 다시는 그런 일 없을 겁니다.. 앞으로 좋은 파트너가 되도록 더 분발하겠습니다!!!

서준   네. 제발이요. (하고는 금비 데리고 가는)

해린   조심히 가세요, 작가님!! (하는데 배에서 꼬르륵 배 쓰다듬으며) 나
          배고픈데... 점심도 안 먹었는데... (가는 서준을 보며) 화해했으니
          밥 같이 먹자구 해도 안 먹겠지...? (서럽다)

- 가는 서준을 시무룩하게 보는 해린.. 은호에게 메시지 보낸다.

해린(E)   편집장님. 지서준 작가에겐 제대로 사과했습니다. 작가님 마음도
          풀렸고요. 앞으로 공사 구분 확실하게 하겠습니다.

S#25. 콘텐츠 개발부 (D)

- 함께 들어오는 단이와 영아. 사무실 분위기, 뭔가 어수선하다. 모여
서 웅성거리고 있는 지홍, 송이, 승진, 광수, 훈, 지율. 고개 갸웃하는
영아와 단이인데...

영아   뭐야. 분위기 왜 이래? 무슨 일 있어?

송이   (흥분) 완전 대박사건이에요!!

단이   무슨 일인데요?

훈   강병준 선생님이 나타났답니다!!!

단이   네에??

훈   포털 메인에 강병준 작가 근황이라고 떠 있어서 클릭했더니..

영아   (OL) 무슨 개 풀 뜯어먹는 소리야?

훈   (자신의 컴퓨터 가리키며) 직접 와서 보세요!! 오 분 전에 뜬 대박
          핫이슈!!!

- 얼른 훈의 책상 쪽으로 가 컴퓨터를 보는 영아와 단이. 컴퓨터 화면
에는 문학 관련 사이트가 떠있고, '암스테르담 여행 중에 강병준 작

가님 봤어요!!'라는 제목의 게시글*이 떠 있다. 놀라는 단이와 영아.

훈	이 블로거가 암스테르담에서 강병준 작가님을 봤대요. 젊은 여자랑 같이 있었대요. 강병준 작가님 아니냐고 물었더니 허둥지둥 일본어를 쓰면서 가버리더래요.

훈　　이 블로거가 암스테르담에서 강병준 작가님을 봤대요. 젊은 여자랑 같이 있었대요. 강병준 작가님 아니냐고 물었더니 허둥지둥 일본어를 쓰면서 가버리더래요.

승 진　　그 전엔 계속 한국말 써놓구.

영 아　　이거 진짜야??

광 수　　사진 보세요. 좀 흐릿하긴 한데 강병준 선생님 맞는 거 같지 않아요?

영 아　　(사진 유심히 보며) 사진만 봐서는 맞는 거 같기도 하고...

지 율　　(폰 만지며) 대박. 지금 실시간 검색어 1위가 '강병준 작가'고 2위가 '암스테르담 강병준'이에요. 완전 핫하네.

단 이　　(블로그 글을 살피는)

승 진　　같이 있었던 그 여잔 뭘까? 딸뻘인 젊은 여자라는데.

훈　　지금 그게 완전 초미의 관심사잖아요! 숨겨놓은 딸 아니냐는 말도 있었는데 글 올린 사람이 그건 아닌 것 같다고 댓글 달았어요. 막 서로 자기야, 그러는 거 들었다고...

영 아　　자기야아??? 여자 완전 어려 보이던데?!

훈　　그러니까요. 그래서 실종설로 위장한 사랑의 도피가 아니냐는 말도 막 돌고, 장난 아니에요 지금.

단 이　　(사진만 보고 있다가 고개 저으며) 아니... 선생님은 그러실 분이, (하는데)

지 홍　　(OL, 탁! 책상 치고 일어나며) 아니, 인간들이 다 무슨 말들이 그렇게 많아? 실종설이니 도피설이니, 다 근거 없는 썰인 건 똑같은데!!

영 아　　맞어. 감금설까지 있었잖아. 우리 회사 초창기에.

* 게시글 내용 (젊은 여자랑 찍힌 흐릿한 사진 포함) : 얼마 전에 네덜란드 여행을 갔다가 암스테르담에서 강병준 작가님 봤습니다!! 거의 딸뻘인 젊은 여자랑 같이 있어서 첨엔 긴가민가했는데... 보면 볼수록 닮았더라고요. 그래서 "혹시 강병준 작가님 아니세요?" 물어봤더니 갑자기 일본어를 쓰면서 허둥대더니 급하게 가버리는 거예요! 근데 그 전까진 확실히 한국말 썼거든요. 그래서 더 강병준 작가 아닌가 했던 거고. 조작이라고 할까 봐 사진 인증까지 올립니다! 사라지기 전에 급하게 찍느라 초점이 나가서 흐릿하지만...

단 이	(잠자코 듣고 있는)
승 진	있을 만도 하죠. 절필선언문을 던지고, 판권을 전부 우리 회사에 다 넘기고 사라졌는데.
광 수	그래서 우리 회사가 출판계의 왕따가 된 거고.
승 진	난 진짜 서점 나가서 다른 회사 마케팅팀 만나면 정말 짜증나. 지들 끼리만 밥 먹어서.
단 이	.....
지 율	우리 회사가 왜 출판계의 왕따예요?
지 홍	(소녀감성) 됐어! 난 우리 선생님이 직접 나타나서 내가 실종됐었 다, 내가 도피했었다, 말씀하시기 전까진 아무것도 믿지 않을 거야. 못 믿어!! 안 믿어!!!
단 이	우리 선생님...?
송 이	봉 팀장님, 강병준 선생님 짱팬이시거든요...
영 아	짱짱팬...
승 진	그러니까 결국은 그 썰들이 다, 선생님이 갑자기 뿅 하고 사라지시 는 바람에 생긴 거잖아요. 절필선언서 던지시고는 머리털 하나 안 보이시니까...
지 홍	다 이유가 있으시겠지!! 우리 선생님의 큰 그림을 뭐 다들 그리 알 려고 들어?! (꿈에 부풀어서) 난 우리 선생님이 갑자기 뿅 하고 사 라지셨던 것처럼... 어느 날 갑자기 뿅 하고 다시 나타나실 거라 믿 어. 왜냐면... / 〈영웅들〉이 남았잖아...!!!
지 율	영웅들??
단 이	강 선생님이 구상 중에 있다면서 인터뷰 하신 적 있는 작품이에요. 갑자기 절필선언을 하시는 바람에 나오지 못했지만.
영 아	역시 최강단이!!!
지 홍	분명 〈영웅들〉을 들고 나타나실 거야... 세상을 방심하게 만든 다음 에, 아주 제대로 된 작품으로 출판계를 완전 뒤집어 놓으실 거야...! / 그때 〈영웅들〉은 내가 편집한다!! 다들 알아들었지? 넘보면 죽 어!!!!!
송 이	틀림없이 육필원고일 텐데, 당연히 편집장님이 하시지 않을(까요?)

| 지 홍 | (OL) 콱!!! 나, 나!! 영웅들은 내 꺼라니까!!!! 무조건 내 꺼야, 내 꺼. |
| 단 이 | (블로그 사진 유심히 보는) |

S#26. 서준의 집, 거실 (N)

- 캡슐 커피머신으로 커피를 내리는 서준. 커피가 내려진 잔을 들고 비밀의 방으로 들어간다.

S#27. 서준의 집, 비밀의 방 (N)

- 커피를 들고 들어서는 서준. 문서가 프린터 되어 나오고 있다. 커피 마시며 보는 서준인데... 인쇄되어 나오는 종이들이 밀려 몇 장쯤 툭 바닥에 떨어진다. 제일 앞장, 〈영웅들〉 제목 크게 보이고. '박정훈' 이라는 이름 보인다. 주워서 원고 순서에 맞춰.. 모으는 서준이고. 장편소설 정도의 분량. 제일 앞장에 보이는 제목, 〈영웅들〉. 서류봉 투에 넣는 서준.

S#28. 은호의 집, 서재 (N)

- 단이 노트북 앞에 앉아 '강병준' 이름으로 검색 중이다. 쭉 내려서 보는 단이. '강병준의 절필선언서' 보이고. 클릭해서 들어가면 어느 신문의 문화면에 실린 강병준의 절필선언서 사진이 보이고, 그 아 래 옮겨놓은 블로그의 글 보인다.

| 단 이 | 글쓰기는 나에게 있어 생에 대한 열망이자 존재의 의미를 찾아나서 는 항해와 같았다. (무슨 뜻이지? 갸웃하는 단이) |
| 강병준(E) | (단이가 읽은 후 바로 연결해서) 그러나 육십 평생 찾아 헤매 목도 |

한 것이 결국은 업이라... 두 손에 남은 건 수치뿐이다.

S#29. 서준의 집, 비밀의 방 (N)

　　　　 – 화면 가득 채우는 강병준의 절필선언서! 신문에서 오려내 붙여놓
　　　　 은 것이다. 그 위로, 앞 씬 연결해서..

강병준(E)　　 모든 것은 의미를 잃고, 열망은 식고, 길은 잃은 지 오래다. / 이제
　　　　 나는, 강제로 내몰린 척박한 평야 위에 홀로 남아

　　　　 – 화면 넓어지면. 그 옆에 붙어 있는 강병준의 사진과 인터뷰 등등.
　　　　 벽면 가득.. 그 앞에 서준, 절필선언서 앞에 서 있다.

강병준(E)　　 사라진 어제의 나를, 최후의 나를 이야기하려 한다.

　　　　 – 서준, 벽에 붙어 있는 인터뷰와 사진 등등을 떼어내기 시작한다.

강병준(E)　　 이제 나는, 강제로 말라버린 나의 빈 우물 속에서 / 죄 많은 자유를
　　　　 누리고자 한다.

S#30. 은호의 집, 서재 (N)

단 이　　 이에 나 강병준은 절필을 선언하는 바이다. (갸웃) 뭔 말이야.. 이
　　　　 게. 정확한 이유가 없잖아..?

　　　　 – 하는데, 문 열리는 소리 들리고. 은호가 왔다! 얼른 나가보는 단이.

단 이　　 은호니?

S#31. 은호의 집. 거실 (N)

- 은호, 쇼핑백 들고 들어선다.

은 호   밥 안 먹었지? (서재 쪽 보며) 뭐하고 있었어? (하며 식탁으로)

단 이   어, 강병준 선생님,

은 호   (멈추고 보는)

단 이   (이어서) 절필선언서 보고 있었어.

은 호   (애써 무심히 초밥 도시락 정도 꺼내놓는데) 갑자기 그건 왜..

단 이   포털에 난리난 거 못 봤어? / 너 국어선생님이었잖아. 그 선생님 때
        문에 너 작가 된 거잖아. 너한테 소설 한번 써보라구 해서.

은 호   선생님은 내 글, 좋아하지도 않으셨어. 나한테 상처를 얼마나 많이
        줬는데. 이건 소설이 아니다, 글은 이렇게 가볍게 쓰는 게 아니다. /
        나 작가로 만든 건 누나야. 누나가 인터넷에 올렸잖아. 나 몰래. /
        밥이나 먹자. 배고파.

단 이   선생님 절필선언서.. 니가 받았니?

은 호   (멈추고 보는) 왜.. 그렇게 생각해?

단 이   나 그때 재희 키우며 회사 다니느라 정신없어서 너한테 못 물어봤
        는데. 선생님 절필선언하셨을 때 엄청 시끄럽지 않았어? 그리구 난
        그때 니가 이 회사에 일하고 있는 줄도 몰랐어. 학교나 다니고 있는
        줄 알았지. / 너 그때 이상했어. 전화도 안 되고, 집에도 없고.

은 호   새삼 왜 관심이야? (하다가, 애써 가볍게) 남자친구라서?

단 이   절필선언서 니가 받은 거 맞지? 그지?

은 호   ....

단 이   읽어봐도 무슨 말인지 하나도 모르겠어. 이유가 뭐야? 나한테만 살
        짝 말해주면 안 돼?

은 호   먹자. 나 배고파.. (먹기 시작하고)

단 이   (먹기 시작하며) 지금 어디 계셔? 너랑은 연락하지?

은 호   안 해. 누나. 사라지고 싶으셔서 사라지셨고, 제발 찾지 말라는 뜻으
        로 절필선언서까지 굳이 쓰신 거야. / 선생님, 원래 사람들과 깊게

인연 이어가는 분도 아니셨구, 난 선생님 성격에 어울리는 엔딩이라고 생각해.

단 이   왜 엔딩이라고 생각해? 영웅들이 남았는데.

은 호   절필하셨잖아. (이제 쓰시지 않을 거야)

단 이   그거 쓰셔서 돌아오실 거야. 나만 그렇게 생각하는 거 아냐. 회사에서 오늘 다들 그 얘기했어. 그렇게 돌아오실 거라고.

은 호   ....

단 이   극적으로 돌아오셨음 좋겠어. 세상이 깜짝 놀라게.

은 호   (대답 않고 먹기만)

단 이   참 나 작가님 시집은 읽어봤어?

은 호   어. 좋던데?

단 이   출판, 할 거야?

은 호   (웃으며 보는) 강단이 씨는 어떤데? 출판했음 좋겠어?

단 이   어. 시집 진짜 좋더라. 너도 동그라미지?

은 호   (웃으며) 글쎄??

S#32. 버스 정류장 (M)

- 버스에서 내리는 해린. 막 인도로 올라서는데.. 어디선가 불어오는 바람.. 돌아보면 막 들어선 다른 버스에서 내리는 트렌치코트 차림의 영아. 그 뒤에 서는 다른 버스에서 내리는 지홍. 둘 다 해린에게 걸어와 "굿모닝!" 하고 코트 뒷자락 펄럭이는.

S#33. 거루 출판사 앞 (M)

- 훈이 걸어오는데, 지율이가 쪼르르 뛰어온다. 그들 근처로 재민의 차가 와서 서고.

지 율	좋은 아침!!
훈	버스 타고 왔어?
지 율	당연하지!!

- 하는데, 어디선가 바람이 불어온다. 돌아보면, 차에서 내리는 재민. 둘에게 손 한번 들어 보이고, 코트 펄럭이며 가고.

S#34. 엘리베이터 앞 (M)

- 송이가 엘리베이터 앞에 서있는데, 어디선가 불어오는 바람. 보면, 유선이 트렌치코트 입고 걸어오고 있고.

S#35. 콘텐츠 개발부 + 엘리베이터 앞 (M)

- 단이, 책을 정리하고 있는데.. 어디선가 불어오는 바람. 단이의 시선을 따라가면 엘리베이터 앞. 문이 열리며 걸어오는 은호, 그 뒤에 재민, 유선, 지홍, 영아. 일렬로 서서 걸어가고. 가는 그들 뒤따라 쪼르르 나오는 해린, 지율, 훈이. 가는 그들을 모여서 보고.
- 화장실에서 나오던 송이, 헉! 하고 놀라고. 책 보고 있던 승진, 광수 다 놀라서 보는. 그대로 회의실까지 들어가는 창립멤버들.

S#36. 회의실 밖 (M)

- 창립멤버들 앉는 걸 보는 직원들.

지 율	뭐하는 짓이에요, 저게?
훈	하, 오 사원. 내가 널 어디까지 가르쳐야 되냐?

해 린	우리 회사 전통. 난 입사 삼 년 만에 처음 보는 건데, 우리 신입들 운 참 좋네요. 일 년도 안 돼서 보고.
승 진	회사 초창기에 중요한 날마다 저걸 입고 인쇄소며 제본소며 서점이고 어디고 다 같이 돌아다녔대.
송 이	오늘은 왜 중요한데요?
광 수	우리 출판사도 시집을 낼지 말지 결정한대. 오늘.
단 이	맞다!! 저금통. (하고 쪼르르 자리로 뛰어가는)

S#37. 회의실 (M)

– 테이블 위에 탁 놓이는 저금통. 단이가 가지고 왔다.
– 코트 입고 둘러앉은 창립멤버들. 다들 비장하게 저금통 본다... 앞에는 나태주 시집의 교정본이 놓여 있고.

단 이	(같이 비장한) 열까요?
재 민	(진지한 눈빛으로 *끄덕*이며) 시작, (하시죠, 하려는데)
지 홍	(OL) 한때!!!!!
일 동	(깜짝)
지 홍	한때 나를 살렸던 / 누군가의 시들처럼 / 나의 시여, 지금 / 다른 사람에게로 가서 / 그 사람도 / 살려주기를 바란다... 우리 나 작가님이 쓰신 시!
재 민	(또 시작이네... 쯧쯧 혀 차고)
지 홍	다들 후회 없는 투표했겠지? 흘러간 시간은 되돌릴 수 없고, 잃어버린 보석은 땅을 치고 후회해도 되찾을 수 없는 법이야... 어? 알지??
재 민	잠깐만. 나도 대표로서 한마디만 할게. / 여러분들은 우리 회사 창립멤버들입니다! 업계 오 위로 만족하시겠습니까? 야망을 가지세요! 우린 업계 최고가 돼야 합니다!!!
유 선	(고개 *끄덕*이고!)
은 호	(역시 비장하게 단이에게 저금통 열라고 눈빛!)

단 이	그럼, 열겠습니다.

－ 단이, 열쇠로 저금통을 연다. 긴장해서 보는 일동. 단이도 긴장한 채
로 저금통에서 접힌 종이 하나 꺼낸다. 펼치면... 동그라미다!! 와!!
좋아하는 지홍.

재 민	뭘 좋아해. 형 푠데.
지 홍	(그렇구나) 아. (그래도) 아닐 수도 있잖아..!!.!

－ 재민, 빨리 다른 거 펼쳐보란 손짓하고. 단이, 또 한 표 꺼내 펼치
면... 엑스다!!! 테이블에 엎어져 절망하는 지홍과 그럴 줄 알았다는
듯 웃는 재민.

재 민	결과 뻔한데, 확인사살까지 할 필요 있어? 너무 잔인하지 않아?
은 호	몇 개 되지도 않는데 끝까지 해야죠.
단 이	(그새 하나 너 펼치고, 웃 는) 또 동그라민데요?
지 홍	(환호하는)
재 민	(인상 팍 쓰며, 영아 딱 보고) 서 팀장님이죠? 아니 공적인 일에 사 적인 감정 개입시키기 있습니까?
지 홍	(영아에게 하이파이브 하려고 하면)
영 아	(그런 지홍 무시하고) 나랑 봉 팀장님 사이에 사적인 감정이 뭐가 있다구요? 난 온전히 시집만 보고 투표했을 뿐이에요.
지 홍	(민망하게 손 내리는, 하지만 기쁘다!) 그래! 시집만 봤다잖아!!

－ 단이, 또 한 표 펼친다. 또 동그라미다!! 지홍, 일어나 아예 춤을 춘
다. 단이도 신나고! 믿을 수 없는 재민. 단번에 은호 노려보는 재민
이고.

은 호	(어깨 으쓱, 웃으며) 시가 좋더라구요.
재 민	좋으면 장땡이야? 편집장씩이나 된 사람이 진짜 이럴래?!!

은 호	(신나서) 이제 남은 한 표만 동그라미 나오면 게임 끝인 거네요?!
지 홍	그럼 남은 사람이...

- 일동, 유선을 본다. 팔짱 딱 낀 채 무표정으로 앉은 유선. 지홍, 안 좋은 예감으로 사색이 되고... 재민은 믿음직스럽다는 듯 유선을 본다.

재 민	맞습니다. 남은 한 표만 엑스 나오면 게임 끝인 거죠. (유선 보고 미소)
유 선	(재민 향해 미소)

- 단이, 마지막 한 표를 집어 든다. 지홍, 두 손 꼭 모아 쥔 채 기도하고. 영아도 긴장해서 보는데... 단이가 펼치면... 동그라미다!! "출간이다!!!!" 소리 지르며 월드컵 결선보다 더 좋아하는 지홍. 영아와 단이, 은호도 놀란 듯 서로를 보다 이내 좋아하며 웃고. 지홍, 그런 셋과 하이파이브 한다. 그런데 한 표는.... 유선을 보며 믿을 수 없는 지홍, 은호, 영아!!! 유선, 조용히 손바닥을 든다. 얼른 하이파이브 하는 지홍이고!!!

재 민	고 이사님!! 고 이사님만은 저와 같은 편일 거라고 철석같이 믿었는데!!!
유 선	물론 전 거의 항상 대표님 편입니다만... 이 시집은 좋더라구요.
은 호	마케팅 계획을 촘촘히 짠다면 잘 팔 수 있을 것 같습니다.
재 민	(원망스레 영아, 은호, 유선 보며) 현실감각 없는 건 (지홍) 하나 만으로 충분하다고!! 정말 왜들 그래!!!
지 홍	(그러거나 말거나 영아에게) 오늘 오후에 마케팅 회의 바로 들어갑시다!!!

- 재민만 속이 터지고 나머지는 기뻐 웃는다. 투표용지와 저금통 정리하다 은호와 눈이 마주친 단이. 단이, 다른 사람들 몰래 잘 했다는 듯 엄지 척 들어 보인다. 그런 단이에 웃는 은호고.

S#38. 콘텐츠 개발부 (M)

  ― 사무실로 들어오는 단이. 앉아 있던 직원들, 일제히 단이를 본다.

송 이   어떻게 됐어요?

단 이   (빙긋 웃으며, 머리 위로 팔 들어 동그라미 그려 보이는)

  ― 일동, 잘됐다며 환호하고.

해 린   이번 거 잘되면 시인선을 기획해볼 수도 있겠어요. (불현듯 노트 뒤
          적이며) 언젠가 시인 리스트업 해둔 게 있을 텐데...

승 진   와이프한테 보약 한 재 해달라고 해야겠다. 시집 팔려면 두 배는 더
          뛰어다녀야 할 텐데...

광 수   이렇게 또 변화의 바람이 부네요. 우리 회사에서 시집이라니...

지 율   (신난) 그럼 지금 우리가 도서출판 겨루의 첫 시집 발간이라는 중
          요한 역사적 순간에 있는 거네요?! 대박이다!

훈   도서출판 겨루의 중요한 역사적 순간, 우리도 만들어야지. / 준비
          됐어?

지 율   아, 맞아! 당연히 준비 끝났쥐! (단이 보며) 준비 됐죠?

  ― 단이 노트북 앞에 앉아 노트북을 본다. 〈겨루 사내 기획 아이디어
    공모전 'TOP (Tomorrow of Passion)'〉 화면 보이고.

단 이   (훈과 지율을 번갈아보며) 준비 완료!

송 이   뭐가 준비됐다는 거예요?

훈   저희 신입 삼인방, (버터발음) 투모로우 오브 퓌션!! 공모전에 도전
          합니다!!!

광 수   와. 일하느라 바빴을 텐데 언제 다들 준비했어요?

승 진   저땐 저런 패기, 있어줘야지!!!

— 신입 삼인방, 서로 눈빛 교환하고, 들뜬 얼굴로 서로를 보는.

훈	다들 제대로 확인들 하셨죠?
단 이	(끄덕이고) 다들 후회 없으시죠?
지 율	(끄덕이고) 그럼, 눌러주세요!!

— 셋 동시에 '응모'버튼 누른다! 후련한 얼굴로 서로 하이파이브 하는
셋! 직원들도 박수쳐주고.

S#39. 겨루 출판사 일각 (M)

— 단이 A4용지 박스를 들고 와서 어디쯤 놓는다. 문득 회의실 보는
단이.
— 플래시백, 앞 씬.

영 아	일단 나 믿고 기다려봐. 우리 창립멤버 회의 있잖아. 곧. / 그때 한 번 말해볼게. 단이 씨 마케팅팀 올 수 있나. 근데, 너무 기대는 말구.

— 기대에 찬 얼굴로 웃는 단이... 그 위로,

재민(E)	인원 충원?

S#40. 회의실 (M)

영 아	작년에도 세 명 뽑아달라니까 딸랑 한 명만 뽑아주고... 저 죽을 것 같아요, 진짜.
재 민	올 상반기 인원 충원은 이미 끝났으니까 하반기까지만 좀 기다려 봐요.
영 아	그냥 부서이동으로는 안될까요? 새로 뽑으면 가르치는 시간도 많 이 걸리고...

은 호	(그런 영아를 보는)
유 선	원하는 사람이라도 있어요?
영 아	(슬쩍) 업무지원팀, 강단이 씨... 어떨까 싶어서요.
은 호	(!)
영 아	이미 팀 사정도 다 파악하고 있고, 마케팅 일도 곧잘 하니까...
유 선	(OL) 안 돼요. 그건. (하고, 은호를 본다)
은 호	저도 좋은 생각 같은데요? 신입사원 뽑을려면 한참 남았고, 우리 회
	산 경력직 안 뽑으니까 강단이 씨를 부서이동 시키면,
유 선	(OL) 편집장님, 강단이 씨 계약해지하는 데 동의하지 않았나요?
은 호	아뇨. 강단이 씨는 아직 계약기간이 끝나지도 않았구요. 강제로 계
	약해지를 해야 할 사유도 없습니다.

– 무슨 소리야? 싶은 지홍과 영아, 재민이고.

재 민	잠깐만요. 이게 다 무슨 소리죠? 업무지원팀 강단이 씨, 문제 있어요?
영 아	지금 부서이동 이야기하는데 갑자기 계약해지 이야기가 왜 나와요?
지 홍	사례는 만들면 되는 거고요. 세상이 바뀌었고, 조직 문화도 사람이
	만들어가는 겁니다. 이사님.
재 민	(OL) 형, 잠깐만. (하고 유선을 보며) 강단이 씨가 계약해지 사유가
	있습니까?
유 선	이력서에 학력이 허위로 작성이 돼 있어서요.
은 호	.....
영 아	(놀란) 강단이 씨 고졸이잖아?
지 홍	위조를 할 게 뭐가 있다고...
은 호	(유선에게) 위조라고 볼 순 없죠. 없는 경력을 만든 것도 아니고.
유 선	실제 학력을 제대로 밝혔다면 우리가 강단이 씨를 뽑았겠어요?!!
재 민	이게 다 무슨 소립니까? 제대로 설명해봐요!

S#41. 겨루 출판사 일각 (M)

- 서 있는 지홍과 영아... 착잡한 얼굴로.

지 홍   그러니까... 강단이 씨가 고졸이 아니라 명문대 출신이란 말이지?

영 아   SH광고면 완전 대기업인데...

지 홍   취업이 하도 안 되니까 그걸 다 숨기고 고졸로 취직했다, 이 말이지?

영 아   같이 들어놓고 왜 자꾸 물어!

지 홍   안 믿기니까 그렇지. 하도 취업이 어려우니까 하향지원 꽤 많이들
         한다고 듣긴 했다만... 그런 사람이 내 옆에 떡하니 있을 줄이야...

영 아   (안됐기도 하고... 복잡한데)

- 그때 뒤에서 구두소리 들리고... 돌아보면 유선이 오고 있다.

영 아   어쩌기로 했어요?

유 선   대표님 아셨으니까 알아서 결정내리시겠죠.

지 홍   학력위조로 보기엔 좀 애매하던데...

유 선   (표정 없이, 영아에게) 모 작가님 강연회 장소 셀렉은 어떻게 됐어요?

영 아   아... 모 작가님이 모교에서 하고 싶다고 하셔서요. 마침 대표님이
         모 작가님이랑 같은 대학 출신이라 알아보고 말씀해주시기로 했는
         데... 제가 대표님께 여쭤볼게요.

유 선   일정 빠듯해요. 오늘 확정해야 하니까 최대한 빨리요.

영 아   네. 지금 바로 여쭤볼게요.

- 다시 회의실 쪽으로 돌아가는 영아인데.

S#42. 회의실 앞 (M)

- 열려 있는 회의실 문, 들어서려던 영아. 문고리 잡고 듣는데.

S#43. 회의실 (M)

재 민   저번에 나한테 계약직이 정규직이 되려면 어떻게 해야 되냐고 물었던 거, 강단이 씨 때문이었구나? / 고 이사 말대로 계약해지가 깔끔하긴 한데...

은 호   전 강단이 씨 계약해지 반댑니다. / 찾아보니까 강단이 씨 같은 사례가 꽤 있더라구요. 위법은 아니기 때문에 회사에 결정권한이 있다고 하던데...

재 민   (각 잡고) 차 편집장. 여긴 상황 따라 이리저리 규정을 바꿀 수 있는 친목 동아리가 아니야.. 회사잖아.? 직원을 아끼는 마음은 이해하지만 공과 사는 구분해야지..

S#44. 회의실 앞 (M)

- 듣는 영아 위로,

재민(E)   나도 강단이 씨 일 잘하는 거 알지만.. 그래도 계약해지 하는 게 낫지 않겠어?

S#45. 회의실 (M)

재 민   그냥 정리하자... (착잡) 막말로 잔디 뽑는데, 식물학 박사가 왜 필요해? 곧 사내에 말 나가면, 괜히 여러 사람 불편해진다..

- 재민, 돌아서 나간다. 은호, 혼자 남아서.. 답답한데.

S#46. 회의실 앞 (M)

　　　　　－ 재민, 나오면 당황하는 영아.

영 아　　　아, 모 작가님 강연 장소 때문에요.

S#47. 콘텐츠 개발부 (M)

　　　　　－ 자리에 앉아 원고 뒤적이던 지홍, 문득 고개 들어 단이 쪽 본다. 업
　　　　　　무 중인 단이를 착잡하게 보고...
　　　　　－ 해린의 자리 옆에 서 있는 유선과 해린. 유선도 업무 중인 단이를
　　　　　　착잡하게 본다.

해 린　　　(원고 건네며) 초고인 걸 감안하고 봐도 손을 대기 힘들 정도에요.
　　　　　원래 이렇게까지 못 쓰는 분이 아닌데 어떡하죠?
유 선　　　어... (받으며) 내가 다시 확인할게. (사무실 나가고)

　　　　　－ 그때, 영아가 착잡한 얼굴로 사무실로 들어온다. 그런 영아를 발견
　　　　　　하고 준비한 자료 챙겨 다가가는 단이.

단 이　　　서 팀장님! 출간 앞둔 책들 보도자료 쓴 건데요. 한번 봐주세요.
영 아　　　아... 그래요.

　　　　　－ 영아, 자료 받아 자리로 오고. 앉아서 자료 제대로 보면 앞부분에
　　　　　　포스트잇이 하나 붙어 있다. 보는 영아.

단이(E)　　내 얘기 해봤어? 왜 이렇게 회의를 오래 했어? 나, 긴장돼 죽겠어.

　　　　　－ 영아, 포스트잇 가만 보다가 떼어내 손에 꾹 쥔다.

- 영아, 그대로 일어나 탕비실로 간다. 그런 영아를 의아하게 보는 단이고.

단 이   (혼잣말) 잘 안 됐나...

S#48. 회의실 (M)

- 착잡한 얼굴로 혼자 앉아 있는 은호.

S#49. 탕비실 (M)

- 혼자 커피 마시고 있는 영아. 그때 들어오는 단이.

영 아   어... / 커피 마시게?
단 이   아니, 물 마시려고...

- 컵에 물 따르는 단이. 아무 말 없는 영아를 흘끗 보고... 그런 단이 알지만 모른 척 커피만 마시는 영아. 어색한 둘인데...

단 이   저기.. 나.. 괜찮아요. 팀장님...
영 아   (보면)
단 이   잘 안 됐지? 그럴 줄 알았어. 부서이동이 쉬운 일도 아니고... 난 괜찮아.
영 아   ...미안해.. 내가 괜히 말을 꺼내 가지구...
단 이   아냐. 아냐. 나 기대도 안했어.. 정말이야.
영 아   (안됐게 보고)
단 이   나, 정말 괜찮아. 그냥 지금 부서도 괜찮아. 처음부터 계약직이었는데, 뭐..

영 아	(그런 단이 안됐어서 차마 못 보고..) 아.. 속상해.. 진짜..
단 이	왜 그래.. 나 괜찮다니까..
영 아	그게 아니라...
단 이	?
영 아	(보다가) 단이 씨..... / 단이 씨.. 고졸 아니라며...? 이력서에 학력 허위로 기재했다며?

- 놀라 굳은 단이...!! 숨도 못 쉬고 영아를 보는데... 영아, 그런 단이를 안쓰럽게 보고...

영 아	고 이사가 다 알고 있더라구... 단이 씨 명문대 출신인 거랑 광고회사 경력 있는 것까지... / 부서이동 얘기하니까 계약해지 시킬 생각이었다면서 얘기하더라고...
단 이	(계약해지 소리에 손까지 떨리고...) !!!!
영 아	대표님도.. 편집장한테 계약해지 하는 게 낫지 않겠냐고...

S#50. 콘텐츠 개발부 (M)

- 은호, 오며 단이의 빈자리를 본다. 자리에 앉는데, 지홍이 다가온다.

지 홍	(낮게) 어떡할 거야? 정말 강단이 씨 짜를 거야?
은 호	아니요. (하고 원고 펼쳐 아무렇지도 않은 얼굴로 교정을 본다)

- 단이와 영아 탕비실에서 나와 자리에 앉는다. 지홍이 영아에게 눈짓을 한다. 강단이랑 말해봤어? 정도, 입 모양으로. 영아, 단이 한번 보고 책상에 앉아버린다.
- 단이, 말없이 책상에 앉아 있다..
- 은호, 조용히 교정을 본다. 제법 오래.. 속내 알 수 없는 은호와 교정지 보여주다가... 은호, 어느 순간, 펜을 놓고. 후- 한숨을 내쉰다. 그

리고 단이를 본다.

- 단이, 조용히 노트북만 보고 앉아 있다. (단이와 은호, 플래시백과 함께 교차편집 해주세요)
- 은호가 단이를 본다.
- 플래시백, 2부 1씬.

단 이　(미소) 전…. 특별하지 않습니다. (차분히) 저 혼자 모든 걸 할 수 없다는 거, 제가 부족하단 거 아는 나입니다. 그렇기에 어떤 일이 주어져도 감사히, 정말 열심히 하겠습니다! (벌떡 일어나 구십 도로 인사)

- 그런 단이 떠올리며, 단이를 보고 있는 은호. 마음이 아파서 금방이라도 울 것 같다..
- 플래시백, 2부 49씬.

단 이　(머쓱) 자랑할 데가 너밖에 없다. 내 명함이야. (헤 웃고)

- 플래시백, 3부 54씬.

단 이　어, 버틸 거야. / 힘들어도 재밌어. 내가 생각한 거랑 완전히 달라서. 완전히 다시 시작하는 느낌이야. 진짜 신입사원 된 느낌.. / 그리고 가장 좋은 건… 뭔지 알아? (웃으며 은호를 보는)

단 이　(술에 취해 볼도 빨갛고.. 눈가도 붉어져서) 은호야..

단 이　은호야..

단 이　은호야.. 사람들이 있잖아.. // 사람들이.. / 내 이름을 불러..

단 이　그동안 내 이름을 부르는 사람은 아무도.. 없었어..

단 이　강단이… 나도 이름이 있는 사람인데.. 아무도 불러주지 않았어.. (눈가 그렁그렁해져서 은호를 보며) 지금은 사람들이 내 이름을 불러..

- 단이는 노트북만 보고 있고...
- 은호, 과거의 단이 떠올리며 속상해서 심호흡하며 감정 추스르고, 핸드폰을 열어 단이 이름을 띄운다.

은호(E)　누나. (가만히 보다가 다시 지운다) 강단이 (하고 보다가 다시 지운다, 그리고 다시 단이를 본다. 다시 쓴다) 누나. (다시 가만히 보다

가) 강단이....

- 은호, 무슨 말을 해야 할지 모르겠다.
- 지홍, 영아를 보며 강단이 좀 보라고, 왜 저러고 있냐고.. 표정으로 묻고. 직원들 뭔가 이상해서 둘을 보는데..
- 그때, 단이가 핸드폰으로 무언가를 쓰더니, 일어난다. 단이의 움직임을 쫓아 지홍과 영아의 시선이 돌아간다.
- 은호, 단이 보는데. 문자메시지 알람이 울린다. 보면,

단이(E)   편집장님은 저한테 계약해지 통보하셨습니다. 제가 해결하겠습니다.

- 은호, 놀라서 보면. 단이 재민의 방 앞으로 가 있다.

은 호   강단이 씨!!!!! (하며 뒤쫓아 간다)

- 은호의 고함소리에 지홍, 영아, 벌떡 일어나서 보고.. 직원들.. 놀라서 보는.

훈   무, 무슨 일이에요.. 뭐지? (영아에게) 팀장님 뭐 아는 거 있죠?

S#51. 대표실 앞 + 대표실 (M)

- 차분하게 걸어가는 단이. 대표실 앞에 서고. 똑똑 노크한다. "네." 하는 재민 목소리에 문 열고 들어간다.

단 이   대표님.. 드릴 말씀이 있어 왔습니다.

- 재민과 그 옆에 함께 있던 유선이 조금 놀란 얼굴로 들어온 단이를 보고. 단이 동요하지 않고 둘의 앞으로 간다. 그 뒤를 은호가 뛰어

들어온다!

단 이   방금 편집장님께 계약해지 통보.. 받았습니다.

– 그런 단이를 지켜보는 재민과 유선. 은호, 입구에 서서 어찌할지 모
르겠는데!

단 이   (눈가 붉어지며) 너무 늦었지만.. 왜 이런 선택을 했는지.. 직접 말
씀드리고 싶어서요.

재민,유선   (착잡하게 보는데)

단 이   다시 취직하기 위해서.. 일 년 동안... 쉬지 않고 뛰어다녔어요. 아무
리 재취업이 어렵다고 해도... 열심히 살았으니까, 기회가 있겠지..
했어요. 누군가는 나를 알아봐주겠지.. 내 능력이 필요한 데가 어딘
가는 있겠지.. / 근데 안 됐어요. 취직이..

은 호   (먹먹하게 보고)

단 이   그러다가 우연히 채용공고를 보게 됐어요. 학력무관, 경력무관이라
고 되어 있더라구요. 일만 할 수 있다면 뭐든 상관없었어요.. 그래서
다 버리고, 대책 없이 저질렀어요. / 합격했다는 전화를 받았을 때..
정말 기뻤어요. 업무지원팀이든 마케팅팀이든.. 어디든.. 다시 일하
게 된 게, 그 자체가 너무 기뻤어요..

– 듣는 재민과 유선. 착잡하게 서로를 마주 본다..

단 이   (재민과 유선을 보며) 근데.. 저 정말 열심히 일했어요..

재 민   (안타깝고 착잡한) 강단이 씨가.. 그동안 충분히 잘해온 거 압니다.
채용공고에 학력무관, 경력무관 상관없다고 기재한 건 우리 잘못
이죠. 하지만.. (다른 문제라고)

은 호   (마음 아픈)

유 선   (역시 복잡하고)

단 이   (차오르는 눈물 참고, 예의 차려서 진심으로) 압니다.. 제가 잘못한

거. 그래서 지금 하는 얘기가.. 변명인 거. 저도 조용히 짐 챙겨 나가는 게 맞다는 걸 누구보다 잘 아는데... / 근데.. 이 회사가 저한테는 미래고.. 현재여서.. 제 생계가 걸린 일이기 때문에... 한번만 더 생각해달라고 부탁드리러 왔어요.. 제가 그동안 잘해온 거 아신다면.. 다시 한 번만.. 더 생각해주세요..

- 구십 도로 허리 숙이는 단이. 그런 단이를 난감하고 착잡하게 보는 재민과 유선이고...
- 그런 단이를 눈가 붉어져서 보는 은호, 단이가 돌아서 나오고.. 은호와 눈이 마주친다. 금방이라도 눈물 흘러내릴 듯한 얼굴로.. 그대로 가는 단이. 은호는 차마 잡지 못하고 가는 단이 뒷모습 아프게 본다.

S#52. 콘텐츠 개발부 + 화장실 앞 (M)

- 애써 침착하게 화장실로 향하는 단이. 하지만 얼굴은 이미 붉어졌고.. 다리도 떨린다. 옆을 지나가는 단이 보며 마음이 착잡한 동료들이고.. 화장실로 들어가는 단이.

S#53. 화장실 안 (M)

- 화장실 칸 문 열고, 들어가는 단이. 잠금 걸쇠 채우고.. 이제야 힘이 빠진 듯 변기 위에 쓰러지듯 앉는다. 눌러왔던 감정이 터지고.. 눈물이 쏟아진다.

단이(E) 계약해지. 그 짧은 단어가 이렇게나 무겁다는 걸 새삼 깨닫는다. / 그저 나는 일이 하고 싶을 뿐인데... 여기에 있고 싶을 뿐인데... 그 말을 입 밖으로 내뱉는 것조차 사치인 것 같아... 꾹꾹 참아왔던 울음만 그렇게 몰래 쏟아냈다.

S#54. 훈의 원룸 복도 + 현관문 앞 + 원룸 안 (N)

  – 여행가방 끌고, 어깨에 여러 개의 명품백 주렁주렁 맨 여자의 뒷모
    습. 지율이다.. 지율이 호수 확인하며 복도를 걷는다. 어느 집 앞에
    서서 거침없이 벨 누르는 지율.

훈(E)   누구세요?
지 율   (당당하게 인터폰 보며) 나야. 문 열어.

  – 인터폰 화면 앞에 선 훈. 티셔츠에 사각팬티차림.

훈   오마이갓. 너 왜 왔니?
지 율   (화면 속) 문이나 좀 열어. 나, 추워.

  – 훈, 얼른 바지 챙겨 입으며 우당탕. "뭐지, 뭐지? 쟤 또 뭐지? 나, 뭔
    데 벌써부티 소름 끼치지?"
  – 문 열리고, 훈이 나온다.

훈   오 사원! 우리집 어떻게 알고 온 거야?
지 율   엄마가 알려줬어. (가방 끌고 현관으로 쑥 들어선다)
훈   (급하게 가방 붙잡고) 잠깐, 타임. / 집들이 하긴 뭐가 많다..?
지 율   집들이 아니니까. / 집에서 쫓겨났어, 나.
훈   뭐?! (놀라서 손 풀리면)
지 율   (가방 끌고 집안으로)
훈   (얼른 따라가며) 쫓겨나? 집에서?
지 율   (명품백 하나씩 조심히 식탁에 놓으며) 엄마가 나가래. 딸 취급 안
          하겠대, 이제. 나 완전 포기한대. (겉옷 벗고, 집 둘러보는데 별로 마
          음에 안 들고)
훈   (불길한 예감에) 근데.. 왜 우리집에 와?
지 율   (계속 집 살피며) 목화솜 이불 어딨어? 나 재워준다며.

훈	있겠냐, 그런 게!!
지율	뭐?! 그럼 나 어떡해? 너 때문에 쫓겨났는데!!
훈	왜 나 때문이야, 그게!! 우리 연애 아니라며??!!!
지율	아니지 그럼!!
훈	근데 왜 여길 와, 이 밤에! 찜질방, 펜션, 호텔, 많잖아 딴 데!! / 너 나 좋아해?
지율	좋아하긴! 완전 못생겼어 너!!
훈	그래!!! 넌 예뻐!!! 근데 니 인생을 책임질 만큼 나도 너 좋아하지 않거든?!!!
지율	(OL) 넌 키도 작잖아!!!
훈	(OL) 넌 노안이야!!!
지율	야!!!!
훈	(OL) 뭐!!!!

– 지율과 훈 씩씩대며 서로 노려보다가.. 훈이 지율 겉옷 챙긴다.

훈	(겉옷 건네며) 가, 빨리.
지율	너 땜에 쫓겨났는데 어딜 가?!! (겉옷 낚아채서 던져 놓고)
훈	찜질방!! 그래. 찜질방으로 가!!! 나가. 나가. 당장 나가.
지율	니가 나가. 너 때문에 쫓겨난 건데! 니가 우리 엄마한테 괜히 나 좋아한다느니, 사귄다느니, 손잡고 도망가버리겠다느니!!! 다했잖아. 니가 가, 찜질방!!!!
훈	(미치겠고) 내가, 왜 가? 여기 내 집인데, 내가 왜!!!!

S#55. 찜질방 (N)

– 누워 있는 훈. 뒤척이다가 일어나 앉는다.

훈	(심각하게) 내 집인데. 왜 내가 쫓겨난 거지? 내가 왜 나온 거지?

S#57. 은호의 집, 거실 (N)

- 은호와 단이, 차를 마시고 있다..

단 이   나 때문에.. 마음 아팠지..?

은 호   누나도 오늘 나 때문에 마음 아팠을 거잖아..

단 이   이사님이 안 후에 너 혼자 계속 안 좋았을 거 아냐.

은 호   나는.. 괜찮아. 누나. 하고 싶은 대로 해. 고용노동부에 비슷한 사례
          문의해보니까, 위법은 아니라니까. 어쨌든 계약 만기까지는 법으로
          도 어떻게 못하는 거잖아..

단 이   나 때문에 니가 난처해지면 어떡하지..?

은 호   (짐짓 가볍게, 따뜻하게 웃으며) 강단이 씨.. 나, 차은호야. 우리 회
          사에서 인세 제일 많이 받는 작가. / 그리고 니는 강단이 씨 안 내보
          내. 내가 좋아하는 사람이라서가 아니라 일 잘하는 직원이라서. /
          누나만 잘 버티면 돼.

단 이   (안심시키려는) 너만 괜찮으면... 난 어떡하든 버틸 수 있어..

은 호   (속상해서) 내일 나 강의가 있는 날이라서. 같이 못 있어서 미안해.

단 이   (애써 웃고) 너 자꾸 내 보호자 행세할 거야? 이건 내 일이야.

은 호   (여전히 단이 안쓰럽고)

단 이   그런 얼굴 하지 마. 씩씩하게 잘 버틸 거니까..

은 호   (말없이 손 뻗어 단이의 손을 잡는)

단 이   (보고) 니가 있잖아. 내 옆에. / 다른 사람들 결정적인 순간에 다 등
          돌린다고 해도 (싱긋) 난 너 하나면 돼.

은 호   (웃어준다)

S#58. 겨루 출판사 앞 (M)

  – 와서 서는 은호의 차. 저만치 회사 건물 보이고.

단 이   어휴, 기어이 회사 코앞까지 와...

은 호   (볼 톡톡) 차비.

단 이   누가 보면 어쩔려구. 이 상황에 사내연애까지 걸려봐. 나, 완전,

  – 하는데 저만치 걸어오는 송이. 앗, 하는 단이. 얼른 고개 숙이며,

단 이   채송이 씨. 채송이 씨.

  – 은호도 얼른 고개 숙이고. 둘이 숙인 채, 픽 눈 마주치고 웃는데.. 송
  이 멀리서 지나간다. 은호와 단이 고개 쑥 올리고 앉으며 회사로 가
  는 송이를 본다.

단 이   바보. 머리만 숙이면 뭐하냐. 차가 니 찬데.

은 호   (웃는) 그러네?

단 이   가야겠다. 좋은 하루 보내! (하고 내리는)

  – 단이 심호흡하고 회사로 걸어간다.

은호(E)   강단이!

단 이   (돌아보면, 창문 내린 은호 보이고)

은 호   (창문 위로 몸 내밀고 머리 위로 커다랗게 하트 만들어 보이는) 사
  랑해!!

단 이   쉿!! 누가 봐!! (제발 하지 말라고)

  – 은호 웃으며 가는 단이를 보고.. 멈춰서 회사 정문 보는 단이. 심호흡
  깊게 하고 씩씩하게 걸어간다. 은호, 그런 단이를 걱정스럽게 본다.

S#59. 대학, 강의실 (D)

    – 한창 강의 중인 은호. '전자출판 시대의 스토리텔링' PPT 슬라이드 화면 떠 있고.

은 호   문학이라고 하면 종이책이 전부였던 시장이 무섭게 변하고 있죠. 특히 웹소설과 같은 전자출판이 강세를 보이면서, 장르문학을 소위 '격' 떨어지는 통속물로 보던 순문학 작가들도 나서서 전자출판과 장르문학의 문법을 배우는 등 변화하는 시대에 발맞추기 위해 노력하고 있는데요...

    – 그때, 교탁에 울려져있던 핸드폰이 무음으로 깜빡인다. 문득 보는 은호. 핸드폰 화면에 해린의 문자가 떠 있다.

해린(E)   선배. 강단이 씨, 방금 사표 냈어.

    – 놀라 보던 은호, 급히 핸드폰 집어 들고 보는.

S#60. 강의실 복도 (D)

    – 수업 끝나고 나오는 학생들. 그 사이로 급하게 은호. 핸드폰으로 전화 건다.

은 호   (다급한) 무슨 이야기야, 강단이가 사직서를 내다니!! 무슨 일인지 제대로 말해봐, 송해린! (듣다가, 버럭) 그래서 지금 회사를 나갔어?!!

273

S#61. 버스 정류장 앞 (D)

— 개인물품 담긴 상자, 단이 옆에 놓여 있고. 단이, 버스 정류장 벤치
에 막막하게 앉아 있다.. 담담하게 차도 쪽을 보다가.. 툭 눈물 떨어
지면.. 질끈 닦아내며 호흡을 고르는 단이. 그러나 더 이상 참지 못
하고, 후두둑 울어버리는 데서, 13부 엔딩!

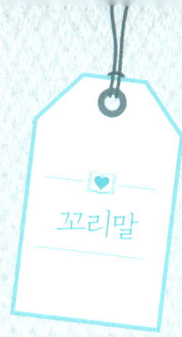

꼬리말

단이 향해 손가락 하트 날리는 은호 (58씬)

울고 싶을 때 울지 말라고 달래는 것보다 마음껏 울 수 있게

품을 내어주는 것이 더 위로가 된다는 것.

지쳐 있을 때 힘내라는 말보다 웃음 짓게 만들어주는 게 더 힘이 된다는 것.

모두 강단이를 사랑하면서 배우게 된 내 사랑의 방식들.

단이 향해 하트 날리는 은호 (58씬)

돌이켜보면, 외롭다고 생각했던 나날들이 실은 외롭지 않았다.

나의 한 발짝 뒤에서 내내 함께 걸어주고 있던 네가 있었기에.

돌아보면 웃어주고, 손 내밀면 잡아주던, 네가 있었기에.

너무 당연해서 몰랐던 그 사실을 변함없이

내 뒤를 지키고 있는 은호로 인해 깨달아간다.

그 깊은 사랑에 저절로 미소 짓게 되는 나날이다.

동네 서점 앞까지 서준을 따라간 해린 (24씬)

걱정하고, 신경 쓰고, 궁금해 하고, 화를 내고…

누군가에게 감정을 쓰고 있다는 것은

마음을 조금씩 내어주고 있다는 것이다.

그렇게 너와 내가, 우리가 되어가는 시간 속에 스며들어간다.

가평에서 우는 은호 (18씬)

그날의 선택이 문득 못 견딜 정도로 무겁게 느껴지는 어떤 날에는,

강단이에게만은 모든 걸 털어놓고 싶었다.

오래도록 잠겨 있던 내 마음을 강단이가 들여다보고,

잘 하고 있다고 다독여주었으면 싶었다.

그렇게 그 품에 안겨 마냥 잠들고 싶었던 어떤 날들이 있었다.

다정하게 기대앉은 은호와 단이 (57씬)

우리는 사랑하면 사랑할수록,

서로가 결코 같은 한 사람이 될 수 없다는 걸 알게 된다.

하지만 우리는 사랑하면 사랑할수록,

그 사람의 행복이 내 행복이 되고

그 사람의 불행이 내 불행이 된다는 것도 알게 된다.

'사랑'을 한다는 것은 그렇게 참으로 묘하고 신기한 일이다.

그 놀라운 일을 우리는 매일매일 해내고 있다.

화장실에서 숨죽여 우는 단이 (53씬)

살다 보면 추운 날도 있는 법이라고, 지치지 말자고, 괜찮다고...

늘 스스로를 다독여왔던 주문 같은 그 말조차 내뱉기 힘들었다.

그래서 어쩔 도리 없이 눈물만 쏟아냈다.

이런 내 생각에 가슴 아파할 은호 생각에 더 마음이 아팠다.

다정하게 안고 선 은호와 단이 (14씬)

"봄이 오면 같이 꽃 보러 가자."

고개를 끄덕였지만 사실 봄꽃 같은 건 보러가지 않아도 좋았다.

이미 서로가 서로에게 봄이고 꽃이기에.

거울 속에서 눈이 마주친 강단이는 내 마음 속 문장을 읽은 듯

해사하게 웃음을 터트렸다. 나도 따라 웃었다.

우리집에 봄꽃이 가득 피어났다

14부

너는 나를
다 알지?

S#1. 대학, 강의실 (D)

- 13부 59씬 상황.

해린(E)   선배. 강단이 씨, 방금 사표 냈어.

- 놀라 보던 은호, 급히 핸드폰 집어 들고 보는.

S#2. 강의실 복도 (D)

- 13부 60씬 상황. 수업 끝나고 나오는 학생들. 그 사이로 급하게 은호. 핸드폰으로 전화 건다.

은 호   (다급한) 무슨 이야기야, 강단이가 사직서를 내다니!! 무슨 일인지 제대로 말해봐, 송해린! (여기까지 끊고)

S#3. 겨루 출판사 일각 (D)

- 해린, 은호와 통화 중.

해 린   그게.. 아침에 일이 좀 터졌어..

－ 해린, 시선을 옮기면 그날 아침 상황. 출근 차림의 단이가 걸어온다. 주먹을 불끈 쥐는 단이.

단 이   아무 일도 없었던 것처럼 의연하게!!! 뻔뻔하게 견디자, 강단이!!

－ 하고 걸어간다.

S#4. 콘텐츠 개발부 (M) – 아침 상황

－ 사무실로 들어오는 단이. 지훙, 승진, 영아, 해린, 훈, 지율이 와 있고...

단 이   (밝게) 좋은 아침입니다!!!

－ 단이와 눈 마주치자 금방 시선 돌려버리는 지율과 훈.. 어색해진 단 이, 자리로 가는데...

해 린   (그래도 웃어준다) 오늘 많이 따뜻해졌죠?
단 이   네..

－ 그때 승진, 서류 챙겨 복사기 쪽으로 간다. 단이, 책상에 가방 놓고 얼른 다가가는.

단 이   복사하시게요? 제가 할게요.
승 진   아... 괜찮습니다. 그냥 제가 할게요. 별일도 아닌데요 뭐... (어색한 미소)

－ 그냥 단이 지나쳐 직접 복사하는 승진. 조금 뻘쭘해진 단이, 서서 그런 승진 보다가 고개 돌리면... 광수, 보고 있다가 단이와 눈 마주 치면 외면하고.

S#5. 탕비실 (M)

- 커피 마시러 들어온 송이. 머그잔 들고 보면, 차의 티백 넣던 통이
  비어 있다.

송 이 　　　다 떨어졌네... (사무실 쪽 보다가, 난감한) 어딨지?

- 여기저기 서랍 뒤지면서 티백 찾는데 마침 단이가 티백 상자를 들
  고 들어온다.

단 이 　　　차 떨어졌죠? 제가 바로 채울게요.

- 단이, 막 티백 상자 올려놓는데... 송이, 조용히 머그잔 놓고 조심스
  럽게 나가버린다. 단이가 티백 상자 뜯어내고 돌아보면 이미 사라
  진 송이고.. 단이, 괜히 애꿎은 티백 상자만 툭툭 건드려본다. 난감
  하다.
- 입구에서 그런 단이를 보는 착잡한 영아..

S#6. 콘텐츠 개발부 (M)

- 각자 일하고 있는 직원들.
- 자리에서 서류 챙기던 지홍, 문득 부른다.

지 홍 　　　강단이 씨.
단 이 　　　네!
지 홍 　　　(적당히 서류 주며) 이거 해외문학부 조 팀장님한테 좀 가져다주세
　　　　　요. 나 지금 이사님께 보고 들어가야 해서.
단 이 　　　네.

- 단이, 서류 들고 사무실 나가는.. 직원들의 시선 단이를 따라간다. 단이 사라지면, 해린, 사람들을 노려본다.

해 린   사람들이 왜 그래요, 정말!

지 홍   왜들 그래!!

지 율   .....

지 홍   내가 누누이 말했지? 우리 인간적으로 좀 살자!!!

영 아   누군 그렇게 안 살고 싶나.. 회사잖아..

훈   (어쩔 수 없이 끄덕끄덕)

지 홍   지는 강단이랑 친구면서!

영 아   (가슴 치며) 그래서 내가 말했잖아. 부서이동 해달라구! / 팀장님이 나 잘 해. 나도 가슴이 찢어지는 중이니까!!!

지 홍   (후- 답답하다)

해 린   오지율 씨랑 박훈 씨도 그래. 입사동기면서.

훈   그러니까 더 죽겠어요. 막말로 우리보다 백 번 나은데, 우린 정규직 이고 강단이 씨는 계약직이잖아요.

지 율   남의 떡 뺏어먹은 느낌이란 말이에요.

- 인서트, 모퉁이 어디쯤. 단이 서류 그대로 들고 듣고 서 있다..

해린(E)   조금씩들 불편은 하지만! 편집장님은 계약해지 안 하실 거야. 편집 장님 몰라요?

- 다시 해린 책상.

해 린   강단이 씨 계약 기간도 아직 한참 남았구. (직원들 노려보며, 이동 한다)

- 해린, 단이 쪽으로 가는데.. 서 있던 단이랑 눈 딱 마주치고. 다 들었 겠구나, 싶은데.

단 이	(서류 내밀며) 봉 팀장님이 서류를 잘못 주셨어요. (하고 내민다)
해 린	(받으며 보고, 난감) 아, 제작발주서였구나...
단 이	(애써 웃는다)
해 린	(웃는다) 이따 점심 같이 먹어요. 단이 씨. 김치찌개 진짜 맛있는 집, 알아요.

　　　　－ 하는데, 재민이 빠른 걸음으로 걸어온다. "대표님 안녕하세요." 인사
　　　　하는 둘.

재 민	송해린 대리. 박성용 작가랑 점심 약속 있지?
해 린	(앗!)
재 민	봉 팀장 서 팀장이랑 다들 같이 모여 다음 계약 밀어붙여 보자구.. (하고, 단이 흘깃 보고 바쁜 듯 지나가고)
해 린	(단이 본다) 깜박 잊고 있었네. 어떡하죠?
단 이	내일 먹어요. 대리님.
해 린	(웃으며 끄덕인다)

S#7. 옥상 (D)

　　　　－ 어디쯤 앉아 혼자 컵라면 먹는 단이... 후후 불어가며, 잘 먹는다.

S#8. 이사실 (D)

　　　　－ 업무 보고 있는 유선. 그때 핸드폰에 전화가 걸려온다.

유 선	(받으며) 어머, 이 작가님! 잘 지내셨죠? / (얼굴 굳으며) 네? 그게 무슨 말씀이세요? 서점에 아직도 책이 팔리고 있다고요?

S#9. 콘텐츠 개발부 (D)

- 각자 일하느라 조용한 사무실. 은호 자리는 여전히 비어 있고. 해린 외출했다 자리로 오며 "단이 씨 점심 잘 먹었어요?" 웃으며 묻고. 단이도 "네." 하는데..
- 그때 유선 이사실에서 나오며,

유 선	채송이!!!
일 동	(깜짝 놀라고)
송 이	(졸다가 놀라 벌떡 일어나며) 네, 네...!!
유 선	도대체 일처리를 어떻게 한 거야? 이정섭 작가 계약해지, 영업지원팀에 알렸어?
송 이	네...?
유 선	이정섭 작가 책 절판 고지 제대로 전달했냐고!!!
단 이	(영문 모르는 채, 긴장)
유 선	계약해지 합의서 쓴 지가 언젠데 아직도 서점에 이 작가님 책이 버젓이 팔리고 있어?! 어떻게 작가가 서점에서 그 꼴을 보고 전화하게 만드냐고!!
송 이	(사색이 되고)
승 진	이정섭 작가님 책 절판하기로 했어요?
광 수	고지 전달 못 받았는데, 저도. 당연히 계약 연장 하는 줄 알고, 오천 부나 다시 찍었는데요?
지 홍	오천 부... 난리가 났네, 난리가 났어..
유 선	(그대로 송이 보며) 말해봐. 절판 고지했어? 안 했어?!!
송 이	(겁먹은, 다급한 마음에) 해... 했어요. / 강단이 씨한테!
해 린	(앗!)

- 일동, 단이를 보고... 갑자기 이름 불린 단이, 자리에서 일어나 당황해 보는데... 유선, 서서히 단이를 본다. 영아, 어떡하냐 싶은 얼굴로 보고 있고.

송 이	내가... 내가 전달했잖아요, 강단이 씨한테... 영업지원팀에 이 작가님 계약해지 보고서 전해달라고...!!
단 이	(당황해서) 저는 그런 보고서를 받은 적이...
송 이	(OL) 부탁했잖아요, 유 작가님 낭독회 전에!
단 이	(생각이 안 난다)
지홍,영아	(그런 단이를 안됐게 보는)
유 선	어떻게 된 거죠?
단 이	죄송합니다. 기억이 잘..
송 이	까먹은 거예요? 아무리 낭독회가 중요해도 그렇지... 내가 부탁한 게 먼저잖아요. (심하게 공격하는 투로 말하지는 말아요..)
유 선	(정말이냐는 듯 단이를 보는)
단 이	아니 정말 저는... (하는데)

‒ 단이, 문득 직원들이 전부 자신을 보고 있다는 걸 느낀다. 다들 단이의 실수로 믿는 눈치고... 아무도 자신을 믿어주지 않을 것 같은 분위기에 밀문이 막히는 단이... 무슨 말을 해야 할지 모르겠고... 그런 단이를 보던 유선, 고개 돌려 송이를 본다.

유 선	(그대로 송이 보며) 채송이 씨. 담당자가 자기 일을 끝까지 책임져야지, 그런 중요한 일을 어떻게 계약직 사원한테 맡겨? 이 작가님이 신사적인 분이라 다행인 줄 알아. 이 일, 소송까지도 갈 수도 있는 일인 거 알지?
송 이	아니.. 분명히 강단이 씨한테 줬는데..
단 이	.....
유 선	일단 이 작가님한테 연락해서 사과부터 드려. 영업지원팀한텐 내가 직접 말할 테니까. (가고)

‒ 단이, 가는 유선을 보다가 다시 송이를 보면... 송이는 짜증스런 얼굴로 핸드폰과 다이어리 챙겨 사무실 나가버리고... 직원들은 다시 각자 할 일 한다. 혼자 멀거니 선 단이... 지독하게 외롭고...

승 진	(광수에게) 새로 찍은 오천 부, 다 파쇄해야 하는 거야?
광 수	그래야지, 별 수 있어요..
지 홍	어휴, 뭐하러 오천 부나 찍었어?
영 아	잘 팔리는 책이니까 그랬죠. 아니 13쇄까지 찍다가 왜 갑자기 절판해?
지 홍	시대가 바뀌었잖아. 가부장적이니 뭐니 문제가 많았잖아.
단 이	(그들의 대화 들으며) ......
훈,지율	(단이 안됐다는 듯이 눈길 주고받는)

S#10. 겨루 출판사 일각 (D)

- 앞의 3씬 상황. 이어서. 은호와 통화하는 해린.

해 린	못 견디겠는지, 결국 사표를 썼어요. 선배.

S#11. 강의실 복도 (D)

- 13부 60씬. 상황. / 앞의 2씬, 연결.

은 호	(듣다가, 버럭) 그래서 지금 회사를 나갔어?!!
해린(E)	지금 개인물품 챙기고 있어요.
은 호	(듣다가 뛰어간다)

S#12. 대표실 (D)

- 책상에 놓인 사직서를 보고 있는 재민과 유선.

유 선	(역시 착잡) 차 편집장 성격에 계약해지 못할 거 같았는데.. 차라리
	잘된 건지도 모르겠네요.
재 민	아후, 정말 이럴 땐 대표고 뭐고... 참, 못할 짓이라니까.

― 유선, 착잡한 표정으로 서 있다가 나간다.

S#13. 콘텐츠 개발부 (D)

― 유선, 대표실에서 나와서 단이가 개인물품 상자를 안고 사람들과 인사를 하는 걸 본다.

단 이	이렇게 갑자기 떠나게 돼서 죄송해요.. 그동안 감사했어요.
일 동	(다들 착잡해서 할 말이 없는데)
지 홍	그래.. 저, 차 편집장이랑 상의해서 연락 한번 할게요. 그래도 밥은
	한 끼 같이 먹어야지..
영 아	(차마 보지도 못하고)
단 이	갈게요. 나오지 마세요..
지 율	잘 가요.. 언니..
단 이	(웃어준다. 훈에게도 시선 돌려 웃어주는)
훈	.....

― 단이, 직원들에게 인사하고, 사무실 빠져나가려다가 유선을 본다. 유선과 잠시 주고받는 시선. 단이, 유선에게 고개 한번 숙인다. 유선 고개 끄덕이고... 다시 가는 단이 보며 이사실로. 직원들.. 모두 가는 단이 보며 마음 안 좋은. 특히 영아.. 눈가 젖어서... 후− 울지 않으려고 천장을 보거나..

S#14. 엘리베이터 앞 (D)

- 단이, 걸어오는데.. 엘리베이터 앞에 서 있는 해린. 내려가는 버튼 누르고 애써 웃어 보인다. 문 열리면 단이 들어가고. 해린도 따라 들어간다.

S#15. 엘리베이터 안 (D)

- 해린, 로비층 버튼 눌러놓고.

해 린 주세요. 버스 정류장까지 바래다 드릴게요. (상자)
단 이 고맙습니다. (습관처럼 그렇게 말해놓고, 다시) 고마워요. 대리님, 오늘 내내.. 위로가 많이 됐어요..
해 린 ....단이 씨가.. 언젠가 가르쳐준 거잖아요..

- 플래시백, 3부 53씬.
단 이 억울하단 생각만 든 건 아니에요.
해 린 (보면)
단 이 서운하단 생각도 들었네요. 누구한테.
해 린 (나한테?)
단 이 편을 들거나 문제를 크게 만들지 않아도. 니 마음, 내가 알아.. 그 정도만이라도 좋았을 거예요. 충고나 위로, 그거 말고. 공감. / 같은 사람이니까. 그 심정 나도 안다.. 그거요.
- 그 기억 떠올리고 단이가 해린을 보고 웃어 보인다.

해 린 연락할게요. 내 전화 받아요!
단 이 네.. (웃는다)

S#16. 겨루 출판사 앞 (D)

    - 단이와 해린이 회사 앞으로 나온다.

단 이	송 대리님. 여기까지면 됐어요. 저 혼자 갈게요.
해 린	아니에요. 버스 정류장까지 갈 거예요.
단 이	미팅 있잖아요. 바로.
해 린	(앗)
단 이	(상자 받으며) 가요. 얼른.
해 린	그동안.. 애 많이 썼어요. 저도 단이 씨한테 많이 배웠어요. 너무 열심히 일해줘서.. 고마워요.
단 이	네.. 저두요.

    - 단이 가고, 해린이 가는 단이를 마음 아프게 본다. 괜히 하늘도 한 번 보고..

S#17. 겨루 출판사 일층 (D)

    - 들어오며 착잡한 해린이고.

S#18. 겨루 출판사 앞 (D)

    - 거칠게 들어오는 은호의 차가 끽- 하고 멈춘다. 운전석에서 나와 안으로 다급하게 뛰어 들어가는 은호.

S#19. 겨루 출판사 일층, 엘리베이터 앞 (D)

- 은호, 정신없이 뛰어와 막 닫히는 엘리베이터 버튼 누르는데, 다시 문 열리면 안에 서 있는 해린.

해 린   선배!!
은 호   강단이 씨는.
해 린   방금 나갔어. 버스 정류장.

- 해린 말 끝나기도 전에 대답도 않고 뒤돌아 뛰는 은호. 빠르게 뛰어 나간다. 그런 은호를 보며 애써 담담하려는 해린.

S#20. 겨루 출판사 앞에서 버스 정류장까지 (D)

- 정문에서 뛰어나오는 은호, 눈으로 단이 찾지만 보이질 않고. 은호, 잠깐 멈칫하고 두리번대다가.. 버스 정류장 쪽으로 전력 질주한다. 달리는 은호와 버스 정류장 쪽으로 걸어가는 단이.. 두 사람과 과거 씬들이 교차 편집되는..

- 플래시백, 5부 36씬. 유선의 심부름하는 단이.
- 플래시백, 3부 37씬. 단이에게 인호원 작가 가제본을 건네주는 은호.
단 이   (씩씩하게 웃고) 제대로 보여줄 거야, 내 실력!! 내가 누구야? 한때 광고회사에서 날렸던 강단이!!
은 호   (마주 웃고) 이렇게 일하고 싶어서 그동안 어떻게 살았냐?
- 플래시백, 3부 41씬. 새벽까지 서재에서 가제본 읽으며 헤드카피 구상하는 단이.
- 플래시백, 5부 17씬. 회의실에서 〈회색세계〉 랩핑마케팅 발표하는 단이.
단 이   네. 신인. 내세울 거 없죠. / 내세울 포인트가 명확하지 않다면? 작가도 책도 보여주지 말자. 차라리 보여주지 말자!! 그렇게 나온 게 바로 이 (PPT 가리키며) '대책없는 프로젝트'입니다!!

- 플래시백, 6부 54씬. 랩핑한 책 샘플 내밀던 은호.

은 호   세상 사람들이 다 몰라도.. 내가 알아요. 강단이 씨가 이 책 마케팅 한 거.

- 플래시백, 9부 32씬. 카드뉴스로 처음 인정받은 느낌 받은 단이.

은 호   박수를 받으실 분은... 업무지원팀 강단이 씨!!

은 호   이 책은.. 강단이 씨가 작성한 카드뉴스가 포털 일 면에 오르면서 오늘 주문이 급증했어요.

- 플래시백, 9부 33씬.

단 이   드디어 회사에 도움이 됐어!! 으앗싸!!! 파워댄스!!! (하며 좋아서 춤을 춘다) 자신있게, 파워댄스~~!!

- 플래시백, 12부 3씬. 낭독회 진행하고 사람들의 박수를 받던 단이.

- 그런 기억들 함께 떠올리며 달리는 은호. 단이, 버스 정류장의 벤치 에 앉고..
- (13부 엔딩) 결국 후두둑 눈물 떨어지는 단이.
- 은호, 저 멀리 버스 정류장 벤치에 앉아 있는 단이 발견하고 그대로 멈춰 선다. 허리 숙여 두 무릎을 양손으로 짚고 가쁜 숨을 몰아 내 쉰다.
- 은호, 버스 정류장에 다가가는데. 막 도착하는 버스. 단이, 눈물 닦 아내며 버스 타려 일어나는데!

은 호   (힘껏) 강단이!!!

- 단이, 은호를 본다. 은호, 단이를 향해 뚜벅뚜벅.. 걸어간다.
- 가까이 오는 은호를 보는 단이. 단이, 은호 앞에서 울지 않으려고 애쓴다. 애써 웃어 보이는.

은 호   (그런 단이 모습이 목이 메는, 눈가 붉어져서) 사직서 냈다며...

단 이	내가 계속 버티고 있으면.. 니가 나 때문에 너무 속상할 거 같애서..

- 결국 어깨를 축 늘어트리고, 다시 눈물을 흘리기 시작하는 단이. 은호, 다가와 그런 단이를 푹 감싸 안는다.. 그렇게 안겨 말없이 우는 단이..

은 호	(안은 채) 미안해. 나, 아무것도 못해서.
단 이	(안긴 채) 미안해.. 자꾸 니 맘 아프게 만들어서.

- 그게 아니라고 고개 저으며, 얼굴 떼어내고.. 단이 눈물 닦아주는 은호. 볼 감싸 쥐고 보는데..

단 이	(은호, 올려보며) 나, 정말 많이 노력했어.
은 호	(그 말에 울컥) 그래. 내가 알아..
단 이	(그대로 올려보며) 정말 열심히 했어..
은 호	(결국 눈물) 그래.. 그것도 알아..
단 이	책 만드는 것도 재밌었어..
은 호	그래.. 그것도...
단 이	우리 출판사 사람들도... 좋아했어.. / 이렇게 나왔어도 나 우리 출판사 사람들.. 안 미워..
은 호	그래.. 알아.. (끄덕끄덕, 계속 볼 감싸다시피, 눈물 닦아주며, 안쓰럽게 눈을 들여다보며)
단 이	너는 다 알지...? (그치?)
은 호	어.. 다 아는데... / 다 아는 거밖에.. / 내가, 아무것도.. 못해서..
단 이	(은호의 눈물 닦아주며, 애써 웃는)
은 호	할 수 있는 게.. 정말 아무것도 없어서.. 미안해.
단 이	그게 얼마나 큰 건데.. 바보야..

- 다시, 단이를 안는 은호. 안겨 우는 단이. 그렇게 안고 있는 둘에서.

- 지율이 훈의 집에 제 집처럼 앉아 다이어리를 쓰며 계산기를 두드린다.
- 훈은 그런 지율을 흘끔거리며 일상복으로 갈아입고 찜질방에 갈 준비를 한다.

지 율   버스비가 천이백오십 원이니까, 출퇴근 왕복이면 하루에 이천오백원. 한 달에 이십 일 회사 나온다 치면... (폰 계산기 두드리고, 놀라서) 교통비만 한 달에 오만 원이라고?! 나 커피도 마시고 영화도 봐야 되는데? 친구들이랑 밥도 먹어야 되구... / 아, 집세!! 월세가 오십만 원..

훈   핸드폰 요금은 왜 빼먹냐..

지 율   아, 맞아. 핸드폰 요금.

훈   전기세, 수도세, 가스비 기타 등등 관리비는?!

지 율   그걸 왜 내가 내?

훈   내가 찜질방에서 자는 조건으로 집세 낸다며?

지 율   오십만 원. (낼 거잖아)

훈   월세 반반씩 내고 합리적으로 같이 살 수 있는 방법을 생각해보자.

지 율   (순순히) 그래도 괜찮을까? (곰곰) 그래.. 난 너 남자로 안 보여..

훈   (쓱 얼굴 다가가며, 코앞에서) 이래도 안 느껴져?

지 율   (그대로 보며) 응.

훈   (끔벅끔벅. 가까이 다가온 지율을 본다) 나는 안 돼. 니가 너무 여자로 느껴져..

지 율   (그대로 가까이서) 나, 너무 노안이라며...

훈   아무 상관없어.. 넌 너무 예뻐. 위험할 정도로.

- 그렇게 서로의 얼굴을 들여다보고 있는 둘.. 다시 안는다. 오래오래 안고 있는 두사람..

S#22. 어느 찜질방 앞 (N)

- 허탈한 표정으로 찜질방 앞에 서 있는 훈. 한숨 푹 내쉬고... 터덜터
  덜 안으로 들어간다.
- 멀찍이 세워져 있던 자동차. 뒷문이 열리며 지율모가 내린다. 함께
  운전석에서 내리는 비서.

비 서	계속 박훈 씨는 찜질방에서 자고 있습니다. 아침에 다시 집으로 가고, 퇴근하면 또 혼자 찜질방으로 오고... 계속 이 패턴입니다.
지율모	그럼 그렇지... 우리 지율이가 겨우 저런 남자랑 사랑에 빠질 리가 없지. 내가 내 딸 눈을 얼마나 높여놨는데...
비 서	어떻게 할까요?
지율모	그냥 내버려둬. 우리 지율이가 회사 들어가더니 뒤늦게 사춘기를 거하게 맞는 모양인데... 고생을 해봐야 엄마 품이 최곤 줄 알지. / 금방 돌아올 거야. 우리 지율이 돈 없이 못 살아. 내 딸, 내가 제일 잘 안다니까?!

S#23. 은호의 집 외경 (N)

은호(E)	우리는 한 사람씩 우주 공간을 흐르는 별이다.*

S#24. 단이의 방 (N)

- 침대에 엎드려 함께 책을 읽는 은호와 단이. (은호와 단이 버스 정
  류장 감정 이어서 애틋한 느낌으로)

* 나태주, 〈가장 예쁜 생각을 너에게 주고 싶다〉 중 「별」의 일부, RHK

은 호	머언 하늘 길을 떠돌다 길을 잘못 들어 여기 이렇게 와 있는 별들이다. (하고 이어서 읽는 단이의 머리칼을 쓸어주거나. 사랑스럽게 보는)
단 이	(은호에 이어서) 아니다. 우리는 오래전부터 서로 그리워하고 소망했기에 여기 이렇게 한자리에서 만나게 된 별이다.
은 호	(외우는 듯 책 안 보고, 단이 보면서) 그러니 너와 나는 기적의 별들이 아닐 수 없다.
단 이	하늘길 가는 별들은 다만 반짝일 뿐 서러운 마음 외로운 마음을 가지지 않는 별이다.
은 호	그러나 우리는 순간순간 외로워하고 서러워할 줄 아는 별이다. 안타까워할 줄도 아는 별들이다.
단 이	그러니 우리가 얼마나 사랑스런 별들이겠는가..! (하고 은호 보고) 좋다. 이 책..
은 호	(끄덕이며, 단이 머리칼 만지다가.. 조금쯤 망설이다가) 나.. 여기서 자면... 안?
단 이	(못들은 척.. 은호를 차마 못 보고.. 책 넘기고)
은 호	(뒷머리 긁적이거나 적당히..) 난 괜찮을 거 같은데..

- 말없이 은호 보지도 않고.. 책만 넘기는 단이.. 어색한 은호... 잠깐의 정적..

은 호	..........그래.. 그럼.. 책 읽어.. / 잘 자고..

- 은호, 어정쩡.. 일어나 나간다.. 문 닫히면, 휴우... 참았던 숨 몰아쉬는 단이.. 닫힌 문 쪽을 보는.

S#25. 단이의 방 앞 (N)

- 빨갛게 달아오른 얼굴을 부채질하며 가는 은호.

| 은 호 | 나, 이거.. 진짜 싫어. 얼굴 빨개지는 거... |

S#26. 단이의 방 (N)

| 단 이 | 아니.. 그냥.. 자연스럽게... 누워 있다가.. 자면 되지.. (서운하다) 꼭 그런 걸 허락을 받냐.. |

S#27. 은호의 방 (N)

- 침대에 앉은 은호..

| 은 호 | (뿌해서) 어휴.. 밤이 길다. 길어.. (협탁에서 책 한 권 가져와 펼치고) |

- 은호 책 읽는데.. 그때, 은호의 방문이 스르르 열린다.. 은호, 긴장. 혹시 단이?

| 은 호 | (단이라고 생각. 씨익.. 혼자 괜히 웃고) 누나야? (슬슬 좋아서 웃다가.. 베개 두 개 탁탁 제대로 놓고) 괜찮아! 들어와. 난 언제든 준비가 돼있어!!! |

- 그래도 열린 문으로 아무도 들어오지 않고. 은호, 피식 웃으며 문쪽으로. 앗! 그러나 아무도 없다.. 문고리 한번 잡고 다시 텅 빈 방 앞을 보는 은호.. 스스로 어이가 없고..

| 은 호 | 바람... 바람이 연 거야? / 아흐.. 아, 미치겠다. 차은호.. (자신의 착각에 혼자 부끄러워서 몸 둘 바를 모르겠는) 아후...!!! |

S#28. 은호의 방, 모퉁이 (N)

    – 은호, 혼자 씩씩대는 소리 들린다.. 문을 연 것은 단이였다. 단이, 모퉁이 벽에 딱 붙어서.. 은호 안 보이게 숨을 고르고 있다..

단 이   못 들어가.. 못 들어가. 어떻게 들어가... (생각만 해도 닭살이다) 으으으으..

    – 간지러운지 팔 털어내며 살금살금 쪼르르 제 방으로 뛰어가는 데서, F.O.

S#29. 단이의 방 (M)

    – 단이 잠들어 있다. 햇살에 눈뜨는 단이. 찡그리고 일어나 알람시계 보는 단이. 아홉 시다! 앗, 하는 단이.

단 이   어떡해. 늦었어!!! (허겁지겁 일어서다가) 맞다.. 나, 그만뒀지... (후-)

S#30. 은호의 집, 주방 (M)

    – 단이 나오면 은호 아침상을 차려놓았고 물 따라 놓는.

은 호   푹 잤어?
단 이   응. (하고 와서 물 마시는)
은 호   감동 안 받아? (식탁 좀 보라고) 여자친구를 위한 오첩반상!
단 이   다 니가 했어?
은 호   김치랑 멸치볶음은 냉장고에 있던 거. / 부럽다, 강단이. 나 같은 남자친구 있어서.

단 이 (웃고) 맛있겠다.

은 호 (웃으며 반찬 하나 올려주고)

단 이 (얌전히 받아먹고)

은 호 원하는 걸 얘기 해봐.

단 이 (응? 하고 보는)

은 호 일 번. 내가 너를 얼마나 사랑하는지, 돈으로 보여주는 남자친구. (미리 내놓은 카드 하나를 쓱 밀어 단이 앞에 탁 놓고)

단 이 사고 싶은 거 다 사도 돼?

은 호 (끄덕이고) 쓰고 싶은 데 써. 이 번. 복수해주는 남자친구.

단 이 어떻게?

은 호 간단해! / 회사를 간다. 김재민 대표를 부른다. 나, 베스트셀러 작가 차은호다. 내 책을 절판하겠다! 피의 계약 시리즈, 유니버스 시리즈, 피플 시리즈, 전부- 당신이 제일 싫어하는 월명출판사로 판권을 옮기겠다. 그리고 다음 계약은 이 출판사로 안 하겠다! / 그렇게 말해주는 거지. 그럼 회사가 한 달은 뒤집어질걸?

단 이 (흘기고) 그런 짓.. 안 할 거면서..

은 호 (웃고) 삼 번. 여자친구가 마음이 풀릴 때까지 하루 종일 같이 있어주는 남자친구.

단 이 회사는 가야 하잖아.

은 호 안 가. 짜르고 싶음 짜르라 그래.

단 이 (나한테 할 소리야? 흘겨보는) 좋겠다. 그렇게 큰소리치고 살 수 있어서.

은 호 미안. 잘못했어.. 괜히 허세 부려본 거야. / 사실은 월차 쓴다고 메시지 보냈어. 봉 팀장님한테.

단 이 진짜 안 가도 돼?

은 호 (응!)

단 이 그럼, 삼 번! / 하루 종일 집에 있자. (갸웃, 기대) 뭐하지? 만화나 빌려 볼까?

은 호 할 게 그뿐이겠어? 다 나한테 맡겨!!!

S#31. 거루 출판사 일각 (D)

- 은호의 이름 밑에 월차라고 쓰인 일정표를 보는 지홍, 재민, 영아.
  지홍과 영아, 천천히 고개 돌려 재민을 얄밉게 보고.

영 아 편집장님 화났어요. 내가 봤을 때.

지 홍 워낙 인류애가 넘치는 분이잖아. (월차 표시) 시위하는 거야. 이거.

영 아 편집장님도 안 계신데 사표를 수리하고.

재 민 왜 나한테 그래? 인사규정, 나 혼자 정했어? 회사 만들 때 다 같이
  모여서 정한 약속이잖아!!!

지홍,영아 (흥, 칫! 하고 간다)

재 민 (일정표 보며 한숨)

S#32. 대표실 (M)

- 재민, 들어와 앉는다.

재 민 그렇다고 보란 듯이 월차를 쓰냐..

- 하고 앉는데, 저만치 어디쯤 바닥에서 무언가 반짝! 한다. 뭐지? 라
  고 가보는 재민. 주워서 들어보면 여자의 옷 단추다!!!

재 민 또 틀림없이 고 이사 단추야..

S#33. 이사실 (M)

- 유선이 나태주의 〈가장 예쁜 생각을 너에게 주고 싶다〉를 읽고 있
  는데. 노크 소리 들리고 들어서는 재민. 손에 단추랑 반짇고리 들고.

재 민	이사님. 일어서봐요.
유 선	(왜? 하고 일어서는데)
재 민	(반짇고리 척 책상에 놓고, 단추 보여주며) 또 단추 떨어졌어요!
유 선	어디 떨어졌지? (하고 양 소매를 보면 다 있고..)
재 민	가만 있어봐요. 내가 달아줄게! / 그냥 옷 입은 채 답시다!

– 어디에 떨어졌는지 보다가 앗, 하는 재민과 유선.. 어떡하지? 서로
를 보는.. 유선의 블라우스 목에서 두 번째 단추가 떨어져있다.. 유
선, 단추가 떨어진 곳을 손으로 움켜쥐고.... 재민은 바늘과 단추를
들고.. 시선을 피했다가, 다시 서로를 보고, 다시 피하고, 다시 서로
를 보는데.

유 선	(어느 순간 도도하게) 달아줘요. 단추. / 친절... 그 이상 그 이하도 아닌 거, 아니까.

– 시간 경과. 유선, 옷 입은 채.. 목을 치켜들고... 한 손은 책상을 짚고,
한 손은 허리에, 그리고 엉덩이는 쑥 빼고, 목은 들고. 그렇게 재민
에게 바느질을 맡겨놓고. 재민은 그 앞에 서서 고개 돌린 유선을 보
면서.. 조심조심 단추를 달고 있다!

유 선	한번도 안 달아봤어요.. 단추를.
재 민	(바느질 하며) 여자라고 다 바느질을 잘해야 합니까? 난 혼자 애들 키우다 보니 어쩌다 배우게 된 거고..
유 선	(재민 못보고) 다른 것도 잘 하는 게 없어요..
재 민	(계속 바느질 하는) 그게 무슨 상관이에요. 일을 잘 하잖아요.
유 선	.... (그 말에 재민을 보는)
재 민	이사님이 있어서.. 우리 회사에 얼마나 다행인데요.
유 선	(자신을 알아주는.. 그 말에.. 그동안의 외로움이 터지는 듯, 눈가 촉촉)
재 민	우리 회사가 회사라기보다는 친목모임 같을 때가 있잖아요. 형, 동

	생, 친구 먹기 예사고. 오래 알고 지낸 사람들도 많고요. 난 장점이
	라고 생각해요. 자기 의견 편하게 내는 분위기도 중요하니까.
유 선	하지만. 중심이 필요하죠.
재 민	네. 그 중심이 고 이사님이에요. 겨루가 큰 사고 없이 이만큼 굴러
	온 건.. 이사님 덕이 크다고 생각합니다. 고마워요, 늘.
유 선	(그런 재민에게 위로 받았다 느끼고)
재 민	난 책임감 느낍니다. 고 이사님한테.
유 선	무슨.. 책임감요...?
재 민	(바느질 마치고, 실매듭 지으며) 우리 회사 처음 들어올 때만 해도..
	예뻤죠, 고 이사님. / 책 만들다가 청춘 다 갔잖아요.
유 선	지금은 안 예쁜단 뜻인가요?
재 민	아니, 그건 아니고.. (유선 살짝 봤다가, 말 돌리는) 다 달았다. (습관
	적으로 이로 실 뜯으려고 얼굴 대는데)
유 선	(훅 다가오는 재민에 움찔)
재 민	(자기 행동 알아차리고 멈칫. 뜯을까, 말까 난감한데)
유 선	가위.. 저쪽에 있어요. 대표님. (책상)
재 민	(얼른) 그렇죠, 가위가 있는데 참..

- 얼른 책상에 놓인 가위 집어오는 재민. 가위로 실 자른다. 묘하게
  어색해서 서로 잘 못 보는 두 사람.

| 유 선 | 고마워요. |
| 재 민 | 바느질 할 거 생기면 말해요.. 금방 하니까요. |

- 재민, 반짇고리 챙겨서 나가고.. 유선, 그런 그를 쫓다가 닫힌 문을
  보는 데서..

S#34. 몽타주 (D)

- 거실. 만화책 가득 쌓아놓은 은호와 단이 편하게 앉아 만화를 본다. 보다가, 단이를 보는 은호.

단 이   만화책 안 봐?

은 호   (그대로 싱긋 웃으며 보고)

단 이   재미없어?

은 호   (팔짱 끼며) 난 만화책 보다 더 재밌고 더 예쁜 거 보고 있어.

단 이   (나 보고 있는데? 뭐지? 뒤돌아보며) 뭐? 뭐보는데.

은 호   (손가락으로 사각형 만들어, 단이를 그 안에 쏙 넣고) 내 여자친구.

- 단이, 어휴.. 하며 사각형 허물어버리고.. 은호, 단이 안고 바닥에 누우며 까르르 함께 웃는 데서.

- 거실. 영화를 보는 둘. 소파에 앉아 껴안다시피 하고... 키스씬이 나온다. 은호, 단이를 장난처럼... 음흉하고 느끼하게 본다. 서서히 다가온다..

단 이   (몸 떼어내며 피하려고) 하지 마...

은 호   응? (왜 긴장하는지 모르겠다는 투로.. 더 다가가는데)

단 이   하지 마.. (웃으며 은호의 얼굴을 손바닥으로 쓸듯 밀어내고) 하지 마..

은 호   (단이 손 치우고, 더 다가가며 장난) 뭘.. 뭘, 하지 마?

단 이   (싫지 않지만, 밀어내며) 하려고 하는 그거.. 하지 말라니까..

은 호   (놀리며 다가가는) 아무것도 안 할 거야..

단 이   윽.. 어떡해..

- 단이, 은호에게서 피하지만.. 물러설 공간이 더 이상 없고.. 싱긋 웃으며 가까이 다가오는 은호. 단이, 윽 하고 눈을 감아버린다. 은호, 웃는 얼굴로 단이의 눈감은 얼굴을 가만히 본다. 단이 키스 기다리는데.. 은호, 후- 입김만 불고. 단이 뭐야? 하고 눈을 뜨면..

은 호   키스 같은 거 기대했나본데, (으쓱) 아무것도 안 한다고 했잖아.

- 단이, 웃고 만다. 노려보며 쿠션 들어 은호 몇 대 때리고. 장난치는 둘. 그러다 자연스럽게 키스로 연결. 오래오래..

- 주방. 떡볶이 요리하는 단이. 뒤에서 껴안은 채 졸졸 단이 움직이는 데로 따라다니는 은호.

단 이 맥주도 한잔 할까?

은 호 어.

단 이 (뒤편 가리키며) 저기, 냉장고에서 꺼내.

은 호 (그대로 안은 채 고개 흔들며) 안 돼. 안 돼. 지금은 한몸이야. 같이 가야 돼.

- 웃으며 냉장고로 가는 단이. 안은 채 붙어 따라가는 은호. 단이 냉장고에서 맥주 꺼내는.

- 거실. 떡볶이, 맥주.. 만화책들이나 과자봉지 보이고.. 바닥에 누운 둘. 은호, 팔 베고 누운 단이. 백허그한 은호. 단이 베고 누운 은호의 팔 끝에는 책이 한 권 있고. 함께 그렇게 누워 책을 읽고 있다.

은 호 읽었지?

단 이 응. 그럼 넘긴다. (페이지 넘기고)

- 은호, 책에 시선 주며 단이 더 깊게 안는다. 그런 둘에서.

S#35. 어느 우체국 (D)

- 긴장한 듯 굳은 표정의 서준. 장편소설 분량의 원고가 들어 있는 서류봉투에 보내는 사람, 받는 사람의 주소를 적은 인쇄물을 잘라 붙이고 있다. 받는 사람에 프린트한 '겨루 주소' 붙어 있고, 보내는 사람엔.. '박정훈' 이름과 전화번호, 주소 적혀 있고. 박정훈의 주소는 서울시 종로구 안영동 148-23번지*로 되어 있고, 전화번호 역시 없는 번호. 〈소설 투고 원고〉라고 적혀 있다. 서준, 번호표 보고 창구로 가져가는.

• 없는 주소입니다.

S#36. 콘텐츠 개발부 (N)

- 직원들 앉아 일을 하는데.. 해린이 단이의 빈 책상을 본다. 그리고 은호의 빈 책상을 보는.. 둘이 같이 있겠지, 싶어서 씁쓸한 해린이고..

해 린   (혼잣말) 같이 비었네, 책상이..

S#37. 버스 정류장 (N)

- 버스에서 내리는 해린. 익숙한 동네 풍경에 한숨 폭 쉬고, 정류장 의자에 털썩 앉는다.

해 린   ...정말... 돌아버릴 거 같아... 내가 또! 이 동네를 왔어... (두 손으로 미친년처럼 머리 마구 헝클어트리고 멍하니 앉아 있다)

S#38. 서준의 집, 비밀의 방 (N)

- 파쇄기 돌아가는 윙- 소리 들리고. 서준, 담담하게 서서 파쇄기에 종이 넣고 있다. 책상 위 박스에 영웅들 원고와 벽에 붙어 있던 강병준 인터뷰, 사진 쌓여 있고. 서준, 다음 종이 파쇄하려고 집는데, 강병준 사진이 실린 인터뷰 스크랩이다. 문예지 하단 쪽 번호 옆에 적혀 있는 기사 제목 '[특집] 강병준의 텍스트, 한국문학, 그리고 최후의 소설 〈영웅들〉' 서준, 표정 변화 없이 종이 보다가.. 파쇄기에 넣는다. 그 옆에 파쇄할 원고들 가득 쌓여 있고. 〈영웅들〉 첫 페이지도 보이고.

S#39. 서준의 집, 현관 앞 + 빌라 앞 (N)

- 서준, 파쇄된 종이로 꽉 찬 오십 리터 정도 크기의 비닐봉투를 들고, 집에서 나온다. 계단 내려온 서준, 빌라 앞 쓰레기 버리는 곳으로 가려는데.. 웬 여자가 쪼그려 앉아 있다! 서준, 설마.. 송해린? 싶은데. 고개 드는 여자 정말 해린이고. 서준, 얼른 딱 돌아서는.

서 준   아.. 또 왔어. 송해린.. (멈췄다가 다시 돌아본다)
해 린   (나 싫어할 거 같다.. 이미 알고.. 야단맞은 것처럼 시선 피한다)
서 준   (돌아서 해린 앞으로) 오지 말랬죠, 우리집.
해 린   (일어난다) 전화하지 말래서 전화 안 했고. 오지 말래서 (집 가리키며) 안 올라갔구. 근데, (양팔 벌려 휘저으며) 여기가 뭐 다 지서준 땅인가?
서 준   (어이없다) 그럼 거기 계속 앉아 있어요. 난 못 봤다 치면 되니까.

- 서준, 다시 쓰레기 버리는 곳으로 가려는데. 봉투 턱 잡는 손. 해린이다. 서준, 돌아보는.

서 준   놔요..
해 린   (배시시) 제가 버려줄게요.
서 준   (왜 이래..) 뭘 버려요. 저기 놔두면 되는데.
해 린   내가 버릴게.. 버려줄게..
서 준   (그 억지가 웃기고) 어딜 갖다버려. 저기가 쓰레기 버리는 장손데!
해 린   내가.. 이 동네 맨날 와서 피해주구.. 맨날 지 작가님 괴롭히잖아.. 그니까, 이 쓰레기! (쓰레기봉투 탁 잡고) 우리 동네 갖다 버릴게요!!!
서 준   (봉투 당기며) 아, 그냥 저기 두면 된다고!
해 린   (확 잡아당기는) 이런 쓰레기!!! 지 작가님 눈에서 치워줄게!!!! 깔끔히!!

- 엎치락뒤치락 하다가, 해린이 잡은 봉투 부분이 찢어진다! 파쇄된

종잇조각 터져나와 바람에 날리고. 앗, 하는 해린.

서 준   (부글부글) 아.. 송해린.. (버럭) 야!!!!
해 린   (헉) 미안해요..
서 준   가. 니네 동네로!!
해 린   .....

       – 서준, 찢어진 봉투를 수습해서 흩어져 있는 종이들 모아서 끌어안고.

서 준   저기요. 송해린 대리. 우리 좀 통하는 게 많은 줄 알았는데, 아니야.
             안 맞아. 제발 쿨하게 일 이야기만 합시다. 앞으로.
해 린   나 노가리랑 한치 때문에 왔는데..
서 준   (그러거나 말거나 봉투 안고 다시 집으로 가려는)
해 린   (뒤에 대고) 안 궁금해요? 노가리랑 한치? / 한치가 강단이 쎈데.
서 준   (뚝 멈추는 걸음. 돌아본다)
해 린   (서준 쪽으로) 한치가 강단이면 노가리가 누굴 거 같아요?
서 준   (멈추고, 해린 보는) 혹시.. 차은호가 노가립니까?
해 린   .... (끄덕)
서 준   아, 그 새끼.. 어쩐지 노가리 같았어...

S#40. 서준의 집, 거실 (N)

       – 테이블 위에 어느새 가득 쌓여 있는 빈 맥주 캔들. 빈 와인병도 몇
         개 굴러다니고... 소파 등받이에 늘어지듯 기대앉은 서준, 취해 풀린
         얼굴이고. 바닥에 깔린 러그 위에 무릎 모으고 앉은 해린, 두 손으
         로 와인잔 쏙 쥔 채 서준과 마찬가지로 취해 풀어진 얼굴로 앉아 있
         다. 거실 구석에는 터진 쓰레기봉투 대충 놓여 있고.

해 린   할 얘기는 너무 많은데, 들어줄 사람이 없어서요. / 진짜 막 화도 나

고... 차은호도 강단이도 막 괴롭혀주고 싶은데... / 그러기엔 내가
그 두 사람을 너무 좋아한단 말이지..

서 준   그렇다고 우리가 축복해줘야 해? (아니잖아!)

해 린   그럴 순 없지... (하고 건배) 차은호.. 진짜 오래 좋아했는데.. 삼 년
동안이나..

서 준   아까 말했잖아. 삼 년 정도로는 어림도 없다고.

해 린   두 사람이 그렇게 오래된 사이인 걸 왜 눈치를 못 챘지..?

서 준   송해린은 눈치가 없으니까.

해 린   그러는 서준 씨도 몰랐잖아. 노가리가 누군지.

서 준   그러게. 우린 왜 이렇게 눈치가 없지?

해 린   어, 또 통했다. 우리.

서 준   (잔 내밀고) 좀 통하긴 해. 우리가.

해 린   (건배하고) 우린 맞다니까.

서 준   그니까.

– 하고 다시 건배하는 둘에서. F.O.

S#41. 서준의 집, 거실 (M)

– 햇살이 얼굴 드리우자, 눈부셔서 눈 뜨는 서준. 비몽사몽간에 소파
에 누워 있는 자신 확인하고 어제 그대로 잠들었구나 싶은. 고개 돌
려보면 테이블 가득한 술병들 보이고... 한쪽 구석에서는 금비가 사
료를 먹고 있고... 해린은 안 보인다.

서 준   (마른세수하며, 혼잣말) 송 대리는 갔나...

해린(E)   송 대리 안 갔어요.

– 깜짝 놀라 목소리 들려온 소파 아래 보는 서준. 엎드려 있는 해린의
뒤통수가 보인다.

서 준	거기서 뭐합니까?
해 린	퍼즐 맞춰요.

– 그제야 해린의 앞에 쏟아져 있는 쓰레기봉투 속 파쇄용지 발견한
서준. 벌떡 일어나 앉아 굳은 얼굴로 보고.

서 준	지금 뭐합니까?
해 린	(종이 맞추느라 그런 서준 못 보고) 같이 술 마시고 밤 꼴딱 샌 사이에 해장 정도는 같이 해야 할 것 같아서요. 근데 그냥 기다리긴 너무 심심해서요. / (한 줄짜리 파쇄 종이 들고* 서준을 돌아보며) 아는 거 하나 찾았어요. '문학세상'에 실린 특집 기사에서 잘린 거. 강병준 선생님이 처음으로 〈영웅들〉에 대해 말하셨던 그 기사! 나도 이거 스크랩해놨는데! 근데 이걸 왜 파쇄했어요?
서 준	(빼앗고, 파쇄 치우려는) 송 대리님...
해 린	(서준 분위기 눈치 못 채고 신나서) 맞춘 거 또 있어요. (바닥에 맞춰서 놓은 종이** 읽는) 영주가 책을 들고 마당으로 도망간다. 현이 일어나 뒤쫓는다. 영주와 현의 환한 웃음소리가 그들의 작은 마당을 가득 채운다. / 이건 무슨 소설 같은데, 제목이 (뭐예요?)
서 준	(뺏어서 다시 찢는)

– 앗, 하는 해린. 서준 흐트러진 파쇄 종이들 다시 한쪽으로 치우고.

해 린	(괜히 눈치보인다) 내가 치우려고 했는데... / 금비 밥도 챙겨줬는데...

- 문예지 하단 쪽번호 옆에 적혀 있는 기사 제목 '[특집] 강병준의 텍스트, 한국문학, 그리고 최후의 소설 〈영웅들〉'– 보통 이런 걸 출판용어로 '하시라'라고 합니다. 쪽번호 옆에 쓰여 있는 글자. 사진은 따로 보내드리겠습니다.
- •• 15부에 연결 씬 있으니, 클로즈업으로 파쇄된 종이 맞춰놓은 문장을 찍어놔야 합니다.

서 준	(애써 가볍게 말 돌리는) 해장은 해야죠. 콩나물국 있는데, 먹고 갈 래요?
해 린	(웃는) 네. 주시면요.
서 준	씻고 나와요. 차려놓을게.
해 린	근데 욕실이.. (하며 비밀의 방을 보고)
서 준	거기 아니라, 저기. (가리키고)
해 린	저 방은 뭐예요?
서 준	(못 말리겠네? 피식) 왜. 시체라도 숨겨놨을까 봐?
해 린	에이.. 그럴 리가... (하지만 슬금슬금 뒷걸음치다가 어디쯤 쾅, 뒷머리 박고)
서 준	(절레절레) 저래서 노가리한테 차인 거야. 저래서.
해 린	(노려보며, 이씨..)

S#42. 은호의 집, 서재 (D)

    – 컴퓨터로 구인광고를 보고 있는 단이. 다이어리에 적으면서,

단 이	여긴 전에 면접 봤다가 떨어졌던 데고... 여기는.. 대전이잖아.. 대전 이면 어때?! 먹고사는 게 먼저지! (노트에 적는데)

    – 핸드폰 울려서 보면 '이사님'이다. 앗, 하고 습관처럼 긴장하는 단 이. 흠– 하고 목소리 가다듬고,

단 이	네. 이사님!
단이(E)	(그러다 문득) 나, 그만뒀잖아? (하고 핸드폰 귀에서 떼고 '이사'라 고 쓰인 핸드폰을 미운 듯 노려봤다가)
단 이	(껄렁하게) 왜요.. 무슨 일이신데요.

S#43. 이사실 (D)

유 선   (어이없어서) 강단이 씨?

단이(E)   네. 듣고 있으니까 말씀하세요.

유 선   (그만뒀다 이거지? 코웃음) 나 좀 만날까?

S#44. 단이의 방 (D)

– 단이, 옷을 고른다.

단 이   아냐. 이거 아냐. 내 옷 중에 제일 화려한 거!

– 골라내서 거울 보며, 도도하게 턱 치켜들고.

단 이   짤려도 잘 살고 있다 이거야! / 오 분 늦게 나가야지.. 아니야. 십 분.

S#45. 카페 (D)

– 책 읽다가, 시계 보며 못마땅한 유선. 창밖을 보는데.. 화려하게 차려입은 단이가 선글라스 끼고 도도하게 걸어온다. 어이없어서 웃는 유선. 문 열고 들어서는 단이, 그대로 모델워킹 하듯 걸어와 유선 앞에 앉고. 인사 없이 지나가는 직원에게,

단 이   나도 (턱짓으로) 같은 걸로요.

– 해놓고, 다리 탁 꼬고 앉아서 유선을 본다.

단 이   오랜만이네요.

유 선	(도도함이라면 나도 지지 않지! 역시 다리 꼬며 턱 치켜들고) 잘 지냈어?
단 이	네. 보시다시피.
유 선	다리부터 풀지?
단 이	싫은데요? 직장상사도 아니잖아요, 이제.
유 선	내가 뭘 하러 왔는 줄 알고?! // 다리 풀어.
단 이	(왠지 기죽어서 다리 슬쩍 얌전히 내려놓고) 할 말 있으면 하세요.
유 선	선그라스.. 그것도 좀 벗지?
단 이	(팔짱끼며) 싫어요.
유 선	(그대로 보는)
단 이	(왜인지 움찔)
유 선	벗어.
단 이	.....다래끼가 났어요. (하며 다시 고개 들고 그대로 쓰고 있는)
유 선	(거짓말인 거 알지만) 그래.. 그럼 그러고 들어. 비장의 카드 꺼내듯 테이블 위에 명함* 탁 놓고) 이거 전해주려고 왔는데... (명함 쭉 민다)
단 이	(명함 보려는데)
유 선	도로 가지고 가야 되나? (하고 냉큼 가져온다)
단 이	잠깐만요. 벗을게요. (하고 얼른 선글라스 벗고) 이사님 제가 매의 눈으로 봤는데, 출판사 명함이었어요. 그죠? / 저 어디 소개시켜주시려고요?
유 선	(그대로 보며) 다래끼 안 났는데?
단 이	(헤헤) 한번 까불어봤어요. 이사님 심심하실까 봐.
유 선	(픽 웃고, 다시 내민다)
단 이	(헤헤, 하고 얼른 들어서 본다) 푸른마음 출판사..
유 선	직원 몇 명 없는 작은 출판사야. 근데 일당백 하면서 배울 의지 있음, 강단이 씨한테 도움이 될 수도 있어서.. 관심 있어?

• '푸른마음' 출판사 대표 명함

단 이	네. 완전 관심 있어요.
유 선	(다리 바꿔서 꼬며) 명함에 있는 메일 주소로 이력서 보내고 통화 해봐. 나한테 소개 받았다고 얘기하고.
단 이	(생긋 웃으며) 네, 그럼요.
유 선	각오는 좀 해야 될 거야. 만만치 않은 데야.
단 이	걱정 마세요. 제가 누굽니까? (주먹 불끈) 최강단이!! 아닙니까.
유 선	(웃으며 보다가) 힘들 거야. 힘들어도 일 년만 버텨. 출판마케팅 경력 만들어 더 좋은 출판사로 옮기게.
단 이	일 년 후에 더 좋은 데로 옮겨주시게요? (꾸벅) 감사합니다!!!

S#46. 단이의 방 (N)

– 침대에 걸터앉아 명함을 보는 은호. 단이, 침대에 등 기대고 앉아 책 넘기고 있고.

단 이	메일 보내고 한 시간도 안 돼 전화 왔어. 내일부터 오라구.
은 호	(명함 보며 갸웃, 걱정되는) 못 들어본 덴데.. 고 이사님 아는 분이래?
단 이	응. 지금 내 입장에서 찬밥 더운밥 가릴 때야?
은 호	그래. 어쨌든 출판마케팅 경력 만들어두면 다른 데로 옮길 수는 있으니까.
단 이	겨루는 경력사원 왜 안 뽑아?
은 호	다른 출판사에서 온 사람들은 적응을 잘 못 하더라구.
단 이	난 아닌데. 잘 적응할 자신, 있는데.
은 호	그러게. 연말에 직원 채용할 땐 좀 바꿔보자고 해야겠어.
단 이	(끄덕이며, 다시 책으로 시선)
은 호	(어쩌지...? 나가야 하나?)
단 이	(그대로 책 보는)
은 호	(등 돌려 단이를 차마 못 본 채) 누나...
단 이	(그대로 책 보며) 응?

은 호	....
단 이	(은호가 말이 없자 고개 돌려 보는)
은 호	나, 오늘은.. 여기서 자면 안 돼?

- 잠깐 또 정적... 또 그 질문이다. 단이, 어떡하지? 싶어서 일어나 앉
  는데..

은 호	(기척에) 아냐. 아냐. 갈게. (하고 일어나 문 쪽으로)

- 은호, 나가려고 문을 여는데. 그 위로,

단이(E)	옷 갈아입고....
은 호	(응? 돌아보는)
단 이	(괜히 베개 정도 정돈하면서) 잠옷.. 갈아입구.. 와...
은 호	어.. 어.. 그래.. (하고 다시 문 열고 나가려다가, 무슨 생각에서 멈칫)
단 이	(계속 이불을 정리하든가, 딴청이고)
은 호	(단이 못 보고.. 다른 데 보면서.. 웃는다) 잠옷이 뭐... 꼭.. 필요한가...

- 은호, 셔츠 단추를 푼다. 하나, 둘, 셋.. 넷.. 단추 네 개를 풀어헤친
  후에.. 뭔가 자신 있는 웃음을 혼자 짓다가... 단이를 보는..
- 단이, 베개만 보며 수줍어서 배시시..

단 이	..불... 끄구 와..

- 은호, 문을 닫는다. 그리고 불을 끈다. F.O.

S#47. 오피스텔 복도 + 푸른마음 출판사 (M)

- 어둡고 허름한 오피스텔 복도를 호수 확인하며 걷는 단이.

– 어느 문 앞에 멈춘 단이. 문패 '도서출판 푸른마음' 보고, 떨리는 가슴 진정하려고 심호흡한다. 씩씩하게 벨 누르는 단이.

남사장(E)   누구세요?
단 이   안녕하세요! 오늘부터 일하게 된 강단이입니다!

– 바로 열리는 문, 푸근한 인상인 남사장(50대)과 여이사(역시 50대)가 양쪽에서 단이 손 덥석 잡는다.

여이사   아이고, 오느라 고생했어요! 아직 쌀쌀하지?
남사장   얘기 많이 들었어요, 만능 인재라고. 못하는 일이 없다면서요?
단 이   (격한 환영에 얼떨떨) 아닙니다, 과찬이세요! / 그런데 두 분은..
남사장   난 대표고, (여이사 어깨에 팔 두르며) 우리 집사람이 회계 맡아주고 있어요. / 우린, 일하는 동료들 다 가족으로 생각합니다. 앞으로 단이 씨를 가족처럼 아끼면서, 최선을 다해 지원할게요.
여이사   (자리 가리키며) 저기가 단이 씨 책상이에요. 단이 씨 온다구 내가 얼마나 열심히 닦았다구.

– 따로 방이 없는 원룸 형태의 작은 사무실. 책상 네 개 놓였고. 누군가 이불을 뒤집어쓰고 책상에 엎드려 있다.

단 이   (좋은 분들이구나! 안심이고) 감사합니다! 저, 정말 열심히 일하겠습니다! (꾸벅 인사)
남사장,여이사   (괜찮다는 눈빛 주고받고)
남사장   겨루에서 힘들었죠? 김재민 대표, 장사꾼으로 유명하잖아요.
단 이   아뇨..! 소문하고는 다르게,
남사장   (OL, 스스로에게 도취돼서) 난, 그런 장사꾼하고 다릅니다! 우리 '푸른마음'은 (한쪽 벽 가리키면 '푸른마음' 명패 옆에 붓글씨로 '세상의 빛과 소금 같은 책을 만들자!'라고 적혔고) 독자를 위한, 독자만을 바라보는–! 책을 만듭니다. / 단이 씨가 원하는 마케팅! 편집!

다 해봐요! 여기서 꿈을 펼치는 겁니다-!!!

여이사   (박수!!!)

단이(E)   (그런 둘 감동으로 보며) 꿈을 펼친다.. 내 꿈을 펼친다..!!

단 이   (벅차서 꾸벅 인사) 기회를 주셔서 감사합니다!!

- 책상에 앉는 단이, 그때 옆 책상에 덮어져 있던 이불이 불쑥 움직인
다. 단이 기겁하는데.. 한 달은 못 씻은 몰골의 여편집자(30대 중반)
가 이불속에서 고개를 든다.

단 이   (뭐지?) 안...녕하세요...

여편집자   (애잔하게 단이 보다가..) 미안해요..

단 이   네?

- 여편집자, 사장과 이사의 눈치를 보며 무언가를 쓴다. 그리고 종이
를 단이에게 몰래 건넨다. 보는 단이.

여편집자(E) 여기서 도망쳐요. 여긴 지옥이에요.

단 이   (놀라서 보는)

여편집자   (사장과 이사 모르게 속삭이는) 그냥 도망쳐요. 굶어 죽어도 여긴
아니야.. (엑스자 그어 보이고)

- 단이, 놀라서 기이한 이 사무실을 둘러본다.

S#48. 콘텐츠 개발부 (D)

- 모두가 자기 책상에서 일하고 있는 중이다. 단이 자리 여전히 비어
있고. 단이 빈자리에 있는 회사 전화가 울리기 시작한다. 아무도 받
지 않자 여러 번 계속 울리고.
- 지나가던 지홍이 단이 자리로 가서 전화를 받는다.

지 홍	네, 도서출판 겨루,
남자(E)	무슨 책을 이따위로 만들어? / 이것도 책이라고 만들어서 파냐?!
지 홍	(고함소리에 전화기 떼었다가) 네. 독자님. 우리 출판사 책에 무슨 문제가... / 아, 오탈자가 많아요...? 네. 책 제목과 페이지를 일러주시면.. (다시 귀를 떼어냈다가, 아... 책 제목 듣고) 아.. 독자님.. 그 책은 저희가, (하다가 다시 고함소리가 들리는지 슬슬 오르는 화를 참아내는) 저기요. 말씀 좀 끊지 마시고요! 제가 할 말이 있다잖아요! / 아저씨!!
일 동	(무슨 일인가 놀라서 지홍을 보는)
지 홍	아저씨 왜 욕을 하구 그러세요. 그 책 우리 출판사 책 아니에요.
일 동	(헐)
지 홍	(참을 인자 새기며) 한 글자가 틀려요. 거긴 도서출판 결!이고 우린 겨루라고요! (상대 쪽에서 아무런 말도 없이 툭 끊어버린) 여보세요..? 선생님...?

– 후- 한숨 내쉬며 수화기 내려놓는 지홍. 직원들 지홍을 애처롭게 바라보는데.

| 지 홍 | (뭔가 먹먹한) 우리 강단이 씨는.. 이런 전화들, 매번 싫은 티도 안 내고 다 받아냈던 거지.. 아휴.. 보고 싶다. 강단이 씨.. |

– 직원들, 일제히 단이 빈자리 보다가 다시 일 시작하는데..

S#49. 탕비실 (D)

– 영아, 안으로 들어와 커피 내려 마시려는데 캡슐이 없다. 여기저기 살펴보는데, 티백과 간식도 비어 있고, 광수도 들어와 냉장고 열어 보는데, 아니나 다를까 역시 텅 비어있다. 이어서 지율, 안으로 들어와서 냉장고 앞에 서 있는 광수 보고.

지 율	과장님, 저 주스 한 병만 꺼내주세요.
광 수	(텅 빈 거 보라고 비켜서며) 그러고 싶은데.. 아무것도 없어서.
지 율	아.. 제가 바로 채워놓을게요. (영아 보고) 팀장님도 뭐 찾으세요?
영 아	어? 아니야. 내가 할게.
지 율	(한쪽에 있는 음료수 상자 뜯어 정리 시작하려는데 비닐이 잘 안 뜯어져서 낑낑대고, 혼잣말) 이것도 쉬운 일이 아니네.
광 수	(영아 앞쪽 선반 보고) 아. 간식도 비었구나? 이래서 든 자리는 몰라도 난 자리는 안다고 하는 건가...
지 율	(겨우 뜯는 데 성공해서 음료수 꺼내며) 네. 진짜 난 자리는 너-무 티 나네요. 강단이 씨 보고 싶다.

- 영아도 선반 어디쯤에서 캡슐상자 찾아 꺼내 정리하면서.

영 아	(냉정한 느낌 아니고 조금 미안한 마음으로) 이제 여기 없는 사람이니까, 우리도 적응해야지. 언제까지 단이 씨 찾으면서 아쉬워할 거야. 응? (하다가 문득 멈추고, 한숨) 내가 제일 보고 싶다. 강단이..

S#50. 겨루 출판사 일각 (D)

- 영아, 어디를 가려는데.. 반대편에서 오던 지홍. 엇갈리며 서로 자꾸 부딪히고.

영 아	(멈춰서) 왜 이래..
지 홍	뭘 이래. 당신이 막아서놓구.
영 아	(주변 얼른 둘러보며) 당신이라니!!! 여기 회사야.
지 홍	그지? 여기 회사지. / 그럼 오늘부터 우리 잘 모르는 사람처럼 지내자.
영 아	(또 뭔 이상한 짓을 할려고?)
지 홍	마케팅팀 팀장님이시죠?

영아	(어이없는 얼굴로 보며) 네. 그렇습니다만..?
지홍	전 편집팀 봉지홍 팀장인데. 난 팀장님이 마음에 들어요.
영아	(코웃음 치지만 장단 맞춰준다) 어디가 마음에 드는데요?
지홍	헤어진 전처를 닮았어요. 제가 그 사람을 참 좋아해서.
영아	(돌겠다. 부글부글 기막힌 얼굴로 보는)
지홍	주말에 좀 만납시다. 같이 연극 한편 보는 거 어때요?
영아	놀고 있네. 나, 좋아하는 남자 있다니까. (가버린다)
지홍	(싫지 않은 걸로 착각했다. 귀엽게 흘겨보며, 혼잣말) 에이, 그럴 리가.

　　– 지홍, 영아가 가는 뒷모습 보며 웃는데. 가운데서 쓱 나타나는 재민.
　　이미 다 들었다는 듯이 지홍을 보는.

재민	뭐 하는 짓이야..
지홍	보면 모르겠냐. 서영아한테 작업 거는 중인 거.
재민	형수는 형한테 맘 없어.. 완전히 떠났어. 남자가 없어도 형은 아냐.
지홍	모르는 소리. 옛날에도 저렇게 튕기다가 넘어왔어.
재민	(고개 절레절레 흔들고 가버린다)

S#51. 거루 출판사 일각 (D)

　　– 은호, 책 읽고 있는데.. 책 가득 올린 카트 밀고 오는 해린. 적당히
　　꽂으며,

해린	단이 씬 잘 있어?
은호	(부심히, 책만 보며) 어.. 새 직장 구해서 잘 다녀..
해린	직장을 구했어? 어디?
은호	작은 출판사.
해린	잘 됐다..

은 호	어. 근데 힘든가봐.. 집에 오면 맨날 파김치가 돼서, (하다가, 문득 책에서 눈 떼고 해린을 보는. 너 단이랑 내 관계, 알아?)
해 린	뭐? 뭐어? 강단이가 파김치가 돼서 집에 오니까 안쓰러워 죽겠나봐?
은 호	(이미 아는 구나?) .....그러게.. (능청) 내가 왜 안쓰럽..지..?
해 린	(비꼰다) 왜 강단이 씨는 퇴근하고 선배 집엘 가지?
은 호	그니까. (실실 웃고) 아, 왜 우리집에 오지?
해 린	진짜 미워. (흘겨보고 간다)
은 호	(가는 뒷모습 보며, 웃고)

S#52. 푸른마음 출판사 (D)

– 단이, 노트북 화면을 보고... 한숨을 쉰다. 꾀죄죄한 모습으로 지나
가던 여편집자 단이의 노트북 화면을 본다. '맑은 초등학교, 제 19
대 전교어린이회장 선거'라고 써 있다.

여편집자	뭐예요, 이게?
단 이	뭐겠습니까. 김주민 어린이가 전교회장 선거에 내놓을 공약을 써보 라고 하셔서요.
여편집자	하다하다 이제 자기네 아들 일까지 맡겨요?
단 이	홍보지도 만들라고 하던데요.
여편집자	내가 뭐랬어요. 도망가라고 했잖아요.

– 그때 사무실 전화 울리고, 반사적으로 얼른 받는 단이.

단 이	네, 안녕하세요. 도서출판 푸른마음입니다. (사이) 네? 밀린 외주비 요..? 네 달째 입금이 안됐다고요.. 지금 사장님이.. (도움 청하는 눈 빛으로 여편집자 보는데)
여편집자	없다 그래요. 없잖아! (사실이 그렇잖아)
단 이	....없네요. 마침, 딱 안 계셔요.. 죄송합니다, 결산에서 실수가 있었나

봐요. 최대한 빨리 정산해드리겠습니다. (전화 끊고) 네 달 전에 외주일한 북디자이너라는데요. 디자인비가 입금이 안 됐다고..

여편집자 당연히 안 됐지, 안 쳤으니까.

– 하는데, 또 울리는 전화. 단이가 받으면.

단 이 안녕하세요, 도서출판 푸른마음입니.. (상대방 고함소리에 놀라 전화 귀에서 떼고) 무슨 일인지 말씀을 해주시면.. 아, 인쇄소요..

여편집자 (해탈했다. 웃으며 엑스자 그리고)

단 이 (후, 한숨 쉬고..) 지금 사장님이 안 계셔서요.. 죄송합니다.. (끊고) 저기.. 여기 월급은 제대로 나와요?

여편집자 네. 나와요. 그리고 (전화기) 저것들도 다 돈을 주기는 해요. 상대방이 법적으로 어쩐다 저쩐다 하면, 그때.

단 이 (헉)

여편집자 난 딱 일 년만 버틸라고요. 경력 쌓아서 다른 데 가려구요.

단 이 네에... (나도 그런데..)

S#53. 은호의 집, 주방 (N)

– 은호, 주방에서 요리하고 있다. 요리책을 보면서. 간단한 된장찌개 같은 것.

– 문 열리고 "다녀왔습니다" 하고 들어오는 단이. "왔어?" 하고 돌아보는 은호인데.. 단이 신발 벗고, 현관에 걸터앉는다. 가방 놓고, 앉은 채 코트 벗고... 그대로 드러눕는다.

은 호 (웃음) 오늘도 힘들었어?

단 이 죽는 줄 알았어..

– 단이, 너무 힘이 없어서 데굴데굴 굴러서 주방으로 이동한다. 한 바

퀴 돌 때마다 대사..

단 이   일 년을 어떻게 버텨.. / 사장이 또라인 것도 미치겠는데.. 사모님까지 또라이야... / 오늘은 뭐했는지 알아? / 하루 종일 사장 아들놈 회장 선거 나가는 데 필요한 홍보지 만들었어...

     – 거실까지 굴러와 큰대자로 뻗어 눕고.

은 호   (다가가 일으켜 세우는) 많이 힘들었구나, 우리 애기.
단 이   한 가지 위로가 되는 건 집에 오면 차은호가 있다는 거야.
은 호   (웃으며 손가락으로 제 볼을 가리키며, 애교) 나?
단 이   (끄덕이며 안고) 드디어 주말이야. 이틀이나 회사를 안 나가도 된다니!!
은 호   (안은 채 등 쓸어주며) 그래. 힘내서 씻구 와. 밥 먹자.

S#54. 훈의 원룸, 복도 (M)

     – 훈이 찜질방에서 집으로 돌아온다. 복도를 걸어와. 자기 집 앞에서 벨을 누른다.

훈 이   잠깐만. 나 왜 이래. 여기 우리집이잖아. / 이씨, 오 사원한테 길들여지고 있어.. (비번 누르고 안으로)

S#55. 훈의 원룸 (M)

     – 훈이 들어온다. "오 사원–" 부르면서. 그러나 지율은 없다. 가지런히 정리되어 있는 원룸이고.

훈 이	어디 갔지? (괜히 욕실을 노크해본다. 아무도 없다) 토요일인데..

- 식탁에 메모.

지율(E) 훈	나, 일이 많아서 출근해!! 늦게 올 테니까 오늘은 집에서 푹 쉬어!! 허.. 진짜 요즘 열심히 하네, 오 사원? (갸웃하며 냉장고 열어보고) 냉장고가 왜 이리 깨끗해? (그제야 집을 보고) 집도 깨끗하고... (좀 둘러보다가 지율의 가계부를 본다. 영수증 빼꼼히 붙어 있고, '아껴 쓰자!' '다시 태어나자, 오지율!' '최고의 편집자가 되자! 목표는 송 해린!' 군데군데 쓰여 있고) 뭐야.. 오지율.. 얘가 생각보다 싹수가 있네?

S#56. 콘텐츠 개발부 (D)

- 지율이 혼자 앉아서 독자투고를 가득 쌓아놓고 읽고 있다. 완전히
  집중한 느낌.

S#57. 은호의 집, 거실 (D)

- 단이가 막 거실 청소를 끝냈는지, 물걸레를 들고 다락 계단을 닦으
  며 올라간다.

S#58. 은호의 집, 다락방 (D)

- 단이가 물걸레를 들고 올라온다. 들어와 어질러져 있는 것들 대충
  치우고.

| 단 이 | 으.. 여기도 대청소 좀 해야겠다.. (모포 냄새 맡아보고) 이것도 좀 |
| | 빨고. (입구에 던져놓고) |

    – 단이가 구석에 쌓여 있는 박스들을 한쪽으로 옮기려고 한다. 열어
      보고, 확인하며 옮기는 느낌.. 그러다가 그 중 한 박스를 연다. 강병
      준의 육필원고가 있다. 〈4월23일〉 육필원고다!

단 이	어.. 선생님 육필원고잖아.. 〈4월23일〉.. ('푸른 밤'에 엑스자 그려진
	것을 보는) 원래 제목은 푸른 밤이었던 거야? (갸웃) 이게 더 어울
	리는데, 왜 제목을 바꿨지?

    – 단이, 다른 것도 꺼내본다. 강병준의 육필원고가 두 개쯤 더 나온
      후에.. 오래된 낡은 노트가 한 권 나온다. 펼쳐보면 첫 장.

단 이	뭐야.. 선생님 일기˚야? 재밌겠다.. (괜히 누가 보나, 입구 한번 보고)
	남의 일기 읽으면 안 되는네.. (궁금) 그래도 강 선생님 꺼니까..
강병준(E)	2007년 1월1일. 은호가 신년인사를 왔다. 처음으로 함께 술을 마셨
	다. 실컷 맛보면서 잘 배우라고 국산 청주부터 와인, 고량주, 양주까
	지 다 열어주었다. 제법 잘 따라온다 싶더니 결국 거나하게 취한 은
	호는 좋은 작가가 되겠다며 포부를 밝혔다. 한국 문학계의 샛별이
	되겠다며 일장연설 하는 걸 한참 구경한 후에야 재웠다.
단 이	귀엽다. 스무 살의 차은호.

    – 일기 한쪽에 치워놓고, 또 박스 뒤적이는데.. 찢어진 낱장 종이가 한
      장 나온다.

| 강병준(E) | 2007년 9월20일. 운동으로 산책을 시작했다. 산 정상에 오르니 어 |

  •   강병준의 일기 내용은 14부 대본 뒷부분에 정리해놓겠습니다.

	쩐지 웃음이 나왔다. 상쾌하고 좋았다. 꾸준히 쓰고, 약도 잘 먹고 있다.
단 이	(가볍게) 약? 아프셨나..? 이것도 일긴가..?

- 단이, 강병준의 노트들을 또 꺼내는데.. 포스트잇 한 장이 붙어 나온다.

강병준(E)	2008년 11월20일. 내 아들이 나를 찾아왔다.

- 단이, 순간.. 멍해진다.. 갸웃..

단 이	아들이 있었다구..? 선생님한테? / 말도 안 돼..

S#59. 콘텐츠 개발부 (D)

- 지율이 상기된 얼굴로 투고원고를 막 하나 읽었다.. 무언가 충격을 받은 듯한 지율.. 읽은 투고원고의 앞 페이지를 다시 본다. 〈영웅들〉 박정훈. 서준이 투고한 그 원고다!
- 그때.. 누군가의 발자국 소리. 해린이 들어온다.

해 린	뭐야.. 토요일인데, 출근을 했네.. (하고 와서 앉고) 정말 열심히 하는구나, 오지율 씨..
지 율	(넋 나간) 선배님... 대리님..
해 린	?
지 율	강병준 선생님이 나타났어요....!
해 린	?
지 율	이걸 좀 보세요.. 강 선생님 원고예요. 〈영웅들〉...! 마지막으로 쓰시겠다고 한 그 작품이요.
해 린	(멍하다가, 한 대 맞은 듯 정신이 번쩍 들며 지율의 원고를 빼앗

아 보는)

S#60. 은호의 집, 다락방 (D)

 – 단이 본격적으로 박스를 연다. 노트들, 메모지들 꺼낸다. 그리고 훑
 어본다.. 그는 알츠하이머에 걸렸으므로 한 노트에 전부 기록하지 못
 했다. 정신이 온전했을 때 써야 한다는 생각에 여기저기 산발적으
 로 이 노트, 저 노트, 혹은 이 종이, 저 종이, 그리고 수많은 포스트
 잇.. 등등으로 기록했다.. 단이.. 그 종이들에 무언가 이상한 기미를
 읽어냈다. 바닥에 한 장씩 늘어놓으며 순서를 맞춰보는 그런 단이...

단 이   선생님은 아프셨고.. 은호가 내내 선생님 곁에 있었어... 아니.. 어디
 가 아프셨길래...

 – 그렇게 종이 하나하나 봐보다가... 문득 어떤 종이 하나 발견하고는
 멈칫한다. 천천히 그 종이 들어보는 단이... 충격으로 놀란 얼굴... 서
 서히 눈 붉어지는 단이...

S#61. 은호의 집, 거실 (D)

 – 외출복 차림의 은호가 장을 봐왔는지.. 마트 봉지를 들고 들어온다.
 식탁에 봉지 놓고, "누나" 불러보는 은호. "강단이!" 하며 방문을 열
 어보는데... 단이는 없고. 다락방에 갔나? 싶어 그쪽으로 가는 은호.

S#62. 은호의 집, 다락방 계단 (D)

 – 계단 오르는 은호.

은 호	누나, 다락에 있어? 나 장봐왔는데.

S#63. 은호의 집, 다락방 (D)

- 다락방 입구로 들어서는 은호. 목도한 풍경에 놀라 굳어 멈칫한다.
- 강병준의 일기로 엉망이 된 바닥. 그 가운데 앉아 있는 단이. 단이, 은호를 돌아본다. 눈물에 젖은 얼굴이고...

단 이	....강병준 선생님.. 니가 모시고 있지..? 가평에는.. 선생님이 계신 거지?
은호(E)	두려웠다, 늘.. 저 박스가 열리고, 이야기가 세상에 밝혀지는 게.. / 내 선택이 잘못됐을지도 모른다는 생각이 들면, 그런 밤이면.. 쏟아질 비난이 무서워서.. 잠들지 못했다. / 나는 어쩌면.. 강단이가 모든 걸 알아버리길 바랐다. 세상 사람들이 다 등을 돌려도, 강단이는 내 옆에 있어줄 테니까.. 변함없는 눈빛으로 내 손을 붙들어줄 테니까...

- 감정이 북받치듯, 눈가가 붉어지는 은호와 그런 은호 보는 단이에서... 14부 엔딩!

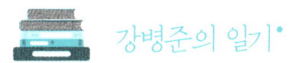 강병준의 일기[*]

은호 17-19세. 알츠하이머 증상 없던 때의 강병준

노트1- 2004년 12월31일

교직을 완전히 내려놓았다.

어느새 환갑을 바라보게 된 나이. 작가로서 재정비가 필요해 내린 결단이었다.

한 가지 눈에 밟히는 게 있다면, 그 녀석이다.

매번 호되게 혼쭐이 나면서도 꿋꿋이 쓴 글을 가지고 오는 녀석.

엉망이지만 독창적이다. 기대가 된다. 그 말은 아직 해주지 않았다.

노트1- 2005년 7월15일

〈청춘의 열기[**]〉 집필을 끝냈다.

원고를 출판사에 넘기고 마당 풍경을 안주 삼아 막걸리 한 병을 오래오래 마셨다.

앳된 티를 막 벗은 듯한 노란 고양이 한 마리가 담벼락 위에 앉아 있었다.

우리집 단골 노란 고양이의 새끼 중 하나인 듯했다.

얼마 전까지만 해도 어미와 같이 다니더니 어느새 혼자였다.

---

[*] 일단 시간 순으로 정리. 만년필로 쓰던 글씨가 볼펜, 연필로 아무렇게나 쓰여지게끔 연출 필요. 뒤로 갈수록 단어를 잊어버려서.. 단어가 틀리고 다시 쓴 글씨, 번져서 제대로 보이지 않는 글씨 등의 연출도 필요.

[**] 2005년 출간

다음 소설의 제목을 결정했다. 이미 시작한 원고를 꺼내 비워둔 곳에 썼다.

〈그리운 그때〉*.

노트2- 2006년 10월17일

은호가 작업실로 찾아왔다. 손에는 케이크가 들려 있었다.

생일선물로 은호가 내민 것은 문진이었다.

네 소설을 받을 수 있을 줄 알았는데 아니라 실망했다고 하니 금세 어린 얼굴을 붉혔다.

미리 사둔 '피의 계약 시리즈'**를 내밀며 사인을 해달라고 했더니 불탄 고구마 꼴이 됐다. 많이 웃었다.

2007년 : 은호 20세, 서준 17세, 강병준이 알츠하이머 판정을 받던 해

노트2- 2007년 1월1일

은호가 신년인사를 왔다. 처음으로 함께 술을 마셨다.

실컷 맛보면서 잘 배우라고 국산청주부터 와인, 고량주, 양주까지 다 열어주었다.

제법 잘 따라온다 싶더니 결국 거나하게 취한 은호는 좋은 작가가 되겠다며 포부를 밝혔다.

---

*   2006년 출간

** 2005년 인터넷 연재, 2006년 시리즈 출간.

한국 문학계의 샛별이 되겠다며 일장연설 하는 걸 한참 구경한 후에야 재웠다.

노트2- 2007년 3월15일

육교를 건너다 나물을 파는 노인을 봤다.

갖가지 나물들 사이, 가장 작은 바구니에 냉이가 담겨 있었다.

그게 다냐고 물었더니 오늘 얻은 건 이게 다요, 한다.

의외의 대답에 놀라 어디서 얻은 거냐고 또 물었더니

산에서 얻지 어디서 얻어, 하는 현답이 돌아왔다.

얻어온 냉이로 된장국을 끓여 한 끼 잘 먹었다.

노트3- 2007년 4월12일

잃어버린 노트를 냉동실에서 찾았다.

꽤 오래 들어 있었던 듯 딱딱하게 굳은 것을 서늘한 곳에 두었다.

노트 속에 적어둔 글들이 부드럽게 녹아 내게 다시 와 닿기를 기다렸다.

아주 오랜만에 설레었다.

노트3- 2007년 5월20일

작가 인생 사십 년을 기념하는 전집이 출간됐다.

그저 하고 싶은 대로, 떠오르는 대로 꿍꿍 써왔을 뿐인데 기념할 만한 일인가 싶다.

참 부끄럽고 민망한 일이다. 어깨가 무거워지는 일이 아닐 수 없다.

하지만 펜대가 무거워질수록 세계는 깊어진다.

명징한 정신으로 오래오래 잘 써내려가자 다짐하게 된다.

노트4- 2007년 6월8일

학교로 출근했다.

학교에 내 자리는 없었다. 학생들도 선생들도 낯설었다.

익숙한 얼굴이 와 알은 체를 하기에 웃으며 손을 잡았다.

교감이었던 그는 이제 교장이 됐다고 했다. 축하의 말을 전했다.

갑작스레 찾아오게 된 진짜 이유에 대해선 말하지 않았다.

찢어낸 낱장 종이- 2007년 7월5일

알츠하이머 진단을 받았다.

믿을 수 없어 몇 번이나 되물었으나 친구의 답은 같았다.

언어를 잃게 된다니. 글을 잃게 된다니.

아득하다. 앞으로 살아내야 할 날들이...

포스트잇- 2007년 8월28일

아침은 두유 한 잔. 점심은 석 대표와 짜장면. 저녁은 구운 고등어와 시금치 무
침을 먹었다.

후식으로는 토마토를 먹었다.

원고지는 다섯 장을 채웠다.

찢어진 낱장 종이- 2007년 9월20일

운동으로 산책을 시작했다. 산 정상에 오르니 어쩐지 웃음이 나왔다. 상쾌하
고 좋았다.

꾸준히 쓰고, 약도 잘 먹고 있다.

노트4- 2007년 10월3일

꿈에 죽은 친구 성재가 찾아왔다.

놀라 어떻게 알고 찾아왔냐 물으니 내가 모르는 게 어딨냐며 능청을 떨었다.

술상을 차려 푸지게 먹고 떠들었다.

딱 한 잔의 술을 남겨놓고 성재는 자리에서 일어났다.

마저 마시자고 했더니 다음에 와서 먹겠단다.

성재를 배웅하면서야 그게 꿈인 줄 알고, 멀어지는 뒷모습을 보며 눈물지었다.

또 보면 되지 이게 뭐라고 우냐.

웃음기 어린 목소리가 꿈에서 깨고 난 후에도 한참 내게 남아 있었다.

노트2- 2007년 11월9일

은호가 놀라 내게 전화를 걸었다.

집에 들렀더니 집안이 엉망이라고, 도둑이 든 것 같다고 했다.

그 말이 우스워 크게 웃었더니 그 소리를 들은 은호가 내가 앉은 뒤뜰로 왔다.

뭘 잃어버려 찾느라 그리 됐다고 하니 뭘 찾았냐고 되물어왔다. 모르겠다고 했다.

은호가 가져온 소설을 읽었다. 오랫동안 묵혀온 말을 꺼내야 할 때가 된 듯했다.

작가로서의 네가 기대된다.

좋아 방방 뛸 줄 알았더니 은호는 조금 젖은 눈으로 날 볼 뿐이었다.

그리고는 오래오래 내 옆에 앉아 있다 갔다.

찢어낸 낱장 종이 - 2007년. 12월23일

죽어가는 건 두려운 일이 아니다.

가장 무서운 건 내가 죽고 난 후에 내 소설의 뒤에 붙게 될 작가연보이다.

세상은 나의 모든 것을 알게 되리라.

기억과 언어를 잃은 불쌍하고 처참한 마지막 모습까지.

생각해보면 사실 내겐 반드시 손에 쥐고 가야 할 기억이랄 게 없다.

과거는 흘러간 시간일 뿐이고, 미래는 아직 오지 않을 시간일 뿐이다.

나는 늘 현재를 살았다. 그렇게 남은 날도 살아내면 된다. 아직은.

아직은...

2008년 : 서준 18세, 어머니 병원비 때문에 찾아옴. 은호 21세.

노트2- 2008년 1월18일

정신을 차려보니 진천에 와 있었다. 어머니의 고향이다.

은호에게 여기는 왜 왔냐고 물어봤더니 내가 가고 싶다고 했단다. 내가 그런 말을 했었나?

그리운 강가에 앉아도 보고, 오랜만에 어머니의 본가에도 들렀다.

먼 친척도 뵙고 아주 오랜만에 장떡도 얻어먹었다. 어머니의 맛이 났다.

데리고 와준 은호에게 고맙다고 했다.

노트1- 2008년 1월29일

변 선배가 죽었다.

빈소에 오랜만에 연식이 오래된 문인들이 모여 앉았다.

날이 좋으면 좋아서, 날이 궂으면 궂어서

때때로 술 한잔을 이유로 우리를 불러 모으던 사람이었다.

변 선배 덕분에 또 이렇게 모여 술 한잔 하네.

우리는 곧잘 웃던 변 선배처럼 실없이 잘도 웃으며 술잔을 기울였다.

노트3- 2008년 4월14일

오랜만에 북토크를 열었다. 교복을 입은 어린 학생들이 많아 신기했다.

그 사이에 의젓하게 앉은 은호를 보니 감회가 새로웠다.

은호가 대학생이라니. 원고 한번 읽어달라며 졸졸 따라다니던 게 엊그제 같은데.

졸졸 따라붙는 건 지금도 마찬가지다.

오늘도 화장실까지 따라오기에 그만 좀 쫓아다니라고 면박을 줬는데

은호가 아니었다면 큰일이 날 뻔했다.

왜 벗었는지 기억도 안 나는 옷들을 은호가 차분히 입혀주는 걸 보며 절망했다.

포스트잇- 2008년 5월10일

자꾸 잃어버린다. 그래도 쓴다.

닥치는 곳에, 닥치는 대로.

절망하지 않기 위해서.

찢어낸 낱장 종이- 2008년 7월3일

"내 어머니가 태어나 가장 처음 본 것은 뻘건 불길이 치솟는 아궁이였다."

이 문장에서 시작될 이야기는 뭐가 있을까?

노트3- 2008년 8월9일

산책을 하러 나왔다가 길을 잃었다.

정오에 운동을 나섰는데 집에 돌아왔을 땐 저녁이었다.

주머니에 핸드폰이 있었다는 것도 집에 와서야 알았다.

오랫동안 고집스레 헤맨 발목과 무릎이 시큰거린다.

포스트잇- 2008년 9월30일

기억나지 않는 상처들이 늘어만 간다.

혼자 산책하는 건 이제 그만두기로 했다.

포스트잇- 2008년 10월10일

은호가 배드민턴채를 가지고 와 오랜만에 숨차게 뛰었다.

젊은 녀석이 내게 한 게임을 못 이겼다.

분해 동동 뛰는 모습이 웃겼다.

찢어낸 낱장 종이- 2008년 10월29일

좀처럼 잠이 오지 않아 밤을 지새는 일이 잦다.

온갖 생각들이 뒤엉켜 불안을 일깨운다.

가장 불안한 것은 다시 읽힌다는 것. 재해석된다는 것.

내 인생이 낱낱이 까발려진다는 것.

죽음은 두렵지 않다. 두려운 것은 단지 그것.

사형선고와 같은...

포스트잇- 2008년 11월20일

내 아들이 나를 찾아왔다.

찢어낸 낱장 종이 - 2008년 12월15일

몇 날을 앓았다. 정신을 차리고 보니 깊은 새벽이다. 칠흑 같은 어둠이다.

보이지 않는 달에 섧게 울었다.

모든 것이 헛되고 헛되도다.

2009년 : 은호 22세, 절필선언서와 모든 작품 판권을 은호에게 위임.

발표 후 잠적.

노트1- 2009년 3월13일

은호가 날마다 온다. 왜 오냐고 물으면 배시시 웃기만 한다.

오늘은 논길을 함께 산책했다. 날이 좋아 기분도 좋았다.

노트3- 2009년

옛날 일기를 발견했다. 아들이 찾아왔다고 되어 있었다.

정신이 아득한 상태에서도 계속해서 글을 써왔던가.

다행이다. 그 버릇만큼은 남아 있어서. 나는 아직 작가로구나 싶어서.

어쩌면 은호를 아들이라고 썼을지도 모른다.

오래전부터 은호를 아들이라고 생각했으니까.

찢어낸 낱장 종이– 2009년 패랭이 꽃 핀 어느 날

오늘 아버지를 보았다.

그 오랜 세월에도 하나도 무르지 않고 형형한 그 눈빛에 절로 움츠려졌다.

한참을 말없이 혼나고서야 아버지가 거울 속 내 얼굴이라는 걸 깨달았다.

포스트잇– 2009년

집안일을 도와주러 온 젊은 놈을 쫓아냈다. 제자라고 하는데 믿을 수가 없다.

혼자선 아무것도 못하는 노인네로 취급하는 것이 불쾌했다.

나는 잘 견디고 있다. 계속해서 걸어 나가고 있다. 나는 아직 멈추지 않았다.

포스트잇

잠에서 깨어보니 은호가 옆에서 자고 있었다.

언제부터 와 있었냐 물으니 석 달 전부터란다.

더 이상 오지 말라 했더니 은호가 내내 서럽게 울었다.

등을 토닥여주며 내리는 비를 봤다.

찢어진 낱장 종이

모르는 사람이 자꾸 집안을 돌아다닌다.

물건들이 자꾸 없어지는 것 같더니, 저 청년의 짓인 것 같다.

신고를 해야 한다.

하지만 아무리 찾아도 집전화가 보이지 않는다.

포스트잇

서재에서 잠드는 나날들.

내 속에서는 사라지고 있지만 여전히 굳건하게 언어를 품은 책들.

그 책들만이 내 깊은 고독을 위로한다.

노트4- 2009년 9월12일

은호에게 약속을 받았다. 나를 작가 강병준으로 죽게 해달라고.

기억을 잃은 치매 노인으로 죽게 하지 말라고.

나의 연보가 치매 노인이 아니라 '실종'으로 끝나게 해달라고.

쓰는 것이 곧 生(생)이었고, 死(사)도 그렇기를 바란다고.

작가로서 살았으니 작가로서 죽겠다고.

찢어진 낱장 종이

나의 유서, 절필선언문을 썼다.

내 생의 마지막 언어가 담긴 글이 될 것이다.

포스트잇

어떤 놈이 찾아와 인사를 한다. "선생님 저는 선생님 제자 차은호라고 합니다!"

내가 모르는 제자가 있었나? 그놈이 자꾸 나를 따라 다녀서 도망치는 바람에

길을 잃어버리고 다리를 다쳤다. 그래도 병원을 데려가주고 집에까지 업고 오

다니 착한 청년이다.

포스트잇

이제는 집 밖을 나서지를 못하겠다. 젊은 놈이 자꾸 따라 다닌다. "선생님 저 나무는 은사시나뭅니다. 선생님이 좋아하셨던 나뭅니다." 자꾸 옆에서 말을 건 다. 귀찮다고 말해도 도무지 가지 않고 따라 다니기에 나뭇가지를 주워 등짝을 후려팼다.

* 이 정도면 될 거 같고요. 몇몇 일기들은 회상 씬으로 쓸 거예요.

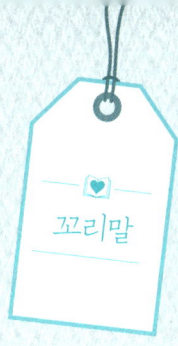

꼬리말

단이 침대에서 같이 시를 읽다 단이를 보는 은호 (24씬)

할 말이 많을 때는 시를 읽는다.

수많은 말 중에 어떤 말을 꺼내 놓아야 할지 모를 때도 시를 읽는다.

내 가슴을 쿵쿵 두드리는 게 무엇인지 모를 때도 시를 읽는다.

그렇게 우리는 시를 읽으며 마음의 저 골짜기, 언어의 저 너머로 걸어간다.

만화책 읽다 서로 얼굴 맞대고 웃는 은호와 단이 (34씬)

특별한 순간은 아주 사소한 순간에 찾아온다.

너와 내가 마주앉아 서로를 바라보는 지금 이 순간.

너와 내가 따뜻한 햇살 아래에서 서로를 향해 미소 짓는 지금 이 순간.

너와 함께 있는 것만으로 아픔은 사라지고, 모든 순간들은 특별해진다.

만화책 읽다 은호 장난에 맞장구쳐주는 단이 (34씬)

나는 날 담아온 은호의 오랜 시간이 아름답다고 생각한다.

사랑 같은 거 못해봐도 어쩔 수 없다고 생각했던 내게 은호는,

내 남은 생을 아름다울 그 시간 속에 미련 없이 던지고 싶게 만든다.

은호를 사랑하면서 이제야 제대로 사랑을 배워간다.

맞잡은 은호와 단이의 손 (34씬)

"네 손은 항상 따뜻해."

"누나가 항상 따뜻해지기를 바라니까."

상냥한 말. 다정한 온도. 가슴이 아릴 정도로 벅찬 너의 마음.

함께 술 마시며 웃는 서준과 해린 (40씬)

세상 모든 것은 흘러가기 마련이고,

흘러가 드러난 빈 곳엔 또 다른 것이 움트기 마련이다.

어떤 것을 피워낼지는 온전히 당신의 선택에 달려 있다.

퇴근한 단이를 예쁘게 보는 은호 (53씬)

은호가 이렇게 미소 띤 얼굴로 가만히 나를 바라볼 때면

심장에 무언가가 돋아나는 것처럼 간지러워진다.

어리광을 부리듯 속마음을 재잘재잘 다 털어놓게만 된다.

내 속에 숨어 있는 또 다른 나를 만나게 되는 너와 사랑하는 나날들.

은호를 꼭 끌어안은 단이 (53씬)

살아가다 보면, 갑자기 쏟아지는 비를 맞거나

맨발로 길 위에 서게 되는 날을 또 다시 맞닥뜨리게 될지도 모른다.

하지만 두렵지 않다. 이젠 헤매지 않고 곧장 달려가야 할 곳을 아니까.

항상 열려 있을 나의 안식처. 나의 집. 나의 차은호가 있을 그곳.

15부

네가 말하지 않았어도
알았어야 했는데…

S#1. 은호의 집, 다락방 (D)

    - 14부 60씬 상황.

단 이   선생님은 아프셨고.. 은호가 내내 선생님 곁에 있었어... 아니.. 어디
    가 아프셨길래... (하다가, 문득 굳는)

    - 어떤 종이 하나 발견하고는 멈칫한다. 천천히 그 종이 들어보는 단
    이... 충격으로 놀란 얼굴... 그 위로,

강병준(E)   2007년 7월5일. 알츠하이머 진단을 받았다. 믿을 수 없어 몇 번이
    나 되물었으나 친구의 답은 같았다. 언어를 잃게 된다니. 글을 잃게
    된다니. 아득하다. 앞으로 살아내야 할 날들이...

    - 이어서, 포스트잇을 하나 꺼내는 단이.
    - 인서트, 강병준의 옛집 (지금 가평 집이 아닌 평온해 보이는 시골
    집. 소박한 단층주택 정도) 마당에서 배드민턴을 치는 은호와 강병
    준. 둘 다 즐겁다. 그 위로, 일기의 내용.

강병준(E)   은호가 배드민턴채를 가지고 와 오랜만에 숨차게 뛰었다. 젊은 녀
    석이 내게 한 게임을 못 이겼다. 분해 동동 뛰는 모습이 웃겼다.

    - 인서트, 어느 변두리 논길을 강병준이 걸어가는 위로,

강병준(E)	은호가 날마다 온다. 왜 오냐고 물으면 배시시 웃기만 한다. 오늘은 논길을 함께 산책했다. 날이 좋아 기분도 좋았다.

    – 포스트잇* 하나를 들어 보는 단이..
    – 인서트, 강병준의 옛집. 잠이 든 강병준과 은호.. 강병준이 자다 깨어 물을 마시고, 창밖으로 내리는 비를 한참 본다. 바닥에 은호가 자고 있다.. 은호가 뒤척이다가 깬다.

은 호	언제 깨셨어요? 아직 한밤중인데.. 좀 더 주무세요. 선생님.
강병준	왜 왔어? 무슨 일이 있었니?
은 호	아니요.. 그냥요.
강병준	할 말이 있어서 왔으면 날 깨우지 그랬어..
은 호	(웃으며 이불 여며주고)
강병준	언제 왔어? 몇 시에 왔어? 비가 오는데 어떻게 왔어..
은 호	(가만히 보다가.. 눈가 젖어서) 선생님.. 저 온 지 한참 됐어요.. 저.. 석 달 전부터 여기.. 와 있잖아요..
강병준	(그제서야 무언가를 떠올리고) 이제 오지 마라.. 내일 서울로 가..
은 호	저 가면.. 혼자 어떡하시게요.. 저 말고는 아무도 없잖아요..

    – 강병준, 우는 은호 토닥이는..

    – 찢어낸 낱장 종이. 보는 단이.
    – 인서트, 강병준의 옛집 마당. 안에서 나오는 강병준.. 달을 올려다본다.. 그 위로,

강병준(E)	몇 날을 앓았다. 정신을 차리고 보니 깊은 새벽이다. 칠흑 같은 어둠이다. 보이지 않는 달에 섧게 울었다. 모든 것이 헛되고 헛되도다.

* 포스트잇
  잠에서 깨어보니 은호가 옆에서 자고 있었다.
  언제부터 와 있었냐 물으니 석 달 전부터란다.
  더 이상 오지 말라 했더니 은호가 내내 서럽게 울었다.
  등을 토닥여주며 내리는 비를 봤다.

- 집에서 자다가 깬 은호가 마당으로 나와 본다. 우는 강병준을 아프 게 보는 데서.

단 이　은호가 옆에 있어 드렸어.. 선생님의 병을 알았어...

S#2. 강병준의 집 마당 (D) – 과거

- 우당탕 소리와 함께 곧 거칠게 현관문이 열리며 안에서 내던져지듯 밀쳐져 나와 바닥에 나동그라지는 맨발의 은호! 현관문에 선 강병 준, 손에는 파리채 같은 게 들려 있고, 노기 어린 얼굴로 그런 은호 를 본다.

강병준　이 도둑놈이 여기가 어디라고 또 와?! 한 번 봐줬으면 됐지, 은혜도 모르고... 또 뭘 훔쳐가려고 왔어!!

은 호　선생님, 그게 아니라...

강병준　(OL) 선생님이라니!!! 이 도둑놈이 누구더러 선생님이래! 다신 얼 씬도 하지 마! 썩 꺼져!!

- 문 쾅!! 닫고 들어가는 강병준. 은호, 급히 일어나 현관문 두드린다.

은 호　선생님! 선생님. 저 은호예요. 선생님. 선생님 제자 차은호요! 저 은 호예요, 선생님!!! / 선생님 저 기억 못하시더라도.. 가스 불!! 가스 렌지 불 끄셔야 돼요! 가스 불 끄세요, 선생님!

- 은호, 안에서 아무런 말이 없자.. 맨발인 채로 다급하게 뛰어 집 옆 쪽 창문 쪽으로 간다. 창문 통해 가스레인지에 올려져 끓고 있는 냄 비가 보이고. 사색이 된 은호, 창문 마구 두드린다.

은 호　선생님!! 선생님, 가스 불 끄세요!! 선생님, 가스 불 (하는데)

- 그런 은호에게 끼얹어지는 물!! 흠뻑 젖은 은호, 돌아보면 바가지를 든 강병준이 그런 은호를 노려보다가 문을 닫고 사라진다. "선생님!" 하며 두드려보지만, 강병준은 방으로 사라져버리고. 은호, 안절부절 못하다가 생각난 듯 급하게 집 뒤쪽으로 달려간다.
- 나와 있는 가스통°으로 가 얼른 가스밸브를 잠그는 은호. 다시 창문 통해 안을 들여다보면 불 꺼진 가스레인지가 보이고... 안심한 은호, 그대로 벽에 기대 한숨 돌리는.
- 집, 현관 앞. 맨발에 얇은 옷차림의 은호, 물까지 맞아 흠뻑 젖었다... 그제야 느껴지는 추위... 그대로 쪼그려 앉아 덜덜 떠는 은호고...

S#3. 어느 회관 앞 (D) - 과거

- 회관 입구에 [한국 문학의 역사! 작가 '강병준' 특별 강연회]라는 현수막이 크게 걸려 있다. 현수막 아래에는 '오후 3시'로 강연회 시작 시간이 적혀 있고...

S#4. 어느 회관, 화장실 (D) - 과거

- 화장실로 급히 뛰어 들어온 은호. "선생님!" 부르며 칸마다 확인하는데... 잠겨 있는 맨 구석 화장실 칸 아래로 벗겨져 떨어져 있는 강병준의 옷가지들이 보인다. 신발까지 다 벗어던진 채 맨발로 서 있는 강병준의 발... 굳은 은호인데... 그때 문이 열리며 발가벗은 강병준의 모습이 드러난다(속옷 정도만 입은). 놀란 은호와 달리 멍한 표정의 강병준...

• 도시가스 안 되는 지역으로 설정.

은 호	(눈가는 이미 붉어졌지만, 애써 평온하게) 옷을 왜 다... 벗으셨어요?
강병준	너무 불편해서요... 더워요.... 입기 싫어서요...
은 호	(별일 아닌 듯 웃으며) 그러셨어요? 그래도 이렇게 나가시면 감기 걸려요. 밖에 진짜 춥거든요. 제가 편하게 입으실 수 있게 도와 드릴게요.

- 강병준이 들어가 있는 칸으로 함께 들어가 문을 잠그는 은호. 떨어진 강병준의 옷을 주워 올리는 은호의 손이 문 아래로 보이고... 닫힌 문 위로 강병준과 은호의 목소리만 들린다.

은호(E)	팔 좀 올려보시겠어요? / 그렇죠. 잘 하셨어요.
강병준(E)	근데... 얼굴이 참 낯익네요... 내가 청년 같은 젊은 사람을 알 리가 없는데...
은호(E)	그러세요? 왜 그럴까요...? 천천히 한번 생각해보세요. / 이리로 다리 넣으시는 거예요. / 네. 잘하셨어요.

- 남자 하나 화장실로 들어와 손 씻으며 그런 은호와 강병준의 목소리 들려오는 화장실 안쪽을 고개 갸웃하며 보다가 나간다..

S#5. 은호의 집, 다락방 (D)

- 단이 노트를 본다. 그 위로,

강병준(E)	옛날 일기를 발견했다. 아들이 찾아왔다고 되어 있었다. 정신이 아득한 상태에서도 계속해서 글을 써왔던가. 다행이다. 그 버릇만큼은 남아 있어서. 나는 아직 작가로구나 싶어서.

S#6. 강병준의 집, 욕실 (D) -과거

    – 욕조에 멍하니 앉은 강병준. 욕조 밖으로 나온 팔엔 넘어지거나 부딪히며 생긴 멍들이 있다. 그 팔을 씻기며 소리 없이 눈물만 뚝뚝 흘리며 우는 은호... 그 위로,

강병준(E)   (앞 씬의 일기에 이어, 눈가 젖은 채 은호를 보는) 어쩌면 은호를 아들이라고 썼을지도 모른다. 오래전부터 은호를 아들이라고 생각했으니까.

S#7. 강병준의 집, 거실 (D) -과거

    – 장을 본 봉투를 들고 들어온 은호. 집은 조용하고.

은 호   선생님?

    – 조용한 집 둘러보는 은호인데 갑자기 '쿵!' 하는 소리가 난다. 소리 난 쪽 보면 안방이고... 약간 열린 안방 문 보던 은호, 어떤 불안한 예감으로 들고 있던 봉투 아무렇게나 내던지고 달려간다.

S#8. 강병준의 집, 안방 (D) -과거

    – 안방 문 열어젖히자마자 넘어져 있는 의자와 허공에 매달린 강병준의 다리가 보이는! "선생님!!!" 외치며 얼른 달려가 강병준의 두 다리를 부둥켜안는 은호...

은 호   (울며) 안 돼요, 선생님!! 이건 아니에요... 이렇게 가시면 안돼요, 선생님...!!!!

S#9. 강병준의 집, 거실 (D) -과거

- 나란히 소파에 앉아 있는 은호와 강병준. 체념한 얼굴로 앉은 강병준을 붉게 젖은 눈을 해서 보는 은호.

은 호　왜 그러셨어요, 선생님... 대체 왜....

- 강병준, 그런 은호를 말없이 보다가 옆에 있던 책의 맨 뒷장 연보•부분을 펼쳐 은호에게 건넨다. 은호, 작가연보를 세세히 훑어본다. 스승의 뜻이 뭔지 궁금해서..

은 호　이건... 연보잖아요...

강병준　그래... / 어떤 집안에서 태어나 어떤 사람들을 만나고... 어떤 사랑을 했고 어떤 질병으로 괴로워했으며 어떤 최후를 보냈는지... 한 작

• 가상의 책. 알랭 심레르의 〈뉴욕의 바람〉. 맨 뒷장 연보 내용. 〈알랭 심레르 작가연보〉

1930년　4월 17일 프랑스 리옹의 귀족 집안에서 출생하다.

1945년　형제 간 다툼 끝에 숙부의 독살로 아버지가 사망하고 처음으로 정신질환을 일으키다.

1949년　단편소설 〈저주받은 형제〉를 발표하다.

1951년　어머니의 반대에도 불구하고 시녀 이자벨과 결혼하다.

1953년　프랑스 파리로 이주해 정착하다.

1955년　세느 살롱에서 만난 작가들과 교류를 시작하다. 앙리 브루델, 레아 세두, 로맹 블레이즈와 같은 작가들을 만나다.

1957년　장편소설 〈소리 없는 파리의 밤〉을 발표하다.

1959년　경비행기 사고로 겨우 살아나다. 이로 인해 살롱에서 만난 작가 레아와의 불륜을 들키다.

1960년　이자벨과 이혼, 레아와 재혼하면서 뉴욕으로 이주하다. 그 과정이 적나라하게 뉴욕의 호사가들의 입에 오르내리고, 친구들과도 절연하다.

1962년　〈뉴욕의 바람〉을 발표하다.

1963년　〈뉴욕의 바람〉으로 콩쿠르상을 수상하다.

1965년　레아가 알랭을 버리고 프랑스로 돌아가자 정신질환에 시달리다.

1966년　자살을 시도하다. 발견한 간호사에게 저주를 퍼붓고, 자살하려던 칼로 간호사를 공격하다.

1967년　〈이자벨의 정원〉을 집필하다.

1968년　프랑스로 돌아오던 배에서 실종되다. 자살로 추정된다.

가의, 한 사람의 일생을 잔인하리만치 적나라하게 까발리는... 연보.
/ 은호야... 나는 이 연보가... 두려워.. 세상에서 제일 무서워..

은 호   (보면)

강병준   내가 죽고 나면.. 세상은 저 연보로 나를 기억하겠지.... 글을 잃고,
기억을 잃고... 화장실에서 옷을 벗고... 가장 아끼던 제자도 못 알아
보고... 그런 치매 노인의 시간이 저 연보에 실리겠지..

은 호   선생님...

강병준   무섭다, 은호야... 앞으로 몇 년을 더 치매 노인으로 살지.. 그리고 그
시간들이 다 저런 연보 속에 남아 사람들에게 읽히는 게..

- 은호, 아프게 강병준을 보는데... 강병준, 붉어진 눈으로 그런 은호
의 손을 꼭 붙잡는다.

강병준   약속해주겠니..? 내 연보는 쓰지 않겠다고... 나를 치매노인이 아닌
작가 강병준으로 죽게 해주겠다고... 약속해다오, 은호야...

- 힘없이 무너져 우는 강병준과 뚝뚝 눈물을 흘리며 그런 강병준의
손을 꼭 다잡는 은호에서...

S#10. 강병준의 집, 방 (D) - 과거

- 목욕을 끝낸 아이처럼 청신한 얼굴의 강병준. 옷을 입히고 머리를
빗기고, 로션을 발라주는 은호. 그 위로,

강병준(E)   2009년 9월12일. 은호에게 약속을 받았다. 나를 작가 강병준으로
죽게 해달라고. 기억을 잃은 치매 노인으로 죽게 하지 말라고. 나의
연보가 치매 노인이 아니라 '실종'으로 끝나게 해달라고.

S#11. 은호의 집, 다락방 (D)

	– 그 일기를 읽는 단이 위로,
강병준(E)	쓰는 것이 곧 내 생이었으니 내 죽음도 그렇기를 바란다고. 작가로서 살았으니 작가로서 죽겠다고.

	– 찢어진 낱장 종이...
강병준(E)	나의 유서, 절필선언문을 썼다. 내 생의 마지막 언어가 담긴 글이 될 것이다.
	– 그 종이 위로 단이 눈물이 후두둑 떨어지는데...
	– 눈물을 닦아내는 단이 위로,

단이(E)	은호가 보냈을 시간에 대해 생각했다..

– 플래시백, 9부 엔딩. 은호, 묶여 있던 강병준을 보고 흐느끼는..
– 플래시백, 10부 24씬. 잠든 강병준의 손톱을 자르던 은호..

	– 플래시백, 4부, 46씬. 카페.
서 준	(은호의 뒤에 대고) 그 소문이 사실입니까?!!!
은 호	(멈춘다. 천천히 돌아본다)
재 민	(엉거주춤 일어섰다가 보는데)
서 준	(은호 보던 시선 돌려 재민에게, 낮게) 겨루에서 판권을 노리고.. 대작가 강병준을 감금했다! / 는 소문.

단이(E)	사람들이 오해할 때마다.. 은호가 느꼈을 마음에 대해서..

	– 플래시백, 13부 25씬.
지 홍	(OL, 탁! 책상 치고 일어나며) 아니, 인간들이 다 무슨 말들이 그렇게 많아? 실종설이니 도피설이니, 다 근거 없는 썰인 건 똑같은데!!
영 아	맞아. 감금설까지 있었잖아. 우리 회사 초창기에.

단 이   (잠자코 듣고 있는)

단이(E)   사람들이 선생님에 대해 떠들 때마다.. 느꼈을 은호의 마음에 대해서..

          – 플래시백, 4부 엔딩. 노래를 부르던 단이를 보는 은호..
단이(E)   그래서 은호는.. 혼자 그렇게 마당에 앉아 있었던 것이다.. 나한테도
          말할 수 없는 선생님과의 약속 때문에.
          – 같은 씬에서.. 어, 은호야. 은호를 발견하고 뛰어가 옆에 앉던 단이..
          마주 보고 웃는 둘, 위로,

단이(E)   그래서.. 은호는..
은 호   (달 올려다보는 단이를 보다가) 나도 누나 하나면 돼..
단 이   (응?)
은 호   이 세상에 나 제대로 아는 사람.
단 이   ... (웃는다)
은 호   세상이 다 나한테 등 돌려도... 사정이 있겠지, 이유가 있겠지... //
          지키고 싶은 무언가를 제대로 지켜내기 위해서, 그래서 그랬겠지...
          누나는... 누나만은 그렇게 나 믿어줄 거지?

          – 다시 현재의 단이..
단이(E)   그렇게밖에 말할 수 없었을 거다. 하고 싶은 말이 너무 많았지만..
          말할 수 없었기 때문에..

          – 플래시백, 13부 31씬.
단 이   선생님 절필선언서.. 니가 받았니?
은 호   (멈추고 보는) 왜.. 그렇게 생각해?
단 이   절필선언서 니가 받은 거 맞지? 그지?
은 호   먹자. 나 배고파.. (먹기 시작하고)

단이(E)   나는 은호의 마음을 몰랐던 내가 바보 같아서... 은호 혼자 아팠을

시간이 마음 아파서... 그 시간을 다시 되돌아가 함께 있어줄 수가 없어서... 울었다..

– 단이, "은호야--" 부르며 운다.

단이(E) 다시 돌아가면... 은호의 모든 마음을 안다고 말하고 싶어서... 그렇게 나는 은호의 이름을 부르며 울었다..

S#12. 은호의 집, 거실 (D)

– (14부 61씬 상황) 외출복 차림의 은호가 장을 봐왔는지.. 마트 봉지를 들고 들어온다. 식탁에 봉지 놓고, "누나" 불러보는 은호. "강단이!" 하며 방문을 열어보는데... 단이는 없고. 다락방에 갔나? 싶어 그쪽으로 가는 은호.

S#13. 은호의 집, 다락방 계단 (D)

– (14부 62씬 상황) 계단 오르는 은호.

은 호 누나, 다락에 있어? 나 장봐왔는데.

S#14. 은호의 집, 다락방 (D)

– (14부 63씬 상황) 다락방 입구로 들어서는 은호. 목도한 풍경에 놀라 굳어 멈칫한다.
– 강병준의 일기로 엉망이 된 바닥. 그 가운데 앉아 있는 단이. 단이, 은호를 돌아본다. 눈물에 젖은 얼굴이고...

단 이	....강병준 선생님.. 니가 모시고 있지..? 가평에는.. 선생님이 계신 거지?

- 감정이 북받치듯, 눈가가 붉어지는 은호와 그런 은호 보는 단이에서... 14부 엔딩, 이어서...
- 애써 담담하게 감정 추스린 은호, 가만 단이를 본다.. 단이 마음 다 안다는 듯이, 따뜻하게.. 나는 괜찮다는 듯이.
- 은호, 단이를 보다가.. 옆으로 다가와 단이가 늘어놓은 일기들을 하나하나 줍는다. 단이, 그런 은호를 젖은 얼굴로 본다..
- 은호, 문득 그런 단이를 보다가.. 눈물 닦아주는.

은 호	(애써 웃으며) 무슨 생각하는지 아는데.. 나.. 괜찮았어.. 누나... / 나는.. 그냥... 내가 짊어지고 갈 십자가.. 같은 거라고 생각했어.. 그래서.. 괜찮았어..

- 은호, 가만히 단이를 안아주고...

단 이	미안해.. 나, 아무것도 몰라서... 니가 말하지 않았어도 알았어야 했는데... 짐작도 못해서.. 미안해, 은호야..

- 은호는 그런 단이를 오히려 토닥토닥하는....

S#15. 콘텐츠 개발부 (D)

- 몰두해서 〈영웅들〉 투고 원고를 읽고 있는 해린. 다음 장으로 넘긴다. 손에 들고 있는 연필로 드문드문 밑줄도 그으며 꼼꼼하게 읽고 있다. 거의 다 읽은 느낌이고. 심상치 않은 눈으로 몰입해서 원고를 읽어 내려가는 해린.

S#16. 은호의 집, 다락방 (D)

       – 다락방 벽에 등을 기대고 나란히 앉은 은호와 단이.

단 이   내가 모르는 긴 시간 동안, 니가 너 혼자였다는 게.. 너무 마음이 아파.. 어떤 날은 혼자 울고.. 어떤 날은 잠을 못 자고.. 어떤 날은 세상에 기댈 곳 없이.. 혼자라고 느꼈을 게.. 니가 보낸 그런 날이.. 너무 길었다는 게..

       – 은호, 단이 말을 가만히 듣다가.. 단이 다리를 베고 눕는.

은 호   여기 되게 좋다.. 나, 여기서 자본 적 없는데.. 우리, 오늘 여기서 잘까?
단 이   (머리 쓸어주며, 보는)
은 호   그냥.. 잘 했다고 말해줘. 누나.. (눈 감고, 돌아누우며) 나는 내내 그 말을 듣고 싶었어.. 잘했다는 말.
단 이   (머리 쓸어주며) 내가 차은호를 알아.. 수십 번.. 수백 번을 고민했을 거야.. 어떤 게 선생님을 위하는 길인지.. / 잘했어.. 충분히 잘했어..
은 호   (그대로 눈 감은 채 위로처럼 듣는)

S#17. 어느 아파트 복도 (N)

       – 엘리베이터 문이 열리면, 지홍이 내린다. 한 손에는 케이크 상자가 들려 있고. 콧노래 흥얼거리면서 가는 지홍.

S#18. 어느 아파트 + 아파트 현관 앞 (N)

- 들려오는 초인종소리. 장영철*, 인터폰 눌러 보며 "누구세요?" 하지만 답도 들려오지 않고, 인터폰에 따로 보이는 사람도 없다. 고개 갸웃하며 현관 쪽으로 가 문을 여는 장영철.
- 문을 열자마자 보이는 건 지홍이다. 종이 고깔모자 쓰고 입엔 파티 나팔까지 문 지홍의 모습... 뿌- 파티나팔 부는 지홍에 깜짝 놀라는 장영철.

지 홍   (파티나팔 손에 들고, 노래) 생일 축하합니다! 생일 축하합니다! 사랑하는 장 작가! 생일 축하합니다!! (다시 파티나팔 불고)

장영철   (당황해서, 주방 쪽 돌아보며) 아... 봉 팀장님... 어떻게 여기까지...

지 홍   우리 장 작가 생일인데 내가 당연히 와야지! 맘 같아선 아침 일찍 와가지고 미역국도 끓여주고 싶었는데, 형님한테 갔다 오느라고. 감동했지? 이런 편집자 없지?

장영철   아... 네.. 감사합니다..

지 홍   (신발 벗으며) 미역국은 먹었.. (하다가 문득 현관에 놓인 여자 구두 발견하고 놀라서 집 쪽을)

장영철   (난감한)

지 홍   아니, 근데 구두가.. 어디서 많이 보던... (그 구두인데..?)

영아(E)   장 작가님. 누구예요?

- 안쪽에서 들려오는 낯익은 목소리에 멈칫하는 지홍. 서서히 돌아보면...

영 아   누군데 들어오지도 않고 현관에서... (하다가 지홍을 발견하고 굳는)

• 지홍보다 어린 40대 초반의 남자.

지 홍	어, 서 팀장... (아직 사태 파악 안 된) 서 팀장도 장 작가 생일 축하 하러 왔어? (하고 나서야 뭔가 많이 이상하다...?) 언제... 왔어...?
영 아	(담담히 보다가) 어제.
지 홍	(끄덕이며) 아, 어제... (소스라치게 놀라며) 뭐? 어제?!!! 어제 왔다 고??!!!

S#19. 어느 아파트 단지 일각 (N)

— 영아 차 쪽으로 걸어간다. 뒤에서 영아를 따라가는 지홍.

지 홍	너 지금 이 상황이 말이 된다고 생각해?
영 아	말 안 될 건 뭐야. 만나는 남자 있다고 했잖아.
지 홍	아니지, 영아야 아니지?

— 지홍은 피가 바짝 마르는 기분인데, 영아 차 문 열어 가방 던져 넣 고 타려는데.

지 홍	잤니...? 설마.. 둘이 잤어...?!
영 아	(뒤돌아보며 버럭) 그래, 잤다.
지 홍	!
영 아	(그대로 보는)
지 홍	(충격에 도장 찍는 기분이고!) 야.. 너 지금 그걸 말이라고 해..?! / 서영아, 니가 어떻게 나한테 이럴 수가 있어!!!! 장 작가, 우리 회사 랑 계약한 지 일 년도 안 됐어!! 어떻게 일하다 만난 사람이랑...
영 아	(OL) 우린 뭐 길가다 만나 연애하고 결혼했어? 우리도 일하다 만 났어.
지 홍	우리랑 장 작가가 똑같냐?!!!
영 아	(버럭) 다를 게 뭔데! 우린 뭐 그렇게 특별했다고!!!
지 홍	....우린.. 특별했어.. 영아야..

– 영아, 쳇 하고 차에 올라타서 시동을 건다.

지 홍   (화들짝, 차 문 두드리며) 영아야.. 영아야..

– 하는데, 붕 떠나버리는 영아의 차..

지 홍   야. 서영아!!!!

– 인서트, 운전해가는 영아이고. 룸미러로 지홍을 보며 꼿꼿하게 가
  는.
– 남은 지홍, 가는 영아의 차를 보며.. 울먹이는..

지 홍   와.. 여자, 무섭다.. 진짜 무섭다.. 한번 등 돌리니까 그걸로 완전 끝
        이네.. (하고 길에 서서 우는 데서)

S#20. 은호의 집, 다락방 (N)

– 단이, 잠들어 있고.. 은호, 엎드려 책을 읽고 있다. 앞 씬에 나왔던
  가상의 책. 알랭 심레르의 〈뉴욕의 바람〉 뒤편에 실린 작가 연보를
  보는 은호. 그 위로,

강병준(E) 약속해주겠니..? 내 연보는 쓰지 않겠다고... 나를 치매노인이 아닌
        작가 강병준으로 죽게 해주겠다고... 약속해다오, 은호야...

– 그런 기억 떠올리는 은호인데.. 그때 핸드폰이 진동으로 울린다. 보
  면 송해린이고. 잠든 단이를 보며, 웬일이지, 싶은 은호.

S#21. 은호의 집, 거실 (N)

- 은호, 핸드폰 통화하며 다락에서 내려오는.

은 호   어 해린아.. // 지금 우리 동네로 온다구? 왜?

S#22. 콘텐츠 개발부 + 은호의 거실 (N)

- 〈영웅들〉을 복사하고 있는 해린.

해 린   선배가 꼭 읽어야 될 원고가 있어. / '영웅들'이란 제목으로 투고원
                고가 들어왔어. 혹시나 싶어서 먼저 읽어봤는데... 아무래도 역시 선
                배가 봐줘야 할 거 같아.
은 호   (영웅들?!!!!) 제목이... 뭐라구?
해 린   영웅들. 강병준 선생님이 마지막 작품으로 쓰시겠다던 그 소설이
                투고원고로 들어왔다니까.
은 호   !!!!

S#23. 카페 (N)

- 해린, 은호 앞으로 원고와 원고가 들어 있던 서류봉투를 함께 밀어
  준다.

해 린   이게 투고된 원고고, 복사해서 하나는 내가 갖고 있어.

- 은호, '영웅들'이라고 제목이 적혀 있는 원고를 심각하게 보다가 서
  류봉투를 들어 '박정훈'이라는 이름 보는.

해 린	주소는 검색해보니 가짜야. 전화번호도 없는 번호고. 원고에 적힌 이메일 주소는 가짠지 진짼지 아직 모르겠어.
은 호	넌 다 읽었다고?
해 린	(끄덕이고)
은 호	(원고를 보는데)
해 린	강병준 선생님이 나타났거나, 아니면..
은 호	(해린 보는)
해 린	누군가 강병준 선생님을 흉내 내고 있거나. / 내 생각은 그래.
은 호	왜 그렇게 생각하는데?
해 린	읽어봐. 읽어보고 얘기해요. 난 강병준 선생님이 절필선언하고 판권 옮긴 회사라서 겨루에 입사했어. 궁금했거든. 어떤 회사길래.. 그동안 일하던 수많은 회사들과 등을 돌리고 이런 출판사에 판권을 넘겼나.. / 문학 위주인 회사도 아니구. / 근데 회사를 들어오고 보니 이상하잖아. 강병준 선생님 절필선언문도 누가 받았는지, 물어봐도 답도 없고.
은 호	...
해 린	지금도 봐. 선배도 암말 않잖아. 창립멤버 중에 젤 먼저 입사했으면서. / 몰라? 절필선언문하고 판권 넘긴다는 계약서 누가 받았는지.
은 호	(원고) 내가 읽어볼게. (하고 서류에 봉투 넣고) 근데 투고원고 들어온 거랬지? 너만 봤어?
해 린	오지율 씨가. 난 오지율한테 받았고.
은 호	(원고 봉투) 읽고 회사서 얘기하자. 조심해서 들어가구.

- 은호, 해린에게 웃어 보이고 계산서 들고 일어나 간다. 가는 은호, 보는 해린.

S#24. 은호의 방 (N)

- 은호, 침대에 앉아 〈영웅들〉 읽고 있다. 마지막 페이지다. 누가 이

원고를 썼을까.. 은호는 알고 있다. 이건 강병준의 글이 아니다. 마음이 복잡한 은호. 마지막까지 읽고, 원고를 덮는 은호. 협탁 위에 서류봉투를 가져와 보는. 보내는 사람에 쓰여 있는 주소 본다.

S#25. 은호의 집, 서재 (N)

- 은호, 노트북 앞에 앉아 있다. 투고원고에 쓰인 박정훈의 이메일 주소를 적어놓은 노트북 화면. 내용을 쓰기 시작하는 은호.

은호(E)   박정훈 작가님. 도서출판 겨루의 차은호 편집장입니다. 보내주신 원고는 잘 읽었습니다.

S#26. 서준의 집, 비밀의 방 (N)

- 서준이 은호가 보낸 메일을 읽고 있다.

은호(E)   〈영웅들〉이란 소설에 대해 몇 가지 궁금한 점이 있어서요. 일단 전화 통화를 좀 했으면 하는데, 보내주신 전화번호가 존재하지 않는 번호라고 해서요. 제 전화번호를 보내드릴 테니 출판 의사가 있으면 전화 주세요. 기다리겠습니다.

S#27. 은호의 집, 서재 (N)

- 은호, 노트북 덮고, 일어서려는데.. 그때 핸드폰 알람이 울리고, 메일이 왔다는 글이 보인다. 다시 노트북 열어 메일함 열어보는 은호. 박정훈으로부터 답이 와 있다.

| 서준(E) | 전화번호를 확인하셨으면 주소도 가짜라는 걸 확인하셨을 텐데요. 그랬다면 이메일로만 소통하겠다는 제 의도도 이미 아셨을 거라 생각합니다. 출판 계획이 있다면 메일로 연락 주세요. 일주일의 시간을 드리겠습니다. 제가 마음이 급해서요. |
| 은 호 | 일주일이라... |

- 은호, 도대체 누가 이런 장난을 하는 걸까.. 몹시 심란하다.

S#28. 서준의 집, 비밀의 방 (N)

- 서준, 노트북 탁 덮고.

| 서 준 | 차은호는 안다는 거네? 강병준 작가가 아니라는 거. (복잡하게 눈, 깊어지는..) 어디 계신지... 뭘 하고 계신지.. 차은호는 알아.. / 역시 차은호였어.. (옆에 놓인 〈4월 23일〉, 소설을 보는, 그리운 듯, 소설의 제목 손가락으로 만지며) |

S#29. 은호의 집, 서재 (N)

- 은호, 마음 무겁고 복잡한.. F.O

S#30. 겨루 출판사 앞 (M)

- 와서 서는 은호의 차. 내리고 뒷자리에서 가방을 꺼내다가 그 밑에 있는 〈영웅들〉 봉투 본다. 꺼내서 가방에 넣고. 마침 멀찍이서 오던 해린, 은호 발견하고 뛰어온다.

해 린	선배! / 원고는 읽어봤어?
은 호	저자한테 메일은 보냈고, 답도 받았고. 포워딩 해줄 테니까 한번 봐.
해 린	메일은 진짜였구나? / 설마... 정말 강병준 작가님인 건...? 자기 본명 숨기고 문체 바꿔서 이명을 쓴 작가도 많잖아. 로맹가리도 에밀 아자르란 다른 이름으로 소설 냈구.
은 호	(덤덤하게) 글쎄... / 일단 내가 계속 알아볼 테니까 확실해지기 전까진 다른 직원들한테 이 원고 얘기는 따로 하지 마.
해 린	알았어요. 오지율한테는 내가 얘기할게.

S#31. 탕비실 (M)

– 커피 타는 해린과 그런 해린을 벙찐 얼굴로 보는 지율.

지 율	네? 왜 그걸 편집장님께 드려요? 원래 독자투고에서 발굴한 작가는 처음 잡은 편집자가 담당해야 되는 거 아니에요?
해 린	그래. 그게 맞는데, 그 원고는...
지 율	(OL) 강병준 작가님 원고라서요? 저 요즘 일, 엄청 열심히 하고 있는 거 아시죠? / 신입은 강병준 선생님 같은 대작가님이랑 하면 안 돼요?
해 린	(들고 있던 커피잔 탁 내려놓으며 제법 엄하게) 오지율 씨. 그 원고, 누구 이름으로 왔어? 박정훈이란 이름으로 왔잖아. 확인이 필요한 원고라구. 내 말 무슨 말인지 알겠어?
지 율	...
해 린	일단 그 원고는 편집장님께 맡기고 지율 씨는 다른 원고 찾아봐. 분명 좋은 원고 더 있을 테니까. / 알겠어요?
지 율	(마지못해) 네...

– 해린, 커피 들고 나가고... 홀로 남은 지율, 억울한 듯 해린이 나간 쪽을 보는.

S#32. 푸른마음 출판사 (D)

– 밀린 외주비 독촉전화가 끊이지 않는 푸른마음 출판사. 전화 중인
　단이고.

단 이　죄송합니다! 사장님이 안 계셔서요. (한쪽 보면 책상에 앉아 있는
　　　　사장부부) 밀린 외주비는 곧 정산해드리겠습니다! (전화 끊고 한숨)

여편집자　(작게) 오늘만 다섯 통째죠? 돈 못 받았단 전화.

– 단이, 그렇다고 끄덕이는데 남사장이 부르는 소리 들린다. 책상에
　서 원고 두 개 챙겨가는 단이.

남사장　단이 씨, 제출한 마케팅 기획서 검토했는데요.

단 이　(긴장해서) 네!

남사장　좋더라, 기발하고.

단 이　(해냈다!)

여이사　근데.. 예산이 좀 들겠던데. 요즘 돈 안 들이는 마케팅도 많지 않나?
　　　　입소문 전략 그런 거.

단 이　(당황) 아.. 그럼.. 저예산 마케팅으로 수정해보겠습니다! (손에 든
　　　　원고 하나 내밀며) 그리고 상반기 메인이라 하신 원고, 검토했는
　　　　데요..

남사장　(자신만만) 좋지? 베스트셀러 기운이 팍- 오죠?

단 이　(잠시 망설이다, 마음먹고) 출간, 재고해보시는 게 어떨까요.

남사장　(기분 상한) 왜요? 별로야?

단 이　작가의 고유성이 전혀 안 보여요. 인터넷 떠도는 글과 많이 겹치고,
　　　　이미 출간된 책들과 차이점도 없고,

여이사　(OL) 단이 씨, 짧고 가볍다고 나쁜 글인가? 아니에요. 잘 팔리는 덴
　　　　이유가 있어. 시대 흐름이 그래, 가벼운 책에 위로 받는 거라고.

– 단이, 후.. 한숨 쉬며. 자리로 가서 앉는다.

단 이	(혼잣말) 참자, 좀만 버티자.. 집에 가면 차은호가 있다. 차은호가 있어! (후-)

- 단이, 자리로 가서 앉는데.. 은호로부터 톡이 온다. 배시시 웃는 단이.

은호(E)	아르바이트 좀 해. 강단이. 차은호 작가의 보조작가로. 도서관에서 저녁 먹자.

- 좋아서 싱긋 웃는 단이. 사무실 사람들 볼까, 잠깐 멈췄다가.. 다시 웃으며 답을 쓰는.

단이(E)	좋아, 도서관 데이트!

S#33. 도서관 데이트 몽타주 (N)

- 컴퓨터로 책 검색˚해서 찾는 은호. 단이, 그 옆에서 노트에 책 받아 적고.

- 서가 헤매며 검색한 대로 그 위치를 찾아 책을 빼내는 은호. 단이 그 옆에서 은호 빼내는 책들 받아 들고, 졸졸 따라다니는.

- 심리학자 발달이론 관련 책과 논문. (ex. 프로이트, 에릭슨, 피아제, 융, 아들러, 스키너, 반두라, 콜버그 등)
  + 은호가 집필할 작품 컨셉 : #성장소설 #부모자식 심리 #꿈 #판타지
  - 캐나다로 이민 가서 자리를 잡은 부부. 자식이 태어난 지 여섯 해째, 아이는 이유를 모른 채 한국으로 입양된다. 스무 살이 된 아이는 부모를 찾아, 어린 시절 흐릿한 기억만을 가지고 캐나다 북부 작은 마을로 향한다. 그런데 마을에 도착한 순간부터 매일 밤, 겪어본 적 없지만 기시감이 드는 기묘한 꿈을 꾸기 시작하는데..
  - 입양, 부모자식 심리(발달이론), 꿈(무의식) 관련 자료 & 논문 필요.

	– 나란히 앉아 노트북으로 책을 정리하는 단이와 은호. 은호, 책 차례 펼쳐 가리키며.
은 호	여기, 유아기부터 여섯 살 이전 아동기까지 요약해줘. 부모가 자식에게 미치는 영향 위주로.
단 이	네, 작가님. (하다가 다섯 권 정도 쌓여 있는 책 보며) 이것도 다 요약해야 돼?
은 호	아니. (세 권 정도) 이건 빌려갈 거야.
	– 휴게실에서 식판 가져오는 단이와 은호. 은호, 자리에 앉고 단이 맞은편에 앉으려는데, 은호 그 자리 아니라고 고개 젓고. "여기" 하며 옆자리 의자 툭툭 치는. 단이, 웃으며 다시 식판 들고 쪼르르 은호 옆으로 와서 앉고. 밥 먹는 단이, 예쁘게 보며 머리 쓸어주거나.. 반찬 올려주는 은호.
	– 책 정리하다가 턱 괴고 단이 보는 은호. 단이 정리하다가 자신을 보고 있는 은호를 왜? 하고 보는. 은호, 아니라고 고개 젓고. 다시 웃는 얼굴로 단이를 보다가.. 안 되겠다.. 잠깐 따라오라고 눈짓하며 앞서는. 단이 영문 모르겠는 얼굴로 따라가고. 은호, 앞서가다가 다시 되돌아와서 단이의 손을 획 잡고 빠르게 어디론가..
	– 도서관 일각. 단이 손잡고 걸어가다가 사람 없는 어디쯤에서, 모퉁이 돌자마자 쪽 입 맞추는 은호. 단이 놀라서 '야' 하고 툭 치는데. 키스하는 은호. 그런 둘에서.

S#34. 도서관 앞 (N)

	– 손 꼭 잡고 다정하게 도서관에서 걸어 나오는 은호와 단이.
은 호	아까 보니까 가방에 나 작가님 시집 있더라?

단 이	어. 너무 좋아서 들고 다니면서 읽고 또 읽고 그러는 중. (가방에서 시집* 꺼내며) 난 여기서 '네가 있어'라는 시가 제일 좋더라.
은 호	(시 외우는) 바람 부는 이 세상 / 네가 있어 나는 끝까지 / 흔들리지 않는 나무가 된다
단 이	(웃으며 이어 외우는) 서로 찡그리며 사는 이 세상 / 네가 있어 나는 돌아앉아 / 혼자서도 웃음 짓는 사람이 된다
은 호	(단이 지그시 보며 진심으로) 고맙다 / 기쁘다 / 힘든 날에도 끝내 살아남을 수 있었다
단 이	(은호 진심 알겠고, 애틋하게 보면)
은 호	(장난) 뭐야, 그 눈빛. 그렇게 보면 확 입 맞춰버린다. 길 한복판에서.
단 이	(불시에 먼저 짧게 입 맞추고) 말할 시간에 하겠다. (획 먼저 가버리고)
은 호	(잠시 놀랐다가, 귀엽게 보며 쫓아가는) 알았어. 한번만 더 기회를 줘봐. 이번엔 그냥 해볼게. 어?

- 그렇게 장난스레 쫓고 쫓기는 둘에서.

S#35. 버스 안 (N)

- 맨 끝 뒷좌석에 나란히 앉은 훈과 지율. 훈, 핸드폰 보며 누군가와 계속 연락을 주고받고 있고. 지율, 훈이 건성으로 듣는지도 모르고 툴툴댄다.

| 지 율 | (아쉬워서) 진짜 제대로 한 건 할 수 있었는데! 〈영웅들〉 원고 말야. (혹시나) 사실 아직 모르는 거 아니야? 강병준 선생님 원고일지 누가 알아? |

• 나태주, 〈가장 예쁜 생각을 너에게 주고 싶다〉 중 「네가 있어」, RHK

훈	(핸드폰에 빠져서 대충) 어? 어...
지 율	(김새서) 뭐가 그렇게 재밌어? 내 얘긴 듣지도 않구.

– 지율이 고개 쑥 밀어서 보면, 훈이 어플로 한 여자와 채팅 중이다! 굳는 지율.

지 율	...여자네..?
훈	(아무렇지 않게) 이거 재밌다? 집 근처에 있는 사람을 바로 연결해 줘.
지 율	(못마땅해서) 그래서 지금.. 그 여자랑 연결된 거야?
훈	어. 만나보고 싶어. (창밖 보며) 어! 나 여기서 내려야 돼.
지 율	왜? 우리집 한 정거장 남았잖아.
훈	(못 듣고, 벌떡 일어나 하차문 쪽으로 가려는)
지 율	(훈 팔을 턱 잡고) 그 여자 만나러 가는 거야?

– 훈, 아무렇지 않게 끄덕이고. 그런 훈 보고 손에 힘 풀리는 지율.. 문 열리고 혼자 내리는 훈. 버스 출발하고.. 지율, 멍하니 있다가.. 번뜩 정신 차린다.

지 율	어떡해. 나도 따라 내릴걸.. (창밖 보며) 어떡하지.. 박훈, 여자 만나 는데...

– 발 동동 굴리는 지율..

S#36. 버스 정류장 앞 (N)

– 폴짝 뛰어내리는 지율. 그 뒤로 다른 사람들도 함께 내린다. 지율, 버스기사 쪽 보고.

지 율	기차도 아니고! 다음 정류장이 이렇게 멀 수가 있어?!

— 이전 정류장 방향으로 뛰기 시작하는 지율! 아무래도 높은 굽의 구두 때문에 불편하다. 아무렇게나 팽개치듯 명품 구두 벗어서 양손에 쥐고 뛰는 지율.

지 율	(괴성) 기다려라아– 박후운–!!!!

S#37. 어느 카페 (N)

— 오싹한 느낌에 화들짝 놀라는 훈. 지율이 본 사진 속 여자(20대)가 맞은편에 앉아 있다.

여 자	(오싹해하는 훈 보고) 괜찮으세요?
훈	뭔가 예감이 안 좋아요.. 제가 촉이 좀 좋거든요. (진지) 제 예민한 심장이 불안함을 느꼈어요.. 가서 진정 좀 시키고 올게요.
여 자	네? 뭐 그러세요.

— 여자, 이상한 놈이라는 듯 화장실 들어가는 훈 뒷모습 보다가.. 고개 돌리는데, 양손에 구두 든 지율이 창문에 딱 붙어 쩨려보고 있다! 놀라는 여자. 지율, 바로 카페로 들어와서 여자 앞에 한껏 도도하게 앉는다.

지 율	어머나, 실례해요. 방금 여기 앉아 있던 남자에 대해 할 말이 있어서요. (소곤) 제가 그 남자의 룸메이트예요.
여 자	(황당) 네? 근데요?
지 율	근데요라뇨? 룸메이트가 뭔지 몰라요? 같이 산다구요. 방금 여기 앉았던 남자랑. 저한테 일말의 죄책감 같은 거.. 안 느껴진단 말이에요?

여 자	(어이없고)
지 율	(화장실에서 나오는 훈 보고, 슬슬 뒤로 빠지며, 여자에게 지켜보고 있다 손동작 날리고) 기억해요! 이 남자 동거하는 여자 있다는 거!!

- 난동 부려놓고, 빠르게 사라지는 지율. 어안이 벙벙한 여자고. 상황 모르는 훈이 싱글벙글 웃으며 와서 앉는다.

훈	저, 같은 일 하는 사람끼리 모여서 공부하는 거, 완전 마음에 들어요. 언제 그럼 저도 그 스터디에 데려가주시면,
여 자	(OL) 박훈 씬, 저희 스터디에 안 맞을 것 같네요. (바로 일어나는)
훈	네? 저 열정도 패기도 넘치는 마케턴데.. 갑자기 왜요?
여 자	동거하는 여자 분이 무서워서 안 되겠어요. 그 여자 분, 저한테 난동부리고 갔어요, 방금!!
훈	오 사원이 왔다고요? 여길? 왜요??
지율(E)	너, 왜 그랬어 오지율!!!!

S#38. 훈의 원룸 (N)

- 거실에 주저앉아 울상인 지율.

지 율	(스스로도 정말 이해 안 되는) 오지율.. 왜 그랬어.. 거길 왜 가?? 나 설마... 박훈 좋아하는 거야?

- 지율, 호들갑 떨며 아니라고 그럴 리 없다고 부정하는데.. 그때 문 열고 들어오는 훈. 지율, 그런 훈과 눈 딱 마주치는데.. 바람에 훈 머리칼이 날리고.. 천천히 지율 앞으로 다가와 서는 훈. 그런 훈이 갑자기 멋있어 보이고.. 지율 심장이 두근두근 뛰기 시작하는데..

훈	(버럭) 야 오지율!! 뭐가 불만인데! 카페 와서 난동 폈다며!

지 율	(가슴에 손 얹고, 혼잣말) 뭐야 이거. 왜 이렇게 심장이 뛰어?
훈	?
지 율	(훈 때문에 심장이 뛴다고 믿을 수 없는) 아니야.. 아니야..!
훈	너 왜 그랬냐고?!! 그 어플로 겨우 근처에 있는 마케터 찾았는데!
지 율	(응?) 마케터? 그거였어? (얼른 훈의 손을 덥썩 잡고) 그거였구나, 마케터!! 같은 일을 하는 사람을 만나고 싶었던 거지, 너는?! 응?
훈	?
지 율	난 또 뭐라구... 아이.. (몸 흔들며 좋아하는)

S#39. 콘텐츠 개발부 (N)

– 혼자 남은 해린.. 〈영웅들〉 복사본 보고 있다... 넘겨보며, 갸웃..

| 해 린 | 이상하게 예전에 한번 읽었던 거 같단 말이지... / 뭐지.. 이 느낌..? |

S#40. 공모전 심사 몽타주 (D)

– 회사 일정표에 〈사내 공모전 'TOP (Tomorrow of Passion)' 심사 결과 발표〉라고 적혀 있고. 앞에서 보는 지율과 송이, 훈.

송 이	일주일 남았네..?
지 율	송이 씨도 응모했어요?
송 이	당연하죠. 난 뭐 겨루 직원 아닌가? (하고 가고)
훈	그럼 지금 창립멤버들은 한창 심사 중인 거잖아?

– 지율, 의미심장한 눈으로 사무실을 휙 돌아보는.
– 콘텐츠 개발부, 일각. 지홍, 머리 긁적이며, 기획안을 신중히 한 장 씩 넘겨서 보고 있다. 교정보듯 펜으로 체크해가면서 열심인데.. 그

런 지홍 뒤로 커피 한잔 들고 조심스레 다가오는 지율. 지홍의 어깨 너머로 슬쩍 기획안을 살펴보는데.. 소름끼치는 이상한 느낌에 홱 뒤돌아보는 지홍. 지율, 아무렇지 않게 싱긋 웃으며 지홍 앞에 커피 올려놓고 간다. 지홍, 커피 들고 지율 자리로 가서 탁 놓는다.

지홍   (검지 들어 양옆으로 가볍게 흔들고) 뇌물은 노. 난 공정한 사람이 라. (자리로 가는)

지율   ......

– 이사실. 책상 앞에서 기획안 보고 있는 유선. 재민, 노크하고 안으로 들어온다. 유선 앞으로 와서 블라우스 단추들 제대로 다 있는지 한번 쓱 보는 재민. 유선, 재민 시선 의식해서 '뭐죠?' 하는 표정으로 보면.

재민   뭐 좀 괜찮은 게 있어요?
유선   공모전 심사 얘기면.. 따로 하기로 했잖아요.
재민   난 좀 재밌는 게 있던데, 역사 속 인물들을,
유선   (OL, 도도한) 말하지 마세요. 영향 받아요. 심사는 공정해야죠!
재민   (시무룩해지고)

– 콘텐츠 개발부. 기획안 보면서 사무실로 들어오는 영아. 전화 오는 지 주머니에서 핸드폰 꺼내 받으며, 잠시 기획안 서류를 훈의 책상 위에 올려놓는다. 훈, 무심코 서류 들여다봤다가 눈이 동그래진다. "54번이면.. 난데.." 본인 기획안이다! 영아, 전화 끊고 깜빡하고 그 냥 가면.. 서류 반듯하게 펴서 두 손으로 영아에게 공손하게 전한다. 영아, 고맙다고 엄지 척 하며 씩 웃어주고. 훈, 뿌듯해서 자리로 돌 아가면.. 서류에 엑스표 하는 영아다.
– 영아, 일각으로 이동해가면.. 기획안 보면서 걸어오는 지홍. 둘이 마 주치는데.. 영아 외면하고 가려는데, 영아 손목 낚아채 잡는 지홍..

지홍   (이하, 계속 소리 죽여) 너, 장 작가랑 정말 잤냐?

영 아	(역시 소리 낮춰서) 그래. 진짜 잤어!
지 홍	거짓말이지? 그냥 작가 관리 차원에서 너도 장 작가 생일이라서 간 거지?
영 아	맘대로 생각해! 이번에 알았는데, 나한텐 세 명의 남자가 필요한 거 같아.
지 홍	뭐어? 세 명.. 세 명씩이나?
영 아	재밌는 남자, 많이 가진 남자, 잘하는 남자.
지 홍	재밌는.. 많이.. 잘하.. 뭘, 뭘 잘하는데?
영 아	(흘기고 가버리고)
지 홍	(안타깝게 보며) 세 명은 무슨.. 아닐 거야.. 그냥 하는 말일 거야.. (하지만 정말인 것 같고, 맘 무너지고)

　　－ 은호의 집, 서재. 역시 기획안 살펴보고 있는 은호. 검토 끝내고 컴퓨터 화면 평가표에 점수를 입력한다. 시장성, 독창성, 사업성, 기획력, 구성력 등의 평가 항목에 점수를 입력하는데.. 그 옆에 하나의 항목을 더 쓴다. '강단이 기획안일 확률은?' 혼자 웃다가 지워버리는. 그때 단이가 차를 가지고 온다. 얼른 노트북 화면을 감추는 은호. 기획안도 덮어놓고. 보려고 기웃거리다가 장난치는 둘. 은호, 단이 못 보게 막다가.. 단이 안고 입에 입 맞추며 웃는.

은 호	누난 그만뒀잖아..
단 이	그래도. 당선 되면 나 그만둔 거 아쉬워할 거 아냐.

S#41. 회의실 (D) - 다른 날

　　－ 책상 위에 놓인 다섯 개의 기획안. 책상 위에 걸터앉아 있거나 어디쯤 서 있는 멤버들, 기획안을 바라보고 있다.

유 선	확실히 (기획안 하나 짚으며) 이게 제일 눈에 띄네요. 명확한 컨셉,

트렌드를 간파한 시장성이 인상적이었어요.

은 호   그쵸. 어른, 멘토링이라는 키워드로 독자에게 다가가는 방식도 좋고요.

재 민   (끄덕이고) 무엇보다 이 텐펄슨* 기획의 매력 포인트는, 장기적인 사업성이죠.

은 호   문고본으로 제작하겠다는 것도 그렇고. 책 한 권을 구성하는 방식도 그렇고.

영 아   기본적으로 책 시장을 향한 가장 현실적인 기획안이었어요.

지 홍   칭찬일색이네. 나도 좋았어, 이건. (기획안 다시 훑으며) 다양한 주제로 시리즈 제작이 가능하다.. 아주 장기적인 안목을 가진 친구야.

영 아   그럼 깔끔하게 결정난 거죠?

    － 창립멤버들, 모두 고개를 끄덕이고. 은호, 옆에 있던 노트북 앞으로 끌어당긴다.

은 호   그럼 확인해보겠습니다.

    － 은호, 번호 입력하기 전에 어젯밤의 단이 떠올리는.
    － 플래시백, 앞 씬.

단 이   그래도. 당선되면 나 그만둔 거 아쉬울 거 아냐..

    － 잠깐 그런 단이 떠올리고 슬핏 웃다가.. 기획안에 적힌 고유번호 확인하는 은호.

•   기획서. [제목 : 내 인생의 진정한 멘토를 만나다 — TEN PERSON (텐펄슨) | 기획 포인트 : 1. 읽을 수밖에 없는 존재의 가벼움! : '문고판'으로 제작해 부담 없이 읽을 수 있게 만든다. 2. 다양한 주제의 시리즈 제작이 가능! 3. 설교식! 위인전식 멘토링 책이 아니다! 제대로 된 어른들이 사라지는 시대에, 제대로 살고 있는 동시대의 훌륭한 멘토들을 찾아 삶의 지혜와 조언 그리고 격려를 얻을 수 있는 콘텐츠를 만든다!]

재 민	오 떨려. 고유번호 입력하면, 당선자 정보가 두둥! 하고 뜰 텐데. 누굴까? 응, 누구지?
은 호	네. 제가 곧 알려드리겠습니다. (번호 하나씩 입력 시작하는)
지 홍	혹시 모른다. 의외로 오지율일 수 있어.
영 아	응? 설마.
지 홍	왜? 요새 걔 되게 열심히 해.
은 호	엔터 누릅니다. (탁 누르는)

– 결과 확인하고 얼굴 굳은 은호.

멤버들	왜? 왜? / 진짜 오지율인가 봐. / 누군데? / 차 편집장님!

– 아무 말 없이 굳은 표정으로 일어나 조용히 밖으로 나가버리는 은호.

은 호	커피 한잔 마시고 오겠습니다.

– 다른 멤버들, 나가는 은호를 멍하니 보다가.. 너나 할 것 없이 노트북 화면 앞으로. 누군데, 누군데 저래?

S#42. 탕비실 (D)

– 들어서는 은호.. 무표정하게.. 커피 내리다가.. 참을 수 없는 웃음.. 싱긋 웃는다.

S#43. 회의실 (D)

– 영아와 지홍, 앗! 입 떡 벌어지고. 유선과 재민, 난감한 표정으로 서로 시선 주고받는다.

멤버들   (동시에 감탄사 터져 나오는) 세상에! / 대박! / 진짜야? / 어뜩하냐?

S#44. 탕비실 (D)

- 내려지는 커피 보면서,

은 호   (좋아서 주먹 쥐고) 예스!! 파워댄스~~!!

S#45. 회의실 (D)

- 모니터 화면에 뜬 당선자 정보, 강단이다. 재민, 유선, 지홍, 영아, 그 화면을 멍하니 보다가...

재 민   (골치 아픈) 강단이일 줄이야.
유 선   그만뒀는데 어떡하죠?
지 홍   다른 사람 뽑아야 되는 건가? 다른 기획안으로..
영 아   (한숨) 얘를 다시 불러들일 수도 없고.

- 난감해서 말없이 서로 다른 곳을 보는 네 사람.

S#46. 탕비실 (D)

은 호   일냈네. 역시 강단이!!

S#47. 푸른마음 출판사 (D)

‑ 가제본[•] 보는 단이. 뭔가 이상해서 이전 페이지를 다시 확인한다. 단이 옆으로는 타출판사에서 나온 같은 제목의 책들 쌓여 있다.

단 이   번역이 왜 이러지? 마치 여러 사람이 나눠서 한 것처럼.. 톤이 일정하지가 않네. (책상 위 책들 보며 문득) 이 번역가.. 설마..

‑ 얼른 다른 출판사 책 펼쳐보는 단이. 교정보던 원고와 내용 맞춰서 보는데.. 토씨 하나 틀리지 않고 그대로인 문단을 발견한다.

단 이   뭐야. 똑같잖아. 그럴 리가 없는데..

‑ 다른 책 펼쳐서 비교하는데.. 또 같은 부분을 발견하고.. 돌겠는 단이.

단 이   (기 막혀 원고 보며) 세상에.. 오역까지 똑같아. 이거 지금.. 이미 나온 책들 모아서 번역 짜깁기를 한 거야? 어머. 이 번역가 미쳤나봐.

‑ 단이, 물어볼 사람 찾으려는 듯 주위 둘러보지만 마침 아무도 없고. 후‑ 하면서 화 누르는데.. 사무실로 들어오는 사장. 자리에 앉는 사장을 보고 앞에서 봤던 책 몇 권 들고 앞으로 가는 단이.

단 이   사장님, 이 원고.. 출간하기 어려울 것 같아요. 번역에 문제가 있습니다.

남사장   (모른 척) 문제라니..? 무슨 문제가 있다고 그래.

단 이   (얕은 한숨 내쉬고) 이런 말씀 그렇지만.. 다른 출판사에서 나온 책들을 짜깁기했어요. (책 펼쳐서 보여주는) 보세요, 오역까지 똑같

[•] 이미 다른 출판사에서 많이 출판된 저작권 없는 고전 정도면 될 거 같습니다. ex)〈오만과 편견〉

	아요.
남사장	강단이 씨.
단 이	네, 사장님. 번역가 연락처 주시면 제가,
남사장	(OL) 휴우. 적당히 넘어가요.
단 이	(이상한 느낌에) 혹시.. 알고 계셨어요?
남사장	이미 번역료도 정산했고.. 디자인도 나왔는데, 이제 와서 무르긴 힘들어요.
단 이	(충격으로 보는) 사장님. 그럼 (보던 책들 가리키고) 저 책 만들려고 열심히 일한 사람들은요? (속상해서) 밤새서 원문 대조한 다른 번역가들의 노력은 뭐가 (돼요)
남사장	(OL) 아, 강단이 씨. 자꾸 따지는 시간에 시킨 일이나 좀 해요.
단 이	......

S#48. 콘텐츠 개발부 (D)

- 지율이 일하는 지홍을 자꾸 본다.
- 훈이 일하는 영아를 본다.
- 송이가 저만치 지나가는 유선을 본다.

지 율	(해린의 자리로 가서) 오늘 공모전 발표하는 날 아니에요? 근데 왜 발표를 안 하죠?

- 해린에게 물었지만 지홍과 딱 눈 마주치고. 지홍, 들었으면서 외면하는.
- 지율, 훈을 돌아본다. 훈도 모르겠다고.. 송이도 이상하다고 서로 눈빛 주고받는.

S#49. 대표실 (D)

　　　　－ 재민이 왔다갔다 안절부절..

재　민　　　이게 문제야. 이게. 왜 공고문을 낼 때 이렇게 내 가지구.. (공모전
　　　　　　문구) '도서출판 겨루'의 구성원들 누구나 경계 없이.. 누구나! 누구
　　　　　　나!!! 아, 이걸 왜 그때 못 봤지...? / 계약직도 된단 말이잖아!!!

　　　　－ 하다가, 공모전 공고문 들고 나간다.

S#50. 콘텐츠 개발부 (D)

　　　　－ 재민, 나와서 냅다 소리를 지른다.

재　민　　　야, 차 편집장!!!!
승　진　　　(지나가다가) 편집장님 강의 가셨는데요, 방금.

　　　　－ 하는데, 유선 커피 들고 오다가 마주치고.

재　민　　　(공고) 이거 어떡해요. 발표 시간 다가오는데.

　　　　－ 한쪽에서 빼꼼 귀 쫑긋 세우고 듣는 지율과 훈.

재　민　　　강단이 씨 어떡하냐고요.
지율,훈　　(마주 보고, 입 모양으로 강단이 씨?)
유　선　　　공정하게 해야죠. 처음부터 블라인드 공모를 했는데.
재　민　　　그니까 어떻게 공정하게 하냐고요.
유　선　　　우리 회사 인사제도에 특별채용도 있지 않나요?
재　민　　　특별채..용.. (허락 구하듯이) 그래도 됩니까?

유 선	.....(보다가) 왜 그걸 나한테 물어보죠? 엄연히 규정이 있는데.

- 하고 유선이 들어가고.. 지율, 훈.. 놀란 시선 주고받는데..

재 민	(닫힌 유선 방을 보며, 혼잣말) 아니.. 나는.. 이사님이 무서워서...

S#51. 푸른마음 출판사 (D)

- 단이 번역 가제본 보다가 도저히 안되겠다.. 덮고 생각한다. 트위터 열어서 파쇄 현장에서 들고 왔던 책 사진을 본다..

- 플래시백, 5부 17씬. 열정적으로 회의하는 겨루 직원들.
- 플래시백, 8부 16씬. 유명숙 작가 육필원고를 보고 좋아하는 겨루 직원들.
- 플래시백, 9부 24씬. 저자이력 실수로 스티커 작업 선택하고 우는 해린.
- 플래시백, 9부 32씬. 중쇄 들어간다고 외치던 은호. 함께 환호하는 겨루 직원들.
- 열심히 노력하던 그들이 떠오르는 단이.. 화가 난다.
- 가제본을 덮는 단이..

단 이	이건 진짜 아닌 거 같애.

- 그런 단이를 노려보며, 일하는 남사장. 그때 단이가 뚜벅뚜벅 걸어 온다! 사장 책상에 탕 소리 나게 사직서 놓는 단이.

남사장	(보고) 사직서?! 강단이 씨, 이게 무슨..

- 단이, 그동안 쌓인 감정들 북받쳐서 사장을 노려보고. 기세에 움찔

하는 사장.

단 이 이건 도둑질입니다. 사장님. 이렇게 번역원고를 짜깁기 하면.. 몇
달, 몇 년을 번역가랑 함께 책을 만든 편집자는요! 이 책 팔려고 발
동동 구르며 뛰어다닌 마케터는..!! (울컥하고) / 그 사람들 노력을
훔친 거잖아요. 독자는 아무것도 모르고 이 책을 살 텐데..

남사장 아니.. 그렇다고 사표를..

단 이 저는!! 더 이상 못해먹겠습니다!!! / 나무한테 미안해서!! 종이가
아까워서!! 열심히 책 만드는 다른 출판인들한테 부끄러워서!!! 여
기선 도저히 일을 못하겠습니다!!

– 단이, 겉옷과 가방 챙겨서 거침없이 사무실 문을 연다. 잠깐 돌아보
면.. 여편집자가..부러운 얼굴로 보고 있다. 외면하고 나가는 단이!
쾅 닫히는 문을 보는 여편집자..

– 남사장, 어이없어 단이 나간 쪽을 보다가.. 깊은 한숨 내쉰다.

S#52. 푸른마음 출판사 앞 (N)

– 건물 입구에서 나오는 단이. 또 갈 데가 없는 듯 거리를 보며, 후-
한숨을 쉬는데...

단 이 아.. 씨.. 또 백수가 됐어... / 난 일단 이 성질을 좀 죽여야 돼..

– 단이, 후회가 되는 듯 막막하게 서 있는데.. 그때 어디선가 한 줄기
바람이 불어오고. 저만치서 트렌치코트 자락 펄럭이며 걸어오는 재
민. 의미심장한 표정으로 단이 앞에 선다. 그런 재민을 의아하게 바
라보는 단이.

단 이 대표님이.. 여기.. (어쩐 일로..)

재 민	강단이 씨 되시죠?
단 이	(나 몰라? 픽 웃고) 네..?
재 민	(명함 내밀며) 도서출판 겨루의 김재민 대푭니다. 제가 강단이 씨를 스카웃하겠습니다!
단 이	(명함 받으며, 이게 뭔 일이지? 싶은)
재 민	기존에 받던 월급의 일점오 배.
단 이	아니, 왜.. (하다가.. 조심스럽게 더 나가본다) 나, (뒤 출판사 가리키며) 이 출판사.. 엄청 잘 다니고 있는데...
재 민	두 배.
단 이	(헉, 뭔가 있다! 싶은, 조심스럽게 딜을 해본다) 난 저 출판사 창립 멤버가 될 건데. 회사가 작으니까 또 함께 키워가는 재미가..
재 민	(OL) 업무지원팀이 아니라 마케팅팀! 그것도 특별채용으로.
단 이	진짜예요?

S#53. 콘텐츠 개발부 (N)

- 해린, 〈영웅들〉 다시 읽다가 덮는다.. 표지를 보는. 그리고 소설을 읽으며 이해를 돕기 위해 A4용지에 손으로 그려놓은 인물표를 본다.

해 린	김현.. 안영주.. 박성훈.. (갸웃.. 나머지 인물들도 보는)

- 아무래도 어디선가 본 듯한데..
- 송이, 책상 위 대청소를 하는 듯..

송 이	퇴근 안 해요, 대리님?
해 린	뭐 좀 볼 게 있어서요.. 송이 씨도 많이 늦을 거면 저녁 시켜 먹을까요? 이사님도 계시던데.
송 이	아뇨. 전 책상 정리만 해놓고 퇴근할려고요. 너무 엉망이라서..

－ 하다가, 문득 무언가를 발견하는 송이!!! 이정섭 작가 계약해지 보고서다.

－ 플래시백, 14부 9씬.

유 선   (그대로 송이 보며) 말해봐. 절판 고지했어? 안 했어?!!

송 이   (겁먹은, 다급한 마음에) 해... 했어요. / 강단이 씨한테!

해 린   (앗!)

－ 일동, 단이를 보고... 갑자기 이름 불린 단이, 자리에서 일어나 당황해 보는데... 유선, 서서히 단이를 본다. 영아, 어떡하나 싶은 얼굴로 보고 있고.

송 이   내가... 내가 전달했잖아요, 강단이 씨한테... 영업지원팀에 이 작가님 계약해지 보고서 전해달라고...!!

단 이   (당황해서) 저는 그런 보고서를 받은 적이...

송 이   (OL) 부탁했잖아요, 유 작가님 낭독회 전에!

－ 그런 기억 떠올리고 어떡하지? 혹시나 해린이 봤을까 봐, 얼른 옷 안에 감추는 송이.. 조용히 파쇄기 있는 곳으로 가는.

S#54. 이사실 (N)

－ 가방 챙겨 나가는 유선.

S#55. 콘텐츠 개발부, 일각 (N)

－ 두리번거리면서 계약해지 보고서를 파쇄시키려는 송이. 앗! 문서가 들어가는 듯 싶더니 멈춰버리는!

송 이   어머, 어떡해.. 어쩜 좋아..

－ 하는데, 막 지나가던 유선이 딱 보고 섰는.

유 선	왜? 파쇄기 고장 났어?
송 이	(놀라서 얼른 빼내려고 허둥지둥)
유 선	(왜 저러지? 하는데.. 팔랑, 찢겨진 계약해지 보고서가 바닥에 떨어
	지는!)

- 일각, 해린이 여전히 인물표를 보는데... 그 위로,

유선(E)	채송이 씨!!!!!!

- 무슨 일이지? 놀란 해린이 얼른 일어나 가보는.
- 일각. 어이가 없다는 듯이 화난 얼굴로 송이를 보는 유선.

유 선	그럼 이게 강단이 씨 실수가 아니라 채송이 씨 실수였어?!!!!
해 린	(무슨 말이지?)
유 선	자기 실수를 계약직 사원한테 덤터기 씌웠단 말이야?
송 이	아니에요.. 일부러 그런 건 아니고... 착각했어요. 이사님..
유 선	몰래 파쇄만 시키면 끝나는 일이야? (차갑게 송이 보다가, 시선 돌
	려 해린에게) 경위서, 받아. 송 대리. 이정섭 계약해지 건 채송이 씨
	가 잘못한 거니까.

- 유선, 송이를 노려보고 찢어져 나온 계약해지서를 해린에게 주고
  간다. 계약해지서 보고 한 눈에 사정을 알아본 해린.. 송이를 차갑게
  보는데,

송 이	...그래도 끝은 잘 됐잖아요.. 강단이 씨 특별채용 될 거라던데... (해
	린 눈빛 보고) 죄송합니다..

- 해린, 문득 파쇄기를 본다..
- 플래시백, 14부 39씬. "이런 쓰레기!!! 지 작가님 눈에서 치워줄
  게!!!! 깔끔히!!" 하고 서로 쓰레기봉투 잡고 엎치락뒤치락 하다가,

봉투 찢어지고.. 파쇄된 종잇조각 터져 나오던!
- 해린, 무언가 한 대 맞은 것 같은 느낌이다.. 얼른 자리로 후다닥 뛰어가는 해린. 송이, 해린 왜 저러나 싶은.

- 일각. 해린의 자리.. 해린, 〈영웅들〉*을 막 뒤적인다..
- 플래시백, 14부 41씬. 서준의 집에서 파쇄 종이로 퍼즐을 맞춰보려던 해린!
- 그 부분을 찾았다!!! '영주가 책을 들고 마당으로 도망간다. 현이 일어나 뒤쫓는다. 영주와 현의 환한 웃음소리가 그들의 작은 마당을 가득 채운다.' 그 위로, 14부 41씬에서 해린이 찾았던 그 파쇄종이의 클로즈업된 화면이 정확히 겹쳐진다!!!

해 린   지서준!!!! 지서준이었어!!!

- 해린, 미친 듯이 가방을 챙겨 원고 넣고 뛰어 나간다. 가는 해린을 왜 저러지? 보는 송이..

S#56. 엘리베이터 앞 (N)

- 해린, 핸드폰을 열어 지서준의 이름을 띄운다.

해 린   왜 이런 짓을.. (하고 통화버튼 누르려다가 멈칫) 아니야. 일단, 선배부터.

- 해린, 은호 이름 띄워 통화버튼 누르고.. 신호 듣는.

•   제작에 사용할 텍스트들은 15부 대본 후반부에 첨부하겠습니다.

S#57. 은호의 집, 서재 (N)

– 책상 위에 올려진 은호의 핸드폰 진동으로 울리는. 해린에게 전화가 걸려오고 있다.

S#58. 은호의 집, 주방 (N)

– 설거지를 하는 은호. 그 옆에 서 있는 단이.

은 호	그래서 출근은 언제부터 하기로 했어?
단 이	내일부터.
은 호	(멈추고 보는) 며칠이라도 쉬지.
단 이	얼른 나가고 싶어. 회사. 다들 너무 보고 싶구. 내일 금요일인데 우리, 퇴근하구 여행갈까?
은 호	미안한데.. 내일은 가평 가봐야 돼. 선생님한테. / 다음주에 가자. 가고 싶은데 생각해봐..
단 이	(끄덕이다가) 난 근데 계속 신경 쓰이는데.
은 호	(응?) 뭐가?
단 이	선생님, 아들이 찾아왔다는 일기.
은 호	(무심히) 한참 뒤에 다른 일기가 있었어. 나를 아들로 여기신다는 일기.
단 이	아냐. 선생님도 아들 기억이 제대로 안 나서 그렇게 해석하신 거잖아.
은 호	이상하긴 했어. 그날은 선생님한테 간 날이 아니었으니까. / 근데 계속 날짜도 헷갈려 하셨으니까. 날짜를 안 적은 일기도 많고.

– 하는데, 딩동! 현관벨 소리.

단 이	이 시간에 누구야?

– 하고 모니터 쪽으로 가는. 모니터 버튼 눌러보면 해린이 서 있고. 어쩌지? 하고 돌아보면 은호가 다가온다.

단 이	어떡해. 송 대리야.
은 호	(웃음) 괜찮아. 송 대리, 알아. 누나랑 같이 있는 거. (하고 버튼 누르는데)
해린(E)	(화면 속에서) 왜 전화를 안 받아??
은 호	핸드폰? (어딨지? 두리번)
해린(E)	문 좀 열어. 너무 급한 일이야.

– 문 여는 버튼 누르고.

단 이	나, 어떡해? 방에 가 있을까?
은 호	아니. 절대로 안 돼! (어깨 돌려 현관 앞에 딱 세우며) 내 옆에 딱 붙어 있어!!!

– 은호, 문 열어주면 해린이 들어선다.

해 린	선배. 그 〈영웅들〉 원고, (하다가 단이를 보는)
단 이	송 대리님 오랜만이에요..
해 린	네. 단이 씨.. 다시 출근한단 말은 들었어요. 축하해요..
은 호	일단 들어와.. 들어와서 이야기 해..
해 린	핸드폰은 왜 안 받아? 전화를 몇 번이나 했는줄 알아?
은 호	아, 참. 핸드폰..
단 이	내가 좀 찾아볼게..

– 은호와 해린은, 주방 쪽으로.. 단이, 서재방으로.

해 린	(와서 앉으며) 선배, 그거 지서준이다!
은 호	(멈칫. 전기 포트 집었다가 멈추고 돌아보는)

해 린	〈영웅들〉 원고 쓴 작가, 지서준이라구.
은 호	!!!

S#59. 은호의 집, 서재 (N)

– 은호의 핸드폰을 집는 단이. 들고 나간다.

S#60. 은호의 집, 주방 (N)

– 단이 핸드폰 들고 서재에서 나온다.

해 린	분명히 그날 파쇄한 종이 속에서 본 문장이랑 똑같다니까. 국문과 출신이잖아. 지서준.
단 이	(그대로 들어와 핸드폰 주고)
은 호	(받으며, 옆 의자 빼내주는) 앉아. 괜찮아. 회사 이야기야. (핸드폰 보며) 진동으로 해놔서 몰랐나봐..
단 이	(해린에게 웃어 보이고 앉는)
은 호	걱정할까 봐 말 안했는데.. 회사에 투고원고가 하나 들어왔는데, 제목이 〈영웅들〉이었어.
단 이	(헉)
해 린	그죠? 단이 씨도 강병준 선생님 떠올렸죠? 근데 작가 이름은 박정훈이었어요. 이상해서 선배랑 나랑만 알고 있기로 했는데.. 그 원고지 작가님이 쓴 거라는 걸 제가 안 거죠. 좀 전에.
단 이	(어떤 기억 떠올리고 입을 막는)

– 플래시백, 11부 10씬. 지서준의 계약서를 보던 단이.

단 이	(은호 보는) 4월 23일...

해 린	그게 무슨 말이에요?
단 이	서준 씨 생일이요. 계약서에 적혀 있던.

- 은호, 서준의 집, 비밀번호 떠올린다.
- 플래시백, 12부 26씬.

은 호	(OL) 번호요.
서 준	(허! 느긋하게 올라오며, 은호 째리다가..) 0423이요.

- 플래시백, 12부 55씬. 강병준의 육필원고 꺼내보던 은호. 소설의 첫 장, 남자 필체로 '푸른 밤'이라고 적혀 있고... 그걸 엑스자로 긋고 빨간 싸인펜으로 '4월 23일'이라고 수정한 흔적.
- 은호, 단이를 보는데... 단이도 은호를 본다. 동시에 같은 것이 생각 난 두 사람.
- 플래시백. 14부 58씬. 단이가 보던 포스트잇 한 장.

강병준(E)	2008년 11월20일. 내 아들이 나를 찾아왔다.

단 이	아들이야. 선생님 아들..
은 호	(그래도.. 설마... 믿을 수 없는데)
해 린	무슨 소리예요?
단 이	서준 씨가 선생님 아들인 것 같아요...
해 린	아니.. 선생님은 평생 혼자 사셨는데.. (은호에게) 아니야?
은 호	...
해 린	(단이와 은호, 번갈아 보다가) 두 사람.. 나한테 말 안 하는 거 있죠? 나도 알아야 되지 않아?
단 이	(걱정스럽게 은호를 보는 데서)

S#61. 은호의 집, 서재 (N)

- 은호, 〈영웅들〉 보며 앉아 있다. 생각이 끝난 듯, 핸드폰 들어 지서 준의 이름을 띄운다. 통화버튼을 누르는.

은 호   네. 지 작가님. 차은홉니다. / 내일 오후에 저 좀 만나시죠?

        - 그런 은호에서, 15부 엔딩!

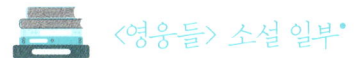
〈영웅들〉 소설 일부 •

— 갑판에 선 현은 일렁이는 검푸른 바다를 본다. 현해탄을 건너 일본으로 향하고 있는 배는 거칠 것이 없다. 단단한 배에 부딪혀 산산이 부서지는 파도를 한없이 내다보는 현의 뒤로 낯선 일본어가 날아든다.

"삼등석은 갑판으로 올라올 수 없다! 내려가라! 다들 내려가!!"

일본인 선원의 고함에 허름한 차림의 조선인들이 갑판 위로 올라오다 거친 손길에 도로 아래로 밀려 내려간다. 일본어를 알아듣지 못한 여인이 칭얼거리는 갓난쟁이 아이를 안고 올라오다가 또 한 번 크게 내질러진 일본어에 깜짝 놀라 몸을 웅크리며 아래로 사라진다.

"조선인들은 아래에만 처박혀 있으란 거잖아."

누군가 불만 가득한 말을 내뱉지만 금방 사라진다. 조선어는 어디에도 가닿지 않는다. 현만이 그 목소리를 가만히 주워 삼키며 제일 늦게 아래로 향한다.

— 배 안에는 저마다의 이유로 일본행을 택한 사람들이 앉아 있다. 현은 자신의 자리를 가지지 못해 해묵은 짐짝처럼 지쳐 아무렇게나 앉은 사람들 사이를 소리 없이 지나친다. 기민하게 움직이던 시선은 그 사이 어느 한 곳에

• 띄워져 있는 문단끼리 따로 떼어내 다른 텍스트와 섞어 사용하셔도 되고, 순서를 바꾸거나 그냥 이어서 사용하셔도 될 것 같습니다.

멈춘다. 얼굴을 조타모로 덮고 낮잠을 즐기던 한 남자가 일어나 앉으며 모자로 가린 얼굴을 보인다. 장난기 가득한 얼굴로 눈을 찡긋 거리는 것에 현은 표정 없이 모른 척 고개를 돌린다. 이번에 시선이 닿은 곳은 마주 오고 있는 고급 옷을 입은 일본인 부부다. 남산처럼 부른 배를 한 일본여자가 먼저, 코 옆에 큰 점을 단 일본 남자가 이어서 지나치는 현을 향해 눈을 찡긋거린다. 이번에도 현은 유별난 동료들의 신호를 태연히 넘겨낸다. 하지만 그런 현의 시선을 낚아챈 건 의외의 사람들이다. 겨우 열두어 살 정도 되어 보이는 소년과 막 열 살 즈음을 넘겼을 법한 소녀. 삼등석 칸 입구 앞에 쪼그려 앉은 오누이는 실뜨기 놀이 중이다. 겨우 실뜨기 놀이가 뭐가 그리 즐거운지 속닥이며 웃는 두 얼굴이 해사하다. 저 얼굴을, 현은 또렷하게 기억하고 있다. 관동의 저택. 고즈넉한 저택의 뒷마당. 늘 쪼그리고 앉아있던 돌담 위. 항상 실뜨기의 같은 부분에서 실패했던 소녀. 땅콩을 먹이려는 손길에 잔뜩 엄살이 어리던 그 얼굴. 평화를 깨트리는 발소리들. 후다닥 기어들어가 숨던 마루 밑의 흙냄새. 머리 위로 지나가는 무거운 발소리에도 서로가 함께 있다는 사실만으로 안심되어 서로의 입을 막은 채로 숨죽여 흘리던 미소까지... 현은 단 하나도 잊은 것이 없다.

— 개구지게 웃으며 놀이에서 진 소녀의 이마로 손을 가져가던 소년은 문득 멈칫하더니 벌떡 자리에서 일어난다. 그리고는 바로 앞을 지나치려던 험상궂게 생긴 일본인을 붙잡는다. 일본어로 더듬거리던 소년은 일본인이 귀찮은 기색을 보이자 급히 조선말을 늘어놓는다. "제 동생과 저... 같은 공장에 넣어주기로 약속한 거 잊지 않으셨죠?" 간절한 소년의 물음에도 일본인은

거칠게 잡힌 손을 털어내곤 가버린다. 그런 일본인의 뒤를 불안하게 쳐다보던 소년은 소녀가 불안한 기색을 띄자 웃으며 그제야 미처 못 먹인 땅콩을 가볍게 먹인다. 그제야 소녀가 웃는다.

"말씀 좀 묻겠습니다. 일본에 도착하려면 얼마나 남았는지 아십니까?"

목소리에 돌아보면 자그마한 여자 하나가 현을 올려다보고 서 있다. 품에 안은 작은 보따리나 행색이 누가 봐도 일본으로 돈을 벌러 떠나는 모습이다. 현은 아직 앳된 티가 남은 얼굴을 보다 품 안에서 낡은 줄 시계를 꺼낸다. 그 줄 시계를 함께 보려는 듯 여자가 가까이 고개를 빼고 다가온다.

"큰일을 앞두고 있습니다. 작은 일에 신경 쓰지 마십시오. 위험합니다."

낮지만 곧은 목소리에 현이 기민한 눈동자로 앞의 여자를 보면, 여자의 시선은 좀 전까지 현이 살피던 오누이를 보고 있다. 그리곤 현이 뭐라 덧붙이기도 전에 가까이 다가온 만큼 멀어진다.

"아직 많이 남았군요. 감사합니다."

여태 현이 그래온 것처럼 태연하게 상황을 정리해버린 여자는 그대로 지나친다. 현은 한 박자 늦게 꺼낸 줄 시계를 도로 품 안에 넣으며 여자가 지나친 쪽을 본다. 득시글하게 많은 사람들과 시장통 같은 소음 가운데서도 마주쳤던 시선들의 위치는 쉽게 발견한다. 그새 어디서 났는지 일본신문을 구해 대충 읽는 척하고 있는 이탁과 둥근 배를 감싸고 규칙적으로 호흡을 하고 있는 오경희와 장단을 맞추는 석섭, 저와 비슷한 차림의 조선인 노동자들 사이에 막 구겨 앉은 조봄이까지. 그럼에도 그런 현의 시선을 낚아챈 건 또 작은 오누이이다. 실뜨기하던 끈이 끊어졌는지 다시 단단히 매듭을 묶는 소년과 그런 소년만을 바라보는 소녀. 하지만 끝내 현은 그들에게서 시선을 떼어내고 냉정히 돌아선다. 동료의 말대로 큰일을 앞두고 있는 참이기에. 그리고 아무리 닮았다한들 저 오누이는 그때의 자신과 여동생이 아니기에.

— "아이고, 서방님! 이 집이 어떤 집입니까?!!!!"

이회윤은 자신의 앞에 엎드려 읍소하는 안진호를 퍽 난감하게 본다. 그러거나 말거나 안진호는 안타까움에 젖은 얼굴이다.

"저 사랑채의 현판은 선조임금님이 친필로 하사하신 것이며 뒷마당의 백송은 인조 임금님이 내리신 나뭅니다. 그뿐입까. 대대로 제사를 지내던 사당은 어찌하시려고 이 댁을 매물로 내놓으셨습니까?! 만주의 농장이 잘 안 됩니까?"

"허허. 그렇다면 이 집, 안 사장님이 사시겠습니까?"

"아이구, 말도 안 됩니다 서방님! 종놈의 자식이 이 댁을 사다니요!!"

"시대가 달라졌습니다. 종도 없고 양반도 없는 세상입니다."

무슨 말에도 편안한 안색으로 인자한 미소만을 비치는 이회윤에게서 안진호는 고고히 빛나던 주인어른의 모습을 떠올린다. 그러자 금방 또 눈물이 고이고 마는 것이다.

"저는 종입니다. 마음은 그렇습니다. 우리 아부지 환갑날에 서방님의 아버님께서 얼마나 큰 잔치를 벌여주셨는지 기억 못하십니까? 온 동네 사람들을 다 불러 그렇게 잔치를 하고 노비문서를 불태워주셨습니다. 집도 한 채 주셨고, 식솔들을 다 데리고 나가 살라고 하셨습니다. 그때 이 댁을 나가면서 결심했습니다. 나는 죽을 때까지 이 댁의 종이다!!! 마음만은 종이다!!!"

그 날을 어떻게 잊겠는가. 새로 태어난다 해도 그런 날이 올 거라고는 생각하지 못했던 때였다. 수백 번을 다시 태어난들 아버지가 노비면 노비밖에 되지 못할 인생이었다. 하지만 이회윤의 아버지는 그런 제 인생에 여러 갈래의 길을 놔준 분이었다. 그 은혜를 어찌 잊겠는가. 기어이 비싼 양장 소매 끝으로 눈물을 찍어내는 안진호 또한 이회윤은 미소 띤 얼굴로 본다. 지금 평판이야 어떻든 간에 저 눈물이 진심이라는 것 정도는 충분히 알 수 있으므로.

─"잠깐 들어가겠습니다."

닫힌 문 밖에서 들려온 낯선 목소리에 안진호가 퍼뜩 돌아본다. 문이 열리며 쟁반에 차를 받쳐 든 신혁이 방으로 들어선다. 앞에 차를 내려놓을 때까지 멍하게 신혁의 얼굴을 보기만 하던 안진호가 불현 듯 벌떡 일어난다.

"아이고, 우리 꼬맹이 되련님! 제 절 받으십시오."

대뜸 엎드리고 보는 안진호에 당황한 신혁이 이회윤을 본다. 이회윤은 난감한 얼굴로 보다 고개를 저어 보인다. 그런 기척을 모르고 안진호는 반가움이 완연한 기색으로 신혁을 본다.

"현준이 되련님 맞으시죠? 되련님은 절 기억하지 못하시겠지만."

"죄송하지만, 전 도련님이 아닙니다 어르신."

그제야 다시 신혁의 얼굴을 뜯어보던 안진호가 김이 샌 얼굴로 고개를 끄덕인다.

"어쩐지 나이가... 이 댁의 기백을 타고난 것도 아니고... 혹시 되련님은...?"

안진호의 물음에 내내 편안한 미소가 띄워져 있던 이회윤의 얼굴이 조금 굳는다. 그 기색을 혼자 알아챈 신혁이 살피다 먼저 입을 연다.

"현준 도련님은..."

"아이구! 저분이, 저분이 우리 꼬맹이 되련님인 갑소!!"

이회윤과 강신혁이 뭐라 대답할 새도 없이 근처에 놓인 선반으로 엉금엉금 기어간 안진호는 놓인 액자 하나를 낚아채 본다. 액자 안에는 '발해농장'이라는 간판을 세워놓은 벌판에, 이회윤을 가운데 두고 두 청년이 농부 차림으로 삽을 들고 서 있다. 한 청년은 신혁, 그리고 한 청년은 현이다. 안진호는 소매로 현의 얼굴 위 먼지를 닦으며 유심히도 그 얼굴을 본다.

"잘생겼습니다! 훤합니다!! 이 눈빛의 형형한 기상을 보십시오! 이마에 새겨진 기백도 딱 이 댁의 후손입니다!!!"

"저기 어르신, 잠시만요..."

"어허, 봐보십시오! 우리 되련님도 아니문서!!"

당황한 신혁이 액자를 가져가려 하지만 안진호는 뺏기지 않으려 애쓰며 흡족한 듯 현의 얼굴을 본다. 어쩌냐는 듯 보는 신혁에게 이회윤은 침착한 눈빛으로 그냥 두라는 듯 고개를 내젓는다. 문득 안진호가 무슨 생각이 든 듯 눈을 빛내며 이회윤을 본다.

"서방님... 우리 꼬맹이 되련님... 장가 들었습니까?"

"그건 왜 물으십니까?"

"서방님... 저에게 여식이 하나 있습니다!! 아직 혼인을 안 했습니다!!! 서방님이 좀 전에 말씀하시지 않으셨습니까. 시대가 달라져 양반 상놈이 어딨냐고!!! 제 여식은 일자무식인 저하고 다릅니다. 여기, 여기, 제 여식 사진입니다. 보십시오!!! 인물이며 학식이며 빠지지 않습니다."

안진호는 급히 안주머니에서 사진 한 장을 꺼내 이회윤에게 내민다. 얼결에 그 사진을 받은 이회윤의 옆으로 신혁이 가깝게 다가선다. 양장 차림으로 다소곳하게 앉아 다도를 배우고 있는 영주의 사진을 보던 둘은 어떻게 하나, 당황한 시선으로 서로를 본다. 그런 둘을 답답하게 보던 안진호는 영주의 사진을 도로 가져와 현의 사진이 든 액자 옆에 딱 붙여 보인다.

"두 사람이 딱 어울리지 않습니까? 백리 밖에서 봐도 천생연분입니다!"

나란히 붙은 현과 영주의 사진을 보던 이회윤의 눈빛이 어떤 뜻으로 물든다. 그 뜻을 알아채지 못한 안진호는 사진만 보며 싱글싱글 웃기 바쁘다.

— 정신이 깨어 있을 때면 영주는 늘 같은 생각을 한다. 그때, 비밀스런 뜻을 품고 현해탄을 건너온 현과 마주치지 않았더라면 무언가 달랐을까 하고. 아버지가 그분을 만나지 않았더라면 무언가 달랐을까 하고. 아니면 그보다 더 오래전으로 거슬러 올라가, 자신이 애정 없는 혼인이 싫다며 일본으로 도망치지 않았더라면... 그냥 아버지가 정해주는 남자를 만나 결혼하고 살았더라면 무언가 달라졌을까. 현이 총 대신 펜을 들었다면, 조국을 택하기 전에 자신을 먼저 만났더라면 정말로 무언가 달라졌을까. 아니다. 아무것도 달라지지 않았을 것이다. 결국 이 모든 가정들은 허상에 불과하고 지금 이 현실만이 현재이기 때문에. 그렇게 영주는 늘 같은 생각을 통해 현실을 깨닫게 된다. 여전히 자신이 현을 사랑하고 있음을 다시금 깨닫게 되고 마는 것이다. 그런 깨달음 속에서 영주는 또 그 시간을 떠올리게 된다. 중경의 어느 집. 작은 마당이 내려다보이는 마루 위에 영주의 무릎을 베고 누워 책을 읽던 현. 한 손으로는 책을, 한 손으로는 사과 한 조각을 베어물면서. 책에만 시선을 둔 채 사과 쟁반으로 다시 손을 뻗지만 어느새 치워진 쟁반은 온데간데없고, 그에 책을 내려놓은 현은 뾰로통해진 영주와 눈이 마주친다. 쟁반을 치워버린 것처럼 영주는 현의 책 또한 덮어 치워버린다. 현이 책을 도로 가져가려고 하면, 영주가 책을 들고 마당으로 도망간다. 현이 일어나 뒤쫓는

다. 영주와 현의 환한 웃음소리가 그들의 작은 마당을 가득 채운다.˙ 웃음소리 뒤로 이어졌던 비밀스러운 입맞춤. 볕이 좋았던 그 한낮의 시간. 그렇게 또 영주는 겨우 그친 눈물을 다시금 떨어뜨리게 되어버리고 마는 것이다.

─ "이름도 제대로 몰랐던 남자를 사랑했다고?"

비웃는 듯한 목소리에 천천히 눈을 뜨는 영주의 앞에 그날의 햇살은 자취를 감춘 지 오래다. 해를 언제 봤는지 기억도 나지 않는다. 어둡고 축축한 감옥. 취조실 테이블 위로만 동그랗게 떨어지는 전등 불빛. 그 불빛은 마주 앉은 사람의 얼굴도 제대로 보이지 않을 만큼 약하다. 타자기 위에 올려진 손가락만이 전등불빛에 하얗게 빛난다.

"네... 이름도 모른 채로 사랑했어요... 그러면 안 되나요?"

대답하지 않은 누군가가 타이프를 친다. 타이프 소리가 차갑게 울린다.

˙ 해린이 '지서준 = 박정훈' 실마리를 얻게 되는 〈영웅들〉 소설 속 문장.

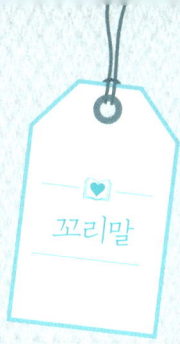

꼬리말

공모전에 단이가 붙은 걸 알고 웃는 은호 (45씬)

불공평한 세상에서 단 한 가지 공평한 것은

누구에게나 인생은 한 번뿐이라는 것.

한 번뿐인 인생을 어떤 문장들로 채워나갈 것인지는

지금 만년필을 손에 쥔 당신에게 달려 있다.

강병준과 은호에 대한 비밀을 알고 우는 단이 (12씬)

더 이상 약속을 믿지 않는 세상에서 약속을 지킨다는 건,

누구도 발견해주지 않는 먼 궤도 속을

한 없이 떠도는 외로운 별이 되는 일과 같다.

그러나 별은 빛나기 마련이고, 우리는 그 순수한 빛을 통해

어두운 밤하늘을 새로운 감동으로 맞이하게 된다.

그렇게 하나 둘 별이 되어 은하수를 이루는 우리가 된다.

우는 단이의 눈물을 닦아주는 은호 (15씬)

누군가가 나를 위해 울어준다는 것.

그 눈물을 내가 닦아줄 수 있다는 것.

그렇게 우리가 진심어린 사랑 속에 이미 들어와 있다는 것.

그것만으로 나는 지나온 모든 날들에 위로를 받았다.

도서관 데이트 후 함께 걸으며 웃는 은호와 단이 (35씬)

두 주인공의 마음이 이어지면 '해피엔딩'이라는 이름으로 끝나는

로맨스만화를 시시하다고 생각했던 때가 있었다. 하지만 지금은 안다.

삶은 만화보다 더 복잡하고, 그 시시한 '해피엔딩'을 위해

우리는 끊임없이 노력하며 절실하게 사랑해야 한다는 걸.

우리는 이제야 그 긴 여정을 위한 준비를 마쳤다는 걸.

공모전 당선자가 단이라는 걸 확인하는 재민, 유선, 영아, 지홍 (44씬)

우리는 모두 사소한 존재들이다.

드넓은 세상 속 보잘 것 없이 작은 존재들이다.

하지만 그렇기 때문에,

우리는 이 넓은 세상 속 어디라도 갈 수 있다.

무엇이든 해낼 수 있다. 당신이 원하기만 한다면.

단이 특별채용 얘기하는 재민과 유선을 놀라보는 겨루 직원들 (51씬)

작은 모닥불 하나가 여러 온기가 되어 퍼지는 것처럼, 열정은 전염된다.

망망대해 같은 저마다의 인생 속 꿈의 여정에서,

타인의 것이었던 그 불씨는 우리의 위로가 되고 희망이 되고

기쁨이 되어 또 다른 누군가의 뜨거운 모닥불로 피어난다.

단이의 무릎을 베고 누운 은호와 그런 은호의 머리를 쓰다듬어주는 단이 (17씬)

이 순간, 은호를 외로운 시간 속에 홀로 두었던

과거를 더 이상 후회하지 않기로 결심했다.

후회할 시간에 한 번 더 다정히 은호의 머리칼을 쓸어주고,

함께 있어주지 못했던 시간만큼 함께 있겠다고...

그 시간보다 더 길고 긴 시간을 뜨겁게 사랑하겠다고,

나는 그렇게 결심했다.

16부

내가 너라는 책을 만나
따뜻한 위로를 받았듯이…

S#1. 겨루 출판사 앞 (M)

- 선글라스를 끼고 도도하게 걸어오는 단이, 겨루 건물을 올려다본다. "겨루- 지지 말고 파이팅!" 혼자 주먹 쥐고, 출입문을 열다가..

단 이   첫날인데.. 오버하진 말자.. (하고 선글라스 빼고)

S#2. 엘리베이터 앞 (M)

- 부산스럽게 준비해온 머리띠를 쓰는 지율과 훈. 훈의 머리띠에는 '최강단이☆'라는 글자가 스프링에 붙어 달랑거리고, 지율의 머리띠에는 '컴백환영♥'이라는 글자가 붙어 달랑거리고 있다. 커다란 폭죽 하나씩 들고 엘리베이터 앞, 양 옆쪽에 서는 둘. 엘리베이터 전광판 보면 막 올라오기 시작하고.

훈   (손목시계 보고) 빼박 이거 탔어. 내가 아침에 입구에서 엘리베이터 타는 데 얼마나 걸리는 지 체크해놨거든. 내가 이렇게 완벽하다!
지 율   잘했어, 잘했어!!

- 엘리베이터 도착음 들리고. 얼른 폭죽 터트릴 자세 잡는 둘. 서서히 엘리베이터 문 열리고, 누군가 나오자마자 동시에 폭죽 터트리며

"와!!" 소리 지르는 지율과 훈!!

훈,지율 축하해, (요!!! 하려다가 멈칫하고 보면)

　　　　　－ 폭죽에서 나온 종이 잔해를 고스란히 뒤집어 쓴 사람... 유선이다...!!!
　　　　　　헉, 놀란 지율과 훈. 끓어오르는 화를 참고 냉랭하게 보는 유선...

훈   (무섭지만) 저희가... 얼른 치워드리겠습니다...
지 율 (마찬가지) 죄송합니다...

　　　　　－ 두 사람이 얼른 유선의 얼굴이며 어깨며 붙어 있는 폭죽 잔해들 떼
　　　　　　어내고... 유선, 그런 두 사람 한 번씩 노려봐주고 간다. 가는 유선을
　　　　　　보며 십 년 감수한 듯한 지율과 훈이고. 훈, 다시 엘리베이터가 올
　　　　　　라오는 것을 본다.

지 율 (보고) 어뜩해! 폭죽도 없는데!
훈   (황급히 주머니에서 파티나팔 두 개 꺼내며) 괜찮아! 혹시나 해서
　　　　　　이거 챙겨왔거든!!!

　　　　　－ 지율, 얼른 파티나팔 가져가고. 나란히 파티나팔 입에 문 훈과 지율.
　　　　　　서서히 열리는 엘리베이터 문... 누군가 내리기 무섭게 동시에 뿌–!!!
　　　　　　파티나팔 세게 분다! 하지만 문 열리고 나온 사람... 재민이다...!!!
　　　　　　갑작스런 소음 공격에 굳은 채 서 있는 재민... 놀란 훈과 지율도 얼
　　　　　　어서 보고...

훈   괜... 찮으세요, 대표님...?
재 민 (귀 툭툭 치며) 고막 나간 거 같은데...? 아무것도 안 들려...

　　　　　－ 재민, 훈과 지율을 노려보고는 간다. 많이 안 혼나서 안도하는 지율
　　　　　　과 훈인데... 재민, 돌아와서 둘 손에 들린 파티나팔 뺏어서 다시 가

버린다.

지 율	진짜 어떡해... 이제 우리 정말 아무것도 없잖아...
훈	(난감한, 애써 머리 흔들며 머리띠 흔들흔들) 머리띠는 있잖아... 이걸로 어떻게 안 될까...?
지 율	(같이 머리띠 흔들며) 이걸로 뭘 어떻게 한다구...

- 하는데, 띵! 엘리베이터 도착음 들린다. 어느새?! 놀라서 엘리베이터 보는 훈과 지율. 문 열리며 단이가 나타난다. 눈이 딱 마주치는 셋. 황급히 양손 번쩍 드는 훈과 지율!

훈,지율	다... 다시 돌아온 걸 환영합니다!! 강단이 씨!!!

단 이	(웃으며) 고마워요!

- 하고는 그대로 그냥 사무실로 들어가 버리는 단이. 당황한 훈과 지율...

훈	망했어...
지 율	삐졌나봐...
훈	분위기가 약간 좀 달라진 것 같지 않아...?
지 율	응... 변했네...
훈	나 때문이야...

- 그때 다시 사무실에서 반갑게 뛰쳐 나오는 단이! 단이가 장난친 거라는 걸 알고 그제야 서로 얼싸안고 기뻐하는 셋.

S#3. 콘텐츠 개발부 (M)

- 문을 열고 들어오는 훈과 지율, 단이.

훈 강단이 씨, 첫 출근입니다!!!

- 조금은 쑥스러운 듯 들어서는 단이. 그런 단이를 향해 반갑게 인사해주는 회사 사람들. 더러 박수도 쳐준다. 인사하며 밝게 웃는 단이고.
- 훈의 안내를 받아 마케팅팀으로 가는 단이. 단이, 비워져 있는 영아의 앞자리를 본다. 이미 완벽하게 세팅되어 있고. 작은 화병에 꽂혀 있는 꽃을 예쁘게 보는 단이인데...

영 아 (시크하게 지나치며) 꽃은 내 선물. (윙크)

단 이 (감동) 서 팀장님... 감사합니다...

지 홍 (슥 나타나) 독서대는 내 선물.

해 린 (자리에 앉아 보며) 펜이랑 노트는 내 선물이구요.

송 이 (조금 소심하게) 가습기는 제 선물이에요...! (진심으로) 다시 만나서 너무 반가워요... 앞으로 내가 진짜 잘할게요... (해린 눈치 조금 보고)

해 린 왜 말 안 해요? 이정섭 작가 절판고지서 건 채송이 씨 실수였다는 거.

지홍,영아 진짜야?

송 이 (단이에게 꾸벅) 죄송합니다.. 제가 착각했어요..

단 이 괜찮아요. 덕분에 다시 특채로 돌아왔잖아요!

영 아 (송이에게) 콱 그냥!!

단 이 (웃는데)

승 진 자리 세팅은 (광수) 우리가 했어요.

광 수 의자도 제일 튼튼한 걸로 갖다 놓구. 잘했죠?

단 이 (모두를 감동으로 보는데) 모두 감사합니다..

－ 갑자기 들려오는 박수소리! 다들 돌아보면 재민이 박수를 치며 사무실로 들어오고 있다.

재 민   아이쿠, 우리 특채사원님 오셨습니까! 2019년 겨루 공모전 당선자에게 다들 크게 박수 한 번 쳐주세요!!

－ 다들 단이를 향해 박수를 쳐주고... 그때 재민의 뒤로 나타나는 유선. 단이, 유선을 보면... 유선, 옅은 미소로 단이를 본다. 단이, 울컥해서 그런 유선을 향해 같이 미소 짓고... 이내 시침 뚝 떼고 언제 그랬냐는 듯 탕비실 쪽으로 가버리는 유선. 그런 유선마저 너무 좋다... 단이, 사람들을 향해 꾸벅 인사하고.

단 이   앞으로 더 열심히 하겠습니다! 다시 한 번, 잘 부탁드립니다!!!
일 동   (더 크게 환영하듯 박수 쳐주는데)
지 홍   자자, 그런 의미에서 오늘부터 나랑 탱고 배울 사람?!!!! (훈에게 여자 안고 춤추는 동작 보이며) 이거 몰라, 탱고?

－ 훈, 얼른 고개 돌리고 가고. 모두 샤샤삭 흩어지는... 구석에서 조용히 손 들고 있는 재민.. 아무도 안 봐준다.. 그래도 번쩍 더 들어 보이는데.. 커피 들고 지나가던 유선.. 조용히 그 팔을 내려주고, 손가락으로 노노노- 안 돼요, 하고는 자기 방으로.
－ 단이 그런 회사를 돌아본다. 다시 돌아왔다!!! 감회가 깊은데.. 그때, 핸드폰에 문자가 온다. 보면 은호다.

은호(E)   나 좀 봐.

－ 단이, 고개를 돌려 은호 자리를 보면 비어 있다. 갸웃하는데 또 오는 문자, 확인하고.

은호(E)   45분 방향.

- 단이, 그 방향으로 보면....
- 은호가 일각에 서서 책을 읽으며 손을 번쩍 들어 손가락 하트 만들어 보이고, 능청스럽게 머리 만지는 동작으로 연결하는.
- 그런 은호 보며 픽 웃는 단이인데.
- 단이 쪽을 보는 은호.
- 단이도 다른 사람들 한번 돌아보고 하트 만들었다가 다른 동작으로 자연스럽게 연결하고.
- 웃는 은호. 누군가 지나가자 흠, 하고 책 놓고 다른 쪽으로 이동하는.
- 가는 은호를 지켜보는듯 눈길 따라가다가 맞은편 누군가와 시선 마주치면, 얼른 표정 수습하는 단이.

S#4. 어느 식당 (D)

- 마주 앉아 식사 중인 서준과 서준모. 서준, 한술 떠서 먹는데.. 서준모, 그런 서준을 밉지 않게 흘기며 보다가 숟가락 슬쩍 내려놓는다.

서준모   에휴. 엄만 입맛이 사라질라 그런다. (놀리듯) 그래서 그 키 큰 여자하곤.. 진짜 완전히 끝났단 거야?

- 서준, 아쉽다는 듯 고개 끄덕이고.

서준모   너 또 재미없게 굴었지? 요즘 여자들은 재밌는 남자 좋아한다던데.
서 준   그만 놀려요. 나도 마음 아픈데.
서준모   (아들 안됐고) 떠난 사람은 계속 마음에 두는 거 아니다..
서 준   (끄덕이고, 엄마를 짠하게 본다)
서준모   (왜? 하는 얼굴로 웃어 보이고)
서 준   그래서.. 엄마는.. 그분한테 알리지도 않고 나를 낳았어?
서준모   (평온한 얼굴로) 그래서 좋았지. 너 같이 정 많은 아들을 얻었잖아.
서 준   (보다가) 안 보고 싶어요, 아버지..?

서준모	(아들 보다가 어깨 으쓱 한번 해 보이고) 한 번쯤은 더 보고 싶지만.. 보고 싶다고 다 만나고 사는 건 아니니까..
서 준	(마음 아프게 엄마 보고)

S#5. 탕비실 (D)

- 커피를 만들던 지율..
- 플래시백, 15부 31씬.

해 린	일단 그 원고는 편집장님께 맡기고 지율 씨는 다른 원고 찾아봐. 분명 좋은 원고 더 있을 테니까. / 알겠어요?
지 율	왜 아무런 말이 없지.. / 설마 내가 찾아낸 강 선생님 원고를 자기들이 찾아낸 것처럼 막 가로채려고 그런 건 아니겠지?

- 화가 나는 지율인데, 지홍이 잔을 들고 들어온다. 지율이 일어서려 하자,

지 홍	아냐. 아냐. 내가 해. (하고 커피 만드는데)
지 율	(그런 지홍을 보며 번뜩!) 그래. 내 밥그릇은 내가 지키는 거야...!!!
지 홍	응?
지 율	팀장님.. // 투고원고 중에 되게 잘 쓴 원고가 하나 있었는데요...

S#6. 콘텐츠 개발부 (D)

- 해린, 일을 하고 있는데..

지 홍	송 대리!!! (허겁지겁 달려와) 강병준 선생님 원고가 들어왔다면서!!! 〈영웅들〉!!! 어딨어? 빨리 줘봐!!

해 린	(얼떨떨하게 지홍 보다가, 지율 노려보면)
지 율	(쫄아 훈 뒤로 숨으며) 아니... 팀장님이 강병준 선생님 짱팬이시니까... 직접 읽어보시면 정말 강병준 선생님이 쓰신 건지 아닌지 아실 것 같아서...

　– 직원들, 강병준? 놀라서 웅성웅성. 단이도 굳어서 보는.

해 린	(미치겠다...한숨)
지 홍	편집장, 어디 갔어? 편집장이 그 원고 가져갔다면서?
해 린	편집장님 지서준 작가님이랑 미팅 있어서 나가셨어요.

　– 외출에서 돌아오던 재민과 유선 걸어오다가 보는.

지 홍	원고 어딨어? 강병준 선생님 원고면 누구보다 나한테 제일 먼저 가지고 왔어야지!! 섭하게 진짜 이럴래? / 복사본 있지? 편집장한테 한 부 줬으면 복사했을 거 아냐..

　– 해린, 가방에서 꺼내자마자 낚아채는 지홍. 들고 돌아서다가 재민과 유선을 보는.

재 민	무슨 소리야? 강병준 선생님 원고라니.
지 홍	있어봐. 복사해서 너도 한 부 줄게. (하고 인쇄기 쪽으로)
유 선	(해린에게) 진짜 강병준 선생님 원고야?
해 린	(재민을 보는)

S#7. 대표실 (D)

　– 재민의 책상 위에 〈영웅들〉 놓여 있고.. 그 앞에 서 있는 해린. 이미 이야기는 끝난 듯.

재 민   알았어. 가봐..

　　　　　– 해린, 인사하고 나가는.
　　　　　– 재민, 〈영웅들〉 본다.

　　　　　– 인서트, 6부 34씬 상황.
재 민   강병준 작가님과 차은호 씨... 대체 무슨 사입니까?
은 호   (눈가 붉어져서 한참 재민을 보는)
재 민   ?
은 호   아버지...
재 민   !!!
은 호   (단단한 눈으로 보며) 아버집니다.*– 여기까지, 6부 34씬.
재 민   (믿을 수 없는 눈으로 보다가) 내가 알기론.. 강병준 작가님은 평생
　　　　　혼자 지냈는데요? 한국전쟁 때 부모님을 잃었고 형제도 아내도 자
　　　　　식도 없다는 거... 강 작가님 산문집에도 쓰셨는데. 그래서 그렇게
　　　　　많은 작품을 쓸 수 있었던 거고. (절필선언서, 은호 앞에 흔들며) 차
　　　　　작가.. 이게 뭘 의미하는 줄 알아요?
은 호   제가, 아들이 되어드리겠다고... 약속했습니다.. (결국 눈물 후두둑
　　　　　떨어지는) 선생님을 모실 집과 돌볼 사람이 필요한데, 도움을 받을
　　　　　어른이 대표님밖에 없어요.. 제발 저를 믿고 저와 선생님을 도와주
　　　　　세요..
재 민   나는 차 작가를 어떻게 믿죠?
은 호   제게 선생님의 일기가.. 있습니다.

　　　　　– 그런 은호, 떠올리는 재민이고.

•　연결씬 있습니다.

S#8. 콘텐츠 개발부 (D)

- 단이가 은호가 걱정되는 듯, 은호의 빈자리를 본다..

S#9. 어느 선술집 (D)

- 한산한 술집. 동동주에 파전을 파는 낡고 오래되었지만 정감 있는 술집이다. 은호, 서준에게 술을 따라 준다.

서 준 차 편집장님이 이런 델 좋아할 줄은 몰랐네요.

은 호 고등학교 때 처음 왔습니다. 그땐 파전만 먹었지만. 강 선생님이 좋아하셨어요. 이 술집.

- 처음으로 먼저 강병준 이야기를 꺼내는 은호를 보는 서준. 은호, 그런 서준의 눈길 알지만... 채운 술잔 들어 보이며 짠 하자는 듯 내밀고. 서준, 은호가 채워준 술잔 들어 부딪힌다. 술 마시는 두 사람. 은호, 빈 잔 내려놓고 가방에서 원고를 하나 꺼내서 내민다. 류현석 작가의 소설 〈바다 위의 호텔〉 원고.

은 호 류현석 작가님 좋아한다고 들어서 일부러 골라왔습니다.

서 준 머리 잘 쓰셨네요. 류 작가님 소설이라면 제가 거절하기 힘들죠. 워낙 팬이라.

은 호 (보다가) 검토해주셨으면 하는 원고가 하나 더 있는데.

- 은호, 가방에서 〈영웅들〉 원고를 꺼내 내민다. 받아보던 서준의 표정, 굳고.

은 호 이것도 지 작가님이 좋아할 것 같아서요. / 팬이잖아요, 강병준 선생님의.

서 준	(살짝 긴장해 보며) 이걸... 강병준 선생님이 쓰셨단 말입니까?
은 호	모르는 사람이 보면 그렇게 느낄 수도 있겠죠. 난 아니라고 생각하지만.
서 준	어째서 그렇게 확신을 하시는 거죠?
은 호	...
서 준	차 작가님은 알죠? 강병준 선생님이 어디서 어떻게 지내는지... 알고 있는 거죠?
은 호	(보다가) 강병준 선생님을 그렇게 만나고 싶어 하는 이유가 강 선생님 팬이라는 거... 정말 그게 답니까?
서 준	그럼 무슨 이유가 더 필요하죠?
은 호	단순히 팬심으로 장편소설 하나를 쓰지는 않겠죠. 박정훈 작가님.
서 준	!!
은 호	(평온한 얼굴로 보고)
서 준	...어떻게 알았습니까, 내가 박정훈이라는 건.
은 호	(역시... 확신으로 보다가) 비밀 하나 알려줄까요? / 강병준 선생님의 마지막 소설 〈4월 23일〉 제목의 비밀...
서 준	!

- 은호, 챙겨온 쇼핑백에서 〈4월 23일〉 육필원고 일부를 꺼내 테이블 위에 올려놓는다. 원제인 '푸른 밤'에 엑스자를 긋고 '4월 23일'로 제목을 바꿔놓은 흔적을 보는 서준...

은 호	내내 궁금했습니다. 왜 이 소설의 제목이 '푸른 밤'이 아니라 '4월 23일'인지... 소설 어디에도 그 날짜와 관련 있는 문장은 없는데... 정말 이 제목으로 세상에 내놔도 되는 걸까... 이 작품은 내가 편집자로서 처음 낸 책입니다. 그래서 더 오래, 깊이 고민했어요.
서 준	(설마 정말... 정말 내 생일인 걸까...?)
은 호	그리고 한 가지 더... 궁금한 게 있습니다. / 선생님의 일기 중에... 이런 일기가 있었습니다.

- 은호, 쇼핑백에서 강병준의 일기가 적힌 포스트잇 하나를 꺼내 테이블에 올려놓고. '2008년 11월20일 내 아들이 나를 찾아왔다.' 휘갈겨 써진 내용을 믿을 수 없다는 듯 충격으로 보는 서준이고...

은 호   평생 홀로 살아오신 분인데... 그런 선생님의 일기에 적힌 이 아들은 누구일까. 이것도 오래 고민했습니다. '4월 23일'처럼 답을 찾아내진 못했지만... / 하지만 이젠 그 답을 전부 찾을 수 있을 것 같네요. / 아들과 4월 23일... 그리고 그 날짜는... 지서준 씨의 생일이죠.

서 준   ...

은 호   지서준 씨는... 이미 답을 알고 있는 거죠?

서 준   (눈빛 흔들리고)

은 호   대답해주세요, 지서준 씨. 저는 지 작가님의 답이 꼭... 필요합니다.

서 준   선생님께선 뭐라고 하셨습니까? 왜 이 소설의 제목이 4월 23일인지.

은 호   선생님은... 답하실 형편이 안됐습니다.. 지금도 그렇고요.

서 준   (간절하게) 어째서요?

은 호   (그런 서준 보기만)

서 준   나도 내가 가진 답이 맞는지 모르겠습니다. 그래서 아주 오랜 시간... 나도 궁금했습니다. (일기 보며) 이게 일기라고 했습니까? 왜 일기를 이렇게... (노트에 적지 않고?)

은 호   내가 지서준 씨에게 해줄 수 있는 말은 여기까지인 것 같습니다.

- 은호, 대답 대신 가져온 쇼핑백을 통째로 테이블 위에 올려놓는다. 의문으로 보는 서준이고...

은 호   여기에 지서준 씨가 알고 싶어 하는 모든 진실이 담겨 있습니다. 직접... 확인하시죠.

- 서준, 혼란스러운 얼굴로 쇼핑백을 보고... 그런 서준을 담담히 보는 은호에서.

S#10. 서준의 집, 현관 앞 (D)

- 서준, 생각에 잠긴 채, 은호가 준 쇼핑백을 들고 집 앞 계단을 천천히 오르고 있다. 곧 현관 앞에 서고. 서준, 도어록에 손을 뻗는데.. 그 위로 얹히는 앞 씬의 은호 목소리.

은호(E)　　하지만 이젠 그 답을 전부 찾을 수 있을 것 같네요. / 아들과 4월 23일... 그리고 그 날짜는... 지서준 씨의 생일이죠.

- 서준, 도어록을 가만히 바라본다. 수도 없이 눌렀을 도어록 비밀번호인데.. 떨리는 손으로 천천히 0, 4, 2까지 누르다가.. 잠시 도어록에서 손 뗀다. 입력시간 초과로 경고음 울리고. 서준, 심호흡하고 다시 도어록 비밀번호 누른다.

S#11. 서준의 집, 거실 (D)

- 흩어져 있는 일기들.. 눈가 붉어져서 알츠하이머 부분*을 보고 굳어 있는 서준..

서 준　　나를 찾지 않은 게 아니라.. 기억을 못하는 거였어,,,,

- 서준.. 가슴이 먹먹해져서.. 흐느끼다가.. 다른 일기들을 본다.. 2008년 11월20일에 쓴 포스트잇**을 보는 서준.

강병준(E)　　내 아들이 나를 찾아왔다.

* 찢어낸 낱장 종이- 2007년 7월5일 '알츠하이머 진단을 받았다.'
** 포스트잇- 2008년 11월20일 '내 아들이 나를 찾아왔다.'

- 문장을 곱씹어 읽다가 무너져 내리는 서준에서.

S#12. 강병준의 집 앞 (N) - 과거

- 자막. 2008년 11월 20일. 교복 위에 코트를 입은 서준, 불 꺼진 집을 원망하는 그러나 슬픈 눈빛으로 올려다보고 있다. 누군가를 한참 기다리고 있었던 듯 찬바람에 코끝도 귀도 빨갛다. 서준, 손목시계를 보고는 한숨 얕게 내쉬며 그냥 돌아서려는데... 저만치서 헤드라이트 불빛과 함께 택시가 서준 근처로 온다. 안에서 내리는 강병준. 그런 강병준을 보고 그대로 멈춰서는 서준.

강병준   (택시기사에게) 잔돈은 됐습니다. 고맙습니다.

- 택시 떠나고. 대문으로 가는 강병준, 문득 조금 떨어져서 자신을 굳은 표정으로 보고 있는 서준을 발견한다.

강병준   (문득 보는)
서 준   (그대로 깊게 바라보는)
강병준   무슨 일이죠? 혹시 나한테 볼 일이 있는 건가?

- 서준, 강병준을 향해 천천히 그러나 또박또박 걸어와 다가선다. 강병준, 자신은 알츠하이머에 걸렸으므로, 혹시 아는 사람인데 기억을 못하는 건가 싶어서 서준을 자세히 들여다보다가...

강병준   누구...?
서 준   (정중하게 인사하고) 안녕하세요. 지인영 씨 아들 지서준입니다.
강병준   (지인영이란 말에 놀라고)
서 준   기억하시죠? 지인영. 제가 그분, 그리고 선생님... 아들입니다.
강병준   (서준 얼굴 찬찬히 보며) 아...들??? 아들이라고 했나..?

서 준	네. 제 생일은 91년 4월 23일이구요.
강병준	(뭔가를 떠올리며) 91년 4월... 23일.. 인영이와 내 아들이라고...
서 준	(곧게 보고) 모르셨던 거 압니다. 헤어지신 후.. 절 낳았다고 들었습니다.. 이제 와서 책임지라고 찾아온 것도 아닙니다.. 어머니랑 저 둘이서 여태 잘 살았어요. 근데.. 어머니가 아픕니다. 다시는 찾아오지 않을 테니.. 한번만.. 도와주세요.. 선생님.
강병준	(걱정으로) 인영이가 아파? 어디가?
서 준	위암이에요.. 병원비가 필요합니다.
강병준	(무겁게 보는) 다른 식구는.. 인영이 옆에 다른 식구는 없어? 너 하나뿐이야?
서 준	(그 말에 다잡아온 마음이 툭 흔들리지만.. 주머니에서 쪽지를 꺼내 건네며) 이 계좌로 보내주세요. 병원비도 옆에 적었어요. 돈만 보내주시면 다시는 나타나지 않을게요. 다른 데서 선생님 아들이라고 말하지도 않을게요. 엄마만.. 도와주시면 됩니다. 꼭 부탁드릴게요. 선생님..

- 강병준, 쪽지 열어 보고는 서준 향해 고개를 끄덕이는데.. 서준, 볼일을 마쳤다는 듯 다시 고개 숙여 정중히 인사한다. 그대로 빠른 걸음으로 골목을 빠져나가는 서준. 강병준, 서준 향해 손 뻗으며 잡아보려 하지만, 이미 힘 빠진 다리는 말을 듣지 않고. 멀어지는 서준을 애틋하게 보는 강병준.

강병준	내가 이걸 곧 잊어버릴 건데.. 저 아이를 곧 잊어버릴 텐데..

S#13. 강병준의 집 안 (N) - 과거

- 책상 서랍에서 원고를 꺼내는 강병준. '푸른 밤'이란 제목에 엑스자를 긋는다. 강병준, 그 옆으로 '4월 23일'이라고 힘주어 또박또박 적는 강병준.

강병준	이건 절대 잊으면 안 돼. 지서준.. 4월 23일.. 내 아들. 4월23일.

S#14. 서준의 집, 거실 (D)

- 참아왔던 눈물을 하염없이 흘리는 서준. 다른 일기들 더 이상 읽지 못하고 그대로 탁자 위에 내려놓는다. 서준, 고개 떨구고 소리 내어 서럽게 울기 시작한다.

S#15. 은호의 집, 거실 (N)

- 소파에 앉아 있는 은호와 단이.

단 이	근데.. 서준 씨는 〈영웅들〉을 왜 쓴 거야?
은 호	선생님을.. 한 번쯤은 더 보고 싶었겠지.
단 이	(끄덕이고) 아버지니까. / 그럼.. 〈영웅들〉을 쓰면, 강 선생님을 만날 수 있을 거라고 생각한 거야? 서준 씬?
은 호	달리 방법이 없었을 테니까. 그 이후론 선생님을 다시 볼 수도 없었을 거고. 그런 상황에서 절필선언문이 나왔는데.. 선생님 마지막 책 제목은 자신의 생일이었고..
단 이	혹시.. 국문학과로 진학한 것도 그렇고. 아버지의 재능을 물려받았단 걸 확인하고 싶었던 건 아닐까?

- '그럴 수도 있겠다'는 표정으로 단이를 보는 은호에서.

S#16. 서준의 집 앞 (N)

- 서준의 집을 올려다보는 해린. 차마 서준의 집 앞까진 올라가지 못

하고 계단 어디쯤에 앉는다.

해 린   내가 이 동네를 자꾸 오네. (끄덕) 난 이 동네를 좋아하는 게 확실해.

            – 해린, 핸드폰 꺼내서 지서준 띄워 문자 내용 입력하기 시작한다.

해린(E)   친구가 필요하면, 제가 친구가 되어드릴게요.

            – 망설이다가.. 차마 전송버튼 누르지 못하고 핸드폰 화면 꺼버리는
            해린.
            – 서준의 집 현관 쪽을 올려다본다.

해 린   (서준 생각하니 마음 아파서) 나.. 여깄어요. 지서준 씨. 친구도 뭣
            도 아니지만... 이렇게라도 같이 있어줄게요.

            – 그런 해린과 안에서 울고 있는 서준, 교차편집 되면서...

S#17. 동네길 (N)

            – 은호가 빠르게 달려간다.

S#18. 서준의 집 앞 (N)

            – 그대로 달려오는 은호. 가쁜 숨을 몰아쉬며 서준의 집을 올려다본
            다. 무언가를 발견하고 픽 웃는 은호.. 해린이 서준의 집 현관문에
            기대고 앉아 있다..

은 호   뭐야.. 지서준 걱정돼서 왔더니...

    – 해린이 고개를 들다가 은호를 본다. 은호, 섯-! 하며 지서준의 집을 가리키고.. 해린, 서준의 집을 한번 돌아보고 내려온다..

은 호   (웃고) 송해린.. 귀여워..

    – 해린이 은호에게 다가온다.

해 린   여긴 왜 왔어?
은 호   너야말로 여기서 뭐 하는 건데?
해 린   (걱정으로 현관 쪽 보고) 걱정돼서 와봤더니 한번을 밖으로 안 나오네.
은 호   지서준한테 말도 안하고.. 그냥 내내 앉아 있었어?
해 린   (끄덕이고) 혼자 있을 시간이 필요할 텐데.. 방해하긴 싫고. 그렇다고 혼자 두자니 걱정 되고. (웃고, 은호 옷차림 보고) 선배도 지서준 씨 걱정돼서.. 집에 있다 나온 거야?
은 호   (보고) 그냥 한번 와봤어.. 불 켜진 집이라도 보면 안심이 될 거 같아서.

    – 둘, 마주 보고 웃는다.

은 호   니가 있으니까.. 난 가도 되겠다. 어차피 노크도 못할 거고, 전화도 못해볼 건데.
해 린   그래. 내가 있을게.
은 호   불 꺼지면 가. 밤새 그러고 있지 말고.
해 린   그때 전화하면 데려다줄 거야?
은 호   아니.
해 린   (치, 하고 웃고)
은 호   (지서준 집 올려다보며) 지서준은 좋겠네. 씩씩한 송해린이 지키고 있어서.
해 린   (흘기고) 강단이 씨는 좋겠네. 이렇게 따뜻하신 분이 남친이라서.

– 마주 보고 서로의 마음 안다는 듯 웃는 해린과 은호. 은호, "그럼 나, 간다." 하고 달려가고.. 해린 가는 은호를 보며 다시 서준의 집을 돌아보는.

S#19. 은호의 집, 주방 (N)

– 마시던 물컵 식탁에 내려놓는 은호. 그 옆의 단이.

단 이   정말? 송해린 대리가?

은 호   내가 뭐랬어. 걔가 그렇게 여린 구석이 있는 애라니까.

단 이   (끄덕이며) 내가 힘들고 아픈 시간을 보낼 때... 집 앞에 누군가가 걱정하는 마음으로 있어주는 거... 생각만 해도 좋다. (보고) 다정한 우리 은호.. 나한테 힘든 일 생기면, 창문 밖에서 나 지켜줄 거야? 송 대리처럼?

은 호   (어이없다는 듯 보고) 아니.. 같이 있어야지. 왜 창문 밖에 있어?

단 이   (피.. 하며 흘기는데)

은 호   (팔 벌리며) 이리 와.

단 이   (가서 안기는)

은 호   (안고 내려다보면서) 창밖보다 이게 낫잖아. 딱 붙어 있는 게.

S#20. 은호의 방 (M)

– 침대에 잠들어 있는 은호. 이내 협탁 위 핸드폰이 울리기 시작한다. 은호, 뒤척이다가 알람인 줄 알고 끄고 다시 눕는데, 문득 일어나서 핸드폰 확인하는 은호. 발신자가 '가평'이다. 어떤 예감에 잠이 확 깨는 은호.. 어떡하지? 하다가.. 조심스럽게 통화버튼 누르고..

은 호   네. 이 시간에 무슨 일로... (하다가 이불 속에서 얼른 나오는)

S#21. 서준의 집 앞 (M)

    – 급하게 와서 서는 은호의 차.. 집에서 내려와 은호의 차를 타는 서
      준이고.

S#22. 달리는 은호의 차 안 (M)

    – 굳은 얼굴의 은호와 서준. 서로 말이 없다가..

은 호   선생님 괜찮으실 겁니다. 버텨주실 거예요.
서 준   (불안한) 그렇겠죠....?

S#23. 가평 가는 도로 (M)

    – 달리는 은호의 차..

S#24. 가평 별장 앞 (M)

    – 먼저 도착한 재민, 세운 차에서 내려 급하게 별장 쪽으로 가려는
      데... 막 들어오는 은호의 차에 멈칫 서서보고. 차에서 내리는 은호
      와 서준을 보는 재민.

은 호   대표님...
재 민   어서 들어가자...

    – 셋, 함께 안으로 들어서고...

S#25. 가평 별장, 강병준의 방 (M)

– 은호, 재민, 서준이 들어서면... 강병준 옆에 앉아있던 의사* 가 막 들
어온 셋을 돌아본다. 은호를 향해 가망 없다는 듯 고개 저으며 물러
나는 의사. 은호, 침대를 보면... 죽은 듯 누워 힘들게 숨을 내쉬고
있는 강병준이 보이고... 서준, 그런 강병준의 모습에 충격 받은 듯
굳어서 본다. 은호, 그런 강병준의 옆으로 다가가 늘어진 손을 꼭
잡는.

은 호   (늘 그래왔었던 것처럼 익숙하게) 선생님 안녕하세요. 저 차은호입니
다. 전 선생님 제자구요. 일주일에 한 번씩 이렇게 선생님을 뵈러
옵니다. 그리고 매번 이렇게 같은 말을 해드리고 있어요... / 제 목소
리... 들리시죠, 선생님?

강병준   (미동 없고)

은 호   (울컥해서 보다가) 선생님... 오늘은 같이 온 사람이 있어요... 선생
님께서 꼭 만나셨으면 하는 사람이에요...

– 은호, 서준을 보고... 서준, 천천히 강병준의 옆으로 다가온다. 눈을
감은 채 거친 숨만 겨우 내쉬고 있는 강병준을 보다가 어렵게 입을
여는 서준.

서 준   안녕하세요... 저는 지서준이라고 합니다... 지인영 씨의 아들이자...
선생님의 아들...

강병준   (여전히 미동 없고)

서 준   다시 만나게 되면... 하고 싶은 말들이 참 많았는데... (결국 눈물 뚝
뚝 흘리며) 아버지... 한 번은 그렇게 부르고 싶었는데...

* 10부 11씬에 나온 강병준의 친구.

- 감정에 북받쳐 우는 서준을 눈가 붉어진 채 보는 은호... 순간, 은호 가 잡고 있던 강병준의 손이 움찔 떨린다. 은호가 보면... 천천히 눈 을 뜨는 강병준. 눈을 뜬 강병준에 놀라는 사람들. 서준도 놀라 그 런 강병준을 보고... 강병준도 무언가 알기라도 하는 것처럼 곧은 시 선으로 서준을 고요히 바라본다. 그런 둘을 보던 은호, 서준의 손을 끌어와 강병준의 손을 잡게 해준다. 강병준, 잡은 서준의 손에 힘을 주고... 그 손을 굳게 다잡는 서준... 은호, 그런 두 사람에 그만 자신 의 손을 떼려는데... 강병준의 손이 은호의 손도 잡아온다. 어느새 은호를 보고 있는 강병준. 은호, 고요한 강병준의 시선에 울컥하고.

은 호   편안하게 가세요, 선생님... 우리 꼭 다시 만나요...

- 눈물 흘리는 은호... 그런 은호를 보던 강병준, 다시 천천히 눈을 감 고... 이내 강병준의 손에도 힘이 풀린다. 툭 옆으로 떨구어지는 고 개. 강병준의 죽음 알아챈 재민과 의사, 울컥해 고개 돌리고... 강병 준의 죽음 앞에 은호와 서준도 눈물을 흘린다. 강병준의 손을 겹쳐 쥔 은호와 서준의 손에서... 화면 화이트아웃.

S#26. 어느 강가 (D) - 다른 날

- 검은 양복 차림의 은호와 서준, 나란히 강을 보고 서 있다.

서 준   증명하고 싶었어요.
은 호   (보면)
서 준   아버지가 내 존재를 알게 된 후에도 나를 찾지 않는 게... 아들인 나 를 인정하고 싶지 않아서라고 생각했거든요. 그래서 〈영웅들〉을 써 서 증명하고 싶었어요. '당신이 나를 인정하지 않아도 나는 작가 강 병준의 피를 타고난 당신의 아들이다.' / 바보 같다고 생각할지도 모르겠지만... 내겐 〈영웅들〉을 쓰는 게... 아버지를 부르는 유일한 방법이었어요.

은 호 　결국 그렇게 됐잖아요. 지서준 씨가 〈영웅들〉을 쓰지 않았다면 선생님의 마지막 모습을 보지 못했을 겁니다. // 선생님도 오랫동안 기다리셨던 것 같아요. 지 작가님을.

서 준 　(보면)

은 호 　〈4월 23일〉... 이젠 알잖아요. 선생님이 지서준 씨에게 보내는 메시지였다는 걸. 나는 널 잊지 않았다... 기억하고 있다...

서 준 　(조금 울컥해서) 〈4월 23일〉... 그 책이 내 마지막 끈이었어요. 나를 기억한다는 메시지일지도 모른다고... 그렇게 위로했어요. 하지만 그래도 한번씩 괴로웠어요. 그럼 대체 왜 날 찾진 않는 건지... 그게 십 년 동안 가장 날 외롭게 만든 숙제였는데... // (은호 보며) 고맙습니다, 차 작가님.

은 호 　(보면)

서 준 　차 작가님 덕분에 나는 그 답을 듣게 됐어요. 내내 아버지 곁을 지켜준 차 작가님 덕분에... / 정말... 고맙습니다.

은 호 　(강병준의 뜻대로 곁을 지켜온 것이 잘한 일인가 고민해왔던 지난날이 서준의 말에 조금 위로 받는 느낌이고... 미소로 보는)

－ 서로를 따뜻하게 보다가 나란히 다시 평화롭게 흐르는 강을 보는 둘에서.

S#27. 콘텐츠 개발부 (D)

－ 자리에 앉은 단이. 순간 옆에 놓인 가습기가 켜지고. 단이, 뭔가 싶어 보면 어느새 다가온 송이가 가습기 켰다.

송 이 　(배시시) 잘 작동되나 싶어서... 사무실이 많이 건조하잖아요. 앞으로 〈텐펄슨〉 작업 때문에 바빠질 텐데 조금이라도 도움 되시라구... 공모전 당선, 정말 축하해요.

단 이	고마워요, 송이 씨.
송 이	그래서 말인데... 편집자는 어떻게 할 거에요? 〈텐펄슨〉 기획 같이 할 편집자 파트너 정해야 하잖아요.
단 이	아... 글쎄요...
지 율	(OL, 불쑥 나타나서) 파트너! 여기 있습니다!

    – 단이, 송이와 지율을 번갈아서 보는데. 송이와 지율 단이에게 서로 어필하는.

지 율	제가 강단이 씨의 파트너가 될게요! 일에 대한 열정이 피 끓듯 샘솟고 있는 일 년차 편집자! (난 어때요?)
송 이	일은 열정으로 하는 게 아니에요.
지 율	그 전에 오지율은 잊으세요! 새롭게 태어난 오지율 (가슴 탁 치며) 저 거듭났다는 소문, 아직 못 들으셨어요?
송 이	경험에서 우러나온 테크닉으로,
지 율	(OL, 버럭 송이에게) 난 벌써 자료도 준비해왔어요!!!
송 이	(앗)
지 율	(준비해온 리스트 단이 책상에 내려놓고) 경험이나 테크닉 그런 건 없어도, 자료는 있습니다! 〈텐펄슨〉 시리즈에 어울릴 만한 멘토들로 리스트업을 해봤어요.
단 이	(놀라서 자료 보며) 정말요? 언제 이걸 다... 어떻게 찾았어요?
송 이	.....
지 율	(신나서) 개인적으로 제가 제일 좋았던 사람은 곽 교수님인데요. 삼 페이지 보시면...

S#28. 서점 (D)

    – 리커버된 강병준의 소설 〈4월 23일〉이 매대에 깔린다.
    – 타출판사 직원, 매대에 놓인 〈4월 23일〉 리커버판을 집어 들어 본다.

직원1	겨루 진짜 대단하다. 안 그래도 잘 팔리는 책을 리커버로 재출간까지 했어? 강병준으로 뽕을 뽑는구만, 뽕을 뽑아.
직원2	겨루가 강병준으로 장사해 돈 번 게 뭐 하루 이틀 일이야? 놀랍지도 않다. 내가 강병준이었으면 자기 작품으로 돈 벌이하는 겨루 가만 안 뒀을 텐데!
직원3	(펼쳐보다가) 어? 연보가 붙었는데?
직원1	무슨 연보?

    - 지나가던 삼십대 여자 둘, 연보? 하고 강병준의 책을 집어 들고.

S#29. 은호의 집, 서재 (D) - 과거

    - 노트북을 펼쳐놓고. 한글에 '작가연보' 네 글자를 쓰는 은호.

S#30. 어느 강가 (D) - 과거

    - 의사, 주머니에서 편지봉투 하나를 꺼내 은호에게 건넨다. 겉면에는 강병준의 글씨로 '아들에게'라고 쓰여 있는.

의 사	그 친구가 한참 전에 나한테 맡긴 거야. 자신이 죽으면 은호 자네에게 주라고 했네. 잠깐 정신이 돌아왔을 때 썼으니... 마지막 유언 같은 거겠지.
은 호	(물끄러미 그 편지를 보다가 서준에게 건네는)
서 준	이걸 왜 나한테 줍니까? 차 작가님한테 남기신 거니 차 작가님이 읽어야죠.
의 사	(미소로) 같이 읽게. 두 아들이 같이.

    - 의사에 말에 미소 지은 은호와 서준... 은호, 봉투를 뜯어 편지를 꺼

내 펼친다. 함께 읽는 은호와 서준.

강병준(E)   은호야. 사랑하는 내 아들아. 아주 오랜만에 눈을 떠 맞이하는 세상
은 여전히 깊은 밤이구나. 어둠이구나. / 하지만 더 이상 두렵지 않
구나.

S#31. 가평 별장, 강병준의 방 (N) - 과거

 - 침대에 앉은 강병준... 또렷한 정신으로 종이에 만년필로 유서를 써
내려가고 있다. 열린 창문으로 달이 뜬 밤하늘이 보이고... 그 옆 보
조침대에는 의사가 자고 있다.

강병준(E)   내 삶이 사람들에게 병든 치매 노인으로 읽히느니 차라리 실종으로
잃어버린 이야기가 되겠다고 했던 내가 얼마나 어리석었는지...

S#32. 서점 (D)

 - 강병준의 책 〈4월 23일〉을 같이 보고 있는 타출판사 직원1, 2, 3.

직원2   리커버하면서 연보를 같이 붙였나보네.
직원3   (넘겨보다가) 이게 뭐야... 진단서?
직원1   (옆에 붙어 보다 놀라서) 뭐야... 강병준 작가, 알츠하이머였어? 실
종이 아니라??

S#33. 콘텐츠 개발부 (D)

 - 리커버된 새 책의 뒤편을 보고 있는 지홍, 그 뒤에 고개 내밀고 있

는 영아. 강병준을 휠체어에 태우고 산책 중인 은호의 사진이 있고.

영 아　　　편집장이 계속 돌본 거야? / 십 년이나?

　　　　　– 지홍, 넘겨보면.. 강병준의 일기들*도 실려 있고..

S#34. 다시 서점 (D)

　　　　　– 이어서 보고 있는 직원들.. 직원들 옆을 지나가다 대화를 들은 30대
　　　　　커플. 고개 갸웃하다가 멈춰서 매대에 놓인 책 〈4월 23일〉을 펼쳐
　　　　　서 본다. '마지막 유서'라는 제목으로 실린 강병준의 친필유서를 보
　　　　　는 커플... 그 위로,

강병준(E)　　나는 앞으로 근육도 못 쓰고, 기억도 더 읽어가고, 아무 것도 남은
　　　　　게 없이 죽어갈 테지만 이 또한 버릴 수 없는 내 인생이라는 것을...
　　　　　받아들여야 한다는 것을... 지금에야 깨닫게 되었구나.

S#35. 가평 별장, 강병준의 방 (N) – 과거

　　　　　– 유서를 쓰고 있는 강병준...

강병준(E)　　은호야. 내 인생이 책이 되어 읽힐 수 있도록... 내 책에 실릴 내 연

● 　14부 마지막 부분에 수록된 강병준의 일기 중 : '찢어낸 낱장 종이– 2007년 7월5일 알츠하이머 진단을 받
　　았다. 믿을 수 없어 몇 번이나 되물었으나 친구의 답은 같았다. 언어를 잃게 된다니. 글을 잃게 된다니. 아득
　　하다. 앞으로 살아내야 할 날들이...' / '포스트잇– 2008년 5월10일 자꾸 잃어버린다. 그래도 쓴다. 닥치는
　　곳에, 닥치는 대로. 절망하지 않기 위해서.' / '포스트잇– 2008년 11월20일 내 아들이 나를 찾아왔다.' / '찢
　　어진 낱장 종이가 나의 유서, 절필선언문을 썼다. 내 생의 마지막 언어가 담긴 글이 될 것이다.'

보를 네가 써주겠니?

S#36. 은호의 서재 (D) - 과거

– 노트북으로 강병준의 연보를 쓰고 있는 은호. '1948년 12월 3일. 경남 의령에서 아버지 강선규와 어머니 윤영자의 차남으로 태어나다.' '1950년. 6.25전쟁 피난길에 아버지와 헤어지다.' '1954년. 일곱 살 때 결핵으로 맏형이 죽다.' '1956년. 가난 때문에 학교를 한해 늦게 입학하다. 그 해에 도둑으로 몰려 외로운 학교생활을 시작하다.' 정도... 그 위로,

강병준(E)   은호야...

S#37. 몽타주 (D)

– 도서관. 책을 읽고 있는 여섯 살 정도의 소년.

강병준(E)   한 권의 책이 세상을 바꾼다는 말, 나는 믿지 않는단다.

– 지하철. 계단을 올라가는 노인, 짐이 많다. 내려가던 남고생 두 명이 노인의 짐을 나눠 들고 다시 올라간다. 고맙다며 웃는 노인.

강병준(E)   그럼에도 나는 은호 너에게 한 권의 책 같은 사람이 되라고... 그 말을 남기고 싶구나.

– 카페. 혼자 책을 읽고 있던 여자... 책이 슬픈지 눈물을 툭 흘린다. 손등으로 닦아내고 계속 책에 집중하는.

강병준(E)   책이 세상을 바꿀 수 없어도, 한 사람의 마음에 다정한 자국 정도는 남길 수 있지 않겠니?

– 플래시백, 15부 2씬. 논길을 걸어가던 은호와 강병준.

강병준(E)　네가 힘들 때 책의 문장과 문장 사이에 숨었듯이...내가 은호 너란 책을 만나 생의 막바지에 가장 따뜻한 위로를 받았듯이... / 그러니 은호야...

– 레스토랑. 찬민과 지홍, 영아가 식사 중이다.

강병준(E)　앞으로도 누군가에게 한 권의 책이 되는 인생을 살아라.

찬 민　엄마, 요즘 왜 그렇게 까칠해?

영 아　(얼굴 한손으로 쓸며) 그래? 피곤해서 그런가..?

찬 민　아냐. 좀 푸석푸석해..

지 홍　야. 너 내가 좋아하는 여자 욕하는 거야? 이 여자가 세상에서 제일 예뻐!!

영 아　(쳇, 하고 보는데)

지 홍　(반찬 올려준다)

영 아　(도로 집어서 지홍에게)

지 홍　(웃으며 다시 올려준다)

영 아　(밉지 않게 흘기고 먹는다)

지 홍　너.. 그 세 명 필요하다는 그거.. 나도 끼워주면 안돼?

영 아　뭘로?

지 홍　그 세 번째... 잘하는 남자..

영 아　(어이없어서)

찬 민　뭘? 뭘 잘하는데?

지 홍　넌 몰라도 돼..!

영 아　(지홍 흘겨보지만 피식..)

– 이사실. 재민, 노크하지만 답이 없고. 고개 갸웃한 재민이 살짝 문을 열고 들어가면 유선이 소파에 앉아 책을 든 채 자고 있다. 재민, 담요를 가져와 조심조심 유선을 덮어주고... 간다. 재민이 가고 나면 눈을 뜨는 유선... 담요를 보는데. 담요 앞에 붙어 있는 메모..

재민(E)　이사님. 아무리 일을 사랑해도 일은 이사님을 사랑해주지 않습니다. 대표가 아니라 친구로서 하는 말입니다.

- 대표실. 재민 앉아 일하는데.. 노크 소리 들린 후에 문이 열린다. 도 도하게 들어선 유선, 턱을 치켜들며.. 재민을 본다.

유 선   나도 친구로서 한마디 하려구요..

재 민   ?

유 선   오늘 나랑 땡땡이쳐요. 봄바다나 보러 가요.

재 민   .....

유 선   ....

재 민   그래요.. 그럽시다!

- 그런 둘 위로,

강병준(E)   네 안에 있는 한 줄의 진심으로 사람을 만나고, 세상을 살아.

- 콘텐츠 개발부. 해린, 교정원고 하나를 지율의 책상 위에 두고 간다. 인쇄기 쪽에서 오던 지율 얼른 그 원고 들어 보면 '통과'라고 적혀 있고. 뛸 듯이 좋아하는 지율. 축하해주는 훈 끌어안고 뛰고. 그런 둘을 보며 웃는 광수, 승진, 송이..

강병준(E)   한 권의 책이 세상을 바꾸거나 누군가의 인생을 완전히 바꾸지는 못해도... 좋은 책은 언젠간 꼭 누구에게나 읽히는 법이니까.

- 서준의 집. 올라오는 서준. 현관문 앞에는 해린이 서 있고. 해린, 가 지고온 도시락 가방을 들어 보이며 웃는다. 서준도 그런 해린을 보 며 따뜻하게 웃고.

강병준(E)   그렇게 조금씩 조금씩... 따뜻해지는 거 아니겠니.

- 은호의 집, 서재. 쭉 꽂혀 있는 강병준의 책들을 가슴 아프게 보고 있는 은호... 그때 등 뒤에서 단이가 그런 은호를 안고... 돌아보지 않 고도 단이라는 걸 아는 은호, 미소 짓는.

강병준(E)   세상의 수근거림 속에서도 꿋꿋이 나를 지켜준 은호 너에게도 그런 책 같은 사람이 생기기를... 따뜻한 위안이 내리기를 기도하마.

S#38. 서준의 집, 주방 (N)

— 식탁 위에 도시락 내려놓는 해린. 뚜껑 열어 하나씩 꺼내놓는다. 먹음직한 반찬들이 가득이다. 먹을 만큼만 접시에 내어놓는 해린.

해 린 (뚜껑 닫으며) 나머진 두고 먹어요.

서 준 (수저 세팅하고) 설마... 직접 요리해온 건 아니죠?

해 린 (새침한) 내가요? 아뇨. 엄마가 만든 반찬 싸온 건데요? 나도 밥 안 먹어서 같이 먹으려고요.

서 준 아...

해 린 왜요? 설마.. (놀리듯) 내가 직접 만들어온 줄 알고, 감동받고 그랬어요?

서 준 그게 아니라.. 딸들이 엄마 냉장고에 손대기 시작하면.. 연애 같은 거 하는 거라고.. 누가 그랬던 거 같아서. (웃는)

해 린 어머. (자신 가리키고) 제가요?

서 준 (모르겠다고 으쓱하는)

해 린 누구랑요?

서 준 (다시 으쓱하고) 잘 먹겠습니다. / 아, 잠깐! 이런 순간은 남겨둬야죠.

— 서준, 핸드폰 꺼내서 톡톡 누르고 잠금 화면 켠 뒤 지문으로 잠금 해제하고, 카메라를 연다. 해린이 싸온 음식들을 찍으려다 초광각 모드로 변경하면 음식과 함께 해린이 앵글에 들어온다. 서준, 찍은 사진을 만족한 듯 보다가 해린에게 보여주고. 사진을 본 해린, 웃으며 "뭐야... 나한테도 보내줘요." 한다.

— 맛있게 먹기 시작하는 서준. 해린도 마주 앉고. 잘 먹는 서준을 보고 슬며시 웃는다. 같이 먹기 시작하는 해린.

서 준 (먹으며) 근데.. 지난번에 밤새 우리집 앞에 혼자 앉아 있었다면서요?

해 린 아.. 선배한테 들었구나?

서 준 (끄덕이고) 꽤 오래 있었다면서요. (담백하게) 고마워요. 걱정해줘서.

해 린	(괜히 머쓱해서) 그냥 뭐.. 일하다 보니 친구가 된 것 같기도 하고요. (슬쩍 눈치보고) 그것도 꽤 친한..
서 준	그래도.. 아직 일 번은 차은혼 거잖아요. 그죠?
해 린	왜 그렇게 생각하는데요?
서 준	박정훈이 난줄 알고 나서.. 바로 차은호한테 달려갔으니까?!
해 린	에이. 그건 일이잖아요! 일! 그냥 넘어갈 수가 없는 일이었고. 선배는 편집장이니까.
서 준	(보고) 그럼.. 일이 아니었으면요?

– 해린, 마땅히 대답할 말을 찾지 못하고 눈 깜박이다가.. 문득 비밀의 방을 본다. 자연스레 화제 전환하고.

해 린	(눈짓으로 가리키고) 저 방에서... 맞죠?
서 준	(그저 웃고)
해 린	저기 꽁꽁 숨어서 〈영웅들〉을 쓴 거구나..?
서 준	....
해 린	(조심스럽게) 이제 안에 숨지 말고 밖으로 나와서.. 다른 글 써보는 건 어때요? 지서준 작가님.
서 준	글쎄요, 지금은..
해 린	(차분하게) 저는... 좋아해요, 작가님 글. 여러 번, 아니 사실 꽤 많이 읽었거든요. 근데도 읽을 때마다 빠져들어요.
서 준	(깊게 보는)
해 린	내가 기다릴게요. 편집자로서.

– 서준과 해린, 서로 사뭇 진지한 표정으로 따뜻하게 마주 보는 데서.

S#39. 탕비실 (D)

– 〈식물의 속마음〉 가제본 보는 단이와 지율. 회의 전 마지막 체크하

는 중이다.

지 율   (가제본 들며) 자연과 함께하는 삶이, 도시인에게 얼마나 중요한가!

단 이   시의성 있고!

지 율   자연의 위대함을, 맛깔-나게 풀어낸 금세기 최고의 책!!

단 이   재미도 있다! (지율과 눈 마주치고, 씩 웃는)

지 율   (자화자찬) 저희 책, 〈식물의 속마음〉 너무 재밌지 않아요? / 저 처음 알았어요, 식물이 혈통 따지면서 결혼하는 거!

단 이   좋은 책 만들려고, 몇 번이나 수정하셨잖아요, 곽 교수님이. / 교정 끝냈으니까, 출판 일정만 빨리 잡으면 돼요!

지 율   회의에서 어필 잘 해봐요! 출판 결정 짓고,

단 이   (받아서) 마케팅 예산도 팍팍 따내는 걸로!

– 마주 보고 결의에 타오르는 단이와 지율 얼굴 위로.

재민(E)   잘했어! 책 좋아!! 바로 출판 들어가자고!

S#40. 회의실 (D)

– 동시에 한곳 보며 실망으로 일그러지는 단이와 지율 얼굴. 둘 시선 따라가면 재민이 〈완벽한 살인자〉 가제본 들고 단이와 지율 앞에 앉은 훈과 송이를 칭찬 중이다. 회의실에 은호 제외하고 착석한 콘텐츠 개발부 직원들과 재민, 유선이고. 테이블 각 자리마다 가제본 두 권*과 프린트한 서류들 놓였다.

재 민   완벽한 살인자! 제목 좋다. 서점에서 딱! 눈에 꽂히겠어. 이런 게 바

•   가상의 책, 곽류수, 〈식물의 속마음〉 | 송재선, 〈완벽한 살인자〉

	로- 계산대로 가는 책이거든.
유선	스릴러가 한번 터질 시기죠.
영아	(훈과 송이에게) 예산 제한두지 말고, 마케팅 아이디어 생각해봐요. 제대로 터트려보자고!

– 마주 보고 좋아하는 훈과 송이. 다들 호의적인 분위기고. 걱정으로 눈 마주치는 단이와 지율. 빠르게 노트에 메모하는 지율.

지율(E)	우리 책 얘기는 왜 안 하죠?

– 지율이 쓴 글 아래에 메모하는 단이.

단이(E)	곧 하겠죠? 회의 끝나가는데..
재민	자, 이제 할 얘기 끝났나?
지율	(얼른) 아니요!
단이	저희 텐펄슨 첫 책, 〈식물의 속마음〉 남았어요!

– 하는데.. 묘하게 시선 피하고, 헛기침 하는 직원들이고. 단이와 지율은 '이 분위기 뭐야?' 싶은데..

재민	〈식물의 속마음〉은.. 좀 기다려보죠. (자료 탁탁 정리하며) 다들 수고했어요.

– 하나 둘 일어나 나가는 직원들. 단이와 지율, 나가려는 재민 앞을 막아선다.

단이	대표님, 저희 책 교정까지 마쳤어요!
재민	(슬쩍 나가려는)
지율	(막고) 바로 출간해도 문제없어요!
재민	(나가려다 포기하고, 한숨) 왜 하필 식물학자 책입니까.

단이,지율	네?
재 민	인기 작가, 유명인들 많잖아요! 차라리 스님이 낫지.. 곽 교수를 누가 압니까. 텐펄슨 첫 책인데, 약해요. 약해. (하고 나가고)

– 울상으로 서로 보는 단이와 지율. 유선이 나가려고 하자, 얼른 막아서서.

단 이	이사님! 〈식물의 속마음〉 마케팅 일정은..
유 선	(OL, 시크하게 나가며) 기다려봐. (하고 가버리고)
단이,지율	(실망으로 가는 유선을 보는데)
영 아	(옆에서 불쑥) 기다리라는 그거, 출판 안 하겠단 뜻일 거야. (나가는)

– 단이와 지율, 울상으로 나가는 영아 보는데.. 회의실 앞에서 훈과 송이 칭찬하고 있는 재민 옆으로 합류하는 영아. 창 너머로 웃는 훈, 송이, 영아, 재민 보다가.. 화가 끓어오르는 단이, 지율이고.

지 율	저건 미는 책이고! 우린 쭈구리란 거죠?
단 이	(이씨) 기획은 그렇게 좋다고 해놓고! 순 장사꾼들!
지 율	청정한 생태계 망치는..! 황소개구리 같은 사람들..
단 이	다른 식물 영양분 빨아먹는 유해식물들!
지 율	(몸에 밴 듯한 일 모드) 유해식물은 환삼덩굴이 대표적이죠?
단 이	(역시) 단풍잎돼지풀 아니었나?
지 율	가시박도 있을걸요?

– 하다가, 이럴 때가 아니라 걸 알고, 동시에 한숨 내쉬는 둘.

지 율	어떡해요. 책 곧 출간된다고 말했잖아요.. 곽 교수님 기대하셨는데..
단 이	아직 편집장님이 남았잖아요!
지 율	참, 맞다! 오늘 강의 가신다구 회의 안 들어오셨죠? (결의) 우리의 마지막 희망이에요!!

단 이   (세차게 끄덕이고)

S#41. 겨루 출판사 일각 (D)

　　　　　– 사무실로 들어서는 은호. 그때, 일각에 숨어 있던 지율과 단이가
　　　　　　불쑥 튀어나온다. 깜짝 놀라는 은호. 그런 은호에게 결연한 얼굴로
　　　　　　〈식물의 속마음〉 가제본 들어 보이는 지율과 단이.

단 이   이 책, 저랑 지율 씨가 밤낮으로 정말 열심히 일해서 만든 책입니
　　　　　　다. 곽 교수님도 마찬가지구요. / 아시죠?
지 율   그런 의미에서 우리 책 출간일정은 어떻게...
은 호   (OL) 생각을 좀 해보죠. 기다리세요. (하고 가는)
단 이   (헉! 이럴 수가.. 가는 은호를 보며) 아니.. 무슨 생각을..
지 율   (어이없는) 와... 편집장님까지 이러기 있어요?!
단 이   (씨이...)

　　　　　– 은호가 간 쪽을 불만 많은 얼굴로 찌릿 노려보는 지율과 단이고.

S#42. 어느 카페 (D)

　　　　　– 아포가토 앞에 두고 마주 앉은 해린과 서준. 테이블 위엔 가제본[●]과
　　　　　　노트북 있고, 노트북 화면엔 표지 디자인 떠있다. 둘 다 아포카토는
　　　　　　한입도 먹지 않은 채, 살얼음판 같은 분위기고.

해 린   (가제본) 이 책 마케팅 컨셉은 고급스러움! 이라고 했잖아요! (노트

•   가상의 책, [류현석, 〈바다 위의 호텔〉]

북 디자인 집으며) 이렇게 튀는 포인트는 곤란하다니까요?!

서 준   저도 말씀드렸는데요! 류 작가님 글은 엣지를 살려야 한다고요! 튀긴 해도 눈길을 끌고, 소설에 흥미를 돋구는 일러스트에요!!

해 린   (이씨) 지 작가님!! 오더대로 좀 만들어주시죠? 출간일정 급해요!!

서 준   (허!) 언제는 최고의 디자인 뽑으라더니! 말 바꾸깁니까, 송 대리님?! 일 이런 식으로 하는 사람이었어요?!!

해 린   (참나) 누가 누구한테 할 소리를! 지서준 씨야 말로! 이전 회사에선 맘에 안 드는 족-족 바꿨나본데, 전 아니에요. 편집자 의견 존중하시죠!

– 눈싸움 하듯 지지 않으려고 불꽃 튀게 서로 째려보는 둘인데.. 그때 해린의 핸드폰이 울린다. 전화 받는 해린, 보는 서준이고.

해 린   알아요, 엄마. 늦지 않게 갈게요. (끊고)

서 준   저녁에 일 있어요? (슬쩍) 나랑.. 밥 먹는 줄 알았는데.

해 린   (보는) 오늘은 안 돼요. 일찍 들어가봐야 돼요.

서 준   (아쉽지만, 알겠다고 끄덕이는데)

해 린   선봐야 해서.

서 준   (고개짓 멈추고, 굳는) 네?!

해 린   선이라고 하기까진 그렇고.. 그냥 엄마 친구 아들이요. 잠깐 보래서요.

서 준   뭘 잠깐 봐?! 보지 마요!

– 해린, 조금 놀라서 서준 보면, 둘 시선 마주치고.. 묘하게 간지러워지는 분위기인데..

서 준   (그대로 해린 보다가) 아버지 유언에 따라서, 내가 송해린한테 책이 돼주고 싶은데.

해 린   (묘한 느낌으로) 무슨.. 책이요? 잔소리 도덕교과서요?

서 준   아니요. 로맨스소설이요. (하고 싱긋 웃는)

해 린	!
서 준	엄마 친구 아들, 잠깐 보지 말고. 나랑 밥 먹읍시다. / 어때요?

– 자기도 모르게 지어지는 미소를 느끼고, 얼른 표정 관리하는 해린.
그런 해린 보고 웃음이 터지는 서준이고. 마주 보고 새삼 어색하게,
부끄러운 듯, 설레며 웃는 둘에서.

S#43. 단이의 방 (N)

– 침대에 누워서 핸드폰 어플로 집 알아보는 단이. 어플 첫 실행 화면
보이고... 펼쳐놓은 노트엔 내일 찾아갈 집 주소와 공인중개사 전화
번호, 찾아갈 시간이 적혀 있다. 노트 귀퉁이에는 집 알아보며 적은
메모가 여러 개 있다. '여긴 가성비가 좋다!' '햇살이 잘 든다고 한
다' 정도..

단 이	(어플 보며) 여기도 괜찮다. 은호 집이랑 멀지도 않구. (살짝 복잡하 게 방 둘러보는) 이 집 정들었는데.. (하다가) 아니야. 신세는 육개 월만 지기로 약속했잖아. 나가는 게 맞아.

– 그때 노크 소리 들리고, 은호가 들어온다.

은 호	뭐해...
단 이	어.. 방 구할려고.
은 호	(앗! 방을 구한다고?)
단 이	(그대로 메모를 적으며)
은 호	(무심히, 옆으로 앉으며) 괜찮은 방이 있어?
단 이	어..
은 호	(어플 화면과 노트 메모 보고 서운한 얼굴로 단이 한번 보고) 나도 같이 가서 봐줄까?

단 이	그럴래?

S#44. 어느 집 안 (D)

– 단이와 은호가 방을 보고 있다. 은호, 괜히 수돗물을 틀어보거나..

공인중개사	어때요? 방 아주 잘 나왔죠? 역세권이라 접근성도 좋고, 주변에 숲길 있어서 공원 조망도 훌륭해!!!
은 호	그러네요.
단 이	기대했던 거 보다 괜찮다. 그치? 다른 덴 안 가봐도 되겠어..
은 호	(끄덕끄덕) 괜찮네. 빛도 잘 들고, 쾌적하고. 가격도 잘 나왔고.
단 이	그럼 나 그냥 이집으로 계약할까?
은 호	(그대로 단이 보며) 근데, 안 되겠다. 혼자 살긴 딱 좋은데 우린 둘이잖아.
단 이	(응?)
은 호	우리가 앞으로 쭉 같이 살아야 되거든요. 이 사람은 마음에 든다는데 나는 안 되겠어요.. 죄송합니다. 잘 봤습니다. (그대로 단이 어깨 감싸서) 나가자, 강단이.

– 일단 은호에게 끌려 나오는 단이고.

S#45. 어느 집 앞 (D)

– 집 나오자마자, 은호 팔 어깨에서 휙 푸는 단이.

단 이	왜 이래? 나 육개월 되면 나가기로 했잖아!
은 호	누가 뭐래? 나가! / 근데 나 데리고 가야지!! 내가 어떻게 혼자 살아 그 큰집에서!!

단 이	(황당) 뭐? 너 이러려고 따라왔어?
은 호	집 알아봐, 두 명이 살 만한 곳으로. 이번엔 내가 빌붙을게.
단 이	그럴 거면 왜 나와! 니네 집을 두고.
은 호	그러니까, 왜 나가. 우리집을 두고. / 말했잖아. 나 있는 곳이 강단이 집이라고. 그 말은 강단이 있는 곳이 내 집이란 소리도 되거든?
단 이	....
은 호	난 그렇게 생각하는데.. 강단이는.. 아닌가 봐.. 나랑 있는 거 싫어?
단 이	그게 아니라.. 어차피 재희도 졸업하면 한국 올 거고...
은 호	그건 그때 가서 생각하면 되지, 뭘 벌써 걱정해?
단 이	(싫지 않은.. 흘기는데)
은 호	잘못했지? (볼 톡톡 두드리며 입 맞추라고)
단 이	(주위 보고) 야, 길에서..
은 호	얼른.

– 단이가 슬쩍 입 맞추면, 좋아서 배시시 웃는 은호. 은호, 단이의 어깨 두르고 집으로 걸어가며.

은 호	점심 뭐 먹을까? 내가 해줄게. 김치찌개랑, 된장찌개 중에 골라봐.
단 이	너 만들 수 있는 거, 그거 두 개밖에 없지.
은 호	...응.

S#46. 콘텐츠 개발부 (M)

– 해린의 책상에 놓여 있는 화장품. 옆에서 구경하고 있는 영아와 송이. 서로 손에 발라보며 "좋다" 하고 있고. 막 들어오던 은호, 그런 여자들을 본다.

은 호	웬 거야? 선물 받았어?
해 린	백 작가님이요. 책 만드느라 고생했다구...

영아	(바른 곳 향 맡으며) 너무 좋다, 이거. 백 작가님 센스 있으시네. 편집장님도 좀 발라봐요. (은호 손등에 적당량 짜주고)
은호	(문질러 바르고) 촉촉하고 좋네. / 이게 다, 더 열심히 하란 격려 거 알지?
해린	(밉지 않게 흘기며) 알아요, 알아. 다 아는 걸 꼭 그렇게 콕 찝어 주셔야 하나...

- 웃으며 자리로 가 앉는 은호. 봐야 할 원고 펼치는데...
- 한쪽에서 〈식물의 속마음〉 가제본을 들고 그런 은호를 보고 있는 지율과 단이. 서로 시선 주고받고... 단이, 지율에게 결연하게 고개 끄덕여 보인 뒤 은호에게로 간다.

단이	(〈식물의 속마음〉 가제본 들어 보이며) 편집장님. 저희 책 출간일정에 대해서... 어떻게 생각 좀 많이 해보셨어요?
은호	생각하고 있어요.
지율	아니, 언제까지..

- 하는데 울리는 전화벨.

은호	잠깐만요. (하고 전화기 들어 받는) 네. 겨루 콘텐츠 개발부 편집팀입니다.
단이	(말 끊겨 입 삐죽거리고)
은호	(화색) 아, 그래요? 네. / 네, 알겠습니다. (하고 전화 끊는)
단이	(이어 말하는) 편집장님. 텐펄슨의 첫 책 〈식물의 속마음〉은,
은호	(OL, 벌떡 일어나) 여러분!! 나 작가님 시집 5쇄 들어갑니다!!!

- 환호하는 직원들! 두 주먹 불끈 쥐고 일어나 기뻐하는 지홍. 마침 함께 들어오던 재민와 유선, 그런 직원들 보고.

지홍	내가 뭐랬어! 이 책 됐댔잖아!!! (재민 향해 당당히 손바닥 펼쳐 보

	이며) 무려 5쇄라고, 5쇄!!
재 민	(웃고) 잘했어 그래.
은 호	대표님 오늘 점심 거하게 사셔야겠는데요?
재 민	에이. 5쇄로 점심 회식은 좀 오버다...
단 이	(얼른 자기 책을 은호에게 또 내밀려는데)
은 호	막강한 소식이 하나 더 있거든요. / 저번에 채송이 씨가 편집한 〈콜
	드블러드〉가 베스트셀러 진입했었죠. 그 작품이 이번에 3쇄 들어갑
	니다! 그런데 3쇄는, 주문량이 폭주하는 관계로 이만 부 찍기로 했
	습니다!!!

    – 사람들 다 환호하고. 송이, 좋아서 폴짝폴짝 뛴다. 재민, 히딩크의
      어퍼컷 세레모니 같은 자세 취하며 격하게 좋아하고... 지율과 단이
      시무룩한 눈길을 주고받는다.

재 민	그래, 오늘 점심 내가 쏜다! 고기로 쏜다!!!!

    – 열광하는 직원들과 웃으며 보는 은호. 하지만 그 가운데 단이와 지
      율만 난감하게 보고 있다. 지율, 단이한테 어떻게 해보라고 눈짓하
      고... 단이, 다시 은호를 보는.

단 이	저 편집장님...
은 호	(OL) 좀 기다려보세요, 강단이 씨.
단 이	가제본까지 나왔는데 언제까지 기다려요?!!
은 호	적당한 때가 올 때까지? (웃곤 가버리는)
단 이	편집장님!!

    – 원망스레 가는 은호를 보는 단이... 실망한 표정의 지율과 시선 마주
      치며 한숨 폭 쉬는 단이고.

S#47. 어느 식당 룸 (D)

- 화기애애한 분위기 속에서 음식을 먹고 있는 직원들.
- 재민, 그런 직원들을 흐뭇하게 보다가.. 옆에 있는 창립멤버들에게 말한다.

재 민	진짜 기분 좋다! 열심히 만든 우리 겨루 책들이 잘 나가니까!
유 선	(끄덕이고) 보람 있죠. 독자들이 우리 마음을 알아주는 것 같아서.
재 민	내가 진짜 잘한 일 중에 하나가 바로 겨루를 창립한 거라니까. (살짝 감성적으로) 창립멤버들로 여러분을 만나고,
지 홍	(OL) 너, 요즘 나 작가님 시집 읽니? 감성이 말랑말랑해졌다.
영 아	우리 대표님.. 책 잘 팔리면, 이렇게 순하고 감성적인데..
은 호	매출 안 좋을 땐, 사나운 맹수처럼 돌변하시죠.
재 민	(웃으며) 뭐?! (크게) 그러게 매출 안 나오는 책을 왜 만드는데?

- 옆쪽 테이블. 창립멤버 제외한 직원들 앉아 있고. 재민 마지막 말에 울상이 된 지율.

지 율	(단이에게) 대표님 방금.. 우리 책 말한 거죠? 매출 어쩌구.. 진짜 출간 안 할 건가 봐요.
단 이	(몰라주는 것 같아 아쉬워서) 휴우.. 그러게요. 〈식물의 속마음〉 정말 좋은데..
지 율	진짜 너무해.

- 그때 술병 나르는 종업원, 테이블 위로 탁탁 놓고. 직원들, 웃으며 서로의 잔에 술 따라준다. 채워진 잔을 높이 드는 직원들. 단이와 지율도 마지막으로 잔 들고.

재 민	아무리 그래도 회식인데 딱 한 잔씩은 해야지?!
일 동	(잔 높이 들며) 네! / 좋아요!

- 직원들, 건배사 기다리듯 재민을 바라보면.

재 민   (가슴에 손을 얹고) 오늘 회의 때도 느꼈지만... 요즘 여러분들께 참
          고맙습니다! 팔릴 만한 책! 들고 바로 계산대로 갈 책! 그런 책들을
          함께 고민해주고 만들어줘서! 〈완벽한 살인자〉 같은!

- 싱긋 웃는 훈과 송이. 단이와 지율, 그런 훈과 송이를 한번 보고.. 다
  시 서로를 보며 위로의 눈빛을 주고받는데..

재 민   그런데! 꼭 그런 책들만 만드는 건 아니죠, 우리 겨루가.

- 은호, 재민의 뒷말을 예상한 듯 씩 웃는다.

재 민   여러분!!!! 이제 〈식물의 속마음〉도 출판 들어갑니다!!!!!
단이,지율 (뜻밖이라 놀라서) 네?!
재 민   이런 책도 내고 싶어서.. 다른 책들로 돈 버는 거거든, 내가! 그치,
          차 편집장?
은 호   (끄덕이고) 많이 팔리진 않더라도.. 세상에 내어놓는 것만으로 가치
          있는 책. 상대적으로 적은 독자들이 보더라도.. 그들에게는 무엇보
          다 소중한 책. 이런 책을 내려면 다른 책으로 충분한 매출을 내야
          한다, 대표님의 논리죠. 깊이 존중하고, 존경합니다.
지 홍   그럼!! 열 부밖에 안 팔려도 낼 책은 내야지!!!!
재 민   (단이와 지율 향해 웃어 보이고)
은 호   (재민 향해 따뜻하게 웃어 보이고)
영 아   (단이, 지율에게) 책 좋더라! 한 분야를 깊이 있게 다루면서 인생을
          통찰하는 책! (웃고)
유 선   (거드는) 시리즈 첫 기획으로 꽤 적절했어요.
은 호   축하합니다. 오지율 씨. 그리고.. 강단이 씨.

- 단이와 지율, 이제야 실감이 나서 두 손을 맞잡고 기뻐한다.

지 율	우리 책도 세상에 나와요!
단 이	더 열심히 해요, 우리!!
재 민	(뿌듯해서) 베스트셀러는 반짝 하고 말지만... 〈식물의 속마음〉은 스테디셀러가 될 거야!! 봐봐, 이제!
단이,지율	(웃으며) 네! / 감사합니다!

- 직원들, 좋아하는 두 사람을 보며 진심으로 축하해준다. 테이블 두들기거나. '축하합니다' 노래 불러주거나.

재 민	한 가지 더!!!

- 모두 보는데,

재 민	이건 이사님께서 말씀 하시죠?
유 선	(웃으며) 앞으로 우리 대 도서출판 겨루는... 직원을 뽑을 때 블라인드 채용을 하는 걸로 하겠습니다!!! 학벌, 나이, 경력, 전부 안 보는 걸로! 실력 위주로 평가하겠습니다!!!

- 단이 환하게 웃으며 은호로 눈빛 주고받고. 은호 엄지 척 들어 보이고!
- 그때.. 후식 정도 들고 들어오던 종업원. 신나 하는 직원들 보고 묻는다.

종업원	뭐 하시는 분들인데, 이렇게 분위기가 좋아요?
은 호	우리요? (하고 직원들을 보면)
일 동	(웃으며) 책 만드는 사람들이요!!

S#48. 거리 일각 (D)

- 창립멤버들, 당당한 걸음으로 앞장서서 나란히 걸어간다. 자부심이 가득해 보인다. 그 뒤로, 다른 직원들도 나란히 걸어서 오는데.. 그 모습 역시 당당하면서도 따뜻하다. 서로, 어깨동무하거나 손을 잡았다.
- 그때, 앞서 걷던 은호, 단이 옆으로 가서 손을 쓱 잡는다.

단 이   (작게) 야, 왜 이래?

- 아랑곳 않는 은호, 잡은 손 놓지 않고.. 쑥 맨 앞으로 단이를 끌고 간다.

지 홍   쟤들 뭐야? 지금 손잡았어?
재 민   뭐야? 그런 거 같은데. 둘이.. 연애해?
유 선   (영아 보고) 그럼 연하남이...
영 아   차 편집장...?!!

- 직원들, 수군거리고. 단이, 겨우 힘써서 은호를 툭 치고 손을 놓는데.. 은호, 단이 손 제대로 꾹 잡아서 보란 듯이 하늘로 치켜든다. 직원들, "오~!" "사내연애다!" 정도로 소리치며 환호성 지르고.

재민,지홍   야, 차은호!
유선,영아   강단이!!

- 손잡은 채 돌아보는 은호와 단이. 활짝 웃는 은호와 쑥스러워하는 단이.. 그러다가 서로 마주 보고 환하게 웃는 둘.
- 그 틈에 유선의 손을 은근슬쩍 잡고 올리는 재민. 직원들 "이쪽은 또 뭐야!" "대표님!" "이사님!" 하며 놀라고.
- 달려 나가는 은호와 단이 따라 뛰기 시작하는 유선과 재민. 뒤쫓듯

그 뒤를 따라가는 직원들. 지홍도 은근슬쩍 영아의 손을 잡지만 영아는 획 뿌리쳐버리고...

　─ 은호 단이의 손을 잡고 막 달려간다. 숨이 차도록 뛰어가는 두 사람. 어느 골목, 어느 모퉁이까지.. 은호가 단이를 담벼락에 붙여 세운다. 서로를 보는 둘..

단 이　사람들이 다 알아버렸잖아.

은 호　다 알라고 해. 아무 상관없어. / 내가 누나 사랑하는 거 세상 사람들이 다 알았으면 좋겠어.

　─ 은호, 웃으며 단이 보다가.. 단이에게 키스한다. 오래오래.. 그런 두 사람 위로,

단 이　내 오래된 책을 다시 펼친다. 처음 읽었을 때도 좋았지만 두 번째 읽고 세 번째 읽었을 때 다시 밑줄을 긋는 그런 책. 날마다 새로운 문장을 발견하는 그런 책. 나의 가장 오래된 책...

　─ 키스 끝내고 마주 보고 함께 웃는 둘에서. 16부 엔딩.

강병준 작가 연보 *

'1948년 12월 3일. 경남 의령에서 아버지 강선규와 어머니 윤영자의

　　　차남으로 태어나다.'

'1950년. 한국전쟁 발발로 피난길에 부모님을 잃어버리다.'

'1954년. 일곱 살 때 결핵으로 죽을 고비를 넘기다.'

'1956년. 가난 때문에 학교를 한 해 늦게 입학하다.

　　　그 해에 도둑으로 몰리며 외로운 학교생활을 시작하다.'

'1965년. 고등학교 문예부에 들어가며 문학에 재능을 보이기 시작하다.'

'1966년. 문예부에서 독재정권에 대항하는 시를 썼다가,

　　　교무실에 불려가 10일간 정학처분을 받다.'

'1967년. 『봄춘신문』 신춘문예 단편소설 〈산오름 사이〉 당선으로

　　　문단에 데뷔하다.'

'1968년. 서울교대에 합격하다.'

'1970년. 〈그 애 춘희〉를 출간하다. 『봄춘신문』에 소설 연재를 시작하다.'

'1974년. 『봄춘신문』에 연재한 소설을 엮어, 〈닿을 수 없는〉을 출간하다.'

'1975년. 〈그날 추억〉을 출간하다.'

---

* 리커버된 강병준 책 〈4월23일〉 뒤에 실려야 하는 것들
  - 강병준의 연보
  - 강병준의 알츠하이머 진단서
  - 강병준의 유서 (30씬~37씬)
  - 강병준과 은호의 사진들 (은호가 강병준을 휠체어에 태우고 산책시키는 사진 등)
  - 강병준의 일기 (각주로 첨부한 정도만)

'1976년. 서림고등학교에 문학교사로 첫 부임 받다.'

'1977년. 〈댕기머리〉를 출간하다.'

'1978년. 계간지 『마중물의 힘』에 단편 〈낭만과 여름〉을 발표하다.'

'1980년. 〈흐르는 시처럼〉을 출간하다.'

'1981년. 〈모래놀이〉를 출간하다.

'1982년. 데뷔 초부터 습작한 글을 엮고, 다듬어

　　　　　대하소설 〈강 - 전 10권〉를 출간하다.'

'1987년. 〈강〉 속편으로 단편 〈산바람〉를 발표하다.

　　　　　계간지 『마중물의 힘』 편집위원을 지내다.'

'1989년. 〈하늘의 속삭임〉을 출간하다.'

'1990년. 〈신기루 왕국〉을 출간하다. 계간지 『마중물의 힘』을 퇴직하다.'

'1996년. 대하소설 〈혁명 - 전 6권〉를 출간하다. 〈혁명〉으로

　　　　　제 2회 희성문학상을 수상하다.'

'1998년. 〈섬의 외침〉을 출간하다.'

'2000년. 〈밥상머리〉를 출간하다.'

'2003년. 〈어머니〉를 출간하다. 한국총문화관 올해의 작가상을 수상하다.'

'2004년. 길가온고등학교 문예부를 담당하며 제자 차은호를 처음 만나다.

　　　　　그해 겨울, 집필에 전념하기 위해 29년간의 교직생활을 완전히

　　　　　내려놓다.'

'2005년. 〈청춘의 열기〉를 출간하다.'

'2006년. 〈그리운 그때〉를 출간하다.'

'2007년. 7월 5일. 친구인 의사에게 알츠하이머 진단을 받다.'

'2008년. 더 이상의 집필이 불가능해지다. 11월 20일,

　　　옛 연인의 아들이 찾아와 암 투병 중인 어머니의 병원비를

　　　요구하다. 몰랐던 아들의 존재를 알고,

　　　잊으면 안 된다는 생각으로 원고 〈푸른 밤〉의 제목을 아들 생일인

　　　'4월 23일'로 수정하다.'

'2009년. 병증이 악화되자 제자 차은호에게 모든 판권과 절필선언문을 넘기다.

　　　"글로 평가받지 못하고, 치매 노인으로 오독될까 두렵다"는

　　　강병준의 뜻에 따라 차은호는 가평에 마련한 별장에서

　　　강병준을 보호하기 시작하다. 차은호가 겨루로 입사하고 강병준의

　　　판권이 이전되다. 겨루 김재민 대표가 모든 사정을 알게 되며

　　　차은호를 돕다. 겨루 편집장 차은호가 강병준의 마지막 저서

　　　〈4월 23일〉을 편집하고, 출간하다.'

'2019년 3월 5일. 가평 별장에서 제자 차은호와 겨루 김재민 대표와

　　　아들이 곁을 지키는 가운데 평화로운 임종을 맞이하다.'

정현정 대본집 **2**

로맨스는 별책부록

1판 1쇄 발행 2019년 4월 22일
1판 5쇄 발행 2025년 2월 20일

지은이 정현정

발행인 양원석
편집장 최두은
영업마케팅 윤송, 김지현, 백승원, 이현주, 유민경
펴낸 곳 ㈜알에이치코리아
주소 서울시 금천구 가산디지털2로 53, 20층 (가산동, 한라시그마밸리)
편집문의 02-6443-8844   **도서문의** 02-6443-8800
홈페이지 http://rhk.co.kr
등록 2004년 1월 15일 제2-3726호

ISBN 978-89-255-6615-3 (04810)